Höllisch heiß

ÂF285695

BRITTA BENDIXEN

HÖLLISCH HEISS

EIN OSTSEE-KRIMI

BOYENS

ISBN 978-3-8042-1393-7

© 2014 by Boyens Buchverlag GmbH & Co. KG, Heide
Alle Rechte vorbehalten
Titelbild: Ingo Lau (www.ingolau.de)
Druck: CPI – Clausen & Bosse, Leck
Printed in Germany

„KOMM SOFORT ZURÜCK und mach die Tür auf, verdammt noch mal!" Heftig und voller Wut hämmerte er mit der Faust gegen das Holz und brüllte dabei im Takt seiner Schläge: „Ich! Will! Hier! Raus! Ich! Will! Hier! Raus!" Schließlich ließ er mutlos die Arme sinken und drehte sich um. „Scheiße!", entfuhr es ihm. „So eine verfluchte Scheiße!"

Sein Blick wanderte durch den kleinen, schummerig beleuchteten Raum, der – gerade noch ein Ort der Erholung – schlagartig zu seinem Gefängnis geworden war. Sechs Kubikmeter Fichtenholzverkleidung umschlossen ihn wie ein hölzerner Kokon. Gegenüber der Tür waren in L-Form drei Bänke angebracht, übereinander, wie Stufen im Haus eines Riesen. Links neben der Tür hing ein Thermometer. Es zeigte 89°C an. Noch vor ein paar Minuten hatte er die Hitze als wohltuend empfunden. Inzwischen würde er alles dafür geben, ihr entkommen zu können. So heiß stellte er sich die Hölle vor, und er hatte nicht vor, in ihr zu verbrennen.

Die feinen weißen Körner der Sanduhr, die er bei seinem Eintritt umgedreht hatte, waren inzwischen vollzählig im unteren Glas angekommen, was bedeutete, dass er bereits länger als eine Viertelstunde hier drin war.

Er musste raus! Schwungvoll drehte er sich wieder zurück und knallte seine Faust gegen die schmale Tür. Doch sie gab nicht nach, bewegte sich keinen verdammten Millimeter. Er drehte die Sanduhr wieder um, damit er ein gewisses Zeitgefühl behielt und wusste, wie lange er hier ausharren musste. Wie lange es dauern würde, bis man ihn entweder befreite oder er elendig verrecken würde. Bei dem Gedanken zog sich sein Magen schmerzhaft zusammen. Er setzte sich auf die unterste Holzbank und grübelte über seine Lage nach, während der Schweiß über seine Haut rann, an den Armen hinunter bis zu den Händen, von wo er tröpfchenweise zu Boden fiel und über seine dunkel behaarte Brust bis zum Bauch, wo er sich in den Hautfalten als kleiner Rinnsal sammelte. Er fuhr sich mit der Hand über die Stirn, über Mund und Kinn, doch der fortgewischte Schweißfilm wurde umgehend durch einen neuen ersetzt.

Er hatte inzwischen heftigen Durst. Zudem fühlte er sich müde und erschöpft von dem langen, ereignisreichen Tag. Er wollte ins Bett, sehnte sich nach Schlaf. Doch anstatt sich auf kühlen Laken auszustrecken, saß er auf einer harten Holzbank, verschwitzt, durstig und ohne Gewissheit, dass er in absehbarer Zeit hier herauskommen würde. Von den anderen wusste keiner, dass er hier war und in tödlicher Gefahr schwebte. Und nach dem, was gerade vorgefallen war, musste er damit rechnen, dass er hier nicht lebend herauskam, dass niemand ihn befreien würde. Es war später Abend, bis ihn jemand fand konnten noch viele Stunden vergehen.

Bis dahin würde es zu spät sein. Irgendetwas musste er tun!

Sein Blick fiel auf die kleine Scheibe in der Tür. Sie hatte Form und Größe einer Zeitschrift und war damit viel zu winzig, als dass er durch sie die Sauna hätte verlassen können. Doch wenn er sie kaputtschlug, würde man seine Hilferufe vielleicht eher hören. Außerdem käme zumindest etwas kühlere Luft herein. Der Gedanke, etwas anderes als diese trockene Hitze einzuatmen, die in seinen Lungen brannte, erfüllte ihn voll und ganz. Mit neu erwachter Zuversicht sah er sich um, suchte etwas, womit er die Scheibe zerschlagen könnte. Der Holzkeil, auf den er noch vor fünf Minuten entspannt seinen Kopf gebettet hatte, fiel in sein Blickfeld.

Er ergriff ihn und stand auf. Sein Kreislauf fing an, ihn im Stich zu lassen, ihn schwindelte. Er schloss kurz die Augen und stützte sich an der Wand ab, bis der Raum aufhörte, sich um ihn zu drehen. Dann atmete er tief durch, hob den Keil mit beiden Händen über seinen Kopf, zielte und ließ ihn schwungvoll auf das Fenster krachen.

Er hatte das Geräusch von splitterndem Glas erwartet, doch alles, was er hörte, war ein dumpfer, satter Ton. Als der Keil von der Scheibe abprallte, rutschte er aus seinen verschwitzten Händen und polterte auf den Boden. Das war kein herkömmliches Glas, es war Plexiglas! Abgesehen von einem langen, kaum sichtbaren Kratzer war die Scheibe absolut unversehrt. Er heulte laut auf vor Wut und Enttäuschung. „So eine verdammte Scheiße!", brüllte er herzhaft. Er fuhr sich über die Wangen, ohne zu wissen, ob es Schweiß war, den er von seinem Gesicht wischte, oder Tränen der Angst und Verzweiflung. Es war ihm auch vollkommen gleichgültig. Wichtig war einzig und allein, hier herauszukommen. Zu überleben.

Er rief erneut um Hilfe, doch die Wände warfen seine Rufe hämisch zurück, zumindest kam es ihm so vor.

Ernüchtert ließ er sich auf die Bank fallen. Den Kopf in die Hände und die Ellenbogen auf die Knie gestützt überlegte er, was er tun konnte, um diesem höllisch heißen Gefängnis zu entfliehen. Mit den Händen fuhr er sich durch das kurze dunkle Haar. Es war klatschnass.

Der Durst wurde immer unerträglicher. Jeder Atemzug war eine Tortur. Sein ganzer Körper schwamm praktisch in Flüssigkeit, doch seine Mundhöhle war staubtrocken. Seine Zunge fühlte sich wie ein Fremdkörper an, als wäre sie ein Stück Wildleder, das sich irrtümlich in seinen Mund verirrt hatte.

Völlige Stille umgab ihn. Nur der Ofen knisterte und knackte. In seinen Ohren klang es bedrohlich, wie das Kichern des Todes.

Die Sandkörner hatten sich erneut im unteren Glas gesammelt. Er war jetzt also länger als eine halbe Stunde dieser extremen Hitze ausgesetzt. Schwerfällig erhob er sich von der Bank, stützte sich an der Wand ab und drehte die Uhr erneut um. Ausatmend setzte er sich wieder auf die unterste Bank. Sogar diese winzige körperliche Anstrengung hatte ihn erschöpft.

Während er zusah, wie die Zeit in Form weißer Sandkörner verrann, hätte er heulen können. Er musste hier verschwinden, so schnell wie möglich. Aber wie? Ohne große Hoffnung schweifte sein Blick durch den kleinen Raum, während er leise vor sich hin fluchte. Irgendeine Möglichkeit musste es doch geben, verdammt noch mal!

Die unermüdlich vor sich hin dampfenden Steine auf dem zylinderförmigen Ofen fielen ihm ins Auge. Vielleicht war ein Stein hart genug, um die Scheibe zu durchbrechen! Sein Verstand sagte ihm, dass es unwahrscheinlich war, doch es war auch seine letzte Hoffnung. Er hob die Kelle aus dem Holzeimer, der zu seinen Füßen stand. Das Wasser darin erzeugte ein leises Plätschern, das für ihn so verlockend klang wie der Ruf der Sirene für die Seeleute der Antike. Er schöpfte etwas von der Flüssigkeit heraus und hob langsam und vorsichtig die Kelle an den Mund. Bloß keinen Tropfen verschwenden, indem zu hastige Bewegungen seiner zitternden Hand das kostbare Wasser verschütteten.

Seine ausgetrocknete Zunge saugte das warme, nach Eukalyptus duftende Wasser auf wie ein Schwamm. Es schmeckte scheußlich, war aber dennoch so etwas wie ein kleiner Hoffnungsschimmer. Solange er dieses warme, an Hustenbonbons erinnernde Wasser hatte, war nicht alles verloren. Der kleine Eimer war allerdings nicht einmal halbvoll. Etwas weniger als ein Liter, schätzte er. Wie lange würde es wohl reichen, wie lange würde es ihn vor dem Verdursten bewahren? Er musste unbedingt sparsam damit umgehen.

Mit der Holzkelle versuchte er, einen der Steine aus dem Haufen zu lösen. Es war nicht einfach, sie waren eigentlich zu groß für die Kelle und rutschten immer wieder weg. Im Sitzen ging es nicht, er musste aufstehen. Er quälte sich hoch und keuchte laut vor Anstrengung. Sein Kopf begann zu schmerzen. Er kniff die Augen zusammen, zwang er sich zur Konzentration. Dann versuchte er es noch einmal, das immer stärker werdende Pochen hinter seiner Stirn ignorierend.

Schließlich fiel einer der Steine in die Kelle, fast zufällig. Ein breites Lächeln erschien für eine Sekunde auf seinem schmalen, kantigen Gesicht, doch ein zweiter Stein hatte sich ebenfalls gelöst und fiel auf seinen nackten Fuß. Er jaulte auf, hob den getroffenen Fuß an und ließ gleichzeitig den anderen Stein in den Eimer fallen. Es spritzte und zischte. Das Wasser war zwar sehr warm, dennoch würde der Stein darin schnell abkühlen.

Er setzte sich und untersuchte mit schmerzverzerrtem Gesicht in dem schwachen Licht seinen verletzten Fuß. Die Kante des Steins hatte die Haut aufgeritzt, so dass es ein wenig blutete. Gleichzeitig hatte er sich an dem Stein verbrannt. Die Stelle war rot und schmerzte, doch schlimm war es nicht. Er tauchte seine Hand in den Eimer und tastete nach dem Stein. Er war abgekühlt und ließ sich ohne Schwierigkeiten anfassen. Mit der feuchten Hand kühlte er die Verletzung und stand schließlich erneut auf. Mit neu erwachter Zuversicht, den nassen Stein in der Hand, begann er, die spitzen Ecken seines kinderfaustgroßen Werkzeugs gegen die Plexiglasscheibe zu schlagen. Der Effekt war zwar etwas größer als bei dem Kopfkeil, dennoch war das Ergebnis niederschmetternd. Mehr als einige weitere, kaum tiefere Kratzer hatte er der Scheibe nicht zugefügt. Egal! Er musste es weiter versuchen, wollte nicht sterben. Nicht jetzt und nicht auf diese Art.

Immer wieder ließ er den Stein gegen die Scheibe krachen. Doch bald verließ ihn die Kraft. Er keuchte erschöpft und konnte die Arme nicht mehr heben, es ging einfach nicht. Seine zitternden Beine gaben unter ihm nach, klappten regelrecht zusammen. Heulend wie ein kleines Kind kauerte er auf dem Holzboden.

Die Zeit verging. Bis auf sein mühsames Atmen war nur das Knistern und Knacken des Ofens zu hören. Die Geräusche, die er so herbeisehnte – Schritte, die sich öffnende Tür – ließen weiter auf sich warten. Als er die letzten Tropfen des warmen Wassers in seinen Mund laufen ließ, hatte er Mühe, zu schlucken, weil er nicht verhindern konnte, dass er gleichzeitig vor Verzweiflung schluchzte. Sein Schicksal war besiegelt, wenn er nicht sehr bald befreit werden würde. Und diese Hoffnung schwand mit jeder Minute, die verging.

Bald hatte er das Gefühl, von innen heraus zu vertrocknen. Krämpfe schüttelten ihn, ihn schwindelte und sein Kopf drohte zu zerbersten. Vorsichtig legte er sich flach auf den Boden und streckte die Arme aus. Seine Hand stieß an etwas. Er nahm den Gegenstand hoch und betrachtete ihn nachdenklich. Etwas würde er noch erledigen, beschloss er und kämpfte sich mühsam wieder hoch.

Doch sein Körper spielte nicht mehr mit. Minuten später brach er einfach zusammen, seine Augen fielen zu.

So ist es also, wenn man stirbt, dachte er noch. Dann umfing ihn gnädige Dunkelheit.

Sechs Wochen zuvor

DIE DÜSE DES Staubsaugers fuhr lärmend über den Fliesenboden unter der Garderobe und stieß gegen ein Hindernis, das hinter dem Saum von Stephans Trenchcoat verborgen war. Kristina Wilbert schob den Mantel zur Seite, seufzte und schaltete den Staubsauger aus. Dann stellte sie sich an den Fuß der Treppe und brüllte: „Marco! Komm runter und räum deine Fußballschuhe weg! Wenn ich es wieder tun muss, bekommst du sie erst Weihnachten zurück!"

Da es gerade Mitte Mai war, schien das eine ernst zu nehmende Drohung zu sein. Das Gesicht ihres Sohnes erschien fast sofort neben dem Treppengeländer. Kristina machte eine auffordernde Handbewegung. „Na los, beeil dich. Ich möchte endlich fertig werden."

Eine Hand in die Seite gestemmt und den Fuß einsatzbereit über dem Powerknopf des Staubsaugers beobachtete Kristina ihren Ältesten, der murrend die Treppe herunterkam und die Schuhe lieblos in den Schuhschrank feuerte.

„Herzlichen Dank", sagte Kristina mit einem Hauch Ironie. „Und jetzt ab, die Hausaufgaben warten".

Vor sich hin schimpfend stieg der Achtjährige die Treppe hinauf und seine Mutter schaltete das Gerät wieder ein.

Sie wohnte mit ihrem Mann und den beiden Kindern in einem modernen Fünf-Zimmer-Reihenhaus mit Terrasse und einem kleinen Gartenstück, das ihr Mann Stephan mit Hingabe pflegte. Er konnte stundenlang von seinen mickrigen Rosenstöcken schwärmen und freute sich wie ein Kind, wenn Petersilie und Schnittlauch in seinem kleinen Kräuterbeet zu wachsen begannen.

Kristina ging in das gemütlich eingerichtete Wohnzimmer und zog den Stausauger hinter sich her wie einen störrischen Hund. Mit verbissener Akribie saugte sie den Nussbaum-Dielenboden und den hellbraun gemusterten Teppich unter dem Esstisch, als ihre sechsjährige Tochter mit dem Telefon in der Hand auf sie zukam. Erneut schaltete Kristina das Gerät aus. „Was ist?", fragte sie erschöpft.

„Für dich. Ein Herr Schumann." Leonie reichte ihrer Mutter den Apparat, den Kristina leicht verwundert entgegennahm. Herr Schumann? Der Name sagte ihr so spontan nichts. Ein Lehrer von Marco vielleicht?

„Ach, Mama?"

Kristina legte die Spitze ihres Zeigefingers auf das kleine Mikrofon und warf ihrer Tochter einen mühsam beherrschten Blick zu. Die sah ihre Mutter aus unschuldigen Augen an. Sie waren groß und von einem silbrigen grau, genau wie Kristinas. Die Stirn in Dackelfalten gelegt sagte Leonie: „Marcos Maus ist mir gerade abgehauen. Und ich weiß nicht, wo sie jetzt ist."

Wäre Kristina eine Comicfigur, wäre ihre Sprechblase mit Blitz, Donner und Ausrufungszeichen gespickt. Bevor sie jedoch etwas Passendes sagen konnte, war Leonie mit einem diskreten Hinweis auf das Telefon, das Kristina noch immer wie einen Knochen in der Hand hielt, die Treppe hinauf gehuscht. Kopfschüttelnd sah Kristina ihr nach und meldete sich. „Wilbert."

„Schumann. Hallo Krissi."

Der Groschen begann zu rollen, hing kurz fest und fiel schließlich.

„Mensch, Marius! Das ist ja eine Überraschung!" Kristina stieg über den Staubsauger und ließ sich strahlend auf die cremefarbene Couch fallen. „Wie geht es dir?"

„Mir geht's prima. Und dir?"

„Ach, eigentlich gut. Es meldet sich nur leider niemand auf meine Anzeige."

„Was für eine Anzeige?", fragte er irritiert.

„Familie günstig abzugeben", grinste Kristina. „Die Bande macht mich wahnsinnig."

Marius' herzliches Lachen drang durch den Hörer und durchrieselte sie angenehm. Sie hatte ihn vermisst, fiel ihr auf. Ihn, und die anderen beiden auch.

„Was hältst du davon, die ‚Bande' für ein Wochenende irgendwo zu parken?" fragte Marius.

„Sehr viel", stöhnte sie. „Wann?"

„Ich dachte an das erste Juli-Wochenende, also in sechs Wochen. Ich habe schon mit Jan und mit Svenja telefoniert. Sie haben Zeit und freuen sich genau wie ich auf ein Wiedersehen."

„Jan und Svenja kommen auch? Das klingt super!" freute sich Kristina. „Wie in alten Zeiten."

„Nicht ganz", schwächte Marius ab. „Beide nehmen ihre Partner mit. Dein Mann ist also auch herzlich eingeladen. Wie heißt er noch gleich?"

„Stephan", antwortete Kristina. „Ich werde es ihm ausrichten. Kannst du uns ein Hotel empfehlen?"

„Im Prinzip schon", sagte Marius. „Ich ging aber eigentlich davon aus, dass ihr wie die anderen auch bei uns wohnt. Hier ist Platz genug."

„Für vier Paare? Du machst Witze." Kristina staunte und zupfte an ihrem Pony herum, der ihr immer wieder gern in die Augen fiel.

„Nein, ich meine es ernst", versicherte Marius ihr. „Wir haben eine Souterrain-Wohnung mit zwei Schlafzimmern im Keller, und außerdem ein Gästezimmer im Dachgeschoss. Es gibt einen Pool, eine Sauna und einen schönen Strand praktisch vor der Tür – also alles, was man braucht, um sich mal ein paar Tage zu erholen."

Kristina staunte noch ein wenig mehr. „Sag mal, wo wohnst du denn jetzt?", fragte sie verblüfft. „Im Paradies?"

„Beinahe", lachte Marius. „Wir wohnen in Flensburg, an der dänischen Grenze. Ich gebe dir mal die Adresse durch. Hast du was zum Schreiben?"

Sie stand auf und ging in die Küche. „Sekunde", bat sie, öffnete eine Schublade und fischte einen Zettel und einen Kugelschreiber heraus. „Okay, ich höre." Mit ihrer zierlichen, etwas schnörkeligen Handschrift notierte sie Adresse und Telefonnummer und legte dann den Stift zur Seite.

„Ich sag dir Bescheid, sobald ich mit Stephan gesprochen habe", versprach sie und machte es sich mit dem Telefon wieder auf der Couch bequem. Dies war eine zu schöne Ablenkung von der lästigen Hausarbeit, als dass sie Marius gestattet hätte, das Gespräch allzu schnell wieder zu beenden. „Erzähl, wie geht es Jan und Svenja?"

„Jan wohnt noch immer in Berlin", berichtete Marius. „Er arbeitet als Fitness-Trainer im Studio seiner Freundin. Yvonne heißt sie, glaube ich."

„Als Fitness-Trainer?" fragte Kristina ungläubig. „Er hat doch ein abgeschlossenes BWL-Studium."

„Tja, hat sich wohl so ergeben. Sehr ehrgeizig war er ja nie. Und Svenja und ihr Mann haben zwei Kinder und leben ganz in deiner Nähe, irgendwo bei Hamburg."

„Wie geht es Carmen?"

„Wir sind geschieden", erzählte Maris, in einem Tonfall, der ihr signalisierte, dass er mit seiner Ehe längst abgeschlossen hatte. „Charlotte lebt bei ihr."

„Wie alt ist eure Tochter jetzt?"

„Sie wird bald neun. Jedes zweite Wochenende ist sie hier bei uns."

„Uns?" fragte Kristina neugierig.

„Bei mir und Verena. Wir leben seit zwei Jahren zusammen."

„Aha. Dann lernen wir Verena also auch kennen. Woher kennst du sie?"

14

„Wir sind uns in der Klinik über den Weg gelaufen, in der ich arbeite. Ihr Vater ist Chefarzt bei mir in der Chirurgie." Er machte eine kurze Pause und Kristina konnte entfernt eine weitere Stimme hören. Im nächsten Moment war Marius wieder am Telefon. „Du, tut mir leid", sagte er bedauernd, „ich muss jetzt in den OP. Du meldest dich? Es wäre absolut großartig, wenn ihr auch kommen könntet."

„Ich rufe dich so bald wie möglich an", versprach Kristina. „Und danke für die Einladung. Das wird bestimmt toll."

„Das glaube ich auch. Also, hoffentlich bis bald, Krissi."

„Bis bald, Marius."

Nachdenklich beendete sie das Gespräch, legte das Telefon neben sich auf die Couch und verschränkte die Arme hinter dem Kopf.

Marius Schumann. Wie lange hatte sie nichts mehr von ihm und den anderen gehört? Drei Jahre, vier? Bis dahin hatte es hin und wieder ein Lebenszeichen in Form einer Weihnachtskarte oder eines Anrufes an ihrem Geburtstag gegeben, doch irgendwann hatte das aufgehört. Ihre gemeinsame Zeit lag so weit zurück, die Erinnerungen waren immer mehr verblasst und von den gegenwärtigen Erlebnissen in den Hintergrund gedrängt worden. Und nun dieser Anruf aus heiterem Himmel. Marius' Stimme wieder zu hören war wie der Klang eines vertrauten, liebgewonnen Liedes, dass lange nicht mehr gespielt worden war.

Ein Wiedersehen mit ihm, Svenja und Jan! Kristinas Augen mit den dichten, dunklen Wimpern leuchteten auf und ein verträumtes Lächeln erschien auf ihrem Gesicht, als sie an die gemeinsame Zeit in Berlin dachte. Damals hatten sie sich eine Wohnung geteilt, in der Zinnowitzer Straße, nur eine U-Bahn-Station von der Humboldt-Universität entfernt. Die Wohnung war perfekt gewesen: Altbau mit kunstvollem und üppigem Stuck an den Decken, einer geräumigen Wohnküche mit altmodischem Kachelofen, einem Balkon, der groß genug war, um einen wackeligen Klapptisch und vier alte Stühle darauf unterzubringen, und vier relativ kleinen Zimmern, die dennoch ausreichend Platz boten für ein Bett, einen Schrank und einen Schreibtisch. Sie hatte Sport, Geschichte und Englisch auf Lehramt studiert, Jan Betriebswirtschaft, Marius Medizin und Svenja Jura.

Kristina legte die Beine hoch und reiste in Gedanken zehn Jahre zurück. Was war das für eine schöne Zeit gewesen! Nächtelang hatten sie diskutiert, billigen Rotwein getrunken und verdammt wenig geschlafen. Svenja war zu der Zeit ihre beste Freundin gewesen, mit Marius hatte sie – meist nach ein paar Gläsern Rotwein – stundenlang philosophiert, und Jan, der verrückte Kerl, hatte immer die lustigsten Ideen und mit Abstand die meisten Verabredungen gehabt.

Es wäre wirklich schön, überlegte sie, wenn ihre Freundschaft wieder aufleben würde.

Während sie den Abendbrottisch deckte, hörte sie Stephans Schlüssel im Türschloss.

„Hallo", rief er vom Flur her.

„Hi, da bist du ja endlich." Kristina ging ihm entgegen und gab ihm einen Kuss. „Die Konferenz hat aber ganz schön lange gedauert."

Er seufzte. „Wem sagst du das? Ich bin völlig erledigt. Und Kollege Marquardt hatte wie üblich entsetzlich viel zu erzählen, ohne wirklich etwas zu sagen. Ich glaube, ich blute aus den Ohren."

Kristina grinste und warf einen kurzen Blick auf sein Hörorgan. „Sieht alles normal aus, keine Sorge. Und jetzt setz dich hin, das Essen ist gleich fertig." Dann wandte sie sich zur Treppe und rief: „Marco! Leonie! Kommt runter, essen!"

Kurz darauf saßen alle am Tisch und langten hungrig zu. Kristina hatte Spargel und gekochten Schinken besorgt, dazu gab es frühe Kartoffeln und Sauce Hollandaise.

„Leo, hast du eigentlich die Maus wieder eingefangen?", wollte Kristina wissen und warf ihrer Tochter einen vorwurfsvollen Blick zu.

„Ja, hab ich." Leonie schnitt ihrem Spargel kaltblütig den Kopf ab und legte ihn auf den Teller ihres Vaters. Sie mochte Spargel gern, doch die Köpfe waren ihr zu weich.

„Nur, weil ich dir geholfen habe", stellte Marco richtig.

„Mit einem Stückchen Käse", erklärte er stolz seiner Mutter. Kristina lächelte ihm zu. „Gut gemacht, du cleveres Kerlchen."

„Sie war unter meinem Bett", berichtete Leonie und schob sich ein Stück Schinken in den Mund.

„Ich hoffe, sie hat keine Löcher in die Socken gebissen, die du dort so gern aufbewahrst", seufzte Kristina.

Leonie wechselte lieber das Thema und erzählte von der Schule. Marco berichtete anschließend von seinen Erfolgen beim Fußballtraining, und Stephan hörte interessiert zu. Kristina sah ohne hinzuhören von einem zu anderen und die Brust wurde ihr eng. In diesen Momenten, wenn alle zusammen waren, sich unterhielten und in den Augen aller die Zuneigung stand, die sie füreinander empfanden, fühlte sie sich glücklich und zufrieden.

Es war heutzutage leider keine Selbstverständlichkeit mehr, eine Familie zu haben, in der Liebe, Harmonie und gegenseitiger Respekt herrschten. Für Kristina war es ein unglaubliches Geschenk, zwei gesunde und vergnügte Kinder zu haben, einen Mann, mit dem sie sich blind verstand, und ein schönes Heim, in dem sie sich alle wohl fühlten.

Ihre eigene Kindheit war geprägt gewesen von den Streitereien ihrer Eltern, von ständigen Geldsorgen und schließlich von dem grässlichen Gefühl, ein Scheidungskind zu sein. Damals hatte sie sich geschworen, nie zu heiraten und Kinder in die Welt zu setzen. Sie musste lächeln, während sie ihre Familie betrachtete und war unendlich dankbar dafür, dass Stephan ihr gezeigt hatte, dass Ehe nicht zwangsläufig gleichzusetzen war mit Streit, Tränen und Sorgen.

Als die Kinder satt waren, scheuchte Kristina sie mit der Aufforderung nach oben, ihre Zimmer aufzuräumen und sich anschließend zu waschen. Natürlich würden sie es nicht tun, wie jeden Abend, doch zumindest waren Stephan und sie für ein paar Minuten allein. Sie räumte die leeren Teller ab.

„Du wirst nie erraten, wer heute angerufen und uns beide übers Wochenende eingeladen hat", sagte sie über die Schulter.

„Dieses Wochenende?" fragte Stephan verwundert.

„Nein, erst in sechs Wochen. Anfang Juli."

„Ah", nickte Stephan. „Und wer ist so freundlich?"

„Mein alter Freund Marius. Marius Schumann."

Stephan stand auf und sammelte die leeren Gläser ein. „Kenn ich nicht."

„Wir haben während unseres Studiums zusammen gewohnt. Ich hab dir doch von ihm und den anderen erzählt." Kristina spülte die Teller kurz unter warmem Wasser ab und räumte sie dann in den Geschirrspüler. Ihr Mann stellte die Gläser auf der Arbeitsplatte ab und sah seine Frau an. „Richtig. War der Kontakt nicht abgebrochen?"

„Leider ja. Doch jetzt hat Marius uns alle zu sich eingeladen." Sie wiederholte in schwärmerischem Ton, was Marius ihr über sein Haus und die Umgebung erzählt hatte. „Ich würde gern hinfahren", schloss sie.

„Wohin denn genau?", fragte Stephan vorsichtig.

„Nach Flensburg. Das ist von hier keine zwei Stunden entfernt." Sie wusste, wie sehr er lange Autofahrten verabscheute.

Er zuckte mit den Schultern. „Das geht ja noch. Was ist mit den Kindern? Sind sie auch eingeladen?"

„Das soll ein Wochenende nur für uns Erwachsene werden, zumindest habe ich Marius so verstanden. Ich bin sicher, deine Eltern hätten nichts dagegen, wenn Marco und Leonie ein paar Tage bei ihnen blieben." Sie strich ihrem Mann liebevoll über die Wange. „Wir wären endlich mal wieder Stephan und Kristina, nicht Papa und Mama."

Er grinste. „Na, wenn das so ist! Natürlich fahren wir hin."

Kristina drückte ihm einen Kuss auf die Wange. „Prima!", strahlte sie. „Dann werde ich Marius morgen anrufen und zusagen."

Svenja Schiller lauschte auf Nikolais gleichmäßige Atemzüge. Er lag auf der Seite, den Mund leicht geöffnet, sein tagsüber so ordentlich frisiertes, dunkles Haar mit den wenigen grauen Strähnen war durcheinander und fiel ihm in die hohe Stirn.

Als sie sicher war, dass er fest schlief, stand sie leise auf, schlüpfte in ihre Hausschuhe und verließ das Schlafzimmer. Vorsichtig schloss sie die Tür hinter sich. Dann eilte sie im Dunkeln die Treppe hinunter, wandte sich mit der Sicherheit einer Blinden nach links Richtung Küche und schaltete die Lampe über dem Küchentisch ein. Das helle Licht ließ sie blinzeln. Ein paar Sekunden stand sie da, dann ging sie zum Kühlschrank und öffnete ihn. Sie fand ein Glas mit Bockwürsten, nahm sich eine Wurst heraus, biss hinein und verdrehte genüsslich die Augen, während sie den Kühlschrank wieder schloss. Kauend sah sie sich in der Küche um. Ihr Blick fiel auf die Uhr an der Wand. Es war viertel vor zwölf. Sie würde morgen früh kaum aus dem Bett kommen, das wusste sie. Egal, sie musste einfach etwas essen, vorher war an Schlaf nicht zu denken.

Auf dem Küchentisch lag Nikolais Handy. Eine Weile starrte sie es an, mit schmalen Augen und angehaltenem Atem, als wäre es ein gefährliches Raubtier. Gedankenverloren biss sie ein weiteres Stück von der Wurst. Dann strich sie mit der freien Hand das blonde, schulterlange Haar hinter ihr rechtes Ohr, machte zwei Schritte und nahm das Handy mit einer raschen Bewegung vom Tisch. Nikolais Sperrcode wusste sie schon seit langem. Sie gab seinen Geburtstag ein, 1508, und das Menü öffnete sich. Mit einem weiteren Tastendruck öffnete sie die Nachrichten. Die letzte, die ihr Mann erhalten hatte, lautete: „Mein Tiger, es war unglaublich gestern Abend. Wann sehen wir uns wieder? Ich vermisse dich so! 1000 Küsse, deine kleine (Nackt)Schnecke."

Svenja fühlte einen Kloß im Hals und stopfte sich dennoch den Rest der Wurst in den Mund. Mein Tiger! Wie lächerlich das klang. Und wer zur Hölle war ‚Schnecke'? Sie erinnerte sich noch an Bienchen und an Häschen. Nikolai war also von den Insekten über die Nagetiere bei den Kriechtieren gelandet.

Er hätte Zoodirektor werden sollen statt Anwalt, dachte Svenja zynisch und legte das Handy wieder an seinen Platz zurück. War die nackte ‚Schnecke' eine Kollegin? Eine Mandantin? Oder die Staatsanwältin Weller, von der Nikolai eine Weile so oft gesprochen hatte? Er hatte sie als Drachen bezeichnet, erinnerte sich Svenja. Ein Täuschungsmanöver? In der letzten Zeit hatte er sie nicht mehr erwähnt.

Nachdem sie das Würstchen verputzt hatte, machte sie sich über die Reste vom Apfelkuchen her. Dann aß sie einen Becher Erdbeerjoghurt. Zum Schluss verschlang sie ein paar Schokoladenbonbons. Sie hatte den ganzen Tag über fast nichts gegessen. Mittags hatte sie eine trockene Scheibe Knäckebrot und einen halben Apfel geknabbert. Mehr nicht. Sie war ziemlich stolz auf sich. Wenn sie erst wieder schön schlank war, würde Nikolai endlich die Finger von anderen Frauen lassen. Das hoffte sie jedenfalls inständig. Sie liebte ihren Mann sehr, und dass er sie regelmäßig betrog, tat furchtbar weh.

Vielleicht würde das Wochenende bei Marius die Wende bringen, die ihre Ehe so dringend benötigte. Bis dahin konnte sie locker noch sechs, sieben Kilo abnehmen und wäre damit dicht an ihrem Wunschgewicht.

Sie freute sich unbändig auf die Zeit mit Marius, Jan und Kristina. Krissi war, soviel wusste Svenja, Lehrerin an einer Realschule, mit einem Studienrat verheiratet und hatte, so wie sie selbst, zwei Kinder, etwa im gleichen Alter. Obwohl sie nicht weit auseinander lebten, hatten sie sich seit mindestens acht Jahren nicht gesehen, höchstens mal telefoniert. Und dabei waren sie so gut befreundet gewesen. Es war höchste Zeit, die Freundschaft wieder aufleben zu lassen, nicht nur zu ihr, sondern auch zu Jan und vor allem zu Marius.

Svenja ging in das Gästebad, machte Licht und schloss die Tür ab. Dann kniete sie sich vor die Schüssel.

„Heute Abend wird es spät", eröffnete Nikolai ihr am nächsten Morgen und griff nach seiner Aktentasche. „Juristenstammtisch. Warte nicht auf mich."

Sie runzelte die Stirn, was er nicht sehen konnte, da sie ihm den Rücken zuwandte, während sie das Frühstücksgeschirr in die Spülmaschine räumte. Natürlich! dachte sie. Juristenstammtisch. Vermutlich würden nur zwei Juristen teilnehmen: ihr Mann und Staatsanwältin Schnecke!

Nikolai trat auf seine Frau zu und tätschelte ihr Hinterteil. „Bis morgen, Schnuppel."

Ihr Kosename war nicht zoologischen Ursprungs, fiel ihr auf.

Sie drehte sich zu ihm um. „Bis morgen", flüsterte sie mit erstickter Stimme.

Er drückte ihr einen halbherzigen Kuss auf die vollen, rosigen Lippen und pfiff vergnügt vor sich hin, während er zur Haustür ging.

Da war er wieder, der Kloß im Hals. Ihr ständiger Begleiter. Svenja spürte, dass ihr gleich die Tränen kommen würden, doch sie drängte sie zurück. Sie musste Jana für den Kindergarten fertig machen und die Pausenbrote für Julius schmieren. Und wenn sie beide abgeliefert hatte, wartete die Wäsche auf sie. Einkaufen musste sie auch und die Fenster hatten Schlieren. Sie hatte keine Zeit für Selbstmitleid.

In der nächsten Stunde war alles wie immer: Jana heulte, während Svenja ihr langes Haar bürstete, weil das Ziepen so wehtat. Julius zog sich seine schmutzigste Jeans an und schimpfte vor sich hin, als sie ihn energisch aufforderte, eine saubere Hose anzuziehen. Svenja schlug im Geiste drei Kreuze, als die Kinder in der Schule und im Kindergarten waren. Sie liebte Jana und Julius mit jeder Faser ihres Herzens, genoss jedoch ebenso die wenigen Stunden Ruhe, wenn die zwei nicht da waren und sie pausenlos beanspruchten.

Julius war inzwischen fast neun und Jana wurde im nächsten Jahr eingeschult. Svenja hatte ihren Beruf nie ausgeübt, war all die Jahre für die Familie da gewesen. Mit dem Ergebnis, dass sie, wie ihr Spiegelbild ihr klar aufzeigte, inzwischen nicht mehr so aussah wie Meg Ryan in ‚Harry & Sally', sondern eher als die kleine Schwester von Cindy aus Marzahn durchgehen konnte. Immerhin war sie besser angezogen als Cindy und schminkte sich dezenter.

Nikolai dagegen war immer noch so attraktiv wie damals, als sie ihn kennengelernt hatte. Groß, schlaksig, Ruhe und Überlegenheit ausstrahlend, mit funkelnden dunklen Augen und einem ansteckenden Lachen. Er war ihr gleich aufgefallen, als sie ihn während der Vorlesung über Unterhaltsrecht das erste Mal gesehen hatte. Zuerst war es nur Freundschaft zwischen ihnen gewesen. Sie hatten gemeinsam gelernt und sie hatte ihn bewundert. Er war schon damals so selbstsicher und unbekümmert gewesen. Eigenschaften, die sie auch gern gehabt hätte. Wenn man jedoch als einziges Kind eines ehrgeizigen und dominanten Bundeswehrgenerals dazu verdammt wird, alle paar Jahre den Wohnort und die Schule zu wechseln und neue Freundschaften schließen musste, brauchte man entweder ein dickes Fell oder ein angeborenes, unerschütterliches Selbstvertrauen. Svenja besaß weder das eine noch das andere.

An einem warmen Sommerabend hatten sie allein in Nikolais Studentenbude gesessen, Weißwein getrunken und sich unterhalten. Irgendwann war Nikolai aufgestanden und hatte die neueste Kuschelrock-CD eingelegt. Milk and Toast and Honey von Roxette erklang, als er sich wieder neben sie setzte.

Sie hockten auf dem Boden, den Rücken an die unmoderne braune Couch gelehnt. Er drehte sich zu ihr und sah ihr tief in die Augen. Langsam nahm er ihr das Glas aus der Hand und stellte es auf den kleinen Couchtisch.

„Du bist zauberhaft", sagte er leise. Dann legte er seine Hand unter ihr Kinn und zog sanft ihren Kopf zu sich heran. Ein wohliger Schauer durchrann sie, als seine Lippen die ihren berührten. Sie spürte seine Zunge, schloss die Augen und legte ihre Arme um ihn. Sekunden später lagen sie auf dem altmodischen, abgewetzten Teppichboden.

Mit Nikolai zu schlafen war eine völlig neue Erfahrung für sie. Er war der Boss, ließ keine andere Meinung gelten, drängte sie in die Rolle der Unterwürfigen. Er bestimmte – sie hatte zu gehorchen. Irgendwie gefiel ihr das. Es erregte sie, wenn er im Bett den Ton angab und ihr sagte, was sie tun sollte. Bis dahin hatte sie nur das gekannt, was man inzwischen „Blümchensex" nannte. Es hatte ihr durchaus gefallen, doch das, was sie mit Nikolai erlebte, stellte ihre bisherigen sexuellen Kenntnisse komplett auf den Kopf.

Von dem Abend an waren sie ein Paar gewesen. Krissi, Jan und Marius sah sie nicht mehr so häufig, da sie jede freie Minute bei Nikolai verbrachte, obwohl sie die gemeinsame Zeit mit ihren Freunden schmerzlich vermisste.

Nach dem Studium zog sie mit Nikolai zusammen, und bald darauf war sie schwanger, also heirateten sie. Nikolai machte sein Refendariat noch in Berlin, doch als er ein tolles Angebot von einer großen Kanzlei aus seiner Heimatstadt Hamburg bekam, zogen sie dorthin. Als Julius mit drei Jahren in den Kindergarten kam, hoffte Svenja, wenigstens halbtags in einer Kanzlei arbeiten zu können, doch gerade als sich die Möglichkeit ergab, wurde sie erneut schwanger.

Sie seufzte, schaltete die Waschmaschine ein und warf einen Blick aus dem Fenster. Es war zwar wolkig und etwas zu kühl für die Jahreszeit, aber trocken. Vielleicht fand sie später noch Zeit zum Joggen.

Fünf Wochen später

„DIE ARME ENGER an den Körper", wies Jan Schroeder den jungen Mann mit der Figur von Mick Jagger an, der gerade mit verbissener Miene Zwei-Kilo-Hanteln stemmte, in dem leidlichen Versuch, den dürren Ärmchen etwas mehr Fülle zu verleihen. Die Luft war von einer Mischung aus Schweiß und Deogeruch erfüllt, akustisch ergänzt vom Keuchen der Trainierenden, der Musik aus den Lautsprechern und den Geräuschen der Geräte, die benutzt wurden; grelles Quietschen, rhythmisches Stampfen und metallenes Klirren. Jan waren diese Töne längst so vertraut, dass er sie kaum noch wahrnahm.

Er ging weiter, an den Laufbändern vorbei zu den Crosstrainern und schenkte Maja, die immer rot anlief, wenn er auftauchte, ein strahlendes Zahnpasta-Werbung-Lächeln. Sie lächelte zurück und senkte schüchtern den Blick. Maja war Mitte Zwanzig und kam bis zu dreimal in der Woche, was, wie Jan ahnte, zu einem großen Teil daran lag, dass sie hoffnungslos in ihn verknallt war.

„Bist du nachher beim Spinning dabei?" fragte er mit einem tiefen Blick in ihre Augen und fuhr sich durch das blonde, kinnlange Haar.

Sie starrte ihn überrascht an. „Nein, äh, also, vielleicht, ich weiß nicht genau, mal sehen", stotterte Maja mit brennenden Wangen. Sie trainierte inzwischen seit vier Monaten im Workout & Wellness Fitness-Center, und dies war das erste Mal, das Jan mehr als nur berufliches Interesse an ihr zeigte.

„Du warst wirklich fleißig in der letzten Zeit", sagte er anerkennend und legte eine Hand auf das Gerät. „Man sieht es. Du bist viel besser in Form als zu Anfang."

Sie strahlte wie ein Kernreaktor. „Danke, Jan."

Er ließ seinen fachmännischen Blick über Majas Körper gleiten, begann bei ihren rotierenden Beinen, die inzwischen schlanker und muskulöser waren als noch vor wenigen Monaten, wanderte über den fast flachen Bauch hinauf zu ihrem hübschen Busen und hielt inne, als er ihr in die leuchtenden Augen sah.

„Du siehst echt sexy aus." Den letzten Satz begleitete wieder sein charmantes, jungenhaftes Lächeln. Majas Kopf glühte inzwischen korallenfarben. Ihr rotblondes langes Haar hatte sie zu einem lustig hüpfenden Pferdeschwanz gebunden, die Stupsnase zierten ein paar helle Sommersprossen und ihr voller, breiter Mund kam Jan wie die Versuchung selbst vor.

Er wusste genau um seine Wirkung auf Frauen. Mit seinem blonden Wuschelkopf, der durchtrainierten Figur und seinem Lausbubenlächeln sah er deutlich jünger aus, als er war. Ihm und auch seiner Freundin Yvonne war klar, dass viele der jungen Frauen, die bei ihnen trainierten, nicht nur hier waren, um an ihrer Figur zu arbeiten. Yvonne gefiel das zwar nicht, andererseits war es gut fürs Geschäft.

Maja legte sich nach Jans Kompliment noch etwas mehr ins Zeug. Sie erhöhte das Tempo und himmelte ihn an.

Jetzt der finale Fangschuss, dachte er und sah ihr mit ernstem Gesichtsausdruck wieder tief in die grünen Katzenaugen mit den hellen Wimpern. Mit leiser, fast verschwörerischer Stimme fragte er: „Vielleicht gehen wir später noch irgendwo was trinken?"

Sie kam aus dem Rhythmus, stolperte, fing sich aber wieder. „Was? Wer? Wir zwei?"

Er lachte. „Ja, natürlich wir zwei. Wer denn sonst?" Wieder legte er den ernsten Blick auf. „Um neun in der Newton Bar?"

Ungläubig starrte sie ihn an. Etwa so, als hätte er ihr eröffnet, sie wäre im Finale von ‚Germanys next Topmodel'.

„Ja, okay", hauchte sie glücklich. „Wieso nicht."

Er legte seine Hand kurz auf ihren Unterarm. „Wunderbar. Bis später also."

Ihr Blick fiel ungläubig auf seine Hand, die sanft über ihren Arm strich. „Ja", lächelte sie verträumt. „Klar. Bis später."

Er zwinkerte ihr noch einmal zu und ging dann weiter zu dem weißen, hufeisenförmigen Tresen im großzügigen Empfangsbereich. Dahinter stand Yvonne. Die langen, goldblonden Locken hatte sie zu zwei festen Zöpfen geflochten, die links und rechts über ihre schmalen, gebräunten Schultern hingen. Sie trug ein pinkfarbenes Top mit dem Logo des Studios und reichte Eiweißdrinks an zwei Typen weiter, die am Tresen saßen und sich angeregt unterhielten.

Das Telefon klingelte und Yvonne angelte nach dem Hörer.

„Workout & Wellnes, Yvonne Walter, wat kann ick für Sie tun?" leierte sie mit unverkennbarem Berliner Dialekt und lauschte in den Hörer. „Nee, tut mir echt leid, am kommenden Wochenende haben wir jeschlossen. Aber ab Dienstag sind wir wieder da." Pause. „Ja, klar, fürs nächste Wochenende kann ick Sie eintragen. Für Sauna, ok. Am Samstag. Zehn Uhr? Uff den Namen Rahlke. Allet klar, hab ick. Ok, Tschüssi." Sie legte auf und notierte den Termin im Kalender.

Jan schenkte sich einen Kaffee ein und trank behutsam einen kleinen Schluck. Die Vorsichtsmaßnahme war umsonst, heiß war etwas anderes.

„Schließt du heute Abend ab?" fragte er Yvonne. „Ich bin um neun mit Tom verabredet. Wir wollen ein Bierchen trinken gehen."

Sie sah ihn skeptisch an. „Schon wieder? Ihr wart doch erst am letzten Freitag los."

„Na und?", fragte er rebellisch. Es war immerhin bereits Mittwoch.

„Is ja schon jut." Sie zuckte mit den Achseln. „Aber dann machste morjen die Spätschicht, kapito?"

Er trank die Tasse leer und stellte sie in die Spüle. „Geht klar", nickte er, trat hinter sie und drückte ihr einen innigen Kuss auf den zarten Hals. „Ich geh dann mal die Spinning-Stunde vorbereiten." Er wandte sich ab.

„He, warte mal", hielt Yvonne ihn auf. „Haste Andy anjerufen wegen der Spätschicht am Freitag?"

„Ja, er kommt um eins. Dann können wir gleich anschließend losfahren."

„Jut." Yvonne widmete sich wieder dem Terminkalender und schrieb eine Notiz hinein.

Während Jan zum Spinning-Raum ging, dachte er voller Vorfreude an das Wochenende an der Ostsee. Marius hatte ihm am Telefon erzählt, dass auch Svenja und Krissi zugesagt hatten. Endlich wären sie wieder alle zusammen. Er dachte gern an die unbeschwerte Zeit in der Zinnowitzer Straße zurück. Trotz der normalen Reibereien - Wer hat Küchendienst? Wer bringt die Pfandflaschen weg? Wer ist dran mit Einkaufen und Kochen? - waren sie ein tolles Team gewesen, alle vier. Am meisten freute er sich auf Krissi. Er sah sie vor sich, wie er sie zuletzt gesehen hatte: Kurze schokoladenbraune Haare mit einem frechen Pony, schräge, graue Augen, die immer ein wenig nachdenklich aussahen, zierliche, hübsche Figur. Ob sie wohl noch genauso aussah?

In dem sonnendurchfluteten Trainingsraum legte Jan eine CD in die Anlage. Dann öffnete er die drei Fenster, um frischen Sauerstoff herein zu lassen, und überprüfte anschließend sorgfältig jedes einzelne der zwölf radlosen Bikes. Es war wichtig, dass alle einwandfrei funktionierten.

Die Räder waren in Ordnung. Er sah auf die Uhr, in fünf Minuten begann der Kurs. Die ersten trudelten bereits ein und suchten sich ein Bike aus. Schließlich trat auch Maja durch die Tür und warf ihm einen verliebten Blick zu. Er lächelte sie an, woraufhin ihre Wangen wieder rosig wurden, und ging auf sie zu.

„Ich freue mich schon", flüsterte er ihr ins Ohr, als er die Starttaste der Anlage drückte. Als die Musik erklang, hob er die Stimme und setzte sich auf sein Bike. „Ok, es geht los, alle auf die Räder!"

Yvonne saß zwischen zwei großen, kuscheligen Kissen auf ihrer Couch, knabberte Pistazien und sah einen alten Berliner Tatort, als das Telefon klingelte. Noch ganz gefangen vom Geschehen auf dem Bildschirm nahm sie den Apparat vom Couchtisch und meldete sich. „Yvonne Walter."

„Hi Yvonne, hier ist Tom. Ist Jan da?"

Der Krimi war unwichtig geworden, sie war zurück in der Realität, die in diesem Moment genauso unerfreulich war wie der brutale Mord auf dem Bildschirm. Yvonne presste die Lippen fest aufeinander, ihre Augen verengten sich zu zwei schmalen Schlitzen. Also war Tom doch nur eine Ausrede gewesen! Was bedeutete, dass Jan sich wieder mit irgendeinem Mädchen herumtrieb. Yvonne war so enttäuscht und verletzt, dass sie Mühe hatte, ihre Stimme wieder zu finden.

„Nee, tut mir leid", krächzte sie und räusperte sich.

„Schade. Du, übrigens, ein Kumpel meines Nachbarn ist gerade hier und er sagt, er kennt dich. Ich geb dich mal weiter."

Ohne zu wissen warum kroch eine böse Vorahnung in ihr hoch. Als dann eine ölige dunkle Stimme an ihr Ohr drang, stellten sich augenblicklich ihre Nackenhaare auf und alles in ihr ging auf Hab-Acht-Stellung.

„Hallo Schnulli, wie jeht's?"

Sie setzte sich langsam auf. „Hallo Jochen." Ihre rechte Hand begann, eine goldblonde Haarsträhne um den Zeigefinger zu wickeln.

„He, du hast mir jefehlt. Wir müssen uns unbedingt ma wieder sehen", schmeichelte Jochen.

„Det kannste vergessen." Ihre Stimme klang brüchig, sie hörte es selbst.

Er ignorierte ihre ablehnende Bemerkung. „Du bist mit deinem Fitness-Center ja janz schön erfolgreich, wie Tom mir erzählte", sagte Jochen im Plauderton. „Ick freu mich für dich. Mir jeht es leider nich so jut wie dir."

Sie schwieg.

„Pass uff, Tom ist jrade auf'm Klo, also kann ick Klartext reden." Jochens Stimme klang ernst. „Ick hab mir jedacht, um unserer alten Freundschaft willen, du könntest mir vielleicht aus der Patsche helfen, wa?"

Yvonne verdrehte die Augen. Jochen steckte ständig in der Patsche. Irgendwem schuldete er immer Geld, und meistens waren das keine zimperlichen Typen.

„Jochen, wir haben seit fast sechs Jahren keenen Kontakt mehr und dabei soll es ooch bleiben."

„Det seh ick nich so, Süße. Wat würde dein Schatzi wohl sagen, wenn ich ihm 'n bisoken wat von früher verklickere, hm?"

Gänsehaut bildete sich auf Yvonnes Armen. Sie hasste es, an früher erinnert zu werden, und Jochen war die personifizierte Erinnerung.

„Det wär ihm vermutlich völlig wurscht." Sie klang sicherer, als sie war.

„Wär det deinen Kunden ooch völlig wurscht?" Jochens Stimme nahm einen bedrohlichen Klang an. „Sperr ma die

Lauscher uff, meine Süße. Ick hab'n Kumpel beim Wochenblatt, der würde sich alle zehn Finger nach so 'ner Story lecken."

Sie schloss die Augen, ihr Kinn zitterte. Dieser Scheißkerl! Sie wollte lieber nicht darüber nachdenken, was für Folgen es hätte, wenn ihre Vergangenheit bekannt wurde. „Wat willste von mir?" presste sie hervor.

„Mit zehntausend Eiern wär mir schon jeholfen."

Yvonne lachte bitter auf. „Das is'n blöder Scherz, oder? Woher soll ick denn so viel Kohle haben?"

„He, Tom, haste noch 'n Bier für mich?" fragte Jochen fröhlich. „Dufte, danke." Kurz darauf wurde seine Stimme wieder ernst. „Hör zu, Schnulli, morjen Abend um neune treffen wir uns in der „Bluebox". Wenn du nich kommst, weeßte, wat passiert." Dann wieder in normalem Tonfall: „Danke, Tom. War schön, deine Stimme zu hören, Schnulli. Wir seh'n uns, bis dann."

Als nur noch Stille an ihr Ohr drang, warf Yvonne das Telefon auf die Couch, schlug die Hände vor das Gesicht und schrie ihre Wut und ihre Angst hinaus.

Unauffällig schielte Jan auf die Uhr. Es war schon fast halb elf, Zeit, zur Sache zu kommen. Maja, die zu den weißen, flachen Ballerinas ein sportliches, hellblaues Polokleid trug, erzählte pausenlos von ihrer Arbeit bei einer Versicherung und langweilte ihn damit zu Tode. Er nickte, lächelte und tat interessiert, doch mit jeder Minute fiel es ihm schwerer, Aufmerksamkeit zu heucheln.

Jan trank sein Bier aus, stellte das leere Glas ab und legte seine Hand auf ihre. Maja verstummte mitten im Satz und sah ihn unruhig an, während sie versuchte, ohne hinzugucken den Strohhalm ihres Tequila Sunrise mit den Lippen einzufangen.

„Gehen wir noch zu dir?" fragte er mit einem Blick, der selbst Alice Schwarzer zum Schmelzen gebracht hätte. „Ich möchte unheimlich gern mit dir allein sein." Seine Finger fuhren sanft über Majas Handknöchel, den Unterarm an der Innenseite hinauf.

Sie war Wachs in seinen Händen.

Er winkte dem Kellner und überzeugte sich beim Bezahlen diskret davon, dass in dem kleinen Extrafach seines Portemonnaies ein Kondom steckte. Im Taxi stieg er zu Maja nach hinten und parkte seine Hand auf ihrem Oberschenkel, während sie zu ihr in die Hannoversche Straße fuhren. Eine halbe Stunde später sackte er erschöpft und befriedigt auf ihr zusammen.

Sie schmiegte sich in seinen Arm, nachdem er von ihr herunter gerollt war. „Bleibst du heute Nacht hier?" fragte sie zärtlich und küsste seine Brust.

„Du, tut mir leid, aber das geht nicht." Yvonne würde ihm die Hölle heiß machen.

„Wegen deiner Freundin?"

Er seufzte. „Richtig getippt."

Maja stützte sich auf einen Ellenbogen und sah ihn mit gerunzelter Stirn an. „Warum trennst du dich nicht von ihr?"

„Yvonne ist meine Chefin", versuchte er zu erklären. „Ich müsste mir einen neuen Job suchen. Und außerdem verstehen wir uns meistens ganz gut."

„Und was wird aus uns?" fragte Maja leise. Ihre Augen schimmerten verdächtig. „Sehen wir uns am Wochenende?"

Er schüttelte bedauernd den Kopf. „Nee, du, das wird nichts. Dieses Wochenende besuche ich einen alten Freund an der Ostsee. Aber wir sehen uns ja nächste Woche im Studio."

Er schlug die Decke mit dem geblümten Ikea-Bezug zur Seite und schwang die Beine aus dem Ikea-Bett. „Ich geh kurz ins Bad."

Als er zurückkam, beugte er sich zu Maja und drückte ihr einen Kuss auf die hellen Lippen. „Du warst unglaublich", sagte er mit einem kleinen Lächeln und streichelte ihre Wange. Sie schwieg und beobachtete ihn, als er in seine Klamotten schlüpfte und zur Tür ging. Als er sie öffnete, drehte er sich noch einmal zu Maja um, die betrübt im Bett lag und ihm mit tränenverhangenen Augen nachsah. Offenbar dämmerte ihr, dass die Idee, sich auf ihn einzulassen, auf der Top-Ten-Liste ihrer schlechten Entscheidungen einen Platz ziemlich weit oben einnahm.

Aufmunternd lächelte er ihr zu. „Nun mach nicht so ein Gesicht, Schätzchen. Wir sehen uns ja bald wieder."

Er warf eine Kusshand in ihre Richtung, dann machte er, dass er fort kam. Zu Fuß schlenderte er in Richtung Friedrichstraße und bog schließlich rechts in die Johannisstraße ab, wo er seit fast drei Jahren mit Yvonne in einer Dachgeschosswohnung lebte. Im Erdgeschoss desselben Hauses befand sich das Fitness-Studio. Nur einen Katzensprung von der Universität entfernt war die Lage optimal für die Studenten, die sich sportlich betätigen wollten – und das waren eine ganze Menge.

Es war beinahe Mitternacht, als Jan die Wohnungstür aufschloss. Möglichst leise legte er sein Schlüsselbund auf die trutzige, dunkle Kommode in dem großzügigen Flur und lauschte. Aus dem Schlafzimmer drang das Geräusch des laufenden Fernsehers. Also war Yvonne bereits im Bett. Wenn er Glück hatte, schlief sie schon. Möglichst geräuschlos zog er sich die Sneakers aus und schlich auf Socken zum Schlafzimmer.

Yvonne saß im Licht der Nachttischlampe im Bett, mehrere Kissen im Rücken, und sah ihn an, als er durch die Tür lugte.

„Na, ooch wieder da?" fragte sie ironisch.

„Wie du siehst." Er zog sich das T-Shirt über den Kopf und sah zum Bildschirm. Titanic! Ausgerechnet diese alberne Liebesschnulze. Leonardo de Caprio und Kate Winslet kämpften sich gerade mit blaugefrorenen Lippen durch die Wassermassen im Unterdeck.

Jan seufzte und rollte unauffällig mit den Augen. Er stand mehr auf beinharte Action mit möglichst vielen Schusswechseln und sich überschlagenden Autos, die anschließend lautstark explodierten.

„Wie jeht's Tom?" wollte Yvonne wissen und setzte sich auf.

„So lala. Er muss aus seiner Wohnung raus, wegen Eigenbedarf", improvisierte Jan. Das hatte ihm sein Kumpel vor ein paar Tagen erzählt.

Leonardo und Kate rüttelten klatschnass und durchgefroren an einem Eisengitter und riefen lautstark um Hilfe.

„Aha. Ist ja seltsam", wunderte sich Yvonne, und ließ dabei jeden Hauch von ihrem Berliner Dialekt vermissen, „davon hat er gar nichts gesagt, als er vorhin hier anrief und dich sprechen wollte." Sie stellte den Ton des Fernsehers leise und sah ihren Freund abwartend an. Ihre dunklen Augen funkelten gefährlich.

Jan kehrte abrupt vom eiskalten Atlantik zurück ins Schlafzimmer, in dem plötzlich ebenfalls arktische Temperaturen herrschten. Verdammt, er hatte völlig vergessen, Tom zu instruieren. Und wenn Yvonne derart hochdeutsch sprach, dann war sie richtig sauer. Das wusste er aus leidvoller Erfahrung.

Er schwieg und zog sich die Hose aus. Was sollte er auch sagen? Er steckte knöcheltief in der Scheiße, soviel war klar. Seine Freundin saß mit eisiger Miene im Bett, die Decke bis unter die Achseln hochgezogen, die Arme vor der Brust verschränkt.

„Hör zu, du kleiner Mistkerl", fauchte sie, mit einer Stimme, die direkt aus dem Eisberg zu kommen schien, den der Luxusdampfer gerammt hatte, „ich hab dir schon beim letzten Mal gesagt, dass ich das nicht mehr mitmache. Und das hab ich auch so gemeint."

„Es tut mir so, so leid." Jan war das schlechte Gewissen en persona. Er setzte sich zu ihr auf die Bettkante und sah sie mit großen traurigen Augen an.

„Was tut dir leid?" fragte sie aufgebracht. „Das du die Finger nicht von anderen Weibern lassen kannst, oder dass ich dich mal wieder beim Lügen erwischt habe? Du weißt genau, wie sehr ich es hasse, angelogen zu werden. Und beschissen zu werden hasse ich noch viel mehr." Den letzten Satz sagte sie leise und sehr traurig. Ihre Lippen bebten.

Jan sah Tränen in ihren dunklen Rehaugen aufblitzen und schämte sich jetzt wirklich. Eigentlich wollte er ihr doch gar nicht wehtun. Er wusste selbst nicht, warum er nicht treu sein konnte. Vielleicht, weil es ihm idiotisch vorgekommen wäre, Gelegenheiten, die sich ihm auf einem Silbertablett anboten, nicht zu nutzen. Trotzdem tat es ihm leid, Yvonne mal wieder enttäuscht zu haben. Seine Hand legte sich auf die Bettdecke und ertastete ihren Oberschenkel unter dem rotbraunen Streifenmuster. „Ich schwöre dir, ich werde mich bessern, Engel", versicherte er leise.

Sie schüttelte den Kopf, so dass ihre langen blonden Locken hin und her flogen, senkte die Arme und fegte mit einer energischen Bewegung seine Hand von ihrem Bein. „Nee, vergiss es. So leicht kommst du diesmal nicht davon." Sie hob ihr Kinn an. „Pack deine Sachen und verschwinde, und nimm deinen Dackelblick gleich mit!"

Schockiert sah er sie an. So hatte sie noch nie reagiert. Sie hatte schon mit Liebesentzug gedroht oder ein Glas nach ihm geworfen – es war nur wenige Millimeter von seinem Kopf entfernt an ihm vorbei geflogen -, doch sie hatte ihn noch nie rausgeschmissen.

„Das meinst du nicht ernst!"

Mit blitzenden Augen sah sie ihn an. „Oh, doch, mein Lieber, ich meine es sogar verdammt ernst. Und einen neuen Job kannst du dir auch gleich suchen. Feierabend, Ende Gelände."

„Yvonne, ich liebe dich!" rief er verzweifelt.

Sie lachte kurz und freudlos auf. „Ja, genau. Du hast eine tolle Art, das zu zeigen."

„Ich meine es ernst." Er ergriff ihre zierliche Faust und hielt sie fest, als sie sie ihm entziehen wollte. „Ich gebe es ja zu, ich war ein Arsch.",

Sie sah ihn mit einer hochgezogenen Braue an und eilig korrigierte er sich. „Ok, ich bin ein Arsch. Doch ich verspreche dir hoch und heilig, von jetzt an keine Lügen mehr, und keine anderen Frauen. Die bedeuten mir doch sowieso nichts." Er sah ihr aufrichtig in die sonst so schönen Augen, die sich nun allerdings zu zwei schmalen Schlitzen verengt hatten. „Ich schwöre es!" sagte er langsam und betont. „Du bist die Einzige, die mir wichtig ist. Auf die anderen kann ich verzichten, ehrlich! Und das werde ich auch."

„Wieso sollte ich dir denn noch glauben?" fragte sie. Es klang mutlos und enttäuscht.

Eine gute Frage, das musste er zugeben. Schließlich hatte er ihr schon häufig versprochen, treu zu sein. Bisher hatte er es nie halten können - doch diesmal meinte er es wirklich ernst. Er liebte Yvonne, und der Gedanke, seine Berliner Kodderschnauze mit den Engelslocken und dem goldenen Herzen zu verlieren, war ihm unerträglich. Sie war die Frau, mit der er alt werden wollte - wenn er denn unbedingt alt werden musste. Er überlegte eine Sekunde, ein kleines Lächeln stahl sich in sein Gesicht. Vielleicht hatte er einen Weg gefunden, mit dem er seinen Kopf doch noch aus der Schlinge ziehen konnte. Er strich Yvonne sanft über die Wange und sie drehte sofort den Kopf weg. Doch davon ließ er sich nicht beirren. „Lass uns heiraten", sagte er feierlich. „Ich will für dich sorgen, dich lieben, ehren und dir treu sein. Und ich möchte Kinder mit dir haben."

Yvonne zeigte ihm einen Vogel. „Du hast sie doch nicht alle!"

„Ich habe zwar keinen Ring dabei, aber ich meine jedes Wort ernst." Er sah ihr forschend in die Augen und lächelte sie unsicher an.

Yvonne registrierte das mit nicht geringer Verwunderung. Er wirkte regelrecht nervös, das war ja eine ganz neue Seite an ihm. War das wirklich ihr Jan, der ihr gerade einen Antrag gemacht hatte und ihr das Gefühl gab, in eine unterirdisch kitschige TV-Schmonzette geraten zu sein? Der Mann, der von Ehe und Familie so viel hielt, wie James Bond vom Zölibat? Meinte er diesen Antrag wirklich ernst? Oder war das nur ein geschicktes Manöver, damit sie ihm mal wieder verzieh und er munter so weitermachte wie bisher?

Yvonne schlug die Decke zur Seite und stand auf. „Du hast doch bloß Angst, dass du deinen Hintern auf der Straße wiederfindest", sagte sie, und sah aus dem Augenwinkel, wie die betuchteren Fahrgäste der Titanic in die Rettungsboote stiegen. Im Augenblick kam sich selbst wie eines vor, mit Jan als einzigem Passagier.

Er nickte mit entwaffnender Ehrlichkeit. „Da hast du absolut Recht. Trotzdem habe ich jedes Wort ernst gemeint. Ich will nur dich, Engel. Du bist alles, was mir wichtig ist."

Zweifelnd sah sie ihn an, den Kopf schräg, die Arme locker verschränkt. Jan saß da, nur mit einer Boxershorts bekleidet und ein Bein untergeschlagen auf dem Bett und sah sie an. Er wirkte so überzeugend, dennoch war sie unsicher, ob sie ihm glauben sollte. Zu oft hatte er sie schon enttäuscht. Andererseits liebte sie ihn, mehr, als er verdiente.

„Du meinst also, wir sollten heiraten", fasste sie misstrauisch zusammen.

Er nickte. „Ich falle auch vor dir auf die Knie, wenn du möchtest." Schon stand er auf, ging auf sie zu und ließ sich auf ein Knie nieder. „Ich liebe dich, Engel, glaub mir. Ich werde dich nie wieder enttäuschen." Er nahm ihre Hand und sah flehend zu ihr hoch.

Sie spürte, dass sie wankte. Innerlich schüttelte sie über sich selbst den Kopf. Jan war vermutlich der einzige Mann auf Gottes weiter Welt, der es fertig brachte, seiner Freundin einen Antrag zu machen, nachdem er gerade erst aus dem Bett einer anderen Frau gestiegen war. Und dennoch war sie drauf und dran, ‚ja' zu sagen.

„Und wenn doch?", fragte sie lauernd. „Wenn du wieder Scheiße baust? Was dann?"

„Dann darfst du mich mit einem gewaltigen Fußtritt aus deinem Leben feuern. Was Besseres habe ich in dem Fall nicht verdient."

„Da haste ausnahmsweise mal Recht, du Nappsülze."

Erleichtert stellte er fest, dass das Hochdeutsch verschwunden war. Er küsste ihre Hand, stand auf und nahm ihr Gesicht in seine beiden Hände. „Um dich nicht zu verlieren, würde ich einfach alles tun. Ich hab viel falsch gemacht und dich oft verletzt. Es tut mir unglaublich leid." Fragend schaute er sie an. „Was sagst du? Willst du meine Frau werden?"

Sie schwieg eine Weile, schien zu überlegen, während sie beobachtete, wie Kate Winslet wieder aus dem Rettungsboot herauskrabbelte und sich kurz darauf in Leonardos Arme stürzte.

„Det wär mit Sicherheit der größte Fehler, den ick machen könnte", sagte Yvonne schließlich leise.

Er küsste zärtlich ihre geschwungenen Lippen. „Und, willst du diesen Fehler machen?" fragte er dann. „Mein heiliges Ehrenwort, du würdest es nicht bereuen."

„Dein heilijes Ehrenwort is nich mehr wert als 'n Haufen Hundescheiße", erwiderte sie grob und musste gegen ihren Willen lächeln.

„Ist das ein Ja?" fragte er vorsichtig.

Sie sah ihm ins Gesicht, suchte nach irgendwelchen Anzeichen in seinen meerblauen Augen, dass er sie austrickste, fand jedoch nichts, was ihr Misstrauen nährte. Zögernd nickte sie. „Also jut, eene Chance kriegste noch. Aber det is wirklich die allerletzte."

„Kapiert", lächelte er und nahm Yvonne fest in die Arme, während auf der Titanic endgültig die Panik ausbrach und das Streichorchester zum letzten Mal aufspielte.

Donnerstag

DER NÄCHSTE VORMITTAG war wolkenverhangen aber warm. Nach einem viel zu kühlen und nassen Frühling lag jetzt endlich der Sommer in der Luft. Bevor Yvonne das Studio öffnete, zog sie ihre Turnschuhe und ihr Jogging-Outfit an und lief los. Doch anstatt wie sonst links in die Friedrichstraße einzubiegen und am Spreeufer entlangzulaufen, steuerte sie diesmal die U-Bahn-Station Oranienburger Tor an. Als sie an einem Geldautomaten fünftausend Euro von ihrem Sparbuch abhob, war sie kurz davor, in Tränen auszubrechen. Mehr Geld hatte sie nicht, und es war eigentlich dafür gedacht, eine Rücklage zu haben, falls eines der Geräte ersetzt werden musste. Stattdessen war sie gezwungen, es Jochen, diesem elenden Parasiten, in den Rachen zu schmeißen. Er schien sich nicht darüber im Klaren zu sein, dass sie – obwohl es ihr finanziell besser ging als ihm – keineswegs im Geld schwamm. Sie arbeitete hart für das, was sie mit ihrem Studio verdiente.

Mit dem Batzen Geld in der kleinen Gürteltasche lief sie zurück, schloss das Studio auf und verstaute die Geldscheine in einem braunen Umschlag, den sie hinter den Putzmitteln versteckte. Das war mit Abstand der sicherste Ort, da Jan diesen Schrank ebenso mied wie Victoria Beckham ein Fast-Food-Restaurant.

Am Vormittag war es relativ ruhig. Ab fünf, spätestens ab sechs Uhr nachmittags, würde es wieder voller werden, doch im Augenblick war nicht viel zu tun. Jan leitete einen Yoga-Kurs, an dem hauptsächlich Hausfrauen aus der Umgebung teilnahmen. Er hatte darauf zwar nicht viel Lust, schaffte es mit seiner lockeren und charmanten Art aber immer, dass die Damen ihn anhimmelten. Der Kurs war regelmäßig ausgebucht, es gab sogar eine Warteliste. Yvonne stellte sich auf eines der Laufbänder, nachdem sie sich mit ein paar Dehnübungen aufgewärmt hatte. Beim Laufen konnte sie am besten nachdenken. Sie stellte das Gerät ein und begann, in gleichmäßigem Tempo einen Schritt nach dem anderen zu machen. Dabei sah sie aus dem Fenster. Der Eindruck vom Morgen hatte getäuscht; die Wolkendecke war noch dichter geworden und schien die Farben geschluckt zu haben. Berlin wirkte so grau und trostlos wie zur Nachkriegszeit.

Bald trommelten die Regentropfen so laut an die Fensterscheibe, als wollten sie mit der Musik aus den Lautsprechern in einen Wettstreit treten. Yvonne steigerte das Tempo, bis sie ihren vertrauten Rhythmus gefunden hatte. Ihre Gedanken begannen ebenso zu fließen, wie das Band unter ihren Turnschuhen, und wanderten zu dem Anruf vom Vorabend. Jochen Bellendorf. Warum, zum Teufel, musste er wieder in ihrem Leben auftauchen? In den letzten sechs Jahren hatte sie alles dafür getan, ihre Vergangenheit hinter sich zu lassen und ein neues Leben anzufangen. Es war verdammt hart gewesen, doch sie hatte es geschafft. Alle Verbindungen zu früher hatte sie mit der Entschlossenheit einer Guillotine gekappt. Und jetzt tauchte Jochen auf wie ein böser Geist.

Yvonne steigerte das Tempo und lief schneller. Die Wut auf Jochen spornte sie zu Höchstleistungen an. Sie liebte ihr Leben, verdammt! Und sie hatte nicht vor, sich dieses Leben von Jochen oder einem anderen kaputt machen zu lassen. Niemals.

„Ich bin denn man fertig, Herr Schumann."

Marius, der gerade in einem Fotoalbum geblättert hatte, drehte sich um. Frau Nielsen, seine unförmige Haushaltshilfe, stand an der Tür, den Henkel ihrer hässlichen Handtasche in beiden Händen haltend. Auf ihren grauen Haaren, von Lockenwicklern geformt und von dem Kopftuch, das sie bei der Arbeit getragen hatte, platt gedrückt, saß ein kleiner grauer Hut, der Marius an einen Nachttopf erinnerte, und der ein wenig von ihren abstehenden Ohren ablenkte.

„Das Gästezimmer und die Souterrain-Wohnung sind vorbereitet?", vergewisserte er sich.

„Ja, natürlich", nickte Frau Nielsen, das Wort auf norddeutsche Art lang gezogen, als hätte es drei Ü‘s. „Die Betten sind frisch bezogen, die Bäder geputzt und der Kühlschrank im Suttereng ist mit Getränken und so'n paar Leckereien gefüllt, wie Sie gesacht haben."

Marius nickte und verkniff sich ein Grinsen, wie immer, wenn Frau Nielsen versuchte, das Wort ‚Souterrain' auszusprechen.

„Danke. Gute Arbeit. Ich wünsche Ihnen ein schönes Wochenende."

„Ihnen auch, Herr Schumann. Tja, bis Dienstach dann."

Er lächelte ihr zu und hob verabschiedend eine Hand. „Bis Dienstag."

Die Haustür ging und Marius atmete tief durch. Im Laufe des nächsten Tages würden seine Freunde eintreffen. Endlich. Er freute sich schon so sehr darauf. Das Wetter schien mitzuspielen, seit zwei Tagen hing ein beständiges Hoch über Süd-Dänemark, so dass auch Flensburg in den Genuss des warmen, sonnigen Wetters kam. Dem dänischen Wetterbericht zufolge sollte das in den nächsten Tagen auch so bleiben.

Marius hatte mit seinem Chef - Verenas Vater - vereinbart, dass er an diesem Wochenende die aufgelaufenen Überstunden abfeiern würde. Vier freie Tage plus Sommerwetter, so viel Glück hatte er schon lange nicht mehr gehabt. Marius wusste gar nicht, wohin mit seiner guten Laune.

Für Freitagabend hatte er im ‚Italia', dem angesagten Italiener am Strand von Solitüde, einen Tisch bestellt. Da dieser in der unmittelbaren Nachbarschaft lag, konnten sie ohne weiteres zu Fuß hinübergehen. Am Samstagabend würde er den Grill anwerfen, hatte er beschlossen. Richtig, er musste noch aufschreiben, was er dafür alles brauchte.

Er ging in die Küche, setzte sich an den Tresen, der den modernen Kochbereich vom Esszimmer trennte, und legte das Fotoalbum mit den Erinnerungsbildern aus der Studienzeit zur Seite. Dann zog er den Einkaufsblock und den Stift heran, die dort immer bereit lagen.

Während er schrieb, kam Verena herein, in einer hellgrauen, engen Jogginghose und einem noch engeren, dunkelblauen Top. Sie öffnete den Kühlschrank und nahm eine Flasche Mineralwasser heraus.

„Was machst du da?" fragte sie, holte ein Glas aus dem Schrank und füllte es.

„Ich schreibe auf, was wir zum Grillen brauchen." Er sah sie an. „Machst du zwei Salate?"

Sie trank einen kleinen Schluck. „Sicher. Einen Nudel- und einen Tomatensalat?" fragte sie.

Er lächelte. „Perfekt. Ich liebe deinen Nudelsalat."

„Und?", fragte sie und fuhr ihm liebevoll durch die Locken. „Bist du schon aufgeregt?"

Er schüttelte den Kopf. „Aufgeregt? Nein, das nicht. Ich freue mich einfach nur darüber, dass sie kommen."

Sie setzte sich auf den Hocker ihm gegenüber. Eine Strähne ihres glatten, rotblonden Haares hatte sich aus dem Pferdeschwanz gelöst. Sie schob sie mit einer nachlässigen Bewegung hinter ihr rechtes Ohr. „Du hast mir noch nicht allzu viel von ihnen erzählt", sagte sie neugierig. „Wie sind sie denn so?"

Er stützte die Unterarme auf die Tischplatte. „Wie sie jetzt sind, weiß ich natürlich auch nicht genau, schließlich haben wir uns ziemlich lange nicht gesehen. Aber damals..." Er überlegte. „Also, Jan war einfach der ewige Sunnyboy.

Immer gut drauf, für jeden Unsinn zu haben und nach seinem Dafürhalten ein Segen für jede Frau."

„Klingt ziemlich arrogant", wandte Verena ein und rümpfte die Nase.

„Sein Erfolg gab ihm recht", musste Marius neidlos anerkennen. „Er war bei den Ladys äußerst beliebt."

„Du nicht?", neckte seine Freundin ihn.

Er lachte. „Darauf antworte ich dir mit einer Gegenfrage: Wer achtet noch auf Hugh Grant, wenn Brad Pitt neben ihm steht?"

„Sehe ich das richtig?", amüsierte sie sich. „Vergleichst du dich gerade mit dem schnuckeligen Hugh Grant?"

Marius zog eine Grimasse. „Wohl eher den guten Jan mit Brad Pitt." Er winkte ab. „Ich weiß, der Vergleich hinkt."

„Kaum", grinste sie. „Und die anderen beiden? Wie waren sie so?"

„Nun, Krissi war die Vernünftigste von uns", antwortete Marius nachdenklich. „Sie hat von uns allen am häufigsten gelernt und dafür gesorgt, dass wir es auch hin und wieder taten. Ich würde sagen, sie war so etwas wie unser Gewissen."

„Und Svenja?"

Er lächelte und zeigte dabei charmante Grübchen in den Wangen. „Ach ja, Svenja. Sie war so hübsch mit ihren Sommersprossen, den großen blauen Augen und ihrem Schmollmund. Sie war - niedlich. Ja, das ist das richtige Wort. Und ein wenig tollpatschig, wie ein Hundewelpe. Sie weckte in uns den Beschützerinstinkt." Ein leicht verträumter Ausdruck trat in seine Augen. Für einen Moment schien er Lichtjahre entfernt zu sein. In Berlin, vermutete Verena und spürte einen Stachel der Eifersucht, als sie die Zärtlichkeit in seinem Gesicht erkannte, die offenbar die Erinnerung an Svenja ausgelöst hatte.

Dann kehrten seine Gedanken in die Gegenwart zurück.

„Ja, so waren sie damals. Und jeder war auf seine Weise liebenswert", fasste er zusammen.

„Also der Sunnyboy, die Vernünftige und die Niedliche", zählte Verena auf. „Und was warst du?"

„Gute Frage." Er dachte einen Moment lang nach und trank einen Schluck aus ihrem Glas. „Vielleicht so eine Art Autorität, ein Vaterersatz. Im Grunde waren wir wie eine Familie; Krissi und ich waren die Eltern, Jan und Svenja die Kinder."

„Klingt ein bisschen verrückt bei vier Leuten im gleichen Alter." Sie sah auf die Uhr. „Ich muss los, mein Yoga-Kurs beginnt in zwanzig Minuten." Sie gab ihm einen Kuss und rutschte vom Hocker.

Marius griff wieder nach dem Stift. „Ich wünsche dir viel Spaß. Bis nachher."

Er sah Verena nach, als sein Handy ihm mitteilte, dass er eine Kurznachricht erhalten hatte. Er nahm das Telefon und las den kurzen Text. Er war von Carmen, seiner Exfrau. Sie teilte ihm knapp mit, dass sie einen Zuschuss von ihm brauchte für Charlottes Klassenfahrt. Marius seufzte. Wenn Carmen sich bei ihm meldete, ging es fast immer um Geld. So süß und sexy sie zu Beginn ihrer Beziehung auch gewesen war; nach der Hochzeit hatte sie sich immer mehr als eifersüchtiges Luxusweibchen entpuppt, dem er es nie recht machen konnte. Streitereien waren an der Tagesordnung. Auch die Geburt von Charlotte änderte nichts daran, dass die Chemie zwischen ihnen einfach nicht stimmte.

Als er dann auch noch herausfand, dass seine Frau ein Verhältnis mit ihrem gemeinsamen Nachbarn hatte, erkannte Marius endlich, dass ihre Ehe keine Zukunft hatte und reichte die Scheidung ein.

Er hätte sich gewünscht, dass Charlotte bei ihm lebte - seine Tochter war sein ein und alles -, doch da er beruflich so stark eingespannt war, musste sie bei Carmen bleiben. Immerhin telefonierten sie regelmäßig, und an den Wochenenden, an denen Charlotte bei ihm war, nahm er sich viel Zeit für sie.

Marius nahm noch einmal das Fotoalbum in die Hand und schlug es auf. Er blätterte, bis er das Bild fand, das er gesucht hatte. Jan, Kristina, Svenja und er selbst saßen eng aneinander gedrängt auf einer hässlichen gelbgemusterten Couch. Er hatte einen Arm um Svenja gelegt. Sie wirkten alle vier vergnügt und ausgelassen. Das Bild war auf einer Party entstanden, kurz bevor er Carmen kennen gelernt hatte. Kurz bevor sich alles verändert hatte.

„Schnuppel?! Wo bist du?"

Nikolais Rufe erreichten Svenja, als sie mit dem Wäschekorb in den Händen aus dem Badezimmer trat. „Ich bin hier. Was ist denn los?"

Er sah seine Frau an und verkniff sich ein Seufzen. Svenja erinnerte ihn immer mehr an seine Mutter. Ihr blondes Haar hatte sie zu einem unordentlichen Knoten zusammengebunden, sie war ungeschminkt und trug ihre ausgebeulte Lieblings-Jogginghose. Da Svenja in den letzten paar Wochen einiges an Gewicht verloren hatte, schlabberte die Hose inzwischen an ihr herum wie ein ausrangierter Kartoffelsack.

„Ich muss noch mal weg", antwortete er knapp und sah auf die Uhr. „Mein wichtigster Mandant hat gerade angerufen. Die Steuerfahndung war heute bei ihm, wir müssen unbedingt sofort für Schadensbegrenzung sorgen."

Svenjas blaue Augen weiteten sich. „Jetzt noch? Hat das nicht bis morgen Zeit?" Sie war enttäuscht. Es war immerhin schon fast acht Uhr und Nikolai war gerade erst nach

Hause gekommen. Die Kinder schliefen bereits. Wieder einmal hatten sie ihren Vater seit dem Frühstück nicht gesehen.

Er schüttelte bedauernd den Kopf. „Keine Chance. Ich muss mich gleich morgen früh darum kümmern, und dafür brauche ich alle Informationen, die er mir geben kann."

„Aber wir können doch morgen Vormittag wie geplant losfahren, oder?", fragte Svenja besorgt.

„Möglicherweise etwas später, doch ich werde mich bemühen, pünktlich hier zu sein", versprach er. „Das schaffe ich aber nur, wenn ich mich schon heute Abend um die Sache kümmere." Wieder sah er auf seine Armbanduhr. „Es wird Zeit. Ich fürchte, ich komme nicht vor Mitternacht nach Hause." Damit drehte er sich um und eilte die Treppe hinunter. Ihr ‚Tschüs' hörte er kaum noch, dann war er auch schon aus der Tür.

Hinter dem Lenkrad seines Volvos sitzend atmete Nikolai tief durch und schloss für einen Moment die Augen. Als er sie wieder öffnete, leuchteten sie vor Vorfreude. Schwungvoll drehte er den Zündschlüssel und fuhr rückwärts auf die Straße.

Zwanzig Minuten später drückte er auf einen Klingelknopf und wartete ungeduldig auf das Summen, das ihm die Tür öffnete.

Eine ältere Dame, die mit ihrem übergewichtigen Mops spazieren ging, sah ihn mürrisch an. Nikolai ignorierte sie, er genoss lieber die letzten Sonnenstrahlen, die seinen Nacken wärmten. Als es endlich summte, stieß er die Tür auf und trat in den dämmerigen Hausflur. Ein Fahrrad lehnte rechts an der schmutzig-weißen Wand, darüber hingen acht Briefkästen. Vor der Wohnungstür im Erdgeschoss standen ordentlich aufgereiht mehrere Paar Schuhe.

Zwei Stufen auf einmal nehmend rannte er die Treppe hinauf. Die Wohnungstür stand einen Spaltbreit offen. Er trat ein, schloss die Tür und hängte seinen Trenchcoat an die Garderobe. Im Flur roch es nach einem schweren Parfüm. Das Wohnzimmer lag im Dunkeln, doch aus dem Schlafzimmer drang ein schwacher, leicht flackernder Lichtschein. Mit einem zufriedenen Lächeln ging Nikolai darauf zu. Das Lächeln wurde noch eine Spur breiter, als er die angelehnte Tür langsam öffnete. Die schweren, dunklen Vorhänge waren zugezogen und sperrten das letzte Tageslicht aus. Mindestens zwanzig Kerzen, auf den Nachttischen, dem Frisiertisch und einer Kommode verteilt, verbreiteten ein romantisches Licht, und auf dem geräumigen Bett mit der roten Satinbettwäsche, das ihm direkt gegenüber stand, lag Ariane, mit nichts weiter als schwarzen Strapsen und einem durchsichtigen, knappen Oberteil an ihrem herrlichen Körper, das den Blick auf ihre vollen Brüste zuließ. Die Arme hatte sie über dem Kopf ausgestreckt, das seidige schwarze Haar lag wie ein Fächer auf dem Kissen. Ihre zarten Handgelenke waren mit Handschellen an das Bettgestell gefesselt. Nikolais Augen leuchteten auf, sein Herz schlug schneller, als er das sah.

Ariane Weller war mit Leib und Seele Staatsanwältin. Nie hatte sie auch nur in Erwägung gezogen, Kinder in die Welt zu setzen und wie viele andere Frauen den Spagat zwischen Beruf und Familie zu meistern. Ihrer Ansicht nach kam irgendetwas dabei immer zu kurz. Sie konzentrierte sich lieber voll und ganz darauf, Straftäter zu überführen und außer Gefecht zu setzen. Im Berufsleben war sie hart, eisern und kompromisslos, doch nach Feierabend war sie nichts weiter als eine äußerst attraktive, sinnliche und leidenschaftliche Frau, was Nikolai sehr zu schätzen wusste.

Sie wand sich aufreizend. „Da bist du ja endlich", hauchte sie und biss sich auf die Unterlippe.

Er zerrte sich ungestüm die Krawatte vom Hals und öffnete die Knöpfe seines Hemdes, während er die Schuhe von den Füßen streifte. Mit der Zunge schnalzend schüttelte er den Kopf. „Ariane, Ariane, bist du schon wieder unartig gewesen?"

Devot sah sie ihn an. „Ich fürchte, ja."

Er stieg aus seiner Hose, entledigte sich seines Hemdes und trat langsam näher, ein gefährliches Funkeln in den fast schwarzen Augen. Er beugte sich über sie und schob ihr seine Zunge in den willig geöffneten Mund, während seine Hand über ihre Brust fuhr. Doch sogleich löste er sich wieder von ihr.

„Dann muss ich dir wohl eine Lektion erteilen", bedauerte er, richtete sich auf und sah sich kurz um. Auf dem Frisiertisch links neben der Tür fand er, was er suchte. Seine Hand schloss sich um den Schaft der kurzen Peitsche, die dort zwischen den Kerzen lag. Dann drehte er sich wieder zu Ariane um und bemerkte, dass ihre Brustwarzen sich erwartungsvoll aufgerichtet hatten. Er befeuchtete seine Lippen und glaubte zu spüren, wie das Blut durch seine Adern rauschte.

„Bitte, tu mir nicht weh", flehte sie.

„Das kann ich dir leider nicht versprechen", sagte er heiser. „Dreh dich um."

Gehorsam rollte sie sich herum, so weit die Handfesseln es zuließen. Seine Hand strich sanft über ihre appetitlichen Rundungen und glitt zwischen ihre Beine. Die Wärme, die ihn erwartete, ließ ihn stoßweise atmen. Sie stöhnte auf und streckte sich ihm erwartungsvoll entgegen, das Gesicht in die Kissen gedrückt. Plötzlich und unerwartet zog er die Hand zurück und schlug zu, so dass ein roter Abdruck seiner Hand auf ihrer Haut zurückblieb. Sie schrie auf.

Er kniete sich auf das Bett, beugte sich vor und küsste die rote Stelle. „Das war erst der Anfang, meine Liebe", sagte er leise, stand wieder vom Bett auf und wog die Peitsche in der Hand. Dann hob er den Arm und holte aus.

Eine knappe Stunde später lagen sie verschwitzt, keuchend und zufrieden nebeneinander. Ariane lag in seinem Arm und kraulte sein dunkles Brusthaar.

„Wer bin ich heute eigentlich?", fragte sie plötzlich.

Verwirrt sah er sie an. „Wie meinst du das?"

Sie hob leicht den Kopf und sah ihm in die Augen. „Ich will wissen, was du deiner kleinen Frau erzählt hast, bei wem du den Abend verbringst."

„Ach so!" Er lachte leise und küsste ihre Stirn. „Du bist mein wichtigster Mandant, den die Steuerbehörde im Visier hat."

Ariane schmunzelte. „Steuerhinterziehung? Sehr gut, das kann dauern."

„Genau das habe ich mir auch gedacht", stimmte er grinsend zu und drückte sie an sich. Sie verstand ihn immer, sogar seine ausgefallenen Sexualpraktiken gefielen ihr. Seine vorherigen Affären hatten nach einer Weile immer Schwierigkeiten damit gehabt, dass er die härtere Tour bevorzugte. Und Svenja war schon gar nicht der Typ dafür. Die harmloseren Varianten ließ sie noch zu, doch sobald es drohte, schmerzhaft zu werden, spielte sie nicht mehr mit - ein weiterer Grund dafür, warum zwischen ihnen nicht mehr viel lief. Ariane war da völlig anders. Er hatte sie langsam mit seinen bevorzugten Spielchen bekannt gemacht und erfreut festgestellt, dass es ihr gefiel, seine kleine, sexy Sklavin zu sein.

Sie griff an ihm vorbei zum Nachttisch und nahm eine Flasche mit Körperlotion, die sie ihm reichte. „Hier, versorg mich bitte. Mein Hintern tut ganz schön weh."

Bereitwillig setzte er sich auf, während sie sich auf den Bauch drehte. Ihr hinreißendes Hinterteil wies mehrere rote Striemen auf und leuchtete wie das eines paarungswilligen Pavians. Er ließ etwas Lotion in seine Handfläche laufen und verteilte sie mit sanften, vorsichtigen Bewegungen auf ihrer strapazierten Haut. Sie stöhnte wohlig auf und wölbte sich ihm entgegen, was er erfreut registrierte. Der Druck seiner Hand verstärkte sich leicht, so dass sie vor Schmerz ein kleines Wimmern von sich gab. „Sei lieber leise", riet er ihr mit einem drohenden Unterton. „Oder legst du Wert darauf, noch einmal bestraft zu werden?" Jetzt strich er mit beiden Händen über ihren Po, mehr grob als liebevoll und ihr Stöhnen verstärkte sich. Ein breites Grinsen zog sich über sein Gesicht. „Ganz wie du willst", sagte er lüstern, beugte sich über den Bettrand und fischte seine Krawatte vom Boden. Dann band er sie über Arianes Augen und knotete sie am Hinterkopf fest zu.

Abends um viertel nach neun erschien Yvonne in der ‚Bluebox', einer Szenekneipe in Kreuzberg, gefüllt mit Junkies, Prostituierten, Arbeitslosen, Schlägern und Hilfsarbeitern.
Genau die Gesellschaft, in der Jochen sich am wohlsten fühlt, und wo er auch hingehört, dachte Yvonne angewidert. Obwohl sie noch vor einigen Jahren mit Jochen häufig in ähnlichen Lokalitäten gewesen war, fühlte sie sich mittlerweile in dieser Art Kneipe wie ein Fremdkörper. Sie sah sich um. Alles hier wirkte klebrig und dreckig; die zerkratzten Tische, die Stühle mit der zerschlissenen Polsterung, die vergilbten Wände und der Tresen mit der abblätternden Farbe. Es roch nach Bier, Schweiß und Urin. Früher hatte sie sich daran nicht gestört, doch jetzt war sie angeekelt, von der Umgebung ebenso wie von den Gästen.

Sie sah Jochen fast sofort. Er hatte sich nicht sehr verändert, sah nur noch ungepflegter und abgerissener aus, als sie ihn in Erinnerung hatte. Er stand an der Theke, ein Bierglas in der Hand, und war in eine gedämpfte Unterhaltung mit einem Typen vertieft, der schon von hinten genauso schmuddelig aussah wie er selbst. Als würde er merken, dass er beobachtet wird, hob Jochen den Kopf. Seine Augen leuchteten bei ihrem Anblick kurz auf. Er verabschiedete sich von seinem Kumpel, schlug ihm dabei freundschaftlich auf die Schulter und kam mit seinem Bier gemächlich auf sie zu, ein schmieriges Grinsen im Gesicht.

Sie hatte einen leeren Tisch direkt am Eingang entdeckt und setzte sich auf einen der altersschwachen Stühle. Der Tisch klebte von angetrockneten Getränkeresten und Yvonne zog ihren Stuhl weiter nach hinten. Jochen ließ sich auf den Platz neben ihr fallen und strahlte sie an. „Da is ja meine Zuckerschnute. Baby, du siehst granatenstark aus. Und wo is die Kohle?"

„Schwörst du, dass du mich in Ruhe lässt, wenn ick dir det Jeld jebe?", vergewisserte sie sich, obwohl ihr klar war, dass ein Schwur von Jochen weniger wert war als der Dreck unter seinen Fingernägeln.

„Selbstmurmelnd! Wat denkste denn von mir?"

Sie antwortete nicht, sondern fischte das Kuvert aus ihrer Handtasche und schob es ihm unter dem Tisch zu. Er sah nach links und rechts, ergriff es gierig und linste hinein.

„Det sind doch keene zehn Mille. Willste mir verhohnepiepeln, oder wat?"

„Mehr hab ick nunmal nich. Halt dafür die Klappe oder jib mir die Kohle zurück."

Jochen schob den Umschlag unauffällig in die Innentasche seiner zerlumpten Lederjacke. „Ick will ma nicht so sein. Aba beim nächsten Mal..."

„Es wird kein nächstes Mal geben, kapiert?", unterbrach sie ihn gereizt. „Ich lass mich nicht mehr von dir ausnehmen, die Zeiten sind ab sofort vorbei."

„Na hör ma, mein Kumpel von der Zeitung...", widersprach Jochen verärgert, doch Yvonne fiel ihm erneut ins Wort.

„Dein Kumpel kann mich kreuzweise", rief sie, bebend vor Wut. „Und du auch. Lass mich ein für alle Mal in Ruhe!"

Ein Mann mit fettigen langen Haaren und einer enormen Hakennase trat auf sie zu, eine Bierflasche in der Hand. „He, Schönheit, is der Kerl frech jeworden? Musst nur wat sagen, dann is er fällich."

Yvonne sah hoch, registrierte seinen wollüstigen Blick und rümpfte angewidert die Nase. „Verpiss dich, Alter!", sagte sie ruhig, aber mit einem gefährlichen Unterton, „Hau ab, bevor ick dir deine Bierflasche rektal einführe."

Einigermaßen überrascht sah Hakennase sie an und hob in einer beschwichtigenden Geste die Hände. „He, ick wollte nur helfen."

„Zisch ab!" Yvonne wedelte mit der Hand, als wolle sie ein lästiges Insekt verscheuchen. „Ach, 'n kleener Tipp noch: Unternimm wat wegen deiner Shampoo-Allergie. Sieht scheiße aus."

Sie hörte ihn noch „Frigide Schlampe" murmeln, dann verschwand er in der Menge am Tresen.

Als sie wieder allein waren, wandte sie sich an Jochen. Ihr war etwas eingefallen. „Hör zu, du Scheißkerl", begann sie, in dem gleichen bedrohlichen Tonfall, den sie gerade noch bei dem Kerl mit der Hakennase angewandt hatte. „Ich will nie wieder was von dir hören. Falls du aber doch meinst, mir nochmal auf die Nüsse gehen zu müssen, hätte ich ein paar Infos, für die die Bullen sich bestimmt brennend interessieren würden."

Vorsichtig starrte Jochen sie an. An ihrem fehlenden Dialekt merkte er, was die Stunde geschlagen hatte. „Wat'n für Infos, hä?", wollte er wissen. Seine eng beieinander stehenden Augen flackerten unruhig.

Gelangweilt zählte sie auf: „Der Deal mit Jurek, der Bruch in der Spielhalle an der Hasenheide, der Versicherungsbetrug mit dem Volvo von Hannes..."

„Is ja schon jut!" Jochen sah sie erschüttert an, eine Hand theatralisch auf die Brust gelegt. „Du würdest mich echt in die Pfanne hauen, wa? Mich. Deine erste große Liebe."

„Spar dir den Schmus. Große Liebe, so'n Quark." Yvonne stand auf und sah verächtlich auf ihn hinab. „Du hast doch bestimmt noch Bewährung, oder? Also, du lässt mich in Ruhe, oder du wandest mal wieder in den Bau. Geht das in deine versoffene Birne rein?"

Jochen machte eine wegwerfende Handbewegung. „Hau schon ab, du Aas."

„Nichts lieber als das." Sie schnappte sich ihre Handtasche und stieß erleichtert die Tür auf. Auf der Straße atmete sie ein paar Mal tief durch, dann machte sie sich auf den Weg zur U-Bahn-Station. Unterwegs hätte sie sich ohrfeigen können. Warum war ihr nicht früher eingefallen, dass sie Jochen genauso schaden konnte wie er ihr? Dann hätte sie die fünftausend Euro noch. Sie fluchte leise vor sich hin. Andererseits war sie froh, dass sie ihn nun endgültig los war, und Jan hoffentlich niemals von ihrer ruhmlosen Vergangenheit erfahren würde.

MARIUS FUHR FRÜH zum Einkaufen und besorgte die Zutaten für den Grillabend. Den billigen Rotwein, den sie damals literweise getrunken hatten, ließ er diesmal im Regal, konnte jedoch nicht widerstehen, als er Tequila und Sambuca sah. Auf die alten Zeiten, dachte er schmunzelnd, als er beide Flaschen in den Einkaufswagen legte.

Zurück im Haus räumte er die Einkäufe weg, machte ein wenig Ordnung und sah auf die Uhr. Halb elf. Gut möglich, dass die ersten bald eintrudelten. Er tauschte Hemd und Hose gingen ein hellblaues T-Shirt und khakifarbene Shorts und ging hinaus auf die Terrasse. Dort setzte er sich in den Strandkorb und zündete sich eine Zigarette an. Er rauchte nicht viel, doch jetzt brauchte er einfach eine. Offenbar war er doch ein wenig nervös. Genüsslich sog er den Rauch ein, streckte die Beine aus und zog die kleine Markise am Strandkorb herunter. Hier auf der windgeschützten Terrasse herrschten bestimmt fünfundzwanzig Grad. Nachdem er die Zigarette ausgedrückt hatte, lehnte er sich zufrieden zurück und schloss die Augen.

Als er Autotüren hörte, die zuklappten, schreckte er hoch. Ein Blick auf die Uhr sagte ihm, dass es fast halb zwölf war. Marius rieb sich kurz die Augen, fuhr sich mit den Händen durch die Locken und stand auf. Auf dem schmal gepflasterten, mit Stiefmütterchen gesäumten Weg ging er auf die kleine Gartentür zu, die zur Auffahrt führte. Ob das schon Svenja war?

Als er um die Ecke bog, sah er Kristina. Sie trug ein knielanges, tailliertes Sommerkleid mit buntem Blütenaufdruck, und drehte den Kopf von einer Seite zur anderen, um das Haus samt Grundstück in Augenschein zu nehmen. Ihr dunkles Haar war noch immer kurz, und sie hatte immer noch den frechen Pony. Marius musste lächeln, als er sie sah.

„Ganz die alte Krissi!" rief er herzlich.

Sie drehte sich zu ihm um und strahlte. „Marius!"

Sie gingen aufeinander zu, blieben kurz stehen, als sie sich erreicht hatten, dann fielen sie sich lachend in die Arme.

„Oh Mann, ist das schön, dich zu sehen!" rief sie fröhlich.

„Ich freue mich, dass ihr da seid. Herzlich willkommen." Marius ließ sie mit einem Lächeln los und wandte sich an Stephan, der zwei Reisetaschen aus dem Kofferraum geholt hatte. Kristinas Mann war nicht sehr groß, von stämmiger Statur und auf den ersten Blick sympathisch. Er machte einen gradlinigen, offenen Eindruck.

„Hallo Stephan. Schön, dich kennen zu lernen." Marius reichte ihm die Hand, die Kristinas Mann ergriff und schüttelte.

„Danke für die Einladung", sagte er und wies auf das Haus. „Ihr habt es wirklich schön hier."

„Vielen Dank. Na kommt, gehen wir erst einmal hinein."

Marius nahm eine der Taschen und führte sie durch den Garten über die Terrasse ins Innere des Hauses.

Stephan ließ die andere Tasche im Wohnzimmer auf den Boden sinken und sah sich um. „Donnerwetter, nicht schlecht." Der sonnendurchflutete Raum war gut vierzig Quadratmeter groß. An der Wand links von der Terrassentür hing ein großer Flachbildfernseher, vor dem zwei gemütliche helle Sofas und ein passender Sessel um einen niedrigen Tisch aus Glas und Chrom standen. Weiß gelackte Möbel und Regale, zum Teil mit Glastüren, beherbergten Bücher, Langspielplatten, Gläser, CDs und DVDs. Die Wände hatten die Farbe von Milchkaffee und wurden durch große bunte Bilder, die geschmackvolle Stillleben in Form von Obstschalen und Blumenvasen darstellten, farblich aufgepeppt. Der dunkle Holzboden war mit einzelnen dicken, modern gemusterten Teppichen belegt. Ganz ähnliche Muster fanden sich auch auf den Vorhängen, die die drei Terrassentüren einrahmten. Auf zwei Kommoden und dem Esszimmertisch, rechts von ihnen, direkt neben der offenen Küche gelegen, standen bunte Blumensträuße. Auf den Fensterbänken in der Küche und im Essbereich wetteiferten weiße Orchideen darum, welche von ihnen die prachtvollsten Blüten hatte.

Auch Kristina sah sich begeistert um. „Sehr elegant", nickte sie in Marius' Richtung. „Kein Vergleich zu deiner unordentlichen Studentenbude."

Marius zuckte mit den Achseln. „Verena ist für die Einrichtung zuständig. Sie behauptet immer, ich hätte keinen Geschmack."

Kristina lachte. „Na, dann hast du dich doch nicht so sehr verändert." Sie sah sich suchend um. „Wo ist sie überhaupt?"

„Wahrscheinlich noch im Stall. Sie müsste aber bald auftauchen." Er rieb sich unternehmungslustig die Hände. „Möchtet ihr etwas trinken? Oder wollt ihr euch zuerst wohnlich einrichten?" wollte er wissen.

Sie entschieden sich für eine Erfrischung. Kurze Zeit später servierte Marius auf der Terrasse eine Flasche gekühlten Sekt, eine Schale mit frischen Erdbeeren und für Stephan ein Bier. Marius öffnete die Sektflasche und schenkte zwei langstielige Gläser voll. Eines reichte er Kristina.

„Auf unser Wiedersehen", sagte er und ließ seine Grübchen aufblitzen.

„Auf ein tolles Wochenende", erwiderte sie. Sie stießen an und hoben ihre Gläser in Stephans Richtung, der den Bügelverschluss seines Biers mit einem vernehmlichen ‚Plopp' öffnete und die Flasche hochhielt. „Prost!"

Als sie beim zweiten Glas Sekt angekommen waren, klingelte es.

„Das sind bestimmt Svenja und Nikolai", freute sich Marius und stellte sein Glas ab. „Jan und Yvonne haben schließlich den längsten Weg. Entschuldigt mich einen Moment." Stephan lehnte sich zurück, drehte den Kopf in Richtung Sonne und öffnete zwei Knöpfe seines Leinenhemdes. Kristina folgte Marius durch das Wohnzimmer in den geräumigen Flur. Sie sah, wie er die Tür weit öffnete und die Arme ausbreitete. „Svenja!" rief er freudestrahlend. „Meine Maus! Wie geht es dir?"

„Hallo Marius." Svenja schob mit der linken Hand die große Sonnenbrille hinauf in ihr blondes Haar und Marius nahm sie in die Arme. Kristina sah, dass Svenjas Augen feucht schimmerten und sie die Lippen aufeinander presste, als Marius sie an sich drückte.

„Guten Tag, Herr Schumann", hörte Kristina eine tiefe Stimme hinter Svenjas Rücken sagen. Marius löste sich von ihr und wandte sich ihrem Mann zu.

„Hallo Nikolai." Er reichte ihm freundlich lächelnd die Hand. „Kommt doch bitte herein. Und ich bin Marius. Herr Schumann ist mein Vater."

Er trat zur Seite und ließ beide eintreten. Nun sah Svenja ihre ehemalige Wohngenossin und ging lächelnd auf sie zu. Kristina nahm sie in die Arme.

„Schön, dass du da bist", sagte Kristina ehrlich und drückte die Freundin an sich.

Svenja nickte lächelnd. „Ja, das finde ich auch."

Wenige Minuten später saßen sie zusammen auf der Terrasse. Die drei Freunde schwelgten in Erinnerungen, und übertrafen sich gegenseitig mit „Weißt du noch, als...?" und „Erinnert ihr euch noch an...?"

Immer wieder brachen sie in Gelächter aus.

Verena kam vom Garten auf die Terrasse. „Hallo, alle miteinander."

Marius wandte den Kopf und stand auf. Während er ihr den Arm um die Schultern legte, sagte er: „Leute, das ist Verena. Verena, das sind Kristina, Stephan, Nikolai und Svenja."

Marius' Freundin ging herum und gab jedem die Hand. „Herzlich willkommen. Schön, euch kennen zu lernen." Sie zog eine kleine Grimasse und fügte hinzu: „Entschuldigt bitte meinen Aufzug und den tierischen Duft, aber ich komme direkt aus dem Stall."

Sie trug ein rotes Poloshirt und eine graue, ziemlich verdreckte Reithose, die in schmutzverkrusteten Reitstiefeln steckte. Die Haare hatte sie zu einem Pferdeschwanz gebunden.

„Du hast ein eigenes Pferd?" fragte Kristina interessiert.

„Ja, seit acht Jahren", antwortete Verena. „Tessa ist mein Ein und Alles."

„Interessant." Marius runzelte in gespielter Empörung die Stirn.

Grinsend stieß sie ihm mit dem Ellenbogen in die Rippen. „Du weißt schon, wie ich's meine."

Sie sah an sich herunter. „Ich denke, ich muss erst einmal duschen und mich umziehen. Schenkst du mir auch einen Sekt ein?" fragte sie an Marius gewandt und zog sich vor der Terrassentür die hohen Stiefel aus.

Marius füllte gerade ihr Glas, als ein kurzer Piepton erklang. Nikolai zog sein Handy aus der Hosentasche und sah auf das Display. Svenja beobachtete ihn, wobei sich zwei steile Falten zwischen ihren Augen bildeten. Er steckte das Handy zurück und lächelte seiner Frau kurz zu, deren Mimik sofort wieder völlig entspannt wirkte, wie Kristina erstaunt bemerkte.

„Was Wichtiges?" fragte Svenja beiläufig und nippte an ihrem Sekt.

„Überhaupt nicht." Er lehnte den Kopf zurück und schloss entspannt die Augen. „Meine Mutter hat geschrieben. Sie wünscht uns viel Spaß und teilt mit, dass es den Kindern gut geht."

Wer's glaubt, wird selig, dachte Svenja missmutig. Ihre Schwiegermutter hatte zwar seit kurzem ein Handy, doch Svenja bezweifelte, dass sie wusste, was eine SMS war. Elfriede Schiller war ja bereits mit der Fernbedienung ihres DVD-Players überfordert. Nein, die Nachricht war mit Sicherheit nicht von Nikolais Mutter, sondern von einer Nacktschnecke. Jeden Moment würde Nikolai sich unter einem Vorwand zurückziehen, damit er seinem schleimigen Kriechtier antworten konnte. Svenja führte erneut ihr Glas zum Mund, um den Kloß hinunterzuspülen, der sich in ihrem Hals breit machte.

Das Telefon im Wohnzimmer klingelte und Marius ging hinein. Ein paar Minuten später kam er zurück. „Das war Jan", berichtete er. „Sie sind gerade losgefahren und werden wohl kaum vor fünf Uhr hier sein können. Was haltet ihr davon, wenn wir zusammen nach Glücksburg fahren und ein Fischbrötchen essen? Ich habe langsam Hunger und am Glücksburger Strand gibt es einen Stand von Gosch."

„Klingt prima", sagte Kristina begeistert. „Ich liebe Fisch."

Auch die anderen nickten zustimmend.

„Wo ist die Toilette?" fragte Nikolai. „Ich müsste vorher mal..."

„Im Flur, die erste Tür rechts", antwortete Marius und wies ihm die Richtung.

„Danke." Nikolai stand auf und Svenja sah ihm mit schmalen Augen nach, während sie ihr Sektglas leer trank.

Sie fuhren mit zwei Wagen. Nikolai stieg bei Marius und Verena ein und Svenja saß bei Kristina und Stephan im Auto.

„Ist bei euch alles in Ordnung?" Kristina hatte sich zu ihrer Freundin auf die Rückbank gesetzt. „Du wirkst ein wenig bedrückt."

Svenja warf ihr ein kleines Lächeln zu. „Du hattest schon immer scharfe Augen." Sie betrachtete ihre frisch lackierten Fingernägel und sagte mit einem kleinen Seufzer: „Nikolai betrügt mich. Mal wieder."

Kristina hielt für einen Moment den Atem an. „Bist du sicher?"

„So sicher wie ich weiß, dass Bienchen, Häschen und Schnecken ebenso wenig SMS schreiben können wie meine geschätzte Schwiegermutter."

Kristina legte ihre Hand auf Svenjas Unterarm. „Das tut mir furchtbar leid." Ihre Freundin zuckte mit den Schultern. „Tja, c'est la vie."

„Warum lässt du dir das gefallen?"

Svenja wandte ihr das Gesicht zu, ihre Augen blickten traurig. „Weil ich ihn nun mal liebe."

Kristina schüttelte leicht den Kopf und drückte ihre Hand. „Ach, Süße", seufzte sie.

„Das ist wirklich ein schöner Wagen." Nikolai ließ den Blick über die Ledersitze und das moderne Armaturenbrett des 5er BMW gleiten.

Marius wandte kurz den Kopf nach hinten. „Danke. Ich habe ihn noch nicht so lange. Vorher hatte ich einen Ford Focus." Er tätschelte liebevoll das Lenkrad. „Kein Vergleich zu diesem hier."

Sie unterhielten sich eine Weile über Leistung und Verbrauch, dann waren sie auch schon in Glücksburg angekommen. Marius parkte beim Gasthof Quellental und Stephan, der hinter ihm her gefahren war, tat es ihm gleich. Sie stiegen aus und überquerten kurz darauf gemeinsam eine recht bevölkerte kleine Brücke. Links und rechts schwammen gemächlich einige Schwäne und Enten und machten sich über die Brotkrumen her, die ein paar ältere Damen und vergnügte Kinder ins Wasser warfen.

Sie spazierten die Promenade entlang in Richtung Strand und genossen den frischen Wind, die Sonne im Gesicht und das blau glitzernde Meer links von ihnen. Rechts stand inmitten einer grünen Anlage ein weißes, anmutiges Gebäude, das mit seinen Giebeln und Türmchen wie ein kleines Schloss aussah.

„Strandhotel Glücksburg" stand in großen Buchstaben auf der Frontseite. „Das sieht aber schön aus!", rief Kristina begeistert.

„Ist sicher nicht billig", ließ sich Nikolai vernehmen.

Kristina atmete tief die salzige Luft ein und betrachtete unauffällig Svenjas Mann. Nikolai war groß, schlank und attraktiv, auf eine distinguierte Art. Er hatte feurige, dunkle Augen, eine gerade, nicht zu große Nase, und ein kantiges Kinn. Sein Lächeln wirkte überaus sympathisch, seine Körpersprache vermittelte ein ausgeprägtes Selbstbewusstsein. Und doch hatte er etwas an sich, dass den positiven Eindruck schmälerte. Vermutlich lag es daran, was Svenja ihr gerade erzählt hatte. Kristina sah ein, dass sie Nikolai nach dieser Unterhaltung nicht mehr unvoreingenommen betrachten konnte.

Der Glücksburger Strand war nicht sehr groß, doch bunte Badelaken und besetzte Strandkörbe hauchten dem Ort an diesem Tag ein gewisses südliches Flair ein. Väter bauten Sandburgen mit ihrem Nachwuchs, Mütter standen in lebhafte Unterhaltungen vertieft auf dem Spielplatz und passten auf, dass die Kleinen nicht vom Klettergerüst purzelten. Vereinzelt sah man sogar ganz Mutige, die sich in die Fluten gestürzt hatten. Das Wasser hatte noch nicht mehr als höchstens fünfzehn bis achtzehn Grad, schätzte Marius.

„Das wäre mir eindeutig zu kalt", stellte Svenja fest und zog trotz der wärmenden Sonnenstrahlen fröstelnd die Schultern hoch. „Brrr."

Schließlich standen sie vor dem Fisch-Imbiss und betrachteten überlegend die Karte, die über der Verkäuferin hing. Marius nahm die Bestellungen auf und gab sie an die Dame hinter dem Tresen weiter. Dann drehte er sich noch einmal zu Svenja um.

„Und du möchtest wirklich nichts?" fragte er. „Die Fischbrötchen sind sehr lecker."

Sie schüttelte den Kopf. „Nein, vielen Dank. Ich habe keinen Hunger."

Ein paar Minuten später betrachteten sie kauend das Treiben um sich herum. Stephan schluckte einen Bissen von seinem Krabbenbrötchen herunter. „Es ist fast, als wäre man in Italien oder Spanien", stellte er, sich umsehend, fest.

Marius nickte. „Ja, an solchen Tagen wie heute schon", stimmte er zu. „Die kommen hier nur leider nicht so häufig vor wie in Südeuropa. Aber es ist schon richtig: Wir wohnen dort, wo andere Urlaub machen."

„Andere wie wir", bemerkte Kristina und hob mit leuchtenden Augen ihr Weinglas. „Auf ein paar tolle Tage!"

Die anderen stimmten zu und ließen fröhlich die Gläser erklingen.

Nachdem sie wieder zurück in Solitüde waren, richteten sich Kristina, Stephan, Nikolai und Svenja in der Souterrain-Wohnung ein. Sie packten ihre Taschen aus und verteilten ihre Sachen in den Schränken, den Kommoden und im Bad.

„Es ist wirklich gemütlich hier", stellte Kristina fest. Ihr Schlafzimmer hatte zwar nur ein schmales, ziemlich weit oben angebrachtes Fenster, doch es war mit hellen, rustikalen Möbeln im maritimen Stil, einem flauschigen hellblauen Teppichboden und hübschen Accessoires wie kleinen Bildern, Schalen mit Muscheln und einem zierlichen Bücherregal ausgestattet.

Stephan saß auf dem Bett und hüpfte kurz auf und ab. „Nicht zu weich", bemerkte er zufrieden.

„Hast du mitbekommen, was mir Svenja vorhin erzählt hat?" fragte Kristina ernst, während sie die Tür des Kleiderschranks schloss.

Er schüttelte den Kopf. „Das Radio war zu laut dafür."

„Ihr Mann betrügt sie", berichtete Kristina mit gedämpfter Stimme. „Und offenbar nicht zum ersten Mal."

„Habe ich mir gleich gedacht, dass das ein Windhund ist", behauptete Stephan kühn. Seine Frau schmunzelte. „Und wieso?"

Er zuckte mit den Schultern. „Er wirkt so – ich weiß nicht, irgendwie überheblich."

„Meinst du? Ich fand ihn anfangs eigentlich ganz sympathisch."

„Weil er gut aussieht." Stephan schob, noch immer auf der Matratze sitzend, die leeren Reisetaschen mit den Füßen unter das Bett. „Er erinnert mich an diesen Schauspieler. Wie heißt er noch...?"

Kristina musste nicht lange überlegen, ihr war es genauso gegangen wie ihrem Mann. „Du meinst Heiner Lauterbach. Nikolai hat nur mehr Haare."

„Ja, genau, Lauterbach. Der Kerl war mir immer suspekt."

„Ich weiß." Kristina betrachtete ihren Mann mit einem zärtlichen Lächeln. Stephan war nur wenige Zentimeter größer als sie, sein dunkelblondes, leicht ergrautes Haar war mit den Jahren recht dünn geworden, im Gegensatz zu seinem Bauchumfang. Nein, rasend attraktiv war er nicht mehr. Dafür hatte er andere Vorzüge.

Kristina trat vor ihn hin und schubste ihn an den Schultern nach hinten, so dass er rücklings auf dem Bett landete. Dann setzte sie sich auf seinen Schoß, beugte sich zu ihm hinab und küsste ihn. „Hast du mich jemals betrogen?" wollte sie wissen.

Seine Hände strichen über ihren Rücken. „Nie."

„Gut für dich."

Es klopfte. „Seid ihr fertig? Wir gehen wieder nach oben", rief Svenja durch die geschlossene Tür.

„Wir kommen gleich", antwortete Kristina.

„Okay!" Sie hörten, dass sich Svenjas Schritte auf dem gefliesten Boden entfernten. „Können wir nicht noch bleiben?", fragte Stephan sehnsüchtig, doch Kristina kletterte von ihm hinunter und schüttelte den Kopf. „Was sollen denn die anderen von uns denken?"

Er setzte sich auf. „Na, was wohl? Das bei uns immer noch die Post abgeht, natürlich."

Kristina lachte auf. „Das würde dir gefallen, was?"

„Ich hätte jedenfalls nichts dagegen", grinste Stephan.

Um viertel nach fünf trudelten auch Jan und Yvonne endlich ein. Marius wurde von seinem alten Freund mit einem kumpelhaften Schlag auf die Schulter begrüßt, Svenja und Kristina bekamen eine Umarmung und einen herzhaften Kuss auf die Wange.

Begeistert sah Jan Kristina an, die Hände auf ihren Oberarmen. „Krissi, du siehst sensationell aus! Noch besser als früher, obwohl das eigentlich kaum möglich ist."

Sie lachte. „Und du bist immer noch der schlimmste Charmeur aller Zeiten."

Yvonne ging herum und reichte jedem zur Begrüßung die Hand. Nikolai sah sie aufmerksam an und fragte, ohne ihre Hand loszulassen: „Kann es sein, dass wir uns schon einmal begegnet sind?"

Yvonne hatte das gleiche Gefühl, doch sie schüttelte den Kopf. „Nee, ich glaub eher nicht."

Erst jetzt gab Nikolai zögernd ihre Hand wieder frei. „Vielleicht täusche ich mich auch".

Jan reichte Verena strahlend die Hand. „Du bist also der Jungbrunnen von dem guten alten Marius. Jetzt verstehe ich, warum er am Telefon immer von dir schwärmt."

„Tatsächlich?", fragte sie kokett. Nun, wo sie Jan gegenüberstand, wusste sie, was Marius gemeint hatte. Jan Schroeder war nicht nur attraktiv, er hatte Charisma. Mit ihm zu flirten war so etwas wie eine chemische Reaktion, es passierte beinahe unwillkürlich.

Marius stellte sich an Verenas Seite und legte besitzergreifend einen Arm um ihre Schulter. „Achte besser gar nicht auf sein Balzen, das ist nichts weiter als ein Reflex, wenn er eine hübsche Frau sieht."

Jan zog eine Grimasse, die ausdrücken sollte, dass Marius ihm bitter Unrecht tat, und begrüßte endlich auch Stephan und Nikolai. Dann ließ er sich erschöpft auf einen der Gartenstühle sinken. „Mann, was für ein Verkehr! Scheinbar ist halb Berlin hierher unterwegs." Mit einem lausbubenhaften Grinsen nahm er das Bier entgegen, das Verena ihm reichte. „Danke, das ist jetzt genau das Richtige." Er trank einen großen Schluck und wischte sich anschließend über den Mund. „Aah, tut das gut!"

„Möchtest du ein Glas Sekt, Yvonne?" fragte Marius.

„Nee, ich nehm lieber auch so'n Bierchen". Sie zeigte auf das Flensburger Goldbier, das vor Stephan stand.

„Großartige Neuigkeiten, Leute." Jan setzte sich aufrecht hin, strahlte und nahm Yvonnes rechte Hand in seine. „Wir sind frisch verlobt."

„Herzlichen Glückwunsch!"

„Gratuliere!"

Alle redeten erfreut durcheinander. Marius und Stephan schlugen Jan auf die Schulter und die Frauen ließen sich von Yvonne den Verlobungsring zeigen, den Jan ihr inzwischen feierlich überreicht hatte. Es war ein zierlicher, eleganter Solitärring aus Weißgold mit einem kleinen Diamanten, der in der Sonne funkelte. Yvonne konnte sich an diesem wunderschönen Schmuckstück nicht satt sehen. Nie zuvor in ihrem Leben hatte sie etwas so Schönes und Kostbares besessen. Jan hatte wirklich Geschmack bewiesen. Sie lächelte ihm glücklich zu und griff nach ihrem Bier. Als sie die Flasche an den Mund hob, bemerkte sie, dass Nikolai sie nachdenklich musterte. Während sie die Bierflasche auf den Tisch stellte und sich betont entspannt zurücklehnte, dachte sie angestrengt darüber nach, woher sie ihn kannte. Gleichzeitig hoffte sie, dass sein Gedächtnis so schlecht war wie ihres. Nach dem Vorfall mit Jochen machte sie einfach alles, was mit ihrer Vergangenheit zusammenhing, nervös.

Der Tisch beim Italiener war für sieben Uhr bestellt. Um kurz vor sieben durchquerten sie den kleinen Vorraum und betraten das eigentliche Restaurant, das nur durch ein kurzes, bergab führendes Waldstück vom Strand getrennt war und von den vielen Fenstern einen herrlichen Blick auf die Umgebung bot.
„Buona sera, Paolo", begrüßte Marius den Kellner, der ihnen entgegenkam. „Ich hatte einen Tisch für acht Personen reserviert."
„Buona sera, Marius." Der Kellner, korpulent und glatzköpfig, nickte ihnen höflich zu und wies auf einen großen, runden Tisch, gleich rechts vom Eingang. Sie setzten sich und bestellten die Getränke. Kurz darauf kam eine kleine, blonde Kellnerin in schwarzem Rock und weißer Bluse, verteilte die Speisekarten und stellte frisches Brot sowie kleine Schalen mit Kräuterquark, Bruscetta und Oliven auf den Tisch. Jan, Stephan und Yvonne bedienten sich als erste.
„Mann, ick hab vielleicht n' Kohldampf", teilte Yvonne mit rollenden Augen mit. „Auf der Fahrt hierher hatte ick

nur so'ne olle Pappsemmel mit Salami druff. War nich gerade n' kulinarischet Highlight."

„Wann wollt ihr eigentlich heiraten?" erkundigte sich Kristina.

„Bald", verkündete Jan zuversichtlich.

„Nee, nee, det dauert noch", widersprach Yvonne. „Ick würd ma sagen, nächstet Frühjahr."

„Warum wollt ihr so lange warten?", fragte Svenja neugierig.

„Det hat seine Gründe", wiegelte Yvonne ab, warf Jan einen langen Blick zu und verteilte mit einem kleinen Messer Kräuterquark auf einem Stück Brot. Jan schwieg und nahm sich eine Olive.

Der Kellner kam mit den Getränken und nahm ihre Bestellungen auf. Nikolai nutzte die Gelegenheit, um das Thema zu wechseln.

„Wie bist du eigentlich auf die Idee gekommen, dieses Treffen zu organisieren?", fragte er Marius.

Der nahm sich ein Stück von dem frischen Ciabattabrot.

„Eigentlich begann es damit, dass ich mir einen neuen Schreibtisch für mein Arbeitszimmer gekauft habe."

Fragende Gesichter schauten ihn an, also erklärte er: „Ich musste die Schubladen und Fächer des alten Tisches leer räumen, und dabei fielen mir alle möglichen Dinge in die Hände: Semesterarbeiten, Fotos, der Mietvertrag aus der Zinnowitzer Straße...".

Er nahm sich eine Olive und sprach weiter. „Jedenfalls verlor ich mich für eine ganze Weile in Erinnerungen an damals, und dabei wurde mir klar, wie sehr ich euch alle vermisst habe." Er lächelte seinen ehemaligen Wohngenossen zu und lehnte sich zurück. „Tja, damit war die Idee geboren", schloss er und steckte sich die Olive in den Mund.

„Eine Spitzenidee", befand Jan und hob sein Glas. Die anderen taten es ihm nach.

Bald darauf kam das Essen. Während sie sich Pizza, Pasta, Steak oder Fisch schmecken ließen, unterhielten sie sich angeregt.

„Erinnert ihr euch noch an den schrecklichen Köter vom Homann?" fragte Jan, worauf Marius, der gerade einen Schluck Wein trank, sich fast verschluckte.

„Allerdings!" nickte Svenja mit grimmigem Gesicht und spießte eine Nudel auf. „Das Mistvieh hat schließlich meine Unterlagen über Kostenrecht gefressen. Ich hoffe, er hat Blähungen davon bekommen."

Die anderen lachten.

„Wer war Homann?" wollte Nikolai wissen.

„Unser Nachbar, ein totaler Volltrottel", antwortete Jan, während er ein Stück Salamipizza abschnitt. „Seinen Hund hatte er überhaupt nicht unter Kontrolle. Wenn unsere Tür zufällig offen stand, flitzte das Vieh rein und verschlang alles, was ihm vor die hässliche Schnauze kam. Vermutlich bekam er beim Homann nichts."

„An meinem 25. Geburtstag hatten wir einige Freunde eingeladen und ein leckeres Buffet vorbereitet", erinnerte sich Marius. „Doch bevor die ersten Gäste kamen, ist der verrückte Köter in die Küche gestürmt und hat sich alles einverleibt, was da stand: Hähnchenschenkel, Nudelauflauf, Pizzabrot – sogar den Schokoladenpudding."

Svenja nickte lachend. „Ja, genau. Wir mussten dann improvisieren und besorgten schnell fertigen Kartoffelsalat und Bockwürstchen. Die Gäste waren begeistert." Sie verdrehte die Augen.

„Mir hat der verflixte Kläffer einmal die Monatskarte kaputt gebissen", fiel Kristina ein. „Glücklicherweise war es bereits Ende des Monats, da war der Schaden nicht allzu schlimm."

Jan wedelte gewichtig mit seiner Gabel. „Pah, das ist noch gar nichts. Ich hatte eines Tages dummerweise meine

Schublade mit der Unterwäsche offen stehen gelassen. Ihr könnt euch vielleicht vorstellen, was das Hundevieh damit angerichtet hat. Jedenfalls, da ich verdammt knapp bei Kasse war, dauerte es eine Weile, bis ich mir neue leisten konnte. Fast zwei Wochen lang musste ich mit durchlöcherten Unterhosen in die Vorlesungen gehen."

Bei der Vorstellung brachen die anderen in Gelächter aus.

„Was hat denn die Damenwelt dazu gesagt?", fragte Kristina glucksend.

„Gar nichts", gab Jan zu. „Mir war das so peinlich, dass ich die ganze Zeit enthaltsam lebte. Ich kam mir vor wie ein verfluchter Mönch. Es war einfach furchtbar. Seitdem habe ich immer eine Ersatzpackung Unterhosen im Schrank. Ganz oben, wo kein Hund hinkommt."

Diese Beichte löste erneut einen Heiterkeitsanfall aus.

Nachdem alle satt waren, wurde ihnen ein italienischer Kräuterlikör, ein Ramazzotti, auf Kosten des Hauses serviert, dann gab Stephan eine weitere Runde des dunklen Schnapses aus. „Auf einem Bein kann man schließlich nicht stehen", begründete er fröhlich die Bestellung.

Svenja winkte ab. „Für mich nicht. Entschuldigt mich kurz, ja?" Sie stand auf und verschwand in Richtung Damentoiletten.

Nach dem zweiten Likör entschuldigte sich Verena ebenfalls und folgte Svenja. Sie ging eine steile Treppe hinab und öffnete die Tür zu den Waschräumen. Die eine Kabine war leer, aus der anderen hörte sie ein merkwürdiges Geräusch. Es klang, als würde sich jemand übergeben. Dann rauschte die Spülung und Sekunden später kam Svenja heraus. Als sie Verena erblickte, erstarrte ihr Gesichtsausdruck für einen Moment. Besorgt sah Verena sie an. „Ist alles in Ordnung mit dir?"

Svenja lächelte ein wenig kläglich. „Ach, es ist nichts weiter. Nur eine leichte Magenverstimmung. Ich hab wahrscheinlich einfach zu viel gegessen."

Verena ging an ihr vorbei auf die zweite Kabine zu. „Hoffentlich hast du dir keinen Virus eingefangen."

Svenja drehte den Wasserhahn des Waschbeckens auf und begann, sich die Hände zu waschen. „Nee, glaube ich nicht. Mir geht's schon wieder ganz gut."

„Na, dann." Verena lächelte ihr noch einmal zu, dann schloss sie die Kabinentür.

Svenja schaute in den Spiegel und atmete tief durch. Dann trocknete sie sich die Hände ab und verließ den Waschraum.

Die Dämmerung war inzwischen so weit fortgeschritten, dass das Meer im Mondlicht wie geschmolzenes Blei aussah. Dennoch zogen Jan, Yvonne, Kristina, Stephan und Verena ihre Schuhe aus und wateten vergnügt am Ufer herum, spritzten sich gegenseitig lachend nass und tobten wie die Schulkinder. Nikolai hatte sich mit seiner Kamera auf einen großen Stein gesetzt und ließ hin und wieder das Blitzlicht aufleuchten. Svenja und Marius sahen sich das Spektakel aus sicherer Entfernung an.

Sie schüttelte lachend den Kopf. „Was für ein verrückter Haufen!"

„Allerdings. Schön, dass ihr alle da seid." Marius legte ihr den Arm um die Schultern und drückte sie kurz an sich. Dann wurde er ernst. „Wir haben nie wieder über damals gesprochen", begann er. „Warst du eigentlich sehr böse auf mich?"

Svenja schüttelte den Kopf und lehnte sich an ihn. „Nein, nie. Du warst nur ehrlich. Natürlich war ich enttäuscht, gekränkt und todunglücklich, doch böse auf dich – nein."

„Es tut mir im Nachhinein so furchtbar leid. Wenn ich hätte in die Zukunft sehen können, dann..." Er seufzte.

„Ja, dann wäre sicher vieles anders gekommen", stimmte Svenja ihm nachdenklich zu.

Sie beobachteten, wie Jan erst Kristina und anschließend Yvonne hochhob und ins Wasser schmiss. Die Frauen schrien und kreischten, Jan und Stephan grölten vergnügt. Während Jan sich Verena näherte, verständigten sich Yvonne und Kristina mit einem Blick, stürzten auf ihn zu und warfen ihn gemeinsam um. Prustend kam er wieder hoch und schwor Rache. Kichernd und kreischend flohen die Frauen aus dem Wasser, dass es nur so spritzte.

Svenja und Marius amüsierten sich und fühlten sich fast so jung wie damals. Er fing ihren Blick auf, ihre Augen funkelten. Vielleicht waren es auch nur die Sterne, die sich in ihnen spiegelten.

„Jetzt siehst du wieder so aus wie früher", bemerkte Marius lächelnd. „Ich hatte vorhin den Eindruck, als hättest du Kummer."

Das Funkeln verschwand so plötzlich, als hätte jemand einen Schalter umgelegt. Svenja wandte den Kopf und sah zu Nikolai, der sich angeregt mit Stephan unterhielt. Marius folgte ihrem Blick. „Ist alles in Ordnung mit euch?", fragte er leise. „Bist du glücklich mit deinem Mann?"

„Es geht uns gut", antwortete sie. In Marius Ohren klang diese Aussage wie ein Mantra, das sie sich immer wieder vorsagte. „Nikolai ist erfolgreich im Beruf, ein fürsorglicher Vater und großzügiger Ehemann." Leise, fast unhörbar, fügte sie hinzu. „Er ist nur nicht so ehrlich wie du."

Besorgt sah Marius sie an. „Wie meinst du das?"

Sie schwieg und sah geradeaus. Nikolai stieg gerade von dem Stein herunter.

„Er lügt dich an?" Marius ließ nicht locker. „Hintergeht er dich?"

Sie reagierte nicht. Schließlich nahm er sie bei den Schultern und drehte sie zu sich herum. Erschrocken sah er sie an. „Maus, du weinst ja!"

Svenja hob eine Hand und wischte sich über die Augen. „Es ist nichts, Marius", sagte sie und räusperte sich. „Es geht mir gut."

„Ja, das sehe ich", bemerkte er trocken.

Die anderen kamen auf sie zu, klatschnass, frierend, aber lachend und ausgelassen.

„Wir reden später weiter", sagte Marius leise, streichelte kurz und sacht ihre Wange, dann wandte er sich den anderen zu.

Svenja sah ihm nach. Fast meinte sie, noch immer seine Hand auf ihrer Haut zu spüren.

Zurück im Haus heizte Marius die Sauna auf. „Ihr müsst euch aufwärmen", sagte er energisch zu Kristina, Yvonne und Jan, die bibbernd und in bunte Badelaken gewickelt vor ihm standen. „Das Wasser ist einfach noch zu kalt. Setzt euch ruhig schon rein, es wird gleich warm", versprach er. „Ich komme auch gleich noch. Ein Saunagang vor dem Schlafengehen ist heute genau das Richtige."

Die drei Angesprochenen verschwanden nacheinander im angrenzenden Bad, zogen sich aus und kamen nur mit dem Badelaken bekleidet wieder heraus. Es dauerte wirklich nicht lange, bis die Sauna eine angenehme Temperatur erreicht hatte und das Zittern bei allen nachließ. Bald folgte Marius ihnen und setzte sich neben Jan.

„Ich habe den anderen etwas zum Trinken und zum Knabbern hingestellt. Stephan wollte schon schlafen gehen", fügte er an Kristina gewandt hinzu. Sie nickte. „Ja, er war ziemlich angeheitert. Dann wird er meist schnell müde."

Einige Minuten schwiegen alle und genossen die Wärme. Marius erhob sich und machte einen Aufguss. Es zischte und die Wärme steigerte sich noch. Der Duft von Eukalyptus erfüllte den Raum. Kristina schloss die Augen und atmete tief durch.

„Was hattest du eigentlich die ganze Zeit mit Svenja zu tuscheln?", grinste Jan irgendwann in Marius' Richtung.

Der hob den Kopf. „Wir haben darüber geredet, dass du noch immer den Eindruck eines pubertierenden Schuljungen machst", behauptete er.

Jan lächelte verschmitzt. „Ja, ich sehe noch immer verdammt jung aus, das stimmt. Aber ich kann mir nicht vorstellen, dass ihr die ganze Zeit über mich gesprochen habt."

„Wirklich nicht?" Marius grinste. „Das sieht dir gar nicht ähnlich."

„Witzig! Nun sag schon, was los ist."

Marius rollte mit den Augen. „Das geht dich nichts an, okay?"

„Habt ihr etwa Geheimnisse?", hakte Jan neugierig nach.

Marius funkelte ihn wütend an. „Nun hör schon auf, ja?"

Kristina hielt das Badetuch fest, das um ihren Körper gewickelt war, und rutschte eine Bank weiter hinunter, wo es weniger heiß war. Dann sah sie zu Marius hoch. „Hat sie dir erzählt, was mit ihr los ist?"

Er sah sie verwundert an. „Sie hat es dir gesagt?"

Kristina nickte. „Sie tut mir so furchtbar leid."

„Ja, mir auch."

Jans Kopf wanderte wie bei einem Tennismatch von einem zum anderen und wieder zurück. „Was ist denn mit Svenja?", fragte er leicht verstimmt.

„Wer weiß, wie lange sie das schon mitmacht", seufzte Kristina, ohne auf Jans Frage einzugehen. Der sah sie durchdringend an. „Was macht sie mit?"

„Sie fing an zu weinen, als wir darüber sprachen", berichtete Marius.

Kristina sah ihn betroffen an. „Sie tut zwar, als würde sie damit klarkommen, aber ich hab gleich gemerkt, dass es sie sehr mitnimmt. Ich wünschte, ich könnte ihr helfen."

„Hallohoo! Ich sitze hier und rede mit euch, doch anscheinend bin ich unsichtbar." Jan verschränkte die Arme vor der Brust und sah Kristina und Marius vorwurfsvoll an.

Sie seufzte. „Also gut, aber schwör mir, dass du kein Wort darüber verlierst, zu niemandem!"

Jan rollte mit den Augen, hob allerdings gehorsam eine Hand. „Ich komme mir zwar vor wie in der Grundschule, aber okay, ich schwöre."

Kristina sah zu Yvonne hoch, die sich auf die oberste Bank gelegt hatte. „Ja, versprochen." Auch sie hob eine Hand.

Kristina nickte, holte tief Luft und berichtete, was Svenja ihr erzählt hatte.

„Ach, nee", war Yvonnes Kommentar. Sie sah abwartend zu Jan. Der fühlte sich sichtlich unwohl. „So eine Schweinerei", murmelte er undeutlich und starrte auf seine Füße, als sähe er sie zum ersten Mal.

„Ich habe es geahnt", flüsterte Marius, mehr zu sich selbst.

Kristina stutzte. „Ich dachte, sie hat es dir gesagt."

„Sie hat ein paar Andeutungen gemacht", stellte Marius richtig. „Sie wirkte sehr unglücklich auf mich, gar nicht wie die Svenja von früher. Außerdem erzählte sie, dass ihr Mann nicht ehrlich ist."

„Ja, unglücklich ist sie wirklich", nickte Kristina. „Sie liebt diesen Mistkerl. Aber wenn sie sich das weiterhin gefallen lässt, wird sie mit Sicherheit irgendwann daran zerbrechen."

„Det hält man jedenfalls nicht ewig aus", ließ sich Yvonne vernehmen. „So wat kann die beste Beziehung kaputt machen."

Jan stand auf. „Mir ist warm genug", knurrte er. „Bis später." Schon war er draußen.

„Was ist denn mit dem auf einmal los?", wunderte sich Kristina.

Yvonne verschränkte lächelnd die Arme hinter dem Kopf.

Nikolai verließ das Bad und kam ins Schlafzimmer, wo Svenja bereits im Bett lag und im warmen Licht der Nachttischlampe las. Er schloss die Tür und kroch unter seine Decke.

„Ich muss zugeben, die sind wirklich alle ganz nett", sagte er und machte es sich umständlich bequem in dem unbekannten Bett.

„Hmm", murmelte Svenja, in ihr Buch vertieft.

„Jan wirkt auf mich allerdings ziemlich oberflächlich", fuhr Nikolai fort. „Dem gehen Äußerlichkeiten wohl über alles. Und dann diese merkwürdige Geschichte mit seinen durchlöcherten Unterhosen..."

Svenja ließ ihr Buch sinken und sah ihren Mann mit gerunzelter Stirn an.

„Mag sein, dass er ein bisschen eitel ist", stimmte sie zu. „Andererseits ist er einer der freundlichsten und großzügigsten Menschen, die ich kenne. Er ist hilfsbereit und immer gut gelaunt. Für seine Freunde würde er alles tun."

Nikolai zog eine kleine Grimasse, als würde er an den Worten seiner Frau zweifeln.

„Und die Unterhosen-Story fand ich wirklich lustig. Tut mir leid, wenn sie dir nicht gefallen hat." Dann fragte sie lauernd: „Aber seine Verlobte gefiel dir, oder? Sie ist wirklich hübsch."

Er nickte und verschränkte einen Arm hinter dem Kopf.

„Ja, sie ist attraktiv. Nur ihr schrecklicher Dialekt stört das Gesamtbild."

„Findest du? Ich halte den Kontrast für reizvoll."

Nikolai schüttelte den Kopf. „Blödsinn. Das ist, als würde man eine Baccara-Rose in eine Bierflasche stecken; es passt einfach nicht."

Svenja zuckte mit den Schultern. „Hauptsache, Jan gefällt es."

Nachdenklich sah Nikolai vor sich hin. „Ich hatte vom ersten Moment an das Gefühl, dass ich diese Yvonne von irgendwoher kenne. Ich komme nur nicht drauf, woher."

„Sie ist aus Berlin. Wenn du ihr begegnet bist, ist das also schon einige Jahre her."

Er zuckte die Schultern. „Wer weiß, vielleicht war es während meines Referendariats. Möglicherweise habe ich aber auch nur ihr Bild irgendwo gesehen. Ich weiß es wirklich nicht." Er drehte sich auf die Seite. „Machst du bitte das Licht aus? Ich möchte schlafen."

Gehorsam legte Svenja das Buch auf den Nachttisch und löschte das Licht. „Gute Nacht."

„Schlaf gut", murmelte Nikolai müde.

Selbst bei dem Versuch, einzuschlafen, grübelte er noch darüber nach, woher er Yvonne kannte. Berlin... War sie eine Mandantin oder Angestellte in der Kanzlei gewesen, in der er gearbeitet hatte? Nein, das war eher unwahrscheinlich. War sie vielleicht beim Gericht beschäftigt gewesen oder.... Er gähnte herzhaft. Einzelne Bilder tauchten vor seinem inneren Auge auf. Yvonne mit langen, geflochtenen Zöpfen, stark geschminkt und sexy gekleidet. Wütend, mit blitzenden Augen. In einem Gerichtssaal. Sie sah in seine Richtung, aber nicht direkt zu ihm. Nikolai erinnerte sich vage daran, dass er sich zu ihr hingezogen gefühlt hatte. Ihr Berliner Dialekt hatte ihn allerdings damals schon gestört.

Bevor der Groschen endgültig fallen konnte, war er eingeschlafen.

ALS KRISTINA AM Morgen in die sonnendurchflutete Küche kam, war der Raum zwar leer, doch der Frühstückstisch bereits liebevoll gedeckt. Es gab gekochte Eier, verschiedene Wurst- und Käsesorten, frisches Obst, Honig und mehrere Sorten Marmelade. Eine hellgrüne Tischdecke und ein bunter Blumenstrauß holten den Sommer ins Haus. Es roch nach frischem Kaffee. Sie schenkte sich gerade eine Tasse voll, als Marius mit zwei Papiertüten voller Brötchen hereinkam.

„Guten Morgen!", wünschte er gut gelaunt. „Wie war deine Nacht?"

Kristina lächelte. „Sehr gut, danke. Ich habe geschlafen wie ein Murmeltier. Nicht mal Stephans Schnarchen hat mich gestört. Das wird die frische Meeresluft sein."

„Schläft dein Mann noch?" Marius öffnete eine der Tüten und begann, die Brötchen durchzuschneiden.

„Nein, er wollte vor dem Frühstück den Pool ausprobieren. Das ist doch in Ordnung?", fragte sie.

„Klar, Verena schwimmt auch gern morgens ein paar Bahnen. Hast du Hunger?"

„Wie ein Löwe." Kristina nahm ihre Tasse und setzte sich an den Tisch. „Ich würde dir gern meine Hilfe anbieten, doch ich werde das Gefühl nicht los, dass du sie nicht brauchst. Das sieht alles wirklich toll aus."

„Danke. Es hat mir Spaß gemacht." Marius stellte einen gefüllten Brötchenkorb auf den Tisch. „Greif zu. Es dauert bestimmt noch, bis alle da sind." Er holte die gläserne Kaffeekanne und setzte sich zu ihr.

„Ich schlage vor, wir verbringen den Tag am Strand. Wir nehmen einen Picknickkorb mit und lassen uns die Sonne auf den Pelz brennen", sagte er, während er sich heißen Kaffee einschenkte.

Kristina nahm sich ein knusprig aussehendes Mohnbröt-
chen. „Klingt großartig."

Svenja und Nikolai kamen herein und wünschten einen
guten Morgen, kurz darauf stießen Jan und Yvonne zu ihnen, und als Verena und Stephan vom Schwimmen zurück
waren, saßen alle am Frühstückstisch und ließen es sich
schmecken.

„Der Pool ist herrlich, Marius", schwärmte Stephan und
verteilte einen großen Klecks Erdbeermarmelade auf einer
Brötchenhälfte. „Das Wasser ist angenehm warm – nicht
so wie am Strand."

„Meine Güte, du hast aber heute einen gesunden Appetit",
staunte Marius lachend, als Svenja sich das dritte Brötchen
nahm. Sie wurde prompt rot und senkte verlegen den
Blick.

„Det is die jute Luft. Ick hab hier ooch mehr Hunger als in
Berlin", sagte Yvonne und biss genüsslich in ihr Käsebröt-
chen. Als sie zufällig zu Nikolai sah und seinen prüfenden
Blick bemerkte, blieb ihr der Bissen fast im Hals stecken.
Sie hatte inzwischen eine Ahnung, wo sie ihm begegnet
sein könnte, und seinem wissenden Lächeln nach zu urteilen, schien auch ihm zu dämmern, unter welchen Umständen sie sich kennen gelernt hatten. Sie nahm sich vor, ihm
möglichst aus dem Weg zu gehen.

Bei Tage wirkte der Strand von Solitüde völlig anders als
spätabends. Ein endloser blauer Himmel erstreckte sich
über der Förde, verziert mit einzelnen kleinen Wolken, die
wie getuschte weiße Tupfen auf blauem Hintergrund wirkten, willkürlich gesetzt von der Hand eines Kindes.

Am Horizont konnten sie die Küste Dänemarks sehen, die
sie am Abend zuvor höchstens anhand kleiner Lichter hatten erahnen können. Möwen segelten mal lautlos und mal
schreiend über sie hinweg, und trotz der relativ frühen

Stunde war der Strand schon recht bevölkert. Pärchen, Gruppen von Jugendlichen und Familien mit kleinen Kindern saßen auf bunten Badelaken oder Wolldecken, spielten Federball, lasen oder bauten Sandburgen. Lautes Lachen, unbeschwertes Plaudern und vergnügtes Kreischen erfüllte die Luft, hin und wieder unterbrochen durch ein ungeduldiges Schimpfen oder das klägliche Weinen eines Kindes. Hier und da erklang Musik aus mitgebrachten Radios oder Smartphones.

Sie suchten sich einen Platz dicht am Wasser und breiteten ihre Decken und Handtücher aus. Yvonne stellte fest, dass es schwierig werden würde, Nikolai aus dem Weg zu gehen, denn er breitete sein Handtuch direkt neben ihrem aus und ließ sich mit einem Lächeln in ihre Richtung darauf nieder.

Während sie Arme und Beine mit Sonnenmilch einrieb, hatte sie das unangenehme Gefühl, dass seine Augen jede ihrer Bewegungen verfolgten. Ungeduldig drehte sie schließlich die Flasche zu. Nur zu gern hätte sie sich völlig entspannt hingelegt und von den schon ziemlich heißen Sonnenstrahlen bräunen lassen, doch daran war nicht zu denken, solange Nikolai sie mit der Gründlichkeit eines deutschen Finanzbeamten musterte und ihr damit das Gefühl gab, splitternackt zu sein.

Um ihm und seinen Blicken zu entkommen, stand sie schließlich auf, zog sich ihr Strandkleid über und stupste Jan sacht mit dem Fuß in die Seite.

„He, Schnucki, lass uns 'n bissken spazieren jehen."

Er drehte träge den Kopf in ihre Richtung und öffnete ein Auge. „Vielleicht später. Ist gerade so gemütlich."

Zu ihrem blanken Entsetzen stand Nikolai auf und stellte sich neben sie. „Eine Spaziergang ist eine gute Idee", sagte er eine Spur zu eifrig, als hätte er auf eine Gelegenheit wie diese gewartet. „Ich komme mit, wenn du nichts dagegen hast."

Hilfesuchend sah sie zu Jan, doch der hatte wieder beide Augen geschlossen. Nikolai sah sie abwartend an und sie nickte ihm seufzend zu. „Von mir aus."

Ihren offensichtlichen Widerwillen ignorierte er gelassen und gemeinsam schlenderten sie Richtung Ufer und wanderten dort angekommen direkt am Wasser entlang. Ihre nackten Füße sanken in den feuchten Sand und hinterließen für wenige Sekunden exakte Abdrücke ihrer Fußsohlen. Kleinkinder mit speckigen Beinchen und knallbunten Sonnenhüten tapsten an Mamis Hand in dem flachen Wasser und jauchzten bei jeder kleinen Welle.

„Schön hier, nicht wahr?" Nikolai ließ seinen Blick über das tiefblaue Wasser schweifen. Einige Segelboote fuhren an der Küste entlang, drei Schwäne sahen hochmütig auf die Enten herab, die um sie herum schwammen.

Ein Holzsteg führte gut zwanzig Meter ins Meer hinein. Sie steuerten langsam und schweigend darauf zu. Die Luft roch nach Salz und Seetang. Am Ende des Steges angekommen setzte Yvonne sich auf eine tiefer liegende Holzplattform und ließ die Füße baumeln. Nikolai tat es ihr nach. Er setzte sich so dicht neben sie, dass ihre Arme sich berührten und sie es als unangenehm empfand, als Eindringen in ihren Bereich. Unauffällig rutschte sie ein wenig zur Seite.

„Du bist nicht sehr gesprächig heute", stellte Nikolai fest.

Sie zuckte nur mit den Achseln und starrte ins Wasser.

„Heute Morgen haben sie im Radio von einer Verhandlung berichtet", sagte Nikolai im Plauderton. „Es ging um gefährliche Körperverletzung. Hast du das auch gehört?"

Sie antwortete nicht.

„Da ist es mir endlich eingefallen", fuhr er leise fort, während er weiterhin den Horizont musterte. „Du erinnerst dich jetzt auch, nicht wahr?"

Sie schwieg weiterhin. Nur daran, dass ihre Schultern resigniert nach unten gesackt waren, erkannte Nikolai, dass sie ihn gehört hatte und wusste, wovon er sprach. Er sah wieder in die Ferne. „Weiß Jan Bescheid?"

Sie schüttelte kaum wahrnehmbar den Kopf.

„Und du möchtest, dass das so bleibt, nehme ich an." Nikolai wandte ihr den Kopf zu und ließ seine Augen ihren Körper hinab wandern. Sie trug einen weißen Bikini und darüber ein dünnes rosafarbenes Frottee-Strandkleid mit einem ziemlich tiefen Ausschnitt. Ihre schlanken, gebräunten Beine glänzten von der Sonnenmilch.

Sie bemerkte seine Blicke und biss sich auf die Lippen. „Wat willste von mir?", fragte sie mit mit belegter Stimme.

Wenige Meter entfernt stand eine Rentnerin und warf Brotkrumen ins Wasser. Die Enten schossen schnatternd auf die Krümel zu und verschlangen sie in Sekundenschnelle. Manchmal war eine der Möwen schneller und schnappte sich den Bissen, bevor eine der Enten ihn erreicht hatte. Yvonne sah zwar hin, registrierte aber nicht, was vor ihr geschah, sondern wartete ängstlich auf Nikolais Antwort. Der zuckte mit den Achseln und sah wieder aufs Meer hinaus.

„Was ich will? Das kannst du dir doch bestimmt denken."

„Geld?"

Er lachte. „Nein, sicher nicht."

Angst breitete sich in ihr aus wie Feuer auf einem Ölteppich. Ihr Puls raste. „Hör zu, du Arsch", zischte sie wütend und mit bebender Stimme. „Ich will mit all dem nichts mehr zu tun haben. Lass mich einfach in Ruhe."

Erstaunlicherweise lachte er.

„Was ist denn so komisch?", fragte sie gereizt.

„Dein Dialekt. Auf einmal ist er verschwunden", amüsierte er sich.

Sie hob kurz die Schultern. „Daran merkt Jan immer, dass ich sauer bin", murmelte sie und ärgerte sich im nächsten Moment darüber, dass sie auf seine Bemerkung überhaupt eingegangen war.

„Ach so", nickte er. „Das bedeutet also, du bist sauer auf mich."

„Du bist wirklich ein kluger Kopf", sagte sie bissig und fügte hinzu. „Natürlich bin ich angepisst. Wer möchte schon auf so miese Art erpresst werden?"

Sie stand auf.

„Sicher niemand", gab Nikolai zu und sah lächelnd zu ihr hoch. „Aber ich will mir diese Gelegenheit nicht entgehen lassen. Wäre ja auch ziemlich dumm."

„Du ekelst mich an!" Yvonne spie die Worte fast aus. „Ich geh jetzt lieber, bevor ich kotzen muss."

„Heute Nachmittag um drei, in eurem Zimmer" sagte Nikolai ruhig. Seine Augen klebten nun wieder am Horizont, als gäbe es dort etwas unerhört Spannendes zu sehen.

Yvonne sah zur Seite und kämpfte mit den Tränen. „Und wenn ich nicht komme?", fragte sie erstickt.

Er wandte den Kopf und lächelte sie an, seine dunklen Augen funkelten.

Er sieht regelrecht vergnügt aus, dachte Yvonne angewidert. Das alles scheint für ihn ein Riesenspaß zu sein.

„Na, was wohl? Dann werde ich Jan von deinem kleinen Geheimnis erzählen müssen." Sein gewinnendes Lächeln stand im krassen Gegensatz zu den Gemeinheiten, die aus seinem Mund kamen.

„Du bist echt ein widerliches Arschloch, Nikolai Schiller", fauchte Yvonne. „Fahr zur Hölle!" Angeekelt drehte sie sich um und ging eilig über den Holzsteg zurück in Richtung Strand. Sie hätte sich am liebsten geschüttelt. Nur weg, dachte sie, weg von diesem miesen, gemeinen Bastard.

„Vergiss unsere Verabredung nicht", rief er ihr fröhlich nach.

Ihre Augen füllten sich mit Tränen der Wut, so dass sie kaum sah, wohin sie ging. Was sollte sie nur tun? Sie wollte nicht, dass Jan von ihrer Vergangenheit erfuhr. Seine Reaktion war nicht vorherzusehen. Die Angst, ihn zu verlieren, zu groß. Abgesehen davon hatte sie längst mit ihrem früheren Leben abgeschlossen. Doch schon wieder holte die Vergangenheit sie ein. Erst Jochen, jetzt Nikolai. Ein Schluchzer entrang sich ihrer Kehle. Warum konnte sie nicht endlich in Frieden leben?

Die beiden großen orangefarbenen Badelaken mit dem ‚Workout & Wellness'-Logo gerieten in ihr Blickfeld. Ihres war leer, auf dem anderen lag Jan und döste zufrieden vor sich hin.

Hastig fuhr Yvonne sich mit der Hand über ihr tränennasses Gesicht und blinzelte. Er durfte auf keinen Fall bemerken, dass etwas nicht stimmte. Während sie auf ihn und die anderen zuging, übte sie ein unbefangenes Lächeln, obwohl sie tief im Innern vor Angst und Verzweiflung wie ein kleines Mädchen heulte.

„Cremst du mir bitte den Rücken ein?" Kristina reichte Stephan eine Flasche mit Sonnenmilch und drehte sich auf den Bauch. Stephan, der gerade zwei jungen Mädchen in knappen Bikinis nachgesehen hatte, seufzte mit leisem Bedauern, machte sich dann aber pflichtbewusst daran, die weiße Flüssigkeit auf Kristinas glattem, leicht gerötetem Rücken zu verteilen. Sie genoss die kreisenden Bewegungen seiner kräftigen Hand und schloss mit einem zufriedenen Lächeln die Augen.

Stephans Augen dagegen waren so offen wie die europäischen Grenzen und folgten erneut den beiden Strandschönheiten, die sich kichernd auf einer großen Decke niederließen, auf der bereits ein paar andere Jugendliche saßen und Musik hörten. Alle lachten vergnügt und alberten herum. Eines der Mädchen, eine zarte Dunkelhäutige mit wilden Locken, wies diskret auf Stephan, tuschelte mit einer Freundin und beide fingen an zu kichern. Er kam sich wie ein greiser Lüstling vor und sah beschämt zur Seite.

Eine hübsche Blondine in einem rosafarbenen Strandkleid ging an den pubertierenden Kichererbsen vorbei und steuerte direkt auf ihn zu. Sie wischte immer wieder über ihre Augen, als hätte sie Sand hinein bekommen. Stephan straffte die Schultern und zog den Bauch ein. Dann erkannte er sie. Er ließ die angehaltene Luft entweichen und Bauch und Schultern kehrten an ihren angestammten Platz zurück.

„Jan, Yvonne kommt zurück", berichtete er. „Allein."

Jan öffnete ein Auge, als seine Verlobte sich neben ihm auf ihr Handtuch fallen ließ.

„Hi, da bist du ja wieder", sagte er schläfrig.

„Wo ist Nikolai?", wollte Svenja wissen.

„Der wollte noch nicht zurück", antwortete Yvonne knapp und zeigte auf die Zeitschrift, die neben Verena lag. „Darf ich?"

Verena nickte und reichte sie ihr. „Sicher."

Bald darauf kehrte Nikolai zurück und legte sich wieder zwischen Yvonne und Svenja, die wie Jan auf dem Rücken lag und mit geschlossenen Augen die Sonne genoss.

Nikolai legte sich ebenfalls auf den Rücken und lächelte Yvonne verschwörerisch zu. Gänsehaut überzog ihren Körper. Sie wandte sich ab und vertiefte sich in die Klatschzeitung, als interessiere sie sich brennend für die neuesten Gerüchte über Heidi Klums Magermodels oder George Clooneys Liebesleben.

Plötzlich zuckte sie zusammen und gab einen erschreckten Laut von sich. Jan sah überrascht zu ihr hinüber. „Was ist?"

„Oh, nischt weiter, allet jut", stammelte Yvonne, legte die Zeitschrift zur Seite und drehte sich auf den Bauch, möglichst weit von Nikolais Hand entfernt, die sich gerade unauffällig unter ihren Hintern geschoben und sie damit erschreckt hatte. „Nur eine – Mücke." Eine widerliche, ekelhafte Mücke.

Jan schloss die Augen wieder. „Ach so."

Ein paar Sekunden später landete klatschend eine Hand auf Yvonnes rechte Pobacke.

„He!" schrie sie empört. „Hast du sie noch alle? Das tat weh!"

Nikolai lächelte sie entschuldigend an. „Ich hab sie erwischt. Tut mir leid, wenn ich dich erschreckt habe." Er hielt seine rechte Hand hoch, Daumen und Zeigefinger fest zusammengedrückt, als hätte er tatsächlich ein Insekt dazwischen zerquetscht.

„Danke", würgte Yvonne zwischen zusammengebissenen Zähnen hervor, warf ihm einen verärgerten Blick zu und barg den Kopf in den Armen. Svenja hielt krampfhaft die Augen geschlossen und schämte sich für ihren Mann.

Jan hatte sich auf einen Ellenbogen aufgestützt. „Das ist eigentlich mein Revier, Kumpel", sagte er mit zusammengezogenen Augenbrauen.

Der warnende Unterton entging Nikolai nicht. „Entschuldige. Die nächsten Mücken gehören dir." Er zwinkerte Jan zu und legte sich wieder hin.

Yvonnes Gesicht war keine dreißig Zentimeter von seinem entfernt. Ihre Augen funkelten erbost, die Wangen schimmerten rosig - sie sah hinreißend aus. Er fuhr sich mit der

Zunge über die Lippen. „Drei Uhr", sagte er lautlos und schloss lächelnd die Augen.

Yvonne vergrub den Kopf in ihren Armen und wünschte, sie wären nie hierher gefahren.

Gegen elf stöhnte Kristina: „Puh, ist das heiß. Ich könnte jetzt gut ein Eis vertragen."

Jan setzte sich auf. „Gute Idee", stimmte er erfreut zu. Er war ausgeruht und platzte inzwischen vor Tatendrang. „Bis es soweit ist, gehe ich schwimmen. Engel, kommst du mit?"

Yvonne stand auf, erleichtert, Nikolais anzüglichen Blicken zumindest für eine Weile entfliehen zu können. Verglichen mit seiner Nähe war das kalte Wasser so verlockend wie ein Edel-Schuhgeschäft im Sommerschlussverkauf.

Marius erhob sich ebenfalls. „Wartet", bat er Jan und Yvonne, und sah dann die anderen an. „Wer möchte alles ein Eis?"

Nach und nach hoben sich alle Hände.

„Soviel kann ich allein nicht tragen", vermutete Marius. „Kommst du mit?"

Verena wollte gerade aufstehen, doch dann sah sie, dass Marius Svenja eine Hand hinhielt und sie zu sich hochzog. Verena kochte innerlich, als die zwei sich kurz darauf auf den Weg zum Verkaufsstand machten. Mit schmalen Augen sah sie ihnen nach.

Kaum waren sie außer Hörweite sagte Marius: „Ich mache mir Sorgen um dich, weißt du?"

„Das ist lieb von dir, aber das musst du nicht", versicherte ihm Svenja. „Es geht mir gut."

Er nahm ihre Hand. „Komm mit."

Sie verließen das Rasenstück, traten unter den Laubbäumen hervor auf die Promenade und erreichten eine freie

Bank, auf die sie sich setzen. Auch jetzt ließ Marius ihre Hand nicht los.

„Hör zu, ich weiß, dass es dir nicht gut geht." Er legte die freie Hand unter ihr Kinn und hob es an, so dass sie ihn ansehen musste. „Krissi hat es mir gesagt."

Sie wollte etwas sagen, doch Marius legte seinen Zeigefinger auf ihre vollen Lippen. „Sei nicht böse auf sie, sie macht sich um dich ebenso große Sorgen wie ich." Er ließ die Hand wieder sinken. „Nikolai tut dir weh. Carmen hat mich ebenfalls betrogen, darum weiß ich, wie du dich fühlst."

Svenja schluckte. „Das wusste ich nicht", sagte sie leise.

„Ich bin inzwischen darüber hinweg", winkte er ab. „Doch dieser Schmerz, dieses Gefühl des Verrats, war fast unerträglich. Es tat so weh."

Er sah Svenja an, deren Augen verdächtig schimmerten. „Carmen hat mir einmal wehgetan, doch dein Mann betrügt dich immer wieder und reißt die Wunde damit jedes Mal neu auf. Du musst dich dagegen wehren. Du bist nicht so hartgesotten, dass du damit fertig wirst."

„Was soll ich denn tun?", flüsterte Svenja. „Es sind doch immer nur kleine Affären. So was machen viele Männer."

„Deswegen ist es noch lange nicht in Ordnung. Du hast eine solche Behandlung einfach nicht verdient." Wieder ergriff er ihre Hand. Svenja schwieg. Sie wusste nicht, was sie sagen sollte.

„Warum verlässt du ihn nicht?", wollte Marius wissen.

„Lass es gut sein, Marius. Ich werde schon damit fertig", behauptete sie schwach und entzog ihm ihre Hand. „Komm jetzt, wir müssen doch Eis kaufen." Sie stand auf.

Marius erhob sich ebenfalls. „Denk wenigstens darüber nach. Bitte."

„Und was dann?", fragte sie bitter. „Was soll ich machen, wenn ich ihn verlasse? Ich habe ja nicht einmal eine Arbeit."

„Du könntest mit deinen Kindern hierher ziehen, nach Flensburg. Ich besorge dir eine Wohnung und helfe dir, eine Stellung zu finden. Ich kenne einige Anwälte, die dich in Bezug auf die Trennung beraten könnten. Wer weiß, vielleicht kannst du ja sogar bei einem von ihnen anfangen. Und wir könnten uns wieder häufiger sehen."

Ihr Gesicht zeigte ein vorsichtiges Lächeln. „Der Gedanke hat seinen Reiz."

„Wirst du darüber nachdenken?", fragte er eindringlich.

Sie biss sich auf die Unterlippe und schwieg eine Weile. Dann nickte sie. „Also gut. Ja, ich werde darüber nachdenken."

„Gut", lächelte er erleichtert. „Dann besorgen wir jetzt Eis."

Während Verena sich mit Jan über Sport im Allgemeinen und Yoga im Besonderen unterhielt, verfolgten ihre Augen Marius und Svenja. Die zwei kamen gerade mit dem Eis zurück und verteilten es.

Sie zog das Eis aus der Verpackung, das Svenja ihr freundlich lächelnd gereicht hatte, und begann langsam, es zu essen, obwohl sie es lieber in Svenjas gepflegtes Haar geschmiert hätte. Schon wieder lächelten die zwei einander an. Was, zum Teufel, wollte diese kulleräugige Blondine von Marius? Sie war schließlich verheiratet. Es war Verena unheimlich, dass die zwei sich so gut verstanden. Sie kannten sich natürlich auch schon sehr lange, viele Erinnerungen verbanden sie. Sie selbst hatte Marius erst vor etwas mehr als drei Jahren kennen gelernt. Sie war ihm praktisch in die Arme gelaufen, damals in der Klinik. Ihr Vater hatte sie erwartet, und da sie, wie so oft, unpünktlich war, war sie entsprechend schnell den Krankenhausflur entlang geeilt. Völlig unerwartet war ein weißer Kittel seitlich aus einer Tür heraus gekommen und sie hatte ihm nicht mehr rechtzeitig ausweichen können.

„Hoppla!", hatte der Träger des Kittels gesagt, und sie reflexartig an den Oberarmen festgehalten, während er sie amüsiert musterte. Ihr waren sofort seine freundlichen Augen aufgefallen, die Grübchen in seinen Wangen und die dunkelblonden Locken, die ein wenig so aussahen, als würden sie sich gern seiner Kontrolle entziehen. Sie hatte eine Entschuldigung gemurmelt und war weiter gelaufen, doch kurz darauf waren sie sich in der Krankenhauskantine noch einmal begegnet, und ihr Vater hatte Marius als „sein bestes Pferd im Stall" vorgestellt.

So hatte es begonnen. Sie war von da an häufiger in die Klinik gekommen und ihm so oft absichtlich über den Weg gelaufen, bis er sie endlich gefragt hatte, ob sie mal zusammen ausgehen könnten.

Nachdem sie sich besser kennen gelernt hatten, wusste sie, dass Marius der Richtige für sie war. Er war freundlich, verständnisvoll und klug. Es störte sie nicht, dass er geschieden war, und zu seiner Tochter Charlotte hatte sie ein gutes Verhältnis. Sie liebte ihn und würde ihn heiraten.

Nachdem sie die letzten Eisreste von dem Stiel geschleckt hatte, bohrte Verena das kleine Holzstück langsam in den Sand, die schmalen Augen auf Svenja gerichtet. Sie dich vor, Kullerauge, dachte sie. Ich werde nicht zulassen, dass du mir meine Zukunft kaputt machst!

Gegen Mittag packten Marius und Verena die mitgebrachten Köstlichkeiten aus. Die frische Seeluft hatte bei allen für Appetit gesorgt und sie ließen sich die belegten Brötchen, die frische Erdbeeren und hartgekochten Eier schmecken. Nur Svenja schüttelte den Kopf. „Nein danke.

Vielleicht später. Ich trinke nur einen Kaffee." Sie nahm die Thermoskanne und füllte einen Becher.

Auch Yvonne hatte keinen großen Appetit. Sie bemühte sich nach Kräften, Nikolai zu ignorieren, doch immer, wenn ihr Blick zufällig auf ihn fiel, lächelte er sie auf eine Weise an, die Ekel und Widerwillen in ihr hervorrief. Ihr Herz raste, wenn sie daran dachte, was er von ihr verlangte. Immer wieder sah sie auf die Uhr. Es war erschreckend, wie rasch die Zeit verging. Sie hob den Kopf und sah Stephan, Jan und Verena zu, die bis zu den Oberschenkeln im Wasser standen und sich unterhielten. Plötzlich senkte Verena eine Hand ins Wasser und spritzte Jan nass. Er ging auf das Spielchen ein und schoss eine Wasserfontäne auf Verena. Sie kreischte auf. Yvonne beschloss, sich den Dreien anzuschließen, um Nikolais Nähe zu entfliehen und sich ein wenig abzulenken. Sie stand auf und lief ins Wasser. Eisig kalt schlug es gegen ihre aufgewärmten Beine, doch sie rannte weiter, bis sie die anderen erreicht hatte.

„Da ist ja mein Engel!", rief Jan ausgelassen. „Brauchst du eine Abkühlung?"

Ehe sie etwas erwidern konnte, kam ein Schwall Wasser auf sie zugeschossen und traf sie im Gesicht. Sie prustete, lachte, und ging anschließend mit drohender Gebärde auf ihn zu. Sie spritzten sich gegenseitig nass und alberten herum, bis es ihnen doch zu kalt wurde und sie zitternd, aber fröhlich zurück zu den anderen gingen, um sich in der Sonne wieder aufzuwärmen. Stephan ging auf die Knie, beugte sich über Kristina und schüttelte den Kopf, so dass einzelne Wassertropfen von seinem spärlichen Haupthaar auf ihr Gesicht und ihren Oberkörper spritzten. Seine Frau schrie auf. „Igitt! Hör auf damit, du verrückter Kerl!"

Yvonne wickelte sich in ein großes Badetuch, setzte sich dicht neben Jan und vermied es eisern, in Nikolais Richtung zu sehen. Es war inzwischen fast zwei Uhr.

Um zwanzig vor drei stand Nikolai auf. „Ich gehe für eine Stunde zurück", verkündete er. „Das ist mir heute etwas zu viel Sonne, fürchte ich. Eine kleine Pause wird mir gut tun." Er lächelte Verena zu, zog sich ein T-Shirt und Shorts an und ließ sich von ihr den Hausschlüssel geben. „Danke! Bin bald zurück."

Yvonne sah ihn flehend an. Er ignorierte ihre stumme Bitte, zwinkerte ihr zu und ging. Sie sah auf die Uhr. Die Stunden waren wie im Flug vergangen und noch immer rückte der große Zeiger im Eiltempo vorwärts. Ihr Herz hämmerte. Die Stimmen der anderen rauschten in ihren Ohren, als hätte sie eine stark befahrene Autobahn im Kopf. Was sollte sie nur tun?

Zehn vor drei. Nikolai war jetzt vermutlich bereits in ihrem Zimmer und wartete auf sie. Sie musste sich ebenfalls auf den Weg machen. Doch was sollte sie sagen, weshalb sie gehen wollte? Ihr fiel partout nichts ein. Sollte sie bleiben und riskieren, dass Nikolai seine Drohung wahr machte? Nein, das war undenkbar. Also musste sie gehen. Jetzt.

Marius holte einen Frisbee aus seiner Tasche. „Na, wer hat Lust?"

Jan stand auf. „Ich natürlich. Krissi, komm, mach auch mit."

„Also gut", nickte sie. Auch Stephan erhob sich.

Jan drehte sich zu Yvonne um. „Was ist mit dir, Engel? Spielst du auch mit?" Sie schüttelte den Kopf. „Nee, danke, ick hab keene Lust."

Er warf ihr einen verwunderten Blick zu. Normalerweise nutzte sie jede Gelegenheit, um sich sportlich zu verausgaben. „Bist du sicher?", vergewisserte er sich. Sie nickte und kämpfte mit den Tränen. Aufmerksam musterte er sie. „Ist alles in Ordnung mit dir?", fragte er besorgt.

Sie bemühte sich, unbefangen zu lächeln, doch es fiel ihr unsagbar schwer. „Nu mach nich so'n Ding draus, Schnucki", sagte sie mit möglichst normaler Stimme. „Mir jeht's dufte."

Jan zuckte mit den Achseln, lächelte ihr zu und begann, die Frisbeescheibe auf seinem Zeigefinger zu balancieren.

„Na los, nun wirf schon!", rief Marius ungeduldig.

Fünf vor drei. Sie musste gehen, doch alles in ihr sträubte sich mit Händen und Füßen dagegen. Dennoch erhob sie sich. Die Angst, Jan könnte sie verlassen, wenn er die Wahrheit erfuhr, war zu groß. Sie würde alles tun, um das zu verhindern, und das, obwohl sie ihn noch vor wenigen Tagen selbst fast vor die Tür gesetzt hätte. Allerdings hatte sie genau gewusst, dass er nicht einfach so verschwinden, sondern mit allen Mitteln um ihre Beziehung kämpfen würde. Es war aber notwendig gewesen, ihm einen gewaltigen Schrecken einzujagen.

Jan sah zu ihr herüber und sah erfreut, dass sie aufgestanden war. „Spielst du doch mit?", fragte er.

Sie schüttelte den Kopf und teilte ihm mit, dass sie sich ein Buch aus ihrem Zimmer holen wolle. Verzweifelt hoffte sie, Jan würde irgendetwas sagen, irgendetwas tun, damit sie bleiben konnte. Bittend sah sie ihn an, doch er missverstand ihren Blick und lächelte ihr zu. „Sicher, geh nur. Bis gleich."

Er holte aus und warf die Scheibe gekonnt in Marius' Richtung. Der fing sie mit einer Hand und warf sie zu Kristina, doch der Frisbee flog zu hoch, sie berührte ihn nur mit den Fingerspitzen.

Langsam schlüpfte Yvonne in ihre Flip-Flops, zog sich ihr Strandkleid über den Kopf und machte sich dann leise seufzend auf den Weg. Als wenige Minuten später Marius' Haus in ihr Blickfeld geriet, verspürte sie den unwiderstehlichen Drang, sich umzudrehen und zurückzulaufen. Zurück zum Strand, zu den anderen – und zu Jan. Ihre

Füße jedoch führten ein Eigenleben und gingen weiter, langsam zwar, aber entschlossen.

Die Seitentür neben der Garage war nicht abgeschlossen. Yvonne drückte sie auf und betrat den nach frischer Wäsche duftenden Hauswirtschaftsraum. Er war sehr geräumig, hell und dank mehrerer Einbauschränke viel ordentlicher als ihr eigener. Ihr Herz schlug inzwischen so schnell, dass ihr Atmen in ihren Ohren wie Keuchen klang.

Sie trat auf den Flur. Es war absolut nichts zu hören, nur das Ticken der Küchenuhr, das sich anhörte wie eine Zeitbombe in einem Actionfilm. Gleich würde das ganze Haus in die Luft fliegen und all ihre Probleme wären gelöst.

Die Treppe ragte drohend vor ihr auf. Das gleichmäßige Tick-Tack der Uhr gab ihr den Rhythmus vor. Schritt für Schritt, Stufe für Stufe ging sie nach oben, eine Hand auf dem Geländer. Ihr wurde plötzlich schwindelig, sie hielt inne und instinktiv packte ihre Hand fester zu, bis die Fingerknöchel weiß hervortraten. Bunte Punkte flimmerten vor ihren Augen. Im nächsten Moment würde sie das Gleichgewicht verlieren, hinunterstürzen und bewusstlos liegen bleiben. Oder sich das Genick brechen.

Nichts dergleichen geschah. Tief durchatmend und mit zitternden Beinen, die sich anfühlten, als wären sie aus Kartoffelbrei, ging sie weiter hinauf. Schließlich war sie oben angelangt. Die Tür zu ihrem Zimmer stand einen Spaltbreit offen. Langsam schob sie sie auf und hoffte, der Raum wäre - aus welchem Grund auch immer - leer.

Angstvoll spähte sie hinein und konnte ihre Enttäuschung nicht verbergen. Nikolai saß auf einem Sessel am Fenster und sah ihr entgegen, ein siegessicheres Lächeln im Gesicht, die Beine lässig übereinander geschlagen. „Da bist du ja endlich."

Erschöpft und schwer atmend kamen die Frisbee-Spieler wieder zu den anderen und ließen sich auf ihren Handtüchern nieder. „Hat jemand noch was zu Trinken?", fragte Jan keuchend. „Ich verdurste."

Verena reichte ihm eine halbvolle Flasche mit Mineralwasser aus der Kühltasche. „Ist wahrscheinlich schon etwas warm, aber besser als nichts."

Dankbar nahm er das Wasser entgegen und schüttete die Flüssigkeit in sich hinein.

Verena sah währenddessen zu Marius, der neben Svenja hockte und sie liebevoll anlächelte, während er sich mit ihr unterhielt.

Jetzt wollen wir doch mal sehen, ob ich deine Aufmerksamkeit nicht zur Abwechslung mal wieder auf mich lenken kann, dachte Verena säuerlich und sah zu Jan hinüber. Sie beobachtete das Spiel seiner Muskeln unter der leicht geröteten Haut, während er trank. Als er die Flasche absetzte sagte sie: „Willst du dich nicht mal wieder eincremen? Du wirst dir noch einen Sonnenbrand holen."

Überrascht sah er sie an. „Schon wieder? Ich hab mich doch gerade erst gründlich eingecremt."

Verena lachte. „Das ist bestimmt schon eine ganze Weile her." Sie reichte ihm die Sonnenmilch und er begann, sich einzucremen.

„Dein Rücken ist auch ziemlich rot", bemerkte Verena mit einem besorgten Unterton. „Soll ich Yvonne vertreten und ihn einreiben?"

Jan schenkte ihr sein jungenhaftes Grinsen. „Das wär super. Danke." Er reichte ihr die Flasche und drehte sich auf den Bauch.

Verena drehte die Flasche auf den Kopf und verteilte eine großzügige Menge Sonnenmilch auf Jans muskulösem Kreuz. Als sie anfing, sie zu verteilen, warf sie einen kurzen Blick zu Marius. Er unterhielt sich inzwischen auch mit Stephan und Kristina und schien sich nicht im Geringsten daran zu stören, dass seine Freundin einem anderen Mann den Rücken eincremte. Er lächelte ihr nur kurz zu und widmete sich dann wieder den anderen.

Verena begann, Jan sanft zu massieren. Er gab ein paar zufriedene Laute von sich und seufzte wohlig: „Ah, das machst du prima. Lass dir bloß Zeit."

Das werde ich, dachte Verena grimmig.

Nachdem sie Jans Rücken ausgiebig versorgt hatte, cremte Verena noch sich selbst ein. Dann drehte sie die Sonnenmilchflasche zu und legte sich hin. Sie schloss die Augen und genoss die wärmenden Nachmittagsstrahlen im Gesicht, während sie dem Geplauder der anderen lauschte. Sie unterhielten sich angeregt über ihre Kinder. Verena konnte nicht ganz nachvollziehen, wie man sich so ereifern konnte über langweilige Themen wie Fußballvereine und Erziehungsmethoden. Da würde sie wohl erst mitreden können - und wollen - wenn es sie selbst betraf. Es schien Verena, als wäre die weibliche Weltbevölkerung in zwei Gruppen aufgeteilt und durch eine dicke, hohe Mauer getrennt; Auf der einen Seite die Mütter, auf der anderen die kinderlosen Frauen.

Sobald man so einen kleinen Wurm zwischen seinen Schenkeln hervor gepresst hatte, gehörte man unweigerlich zu der Mütter-Gruppe. Verena war sich nicht ganz klar darüber, ob sie diese Mauer überwinden wollte. Einerseits gehörten Kinder zu ihrer Zukunftsplanung wie der Eiffelturm nach Paris, andererseits war ihr bei dem Gedanken daran, jahrelang über Dinge wie volle Windeln, Kinderkrankheiten und Krabbelgruppen nachdenken zu müssen, nicht wirklich wohl. Ob sie wohl auch zu so einer Supermami mutieren würde? Geschah das automatisch? Oder machte man es mit, weil es einfach ‚dazugehörte'?

Sie gähnte leise. Das Geplauder der Kinderfans und das Rauschen der Ostsee hatten eine einschläfernde Wirkung.

Jan war während der Massage eingenickt, doch jetzt öffnete er die Augen, erhob sich halb und sah auf die vor sich hin dösende Verena. Auf einen Ellenbogen gestützt sagte er: „Hey, schläfst du?"

Sie öffnete langsam die Augen. „Jetzt nicht mehr."

„Tschuldige. Ich wollte mich nur bei dir bedanken. Das war wirklich die beste Rückeneincrem-Massage, die ich je bekommen habe", sagte er mit einem Augenzwinkern. „Kann man dich engagieren?"

„Eigentlich bin ich ausgebucht", antwortete sie kokett. „Doch für dich würde ich vielleicht noch eine Lücke in meinem Terminkalender finden."

Er lachte leise. „Zuviel der Ehre. Wie kommt es, dass du bei mir eine Ausnahme machst?"

„Hm, weil du ein guter Freund von Marius bist, würde ich sagen", antwortete sie, doch Jan sah das Funkeln in ihren Augen, das ihm signalisierte, dass das nicht der einzige Grund war.

„Denkst du nicht, dass er etwas dagegen hätte?" wollte er wissen. „Ich möchte nicht riskieren, dass er mich zum Duell fordert."

Verena sah ihn gespielt enttäuscht an. „Na hör mal, mit deiner Konstitution brauchst du dich vor ihm doch nicht zu fürchten."

„Vor ihm nicht, das stimmt." Jan verzog sein Gesicht zu einer komischen Grimasse. „Aber Yvonne würde mich unangespitzt in den Boden rammen. Und so reizvoll der Gedanke einer täglichen Massage auch ist – das möchte ich dann doch lieber nicht riskieren."

Verena rekelte sich aufreizend und schloss die Augen. „Schade", murmelte sie. „Wirklich sehr schade."

Sein Jagdinstinkt erwachte aus seinem Dämmerschlaf und bewirkte, dass Jan seinen fachmännischen Blick über Verenas Körper gleiten ließ. Ihr Busen war für seinen Geschmack ein wenig zu klein und ihr Hintern etwas zu groß - wahrscheinlich vom vielen Reiten -, doch grundsätzlich hatte sie eine sexy Figur. Und so, wie sie mit ihm flirtete, schien sie durchaus Interesse an einem kleinen Abenteuer zu haben.

Doch dann fiel ihm ein, was er Yvonne versprochen hatte. Abgesehen davon handelte es sich bei Verena auch noch um die Freundin seines alten Kumpels. Er seufzte und legte sich wieder hin. Mit Verena etwas anzufangen, würde unter Umständen in einer Katastrophe enden. Und derartigen Komplikationen ging er dann doch lieber aus dem Weg. Er hob den linken Arm und warf einen Blick auf seine Uhr. Wo blieb eigentlich Yvonne?

„Ich habe dich vom Fenster aus beobachtet und mir dabei vorgestellt, was ich gleich mit dir machen werde", sagte Nikolai mit einem anzüglichen Lächeln. Er stand auf und kam Yvonne entgegen, die noch immer bewegungslos in der offenen Tür stand.

Er hatte sie erreicht und sie wich instinktiv einen Schritt zurück. Ihre Furcht schien ihn zu amüsieren. „Nanu, so schreckhaft?", grinste er und zog sie ins Zimmer. Dann schloss er die Tür. Der Schlüssel machte ein quietschendes Geräusch, als er ihn herumdrehte.

„Sicher ist sicher", sagte er und steckte den Schlüssel in eine Tasche seiner Shorts. Mit großen Augen und zusammengepressten Lippen verfolgte Yvonne jede seiner Bewegungen.

„Ich bin doch gekommen", sagte sie wütend und sah ihn misstrauisch an. „Warum sollte ich weglaufen?"

„Oh, der Gedanke an Flucht wird dir mit ziemlicher Sicherheit durch dein hübsches Köpfchen schießen", lächelte Nikolai und strich ihr übers Haar, dann nahm er ihre Hand und zog sie bis vor das Bett, das sie höhnisch anzugrinsen schien. Ihr Herz schlug schmerzhaft gegen ihren Brustkorb und Angst breitete sich wellenförmig in ihr aus, ließ sie trotz der Wärme frösteln. „Was haste denn vor?"

„Das wirst du schon sehen. Und jetzt zieh dich aus", sagte er mit heiserer Stimme. Seine Augen glühten vor Verlangen, wirkten noch dunkler als sonst, wie kleine Kohlestückchen. Reglos stand sie vor ihm, als wäre sie zu Eis erstarrt.

„Na los, beeil dich!" Er wirkte ungehalten und ballte die Hände zu Fäusten. „Wir haben nicht den ganzen Tag Zeit."

Sie räusperte sich. „Nikolai, du bist doch Anwalt." Ein Appell an sein Gewissen ist vielleicht das Einzige, was ihn von seinem Vorhaben abbringt, dachte sie, und sprach schnell weiter. „Ein Vertreter des Rechts. Wie kannst du...?" Sie wusste nicht weiter und schwieg.

Er zuckte mit den Schultern. „Ganz einfach. Weil es niemand erfahren wird. Denn du wirst sicher nichts erzählen, oder?" Er grinste gemein. „Und außerdem, wer weiß – vielleicht gefällt es dir ja. Und jetzt runter mit den Klamotten."

Es hatte keinen Zweck. Er würde sich durch nichts von seinem Vorhaben abbringen lassen. Langsam schob sie die dünnen Träger des Kleides von ihren Schultern. Es rutschte bis auf ihre Hüften. Wie in Trance schlüpfte sie aus dem rosafarbenen Stoff und stand in ihrem weißen Bikini vor ihm. Ihr war übel vor Angst und Widerwillen. Er trat noch näher an sie heran, drehte sie an den Schultern herum, so dass sie mit dem Rücken zu ihm stand, und öffnete den Verschluss ihres Oberteils. Als er es zu Boden fallen ließ, verschränkte sie automatisch die Arme vor der Brust. Sie biss sich auf die Unterlippe und blinzelte, um die Tränen zurückzudrängen.

Er zog das Haarband von ihrem Pferdeschwanz, so dass ihre blonden Locken einen großen Teil ihres Rückens verdeckten, und drehte sie wieder zu sich herum. Eine Träne rollte langsam ihre Wange hinab.

„Stell dich nicht an wie eine verdammte Jungfrau", fauchte er gereizt und riss grob ihre Arme auseinander. „Wir wissen doch beide, dass du eher das Gegenteil bist. Höschen aus."

Sie gehorchte. Es landete zu ihren Füßen. Er hob beide Hände und umfasste ihre Brüste, kniff in ihre Brustwarzen. Sie zuckte zusammen und verzog gequält das Gesicht.

„Nikolai, bitte. Denk doch an Jan und Svenja", flehte sie leise. Er antwortete nicht, sondern kam noch näher. Sein Atem streifte ihre Wange. Er hob eine Hand, griff nach ihrem Haar und hielt es sich ans Gesicht. Genüsslich schloss er die Augen, als er den Duft aus einer Mischung von Shampoo und frischer Meeresluft einsog. Dann wickelte er sich die dicke Strähne um die Hand und zog mit einer schnellen Bewegung ihren Kopf nach hinten. Yvonne schrie auf. Reflexartig hob sie die Arme über den Kopf, um ihr Haar von seinem Griff zu befreien, doch er dachte gar nicht daran, es loszulassen. „Das unschuldige kleine Goldlöckchen", sagte er zynisch. „Von diesem Moment habe ich schon damals geträumt, als du bei der Verhandlung dafür gesorgt hast, dass unser Mandant verurteilt wurde."

Sein Zeigefinger strich langsam von ihrem Kinn über den Hals bis zu ihrer Brust, umkreiste ihre Brustwarze, während er mit der anderen Hand weiterhin ihren Kopf an den Haaren nach hinten zog.

„Der Scheißkerl hat nur gekriegt, was er verdient hat", ächzte Yvonne aufgebracht. Ihr Kopf und ihr Rücken begannen zu schmerzen.

„Du missverstehst mich", sagte er lächelnd, während seine freie Hand ihren nackten Körper hinab fuhr und zwischen ihren Beinen verschwand. „Der Mann ist mir völlig egal. Ich wollte damit nur sagen, dass ich schon damals scharf auf dich war und mir vorgestellt habe, wie es wäre, es dir zu besorgen."

Im nächsten Moment presste Nikolai seine Lippen auf ihren Mund. Als seine Zunge sich zwischen ihre Zähne drängte, musste sie einen Würgereiz unterdrücken. Nikolai ließ endlich ihr Haar los, schlang die Arme um sie und stöhnte auf. Seine Hände packten grob ihre Pobacken und kneteten sie. Es tat weh. Sie spürte seine Erregung, als er sich an sie presste, hart und ungeduldig. Schließlich ließ er von ihr ab und zog eilig sein T-Shirt und die Shorts aus. Das Shirt noch in der Hand sagte er: „Dreh dich um."

Langsam und mit weichen Knien befolgte sie seine Anweisung.

„Hände auf den Rücken", befahl er und band ihre schmalen Handgelenke mit dem T-Shirt so fest zusammen, dass Yvonne das Gesicht verzog, als der Stoff in ihre Haut schnitt. Was hatte er vor?

Er drehte sie wieder zu sich, legte seine Hände auf ihre Schultern und drückte sie nach unten.

„Nein!" rief sie. „Bitte Nikolai, lass mich gehen."

„Selbstverständlich", sagte er, mit vor Erregung bebender Stimme. „Wenn ich mit dir fertig bin."

Seine Hände verstärkten den Druck auf ihre Schultern. Sie spürte, wie sich seine Daumen in ihre Haut über dem Schlüsselbein bohrten. Der Schmerz zwang sie nach unten. Zwei dicke Tränen quollen unter ihren geschlossenen Lidern hervor, als sie langsam auf die Knie sank.

Jan sah sich um. „Wo bleibt Yvonne eigentlich?", fragte er verwirrt. „Ich dachte, sie wollte sich nur ein Buch holen."

„Vielleicht hatte sie auch genug von der Sonne", vermutete Marius. „So wie Nikolai."

„Und wie ich." Svenja seufzte. „Ich hätte doch meinen Sonnenhut mitnehmen sollen. Marius, hast du zufällig eine Kopfschmerztablette dabei?", fragte sie und massierte sich die Schläfen.

Er schüttelte den Kopf. „Tut mir leid, nein. Aber zu Hause habe ich welche. Soll ich sie dir holen?"

Svenja stand auf. „Danke, ich gehe schon selbst. Vielleicht lege ich mich auch einen Moment hin. Sonst kriege ich noch einen Sonnenstich."

Er lächelte ihr verständnisvoll zu. „Ja, ruh dich ein bisschen aus. Wir wollen ja heute Abend noch grillen, dann musst du fit sein. Ach, und die Tabletten sind in der Küchenschublade neben der Spüle."

„Danke. Bis später." Sie warf sich ihr kurzes Kleid über den Kopf, schlüpfte in ihre Sandalen an und winkte den anderen zu.

„Falls du Yvonne siehst, dann sag ihr, ich warte schon auf sie", rief Jan ihr nach.

Der größte Teil der Strecke führte bergan und Svenja war bald erschöpft, doch der Schatten, den die Laubbäume links und rechts spendeten, war wohltuend. Es war angenehm, dass die Sonne nicht mehr ungeschützt auf ihren schmerzenden Kopf prallte. Die Schatten der Blätter zeichneten ein schönes, etwas wirres Muster auf den Waldboden. Vögel zwitscherten, Mückenschwärme waberten in der Luft und Svenja musste unwillkürlich lächeln, als ein Eichhörnchen nur wenige Meter von ihr entfernt den Waldweg überquerte und flink einen Baumstamm hinauflief.

Sie ging schneller. Der Gedanke an ihr kühles Souterrain-Zimmer, an das bequeme Bett, war so verlockend, dass ihre Füße von allein das Tempo zu steigern schienen.

Endlich erschien das Haus in ihrem Blickfeld. Roter Backstein, weiße Sprossenfenster, Walmdach, gepflegter Vorgarten mit ein paar Birken, die große Auffahrt, auf der ihre Wagen standen. Sie öffnete die Seitentür, trat vom Hauswirtschaftsraum in den Flur und stieg die Treppe zum Souterrain hinunter. Leise, um ihren Mann nicht zu wecken, öffnete sie die Tür. Das Zimmer war leer, das Bett unberührt. War er im Bad?

„Nikolai?"

Keine Antwort. Svenja zuckte mit den Achseln. Umso besser, dann hatte sie das Zimmer für sich. Vermutlich hatten sie sich verpasst und er war auf einem anderen Weg zurück an den Strand gegangen. Sie ließ sich mit einem erleichterten Seufzer auf das Bett fallen und schloss die Augen, bis ihr wie ein Blitz ein schmerzhafter Stich durch die Stirn fuhr.

Sie kniff die Augen zusammen und beschloss, doch lieber eine Kopfschmerztablette einzunehmen. Seufzend quälte sie sich von der kühlen Matratze, stieg die Treppe wieder hinauf und betrat die Küche.

Als sie den geräumigen Kühlschrank öffnete, entdeckte sie eine angebrochene Tafel Schokolade. Das war jetzt genau das Richtige. Ihr Magen knurrte, da sie auf das Mittagessen ja verzichtet hatte. Das Knistern des Papiers und der Silberfolie erschien ihr schrecklich laut, doch als sie in die Tafel biss, schloss sie genießerisch die Augen. Nougat, wie lecker. Die Schokolade zerging ihr auf der Zunge. Während sie aß, suchte sie die Kopfschmerztabletten. Marius hatte Recht gehabt, in der Schublade lag eine Schachtel Aspirin. Sie füllte etwas Wasser in ein Glas und ließ eine Tablette hineinfallen. Schokolade kauend lauschte

Svenja dem Blubbern und Zischen, als die Tablette begann, sich aufzulösen.

Als sie das Glas geleert hatte, hielt sie inne und lauschte. Hatte da jemand geschrien? Sie schüttelte unwillig den Kopf und stellte das leere Glas auf die Spüle. Ach Unsinn, wer sollte das sein? Trotzdem blieb sie ruhig stehen und spitzte die Ohren. Es kamen leise Geräusche aus dem ersten Stock, ganz eindeutig. Und je länger Svenja lauschte, umso besser konnte sie die Laute deuten. Sie hörte das charakteristische Quietschen eines Bettes und ein Stöhnen. Schließlich die gedämpften, qualvollen Schreie einer Frau.

Yvonne?

Oh Gott, bitte nicht, dachte Svenja und stützte sich an der Arbeitsplatte ab, weil sie Angst hatte, ihre Beine würden unter ihr nachgeben. Bitte, bitte nicht!

Sie spürte ein flaues Gefühl im Magen. Wie von selbst trugen ihre zitternden Beine sie in den Flur und bis zur Treppe. Stufe für Stufe ging sie nach oben, wie von einem unsichtbaren Faden gezogen. Die Geräusche waren nun deutlicher. Ein Klatschen war zu hören und ein leises Wimmern.

Sie stand vor der Tür, eine Hand auf der Klinke und wappnete sich.

Jan sah im Minutentakt in die Richtung, aus der Yvonne kommen musste. Warum blieb sie so lange weg?

„Marius", rief er.

Der wandte den Kopf und sah ihn fragend an. „Was gibt's?"

„Kann Yvonne auf dem Weg hierher etwas zugestoßen sein? Ich mache mir langsam Sorgen."

Marius stand auf und ging auf seinen Freund zu. „Ich kann mir nicht vorstellen, dass ihr etwas passiert ist. Bestimmt liegt sie gemütlich auf der Terrasse und liest ihr Buch dort, weil es da um einiges ruhiger ist als hier."

Jan runzelte die Stirn. „Wahrscheinlich hast du Recht", sagte er, sah jedoch nicht überzeugt aus.

Marius sah auf die Uhr. „Ach, was soll's!", rief er. „Was meint ihr, wollen wir einpacken und zurückgehen? Dann können wir in aller Ruhe das Grillen vorbereiten."

Jan sah erleichtert aus. „Gute Idee", nickte er und begann sogleich, Yvonnes Handtuch auszuschütteln und nachlässig zusammenzulegen.

Stephan und Kristina standen ebenfalls auf und packten ihre Sachen zusammen. Nur Verena blieb noch einen Augenblick sitzen. Argwöhnisch musterte sie Marius. Wollte er wirklich nur Jan zuliebe aufbrechen? Oder konnte er es einfach nicht abwarten, Svenja wieder zu sehen?

Svenja lag mit aufgerissenen Augen auf dem Bett. Wenn sie die Augen schloss, hatte sie immer wieder die schreckliche Szene vor Augen, die sich ihr geboten hatte, als sie Nikolai und Yvonne durch das Schlüsselloch beobachtet hatte. Obwohl sie vorbereitet gewesen war, hatte der Anblick sie mitten ins Herz getroffen. Yvonnes Gesicht war schmerzverzerrt gewesen, unzählige Tränen waren ihr über das Gesicht gelaufen. Svenja hatte nie zuvor eine Frau gesehen, die so traurig und verzweifelt aussah - mit Ausnahme ihres eigenen Spiegelbildes.

Nikolais Stimme dröhnte in ihrem Kopf. „Ja, das gefällt dir, du kleines Luder. Hart und schnell, so liebst du es, nicht wahr?"

Wie ein Echo hallten seine Worte in ihrem Kopf und sein lustvolles Stöhnen, während er mit offensichtlichem Vergnügen Jans Freundin quälte.

Svenja drehte sich auf die Seite, kauerte sich zusammen und schlang die Arme um ihren Kopf, als würde sie das vor dem schützen, was sie wie in Endlosschleife vor sich sah.

Warum tat er das? Bisher hatte er nur Affären gehabt mit Frauen, die ihn ebenso wollten wie er sie. Zumindest hatten ihr die Nachrichten, die sie beim Durchstöbern seines Handys gefunden hatte, diesen Eindruck vermittelt. Yvonne dagegen hatte ganz und gar nicht so ausgesehen, als hätte ihr gefallen, was Nikolai mit ihr machte. Im Gegenteil.

Sie hätte eingreifen, hätte Yvonne helfen müssen. Stattdessen war sie blindlings zurück ins Erdgeschoss gestürzt und hatte sich auf der Gästetoilette schwallartig übergeben. Anschließend war sie in ihr Zimmer hinunter gewankt und hatte sich aufs Bett fallen lassen. Ihr Blick fiel auf den Wecker. Mindestens zwanzig Minuten war das schon her. Es musste doch bald vorbei sein! Einen Moment lang rang Svenja mit sich, ob sie doch noch einmal nach oben gehen und das Versäumte nachholen sollte, doch ihr Körper lag wie festgenagelt auf dem Bett, sie war unfähig, sich zu rühren. Sie konnte diesen Anblick nicht noch einmal ertragen, auf keinen Fall!

Oh Gott, sie würde Yvonne nie mehr in die Augen sehen können. Ein Schluchzen entrang sich Svenjas Kehle. Es klang wie der Laut eines gequälten Tieres. Sie drehte sich wieder auf den Rücken, die flachen Hände an die Stirn gepresst, und starrte mit rotgeweinten Augen auf das Bild an der gegenüber liegenden Wand. Es war ein Druck der berühmten Hände von Michelangelo, die sich an den Zeigefingern fast berührten. Ein Teil seines Freskos aus der Sixtinischen Kapelle. Svenja hatte dieses Bild immer sehr gemocht, doch von diesem Tage an würde es sie auf ewig daran erinnern, was sie gesehen hatte. Für den Rest ihres Lebens würde dieses Bild, wo es ihr auch begegnete, dafür sorgen, dass sie nicht vergaß, mit was für einem Ungeheuer sie verheiratet war.

Es dauerte eine gefühlte Ewigkeit, bis sie Nikolais schwere Schritte auf der Treppe hörte. Als er ins Zimmer trat, schien er unangenehm überrascht, seine Frau auf dem Bett liegen zu sehen.

„Schnuppel! Bist du – bist du schon länger hier?", fragte er mit kaum verborgener Nervosität.

Sie schüttelte den Kopf. „Erst seit ein paar Minuten", log sie. „Ich habe Kopfschmerzen."

Ihr Mann hob den Blick zur Decke und lauschte nach oben. „Ich glaube, die anderen kommen. Ich gehe dann mal wieder rauf."

„Tu das. Ich bleibe noch ein wenig liegen." Sie legte sich theatralisch eine Hand auf die Stirn, obwohl die Kopfschmerzen schon deutlich weniger geworden waren. Nikolai trat lächelnd auf sie zu und gab ihr einen Kuss. „Gute Besserung."

Als die Tür hinter ihm zufiel, wischte Svenja sich angewidert die Lippen ab. Ein entschlossener Zug erschien auf ihrem Gesicht. Sie verschränkte die Arme im Nacken und starrte an die Decke. Marius hatte Recht, so konnte sie nicht weiterleben. Es musste unbedingt etwas geschehen. Und zwar bald.

„Engel! Ist alles in Ordnung?" Jan trat auf Yvonne zu, die im Bett lag und ins Leere starrte. Sie antwortete nicht. Ihre Augen waren rot, ihr Gesicht beängstigend bleich.

„He, was hast du denn?" Er setzte sich neben sie auf die Bettkante und strich ihr sanft über die Wange. „Ich habe mir Sorgen gemacht. Was ist mit dir?"

Langsam drehte sie den Kopf in seine Richtung und flüsterte: „Mir jeht's nich besonders. Mein Kopp dröhnt wie 'ne Concorde beim Start."

„Deiner auch? Svenja befürchtete sogar, sie bekommt einen Sonnenstich. Soll ich dir eine Tablette holen?"

„Det wär echt süß von dir."

Er drückte ihr einen zärtlichen Kuss auf die bebenden Lippen. „Bin sofort zurück."

Er hatte kaum das Zimmer verlassen, als Yvonne in krampfartiges Schluchzen ausbrach.

Das Wasser für die Nudeln begann zu kochen und Verena warf den Inhalt einer Packung Farfalle in den Topf. Dann begann sie, die Tomaten zu waschen. Kristina stand neben ihr und schnitt Gewürzgurken in kleine Stückchen, als Jan in die Küche kam.

„Wo sind gleich wieder die Kopfschmerztabletten?", fragte er und sah sich hilflos im Raum um.

„Da, in der Schublade", antwortete Verena und wies ihm mit dem Kinn die Richtung, da sie nasse Hände hatte.

Jan fand die Schachtel. „Danke."

„Hast du Kopfschmerzen?", erkundigte sich Kristina mitfühlend und nahm eine weitere Gurke zur Hand.

Er schüttelte den Kopf. „Nein. Yvonne geht's nicht gut. Sie sieht richtig elend aus."

Svenja, die gerade Salatschalen aus dem Küchenschrank holte, hielt mitten in der Bewegung inne. Mit schmalen Augen warf sie einen Blick nach draußen. Nikolai saß im Strandkorb, in der Hand ein Glas mit Weißwein, und unterhielt sich mit Stephan. Dabei sah er entspannt und gelöst aus. Seine Kaltblütigkeit war unbeschreiblich.

Svenja stellte die Schalen neben die Teller auf ein Tablett und brachte es nach draußen. „Wir werden wohl ein Gedeck wieder vom Tisch nehmen können", erwähnte sie beiläufig und verteilte die Teller und Schüsseln. Marius, der den Grill vorbereitete, wandte sich zu ihr um.

„Wieso? Ist jemand krank?"

„Yvonne geht es nicht gut. Jan sagt, sie sieht richtig elend aus. Ich glaube, er macht sich große Sorgen um sie." Svenja sprach zwar in Marius Richtung, sah aber aus den Augenwinkeln zu Nikolai, um seine Reaktion mitzubekommen.

„Das tut mir leid!", ließ sich Stephan vernehmen. „Was fehlt ihr denn?"

„Das weiß ich nicht genau", antwortete Svenja und sah ihren Mann an. „Jan hat gerade eine Schmerztablette für sie geholt."

Nikolais Gesichtszüge hatten sich verhärtet, doch wer ihn nicht genau kannte, hätte das nicht bemerkt.

„Ich sehe mal nach ihr", beschloss Marius. „Stephan, übernimmst du für mich?"

„Gern. Wie gut, dass wir einen Arzt im Haus haben", bemerkte er, während Marius durch die Terrassentür verschwand.

„Du sagst ja gar nichts", bemerkte Svenja und warf Nikolai einen aufmerksamen Blick zu. „Ist dir Yvonnes Zustand völlig egal?"

„Sie hat bestimmt nur Kopfschmerzen. Das geht auch wieder vorbei", wiegelte Nikolai ab. „Sie war vermutlich einfach nur zu lange in der Sonne."

Du erbärmlicher Mistkerl, dachte Svenja angewidert. Sie war nicht zu lange in der Sonne, sie war zu lange in der Hölle – mit dir!

Als Marius das Gästezimmer betrat, saß Jan wieder auf der Bettkante und hielt die Hand seiner Freundin. Marius musterte Yvonne. Sie sah wirklich mitgenommen aus. Ihre Augen waren geschwollen, als hätte sie geweint, sie war trotz der vielen Stunden an der Sonne erschreckend blass und ihr Blick war starr.

„Hi", grüßte Marius leise und trat näher. „Was fehlt dir denn?"

Sie sah ihn an und runzelte die Stirn. „Nur 'n bisschen Koppweh", flüsterte sie abwehrend.

„Hast du eine Tablette genommen?"

Sie nickte schwach.

Jan stand auf. „Ich gehe erst einmal wieder nach unten. Nachher schaue ich noch mal nach dir, okay?" Liebevoll strich er ihr über die Stirn.

Yvonne lächelte ihm dankbar zu. „Ick werd gleich 'ne Mütze voll Schlaf nehmen", sagte sie leise.

„Das ist jetzt bestimmt das Beste." Jan beugte sich über sie und drückte ihr einen vorsichtigen Kuss auf die farblosen Lippen, bevor er zur Tür ging.

Nachdem sich die Tür hinter ihm geschlossen hatte, setzte Marius sich zu Yvonne auf die Bettkante und sah sie prüfend an.

„Wat is denn?", fragte sie leicht gereizt. „Wieso glotzt du mich so an?"

Sie ist eindeutig nervös, erkannte er verwundert. Aber warum?

„Du bist ziemlich blass um die Nase." Besorgnis schwang in seiner Stimme. „Sind es wirklich nur Kopfschmerzen?"

„Logo. Wat denn sonst?"

Marius lächelte und legte eine Hand auf ihre Stirn. Sie zuckte zusammen, als hätte er ihr einen elektrischen Schlag verpasst.

„Ganz ruhig", sagte er sanft. „Meine Hände sind doch nun wirklich nicht kalt, oder?"

„Nee, nee", stammelte sie. "Is schon jut."

„Fieber hast du jedenfalls nicht." Marius nahm ihr Handgelenk und fühlte mit sanftem Druck ihren Puls. Nachdenklich runzelte er die Stirn. „Der rast ja. Was ist los mit dir, Yvonne?"

Sie entzog ihm ihre Hand und verschränkte trotzig die Arme vor der Brust. „Nischt is mit mir los. Ick würde nur gern 'ne Runde pennen, ok?"

Mit erhobenen Händen stand Marius auf. „Tut mir leid. Ich wollte nur wissen, ob dir etwas fehlt und ob ich dir irgendwie helfen kann."

Sie senkte zerknirscht den Blick. „Tschuldige. Aber... ick wär jetzt echt lieber alleene."

Marius ging zum Fenster und zog die blauen Vorhänge zu. „Dann ruh' dich aus. Und wenn es dir besser geht, kommst du nach, einverstanden? Ohne dich ist es nur der halbe Spaß."

Sie zeigte ein halbherziges Lächeln. „Überredet."

An der Tür drehte er sich noch einmal um und lächelte ihr aufmunternd zu. „Gute Besserung."

„Danke."

Er schloss die Tür und blieb einen Moment ratlos davor stehen. Irgendetwas stimmte nicht mit ihr und Marius war fest davon überzeugt, dass Kopfschmerzen nicht die Ursache waren.

Der Geruch von gegrilltem Fleisch lag in der Luft und ließ die Magennerven aller erwartungsvoll vibrieren. Verena stellte den fertigen Nudelsalat auf den Tisch, Kristina brachte Grillsaucen und den Tomatensalat. Nikolai füllte Weingläser und Svenja reichte Marius, Stephan und Jan ein Bier. Ein dreifaches Ploppen ertönte wie eine kurze Melodie und die Männer lachten.

Nikolai stieß sein Weinglas an das von Kristina und lächelte ihr zu. „Zum Wohl!"

Sie nickte und trank einen Schluck. Der Wein war herrlich kühl und schmeckte leicht und lecker. Sie sah sich um. Es war bereits nach sechs, doch die Terrasse lag in herrlichstem Sonnenschein. Noch immer war der Himmel strahlend blau, nicht ein Wölkchen war zu sehen. Einige Schwalben flogen hoch am Himmel, in den Bäumen ringsum spielte das Vogelorchester eine fröhliche Melodie. Sie seufzte zufrieden. Was für ein herrlicher Tag! Die anderen empfanden es wohl ähnlich; alle waren gut gelaunt, nur Svenja wirkte erneut etwas bedrückt. Ihr Blick ruhte auf Nikolai, der sich mit Jan und Stephan über Fußball unterhielt. Verwirrt bemerkte Kristina, wie Svenja ihren Mann ansah. Sie wirkte sehr ernst, ihre sonst so vollen Lippen waren nur noch ein schmaler Strich. Gestern noch hatte sie gesagt, dass sie ihren Mann liebe. Doch in diesem Moment sah sie aus, als würde sie ihn tief verachten. Schlimmer noch, ihr Blick wirkte beinahe... hasserfüllt.

Sie schrak zusammen, als Jan sich plötzlich auf den leeren Stuhl neben ihr fallen ließ. Er grinste verschmitzt. „Hab ich dich erschreckt, Krissilein?"

„Kaum." Sie lächelte. „Ich war in Gedanken versunken und vermutete dich noch beim Kreis der Fußball-Experten."

Jan winkte ab. „Pah! Fußball ist doch öde. Ich mag lieber Handball, das ist deutlich spannender."

Marius hatte offenbar zugehört. Er drehte die Würste auf dem Grill um und sagte erfreut: „Wirklich? Das geht mir genauso. Bist du ein Füchse-Fan?"

Jan stand wieder auf und stellte sich mit seiner Bierflasche neben Marius. „Klar."

Im Nu entbrannte eine Diskussion darüber, welche Mannschaft besser war; die Füchse Berlin oder die SG Flensburg-Handewitt. Wer hatte den fähigeren Trainer und welches Team den Torwart mit der konstanteren Leistung?

Verena, die heißes und köstlich duftendes Knoblauchbrot aus der Küche geholt hatte, hörte kurz zu und rollte mit den Augen. Schließlich setzte sie sich auf den Stuhl, auf dem gerade noch Jan gesessen hatte.

„Ich habe einen Bärenhunger", stöhnte sie und sah Kristina an. „Du nicht auch?"

„Doch. So viel frische Meeresluft macht wohl jeden hungrig."

Verena drehte den Kopf in Richtung Grill. „Hast du gehört, Liebling? Wir Frauen sterben gleich den Hungertod und ihr Männer quatscht sinnloses Zeug. Wann ist das Fleisch endlich fertig?"

Marius lachte. „Nur noch zwei oder drei Minuten. Die haltet ihr hoffentlich durch."

„Ganz knapp", ahnte Verena, nahm sich ein Stück Brot und biss gierig hinein.

Kristina erhob sich. „Bin gleich wieder da."

Sie wusch sich gerade die Hände, als sich die Türklinke des Gästebads nach unten bewegte. Nachdem sie sich abgetrocknet hatte, schloss sie auf und öffnete die Tür. Jan stand da, an den Türrahmen gelehnt, den Kopf schräg und die Hände in den Taschen seiner kurzen Jeans. Er versperrte ihr den Weg und sah sie verträumt an.

Kristina lachte. „Was wird das denn?"

„Ach Krissi", seufzte er. „Weißt du eigentlich, was für wunderschöne Augen du hast?"

Sie verschränkte die Arme und sah ihn prüfend an. „Wie viel Bier hattest du schon?"

„Da ist definitiv noch Luft nach oben." Er richtete sich langsam und lässig auf und trat näher. Kristina ging einen Schritt nach hinten, um ihn ins Bad zu lassen. Doch statt ihr den Weg nach draußen frei zu machen, schloss er die Tür hinter sich.

„Krissi", sagte er sehnsüchtig und streichelte sacht ihre Wange. „Du bist eine zauberhafte Frau, weißt du das? Das warst du schon immer."

„Das ist lieb von dir", sagte Kristina vorsichtig. „Aber warum sagst du mir das ausgerechnet jetzt? Und...", sie sah sich um, „...na ja, hier?"

Jan fuhr sich durchs Haar und wirkte auf einmal hilflos. „Entschuldige. Ich bin nur etwas verwirrt."

Sie setzte sich auf den weißen Plastikhocker neben der Dusche und schlug abwartend die Beine übereinander. „Was ist los?"

Er lehnte sich an das Waschbecken, die Beine salopp gekreuzt. „Sag mal, hast du das Gefühl, dass es zwischen Marius und seiner kleinen Freundin kriselt?", fragte er.

Verwundert schüttelte Kristina den Kopf. Mit dieser Frage hatte sie nicht gerechnet. „Eigentlich nicht. Wie kommst du darauf?"

„Verena flirtet mit mir. Und sie gab mir zu verstehen, dass sie – du weißt schon – mehr will."

Kristina sah ihn überrascht an. „Bist du dir sicher?"

Er schlug sich empört mit der flachen Hand auf die Brust. „Hey, ich will ja nicht angeben, aber glaub mir, ich weiß genau, wann ich angemacht werde. Im Studio passiert mir das schließlich oft genug."

Sie grinste. „Ja, ich weiß. Du bist ein Segen für jede Frau."

„Jetzt mal im Ernst", sagte er. „Ich weiß nicht, wie ich darauf reagieren soll. Ich habe Yvonne hoch und heilig geschworen, dass ich die Finger von anderen Frauen lasse."

Kristina zuckte mit den Achseln. „Na, dann ist es doch ganz einfach: Lass die Finger von ihr. Immerhin ist Verena die Freundin von Marius, und nicht irgendeine Sportstudentin. Ich würde dir sofort die Freundschaft kündigen, wenn du deinen alten Kumpel so mies hintergehst."

Jan nickte nachdenklich und seufzte dann. „Du hast Recht. Es ist nur so ungewohnt für mich, derartige Angebote abzulehnen."

„Du bist einfach unglaublich." Kristina schüttelte fassungslos den Kopf. „Deine Freundin ist wunderhübsch, liebenswert und passt großartig zu dir. Ich bin wirklich enttäuscht, dass du überhaupt in Erwägung ziehst, ihr so weh zu tun. Sie liebt dich, du hirnrissiger Vollidiot."

„Apropos Yvonne", wechselte Jan das Thema. „Ich mache mir Sorgen um sie. Sie sieht ganz elend aus. Ich kann nicht so recht glauben, dass es nur Kopfschmerzen sind, die sie quälen."

„Was sollte es denn sonst sein?"

Jan hob die Schultern. „Keine Ahnung. Sie wirkte so... merkwürdig. Irgendwie verstört. Kannst du vielleicht morgen mal mit ihr reden? Möglicherweise erzählt sie dir, was mit ihr los ist."

„Natürlich, das mache ich doch gern." Kristina erhob sich und ging auf Jan zu. „Komm mal her", sagte sie tröstend und breitete die Arme aus. Er lächelte und ließ sich von ihr umarmen.

„Na toll", grinste er an ihrem Ohr. „Jetzt machst du mich auch noch an."

Sie knuffte ihn liebevoll in die Seite. „Träum weiter, du Don Juan für Arme."

Er löste sich ein wenig von ihr und sah ihr tief in die Augen. Ihre Gesichter waren nur wenige Zentimeter voneinander entfernt.

„Erinnerst du dich noch an die Party bei Hermann?", fragte er leise. „Und was danach passierte, als wir nach Hause kamen?"

Sie senkte den Blick. „Ich habe es nicht vergessen."

„Damals wäre es zwischen uns beinahe passiert. Ich war ganz schön enttäuscht, als du plötzlich die Notbremse gezogen hast."

„Das war die einzig richtige Entscheidung. Ich hätte es mir nie verziehen, wenn ich eine weitere Kerbe an deinem Bettpfosten geworden wäre."

„Du wärst viel mehr als das gewesen. Ich war nicht nur scharf auf dich, Krissi, ich war total verknallt."

Kristina spürte, dass sie rot anlief. „Hör auf damit", bat sie verlegen.

Er ignorierte ihre Bitte. „Und du konntest echt toll küssen", fuhr er fort. „Kannst du es noch immer so gut?"

Sie musste schlucken. „Verlernt habe ich es, glaube ich, nicht. Warum fragst du?"

„Ich würde es gern überprüfen", flüsterte er und kam näher.

Kristina holte tief Luft und löste sich von ihm. „Okay, ich denke, das reicht jetzt", sagte sie ernst. „Was bist du nur für ein Mensch? Gerade hast du dir noch große Sorgen um deine Verlobte gemacht, und im nächsten Moment..."

„Entschuldige." Er fuhr sich zerknirscht durch die blonden Haare. „Ich weiß auch nicht, was los ist. Wahrscheinlich vermisse ich die Leichtigkeit von damals. Dich jetzt wieder zu sehen, bringt wohl meine Gefühle für dich, das was ich vor zehn Jahren empfand, wieder an die Oberfläche."

„Was Besseres fällt dir nicht ein?" Sie schüttelte verständnislos den Kopf. „Ein Teil von dir wird wohl ewig der jugendliche Platzhirsch von damals bleiben."

Sie nahm sein Gesicht in beide Hände und fixierte ihn ernst. „Vergiss deine angebliche Verknalltheit von früher, vergiss Verena. Denk einfach nur an Yvonne. Wenn es ihr wirklich nicht gut geht, dann braucht sie dich! Und wenn sie wüsste, was du hier für Sprüche ablässt, würde sie dir sicherlich ihren Verlobungsring an den Kopf werfen. Mit Recht und hoffentlich mit Schwung. Also reiß dich zusammen, verdammt noch mal. Benimm dich endlich wie ein erwachsener Mann – auch wenn es schwer fällt – und kümmere dich um Yvonne." Sie ließ ihn abrupt los und sah ihn auffordernd und sehr energisch an.

Jan grinste spitzbübisch. „Junge, Junge, du kannst einem wirklich den Kopf waschen." Er beugte sich vor und drückte ihr einen dicken Kuss auf die Wange, bevor sie ihm ausweichen konnte.

„Ich werde mal nach meinem Engel sehen", sagte er leise und ging zur Tür. Dort drehte er sich noch einmal zu Kristina um. „Danke", sagte er kleinlaut und ging hinaus.

„Gern geschehen, du verrückter Kerl", sagte sie seufzend zu der sich schließenden Tür.

Sie hatten bereits mit dem Essen begonnen, als Jan zurück auf die Terrasse kam.

„Yvonne schläft tief und fest", berichtete er in die Runde, setzte sich hin und füllte gedankenverloren seinen Teller.

Kristina warf ihm einen kurzen Blick zu, während sie sich ein Stück Bratwurst in den Mund schob. Er wirkte abwesend und nachdenklich. Hoffentlich ließ er sich gerade ihre Standpauke noch einmal durch den Kopf gehen. Warum nur fiel es Männern so schwer, treu zu sein? Ihr Blick fiel auf Stephan. Glücklicherweise war er anders als Nikolai und Jan. Sie konnte sich felsenfest auf ihn verlassen und war ausgesprochen dankbar dafür.

Nach dem Essen saßen alle träge und satt in den Stühlen.

„Marius, das war köstlich", sagte Svenja matt.

„Ich platze gleich", stöhnte Stephan und strich sich zärtlich über den gewölbten Bauch. „Das Fleisch war fantastisch."

„Und dein Nudelsalat war ein Gedicht", fügte Nikolai an Verena gewandt hinzu.

„Danke. Ein Rezept von meiner Mutter." Sie stand auf und begann, die schmutzigen Teller zu stapeln. Kristina, Marius und Svenja erhoben sich ebenfalls. Gemeinsam brachten sie das Geschirr in die Küche. Nikolai schenkte noch Wein nach. Jan und Stephan tauschten die leeren Bierflaschen gegen volle ein.

Als alle wieder saßen, brachte Marius ein Tablett mit sieben kleinen Gläsern, einem Salzstreuer, zwei kleinen Schalen mit Zitronenscheiben und Kaffeebohnen sowie zwei Flaschen. Svenja und Kristina lachten laut, als sie den Sambuca und den Tequila erkannten.

„Das ist nicht dein Ernst!", rief Jan. „Den habe ich seit damals nicht mehr getrunken." Er nahm den Tequila in die Hand und betrachtete die Flasche beinahe liebevoll. „Das ist jetzt genau das Richtige."

„Ich konnte nicht widerstehen, als ich die beiden im Regal habe stehen sehen", grinste sein Freund. „Wer möchte?"

Alle nickten begeistert. Marius schenkte den Sambuca ein, gab je drei Kaffeebohnen in die Gläser und entzündete das Getränk, so dass kleine blaue Flammen aus den Gläsern stiegen. Svenja und Kristina warteten einen Moment, dann bliesen sie die Flammen aus und tranken den angewärmten Sambuca. Anschließend kauten sie genüsslich die dunklen Bohnen und genossen den Kaffeegeschmack in Verbindung mit dem Anislikör. Verena kostete nun auch, verzog jedoch angewidert das Gesicht und stellte das Glas wieder ab. „Bah! Das ist nichts für mich! Ich nehme lieber Tequila."

Sie und die Männer zogen lustige Grimassen, während sie in die Zitronenscheibe bissen.

„Bitte noch einen", sagte Kristina und hielt Marius ihr Glas hin.

Svenja schüttelte den Kopf, als Marius sie fragend mit der Flasche in der Hand ansah. „Vielleicht später. Entschuldigt mich kurz." Sie stand auf und verschwand im Haus.

Als sie im Souterrain angekommen war, ging sie ins Bad und schloss die Tür ab. Sie hatte so viel gegessen, ihr war ganz schlecht davon. Sie kniete sich auf den Boden, hielt mit einer Hand ihr Haar zurück und steckte sich einen Finger tief in den Hals. Sie würgte kurz, dann überfiel sie grenzenlose Erleichterung, als das Essen in der Keramikschüssel landete.

Als es dämmerig wurde, sorgte Verena mit Hilfe einiger Kerzen für schummerige Beleuchtung. Die Temperaturen waren angenehm – es war ein richtig lauer Sommerabend. Grillen zirpten lautstark in der Nähe, und Marius goss noch mehrfach Tequila und Sambuca ein. Die Stimmung wurde so richtig ausgelassen, und als es kühler wurde gingen sie kichernd und angetrunken hinunter in den Keller. Dort angekommen machte Marius Licht und stellte laute Musik an, die in die Beine ging. Verena und Kristina begannen zu tanzen und lauthals mitzusingen.

Stephan näherte sich ihnen unauffällig, stürzte auf seine Frau zu und beide landeten schreiend und mit einem gewaltigen ‚Platsch!‘ im Pool. Prustend kam Kristina an die Oberfläche und schnappte nach Luft. Marius warf Jan hinein und Svenja gab Nikolai einen Stoß, der etwas kräftiger als notwendig ausfiel, die übrigen sprangen freiwillig hinterher.

Jan kletterte wieder aus dem Wasser, strich sich mit einer Hand das Haar nach hinten und stieg auf das Ein-Meter-Brett, das an der rechten Querseite des Pools angebracht war. Sein weißes T-Shirt und die blauen Shorts klebten an seinem durchtrainierten, nassen Körper. Er zeigte einen eleganten Sprung, tauchte durch das Becken und kam direkt neben Kristina wieder an die Oberfläche. Prustend fuhr er sich mit der Hand über das nasse Gesicht und sah zu Stephan und Nikolai, die soeben zum Brett gingen. Als Kristina ihn ansah, bemerkte sie seinen ungewohnt ernsten

Gesichtsausdruck, mit dem er die beiden Männer beobachtete.

„Na, hast du Angst, dass die zwei noch besser springen als du?", fragte sie grinsend.

„Was?" Er sah sie an, als würde er sie erst jetzt neben sich bemerken. „Oh, ja", nickte er. „Genau."

„Na, wegen Stephan brauchst du dir jedenfalls keine Sorgen zu machen", beruhigte sie ihn schmunzelnd. „Wenn er springt, erinnert er mich immer an einen Frosch mit Bandscheibenproblemen."

Jan lächelte nun auch. „Du übertreibst."

„Warts ab!"

Sie sah zum Brett hinüber, an dessen Spitze Nikolai stand und ins Wasser hinuntersah. Er wippte kurz auf und ab und zeigte dann einen eleganten Kopfsprung.

„Nicht schlecht. Aber du bist eindeutig besser als er", urteilte Kristina in Jans Richtung und sah, dass er bereits wieder aus dem Becken kletterte.

„Ja, das denke ich auch", murmelte er noch, dann steuerte er erneut das Brett an.

Stephan ging vorsichtig bis zur Kante, sah hinunter und anschließend zu seiner Frau hinüber. Kristina winkte ihm aufmunternd zu. „Na los, Liebling!", lachte sie. „Zeig, was du kannst!"

Er nickte, holte Schwung, zog die Knie an und hob ab. Glanzlos landete er im Becken und sorgte für gewaltigen Wellengang. Kristina grinste und applaudierte belustigt, als er wieder auftauchte.

Jan stand bereit und wartete darauf, dass Stephan an den Beckenrand schwamm. Dann wippte er kräftig auf und ab, sprang hoch, machte eine halbe Schraube und landete geschmeidig im Wasser. Verena stand neben Kristina am Beckenrand und staunte. „Er ist wirklich gut, oder?"

Kristina nickte. „Allerdings. Das sieht fantastisch aus."

„Ja, das tut es wirklich."

Jan tauchte vor den beiden auf und Verena strahlte ihn an.

„Mann, du warst einsame Klasse. Wo hast du so gut springen gelernt?"

Er warf Kristina einen ,Was-habe-ich-dir-gesagt?'-Blick zu und erzählte dann, dass er bis zu seinem 16. Lebensjahr in einer Leistungsgruppe geschwommen war.

Svenja lehnte ebenfalls am Beckenrand, hörte zu und sah sich dabei um. Sie konnte Nikolai nirgendwo entdecken. Wo konnte er sein?

Panik stieg in ihr auf, formte sich zu einem heißen Klumpen, der ihr trotz des kühlen Wassers den Schweiß auf die Stirn trieb. Mit bebenden Händen stieg sie aus dem Wasser, nahm sich ein Badetuch und ging zum Badezimmer. Dort zog sie die nassen Sachen aus und wickelte sich in das Badelaken.

Die anderen bemerkten gar nicht, dass sie die kleine Schwimmhalle verließ.

Sie hoffte inständig, dass sie sich irrte, dass Yvonne allein war und fest schlief. Möglicherweise war Nikolai nur auf der Toilette, während sie im Haus herumschnüffelte wie eine peinliche Sherlock Holmes-Imitation.

Leise erklomm sie dennoch die Stufen, bis sie an der Tür stand, vor der sie wenige Stunden zuvor dieses grausige Szenario beobachtet hatte.

Sie hörte eine männliche Stimme und presste ein Ohr an die Holztür, konnte jedoch keine einzelnen Worte verstehen. Die Stimme allerdings erkannte sie ohne Schwierigkeiten.

Also doch, dachte sie erschüttert und holte tief Luft. Das Atmen fiel ihr schwer, es war, als läge ein Bleigewicht auf ihrer Brust. Wie am Nachmittag bückte sie sich und sah durch das Schlüsselloch.

Ihr Mann saß, in einen Bademantel gehüllt, auf der Bett-kante und redete eindringlich auf Yvonne ein. Seine Hand schob sich unter die Decke. Yvonne richtete sich kerzen-gerade auf, ihre Augen waren vor Schreck weit aufgeris-sen.

Nicht noch einmal, fuhr es Svenja durch den Kopf. Noch mal tust du ihr das nicht an!

Das Badelaken öffnete sich und rutschte, als sie sich auf-richtete. Sie wickelte es sich fester um den Körper, klopfte leise an und öffnete die Tür.

Mit einem kurzen Blick registrierte sie, dass Nikolais Hand ihr warmes Plätzchen unter der Decke wieder verlas-sen hatte. Er selbst war aufgestanden und sah ihr entgegen. Verärgerung und grenzenlose Enttäuschung spiegelten sich auf seinem Gesicht. Yvonne dagegen sah unendlich erleichtert aus. Svenja sah ihren Mann an und bemühte sich, Überraschung zu heucheln. „Nikolai, was machst du denn hier?"

„Ich wollte nur sehen, wie es Yvonne geht", sagte er mit schwerer Zunge. „Und was willst du hier?"

„Dasselbe." Sie trat näher an das Bett heran und betrachte-te mitleidig Yvonnes bleiches Gesicht. „Ich habe mir Sor-gen um dich gemacht. Geht es dir etwas besser?"

Yvonne nickte. „Ja, danke. Ick hab 'n bissken jeschlafen. Bin gerade uffjewacht." Ihr unruhiger Blick fiel auf Niko-lai, so dass Svenja keinen Zweifel daran hatte, dass er für ihr Aufwachen verantwortlich war.

„Willst du noch mit nach unten kommen?", erkundigte sie sich.

„Nee, danke." Yvonne schüttelte nachdrücklich den Kopf.

„Das ist schade, du verpasst eine Menge Spaß", bedauerte Svenja. „Brauchst du etwas? Hast du Hunger oder Durst?"

„Danke, ick hab 'ne Flasche Wasser hier. Mehr brauch ick nich."

Svenja nickte. „Dann wünsch ich dir gute Besserung. Schlaf dich gesund. Wir sehen uns morgen."

„Allet klar, bis morgen." Yvonne lächelte kläglich. „Und... danke."

Svenja nickte ihr zu, eine Hand auf Nikolais Rücken. „Komm, die Arme braucht Ruhe. Lass uns wieder zu den anderen gehen."

„Geh du schon mal vor", sagte er gereizt und wischte grob ihren Arm zur Seite, der sie Richtung Tür schieben wollte. „Yvonne und ich haben noch etwas zu besprechen."

Normalerweise hätte Svenja sich widerspruchslos gefügt. Doch seit diesem Tag war nichts mehr normal. Gar nichts. Sie rührte sich nicht. Er starrte sie an, eine Augenbraue abwartend erhoben. Trotzig presste sie die Lippen aufeinander und hielt seinem Blick stand. Sie durfte sich von Nikolai nicht einschüchtern lassen. Und auf gar keinen Fall durfte sie Yvonne mit ihm allein lassen.

Svenja hob entschlossen das Kinn und trat auf ihn zu. „Das hat sicher Zeit bis morgen", sagte sie resolut und schob ihren Mann Richtung Tür. „Yvonne möchte schlafen, sonst nichts. Also lass uns gehen."

Überrascht von dem ungewohnt energischen Auftreten seiner Frau ließ Nikolai sich durch den Türrahmen bugsieren. Dort drehte er sich noch einmal um und sah Yvonne mit leicht glasigen Augen durchdringend an. „Bis morgen, meine Liebe. Träum was Schönes."

Sie antwortete nicht, sank nur tiefer in ihr Kissen.

Nachdem Svenja Yvonne eine Gute Nacht gewünscht und die Tür geschlossen hatte, wandte sie sich neugierig an ihren Mann. „Sag mal, was hast du denn so Dringendes mit ihr zu besprechen?"

„Das geht dich nichts an", wiegelte er ab und steuerte leicht schwankend auf die Treppe zu. Beflügelt von ihrem gerade errungenen Erfolg beschloss Svenja, ihm ein Stichwort zu liefern. „Du meinst, es ist beruflich?", fragte sie und registrierte fast amüsiert, dass seine Augen erleichtert aufleuchteten.

„Ja", nickte er. „Ja, genau. Es ist beruflich."

Er hatte die Treppe erreicht, griff nach dem Geländer und drehte den Kopf in ihre Richtung. „Ärger mit dem Finanzamt", fügte er leise hinzu, als würde er ihr ein pikantes Geheimnis verraten.

Sie nickte verständnisvoll. Als er sich wieder umwandte, verschwand der mitfühlende Ausdruck von Svenjas Gesicht und machte Platz für ihre wahren Gefühle: Abscheu und Widerwillen. Ihr Mann hatte Yvonne brutal vergewaltigt und würde jede Gelegenheit nutzen, um es wieder zu tun. Sie musste verhindern, dass er Yvonne noch einmal etwas antat. Mit allen Mitteln.

Er machte einen unsicheren Schritt auf die oberste Stufe. Sein breiter Rücken und die eckigen Schultern waren nur eine Armlänge von ihr entfernt. Es war ein fast verführerischer Anblick. Ein gezielter, kräftiger Stoß – und er würde ungebremst die Marmorstufen hinunter stürzen.

Ihre Hände ballten sich zu Fäusten, als sie hinter ihn trat.

Sonntag

„ICK WILL NACH Hause. Mir langt et hier." Yvonne fuhr sich mit einer Bürste durch die langen Haare und sah Jan durch den Spiegel halb bittend und halb trotzig an. Sie saß an dem kleinen, antiken Frisiertisch in ihrem Zimmer. Die Sonne schien durchs Fenster und tauchte den Raum in warmes Licht. Es schien wieder ein schöner Tag zu werden. Jan lag noch im Bett, die Arme hinter dem Kopf verschränkt, und starrte gedankenverloren vor sich hin. Sie drehte sich zu ihm um. „He, haste mir eijentlich zujehört?"

„Was? Nein, entschuldige." Er stand auf, trat auf sie zu und legte seine Hände auf ihre Schultern. Einen Moment lang spürte sie Nikolais Hände, die sie auf die Knie zwangen. Trotz der Wärme im Zimmer bekam sie eine Gänsehaut.

„Was hast du denn da gemacht?" Jans Zeigefinger strich sanft über einen kleinen Bluterguss auf ihrem Schlüsselbein. Mit brennenden Wangen legte Yvonne die Bürste hin und entwand sich ihm. „Jar nischt, ick meine, ick hab' keene Ahnung", log sie nervös.

Erleichtert stellte sie fest, dass Jan sich mit ihrer Antwort zufrieden gab.

„Was hältst du davon, wenn wir zwei gleich eine Runde laufen?", fragte er stattdessen, beugte sich herab und küsste sie auf die Wange. Yvonne begann, ihr Haar zu zwei festen Zöpfen zu flechten und beschloss, heute auf keinen Fall ein Top mit Spaghettiträgern anzuziehen. Sie verspürte keinerlei Interesse, noch häufiger auf den Bluterguss angesprochen zu werden.

„Von mir aus", stimmte sie seufzend zu. Vielleicht konnte sie dabei noch einmal mit ihm reden. Sie wollte so schnell wie möglich zurück nach Berlin.

Im Haus herrschte noch Ruhe, als sie sich gegen halb neun auf den Weg machten. Sie wandten sich nach links in Richtung Strand, und liefen dort an der Promenade entlang. Trotz der frühen Morgenstunde war hier schon einiger Betrieb. Die ersten Familien rückten mit ihren Kindern an, breiteten auf dem noch nachtfeuchten Sand Wolldecken aus und stellten bunte Strandmuscheln auf. Die Luft roch frisch und würzig und war erfüllt von fröhlichem Vogelgezwitscher. Noch stand die Sonne recht tief, sie spiegelte sich auf dem ruhigen Meer und ließ es so hell glitzern, als wären in der Nacht sämtliche Sterne vom Himmel in die Ostsee gefallen. Das Licht blendete, und Yvonne ärgerte sich, weil sie ihre Sonnenbrille vergessen hatte.

Sie liefen in ihrem eingespielten Tempo und hatten keine Schwierigkeiten, sich dabei zu unterhalten.

„Können wir nich heute schon nach Hause fahren?", fragte sie.

„Was? Wieso? Gefällt es dir hier nicht?"

„Doch, schon."

„Was ist es dann?"

Sie liefen ein Stück bergan, in das Waldstück hinein. Yvonne schwieg ein paar Meter, dann sagte sie: „Ick finde es nu mal nich sehr witzig, wie Verena dich anglubscht."

Jan erwiderte nichts.

„Haste dich an sie ranjemacht?", fragte Yvonne lauernd und sprang behände über einen dicken Ast, der mitten auf dem Weg lag. Empört sah er sie an, bevor er hinterher sprang. „Natürlich nicht."

„Na, ick weeß ja nich. Ick seh dir immer ziemlich jut an, wenn du mal wieder deinen Marktwert testen willst, mein Lieber."

„Ich schwöre, ich will nichts von Verena."

Ein Ehepaar mit Hund kam ihnen entgegen und ließ sie verstummen. Der junge Dalmatiner begann bei ihrem Anblick zu bellen und aufgeregt hin und her zu springen. „Ist ja gut, Jazz, die tun nix", rief Herrchen in beruhigendem Tonfall gegen das Gekläffe an und sah Yvonne und Jan verständnisheischend an. Die lächelten unverbindlich und liefen weiter.

„Jazz!", amüsierte sich Jan leise. „Wieso nennen die das arme Tier nicht gleich Swing oder Rock'n Roll?"

„Oder Hip-Hop", grinste Yvonne, wurde aber gleich darauf wieder ernst. „Und was is mit Krissi?"

Verwirrt wandte Jan seinen Kopf in Yvonnes Richtung. „Als Hundename?"

„Nee, du Honk. Als Opfer einer möglichen Anmach-Attacke."

„Die hat mich schon vor zehn Jahren abblitzen lassen", gab Jan widerwillig zu.

Yvonne lachte auf. „Ick wusste, sie is 'ne kluge Frau. Bei ihr haste keine Chance."

Gekränkt trabte Jan hinter seiner Verlobten her. Das wollen wir doch erst mal sehen, dachte er verstimmt.

Stephan erwachte, weil vorwitzige Sonnenstrahlen durch die schmalen Ritzen der Jalousien blitzten und durch seine geschlossenen Lider drangen. Müde reckte er sich ein wenig und drehte den Kopf zur Seite. Kristina lag in Embryonalhaltung neben ihm und schlief. Ihr kurzes dunkles Haar war verwuschelt, ihr nackter Rücken ihm zugewandt. Im Sommer schliefen sie beide stets unbekleidet, es war einfach angenehmer.

Und aufregender.

Sein Zeigefinger fuhr zärtlich über ihren leicht gebeugten Rücken, hinunter bis zum Steiß und langsam wieder hinauf. Kristina rekelte sich ein wenig. Behutsam beugte er sich über sie, küsste ihre Schulter und ihr Schlüsselbein, während seine Hand ihre Hüfte entlangfuhr. Er hob ihre

Decke an, kroch darunter und schmiegte sich an seine Frau. Während er sie streichelte und sanft mit der Hand stimulierte, küsste er wieder und wieder die zarte Haut ihres Rückens und ihres Halses. Kristina seufzte wohlig und drängte sich auffordernd an ihn. Zärtlich streichelte er ihre weiche, schlafwarme Brust. Sein Atem wurde schwerer, und als er in sie eindrang, stöhnten beide leise auf. Langsam begann er, sich in ihr zu bewegen und sie passte sich seinem Rhythmus an. Wenig später lagen sie um Atem ringend da, mit ineinander verschlungenen Beinen.

Als Stephan unter der Dusche stand und gut gelaunt vor sich hin sang, lag Kristina noch im Bett und schämte sich. Sie war noch im Halbschlaf gewesen, als er begonnen hatte, sie zu küssen und zu streicheln. Gefangen in einem beunruhigenden Traum, in dem sie die Szene mit Jan im Badezimmer nochmals erlebt hatte. Sein Gesicht dicht vor ihr, sein zärtlicher Blick, seine Stimme, die sagte, er würde sie gern küssen. In ihrer Fantasie waren es dann Jans Lippen und Hände gewesen, die sie berührten und erregten, genau wie damals in Berlin. An dem Abend war sie nur ein Fingerbreit davon entfernt gewesen, mit ihm zu schlafen. Doch glücklicherweise hatte ihr Verstand gesiegt. Sie wollte seine gute Freundin sein, nicht mehr, aber auch nicht weniger. Als sie versucht hatte, ihm das klar zu machen, hatte er sie mit seinem traurigen Dackelblick angesehen.

„Wir sind beide nicht nüchtern", hatte sie gesagt, so wie man einem kleinen Kind erklärte, dass es sich nicht nur von Bonbons ernähren kann. „Und morgen würden wir es beide bereuen."

Er hatte natürlich den Kopf geschüttelt. „Ich würde es bestimmt nicht bereuen", hatte er ihr versichert. „Niemals. Und du auch nicht, dafür würde ich schon sorgen, Krissilein."

Doch sie war standhaft geblieben. Und vernünftig. So, wie sie es eigentlich immer war. Nachdenklich starrte sie zur Decke.

War sie denn völlig frei von Abenteuerlust und Risikobereitschaft? Im Grunde ja, musste sie zugeben. Und doch spürte sie – spätestens seit den prickelnden Minuten mit Jan im Badezimmer – einen kleinen Teil in sich, der nicht immer vernünftig sein wollte, der sich nach etwas sehnte, nach etwas Aufregung und Herzklopfen. Genau das hatte sie verspürt, als Jans Gesicht so dicht vor ihrem gewesen war und seine Augen zärtlich auf ihr geruht hatten.

Sie riss sich von diesen beunruhigenden Gedanken fort und zog sich die Decke über den Kopf. Sie war kein Teenager mehr und würde sich keinesfalls hinreißen lassen, etwas Törichtes und Unüberlegtes zu tun. Dafür war sie nun mal nicht der Typ. Basta!

Als sie und Stephan gegen halb zehn in die Küche kamen, waren die anderen schon da, nur Svenja und Nikolai fehlten noch. Kurz darauf tauchte auch Svenja auf und sah sich verwundert um.

„Guten Morgen", sagte sie. „Habt ihr Nikolai gesehen?"

Die anderen schüttelten den Kopf.

„Vielleicht wollte er spazieren gehen", sagte Verena. „Wann ist er denn aufgestanden?"

Svenja setzte sich. „Ich habe keine Ahnung. Als ich gestern Abend ins Bett ging, war er noch nicht da. Und als ich aufgewacht bin, war sein Bett leer."

„Warten wir einfach noch ein wenig, bevor wir an den Strand gehen", schlug Marius vor. „Vermutlich taucht er jeden Moment auf."

Sie begannen zu essen. Svenja trank eine Tasse Kaffee, aß Croissants mit Marmelade und lauschte schweigend den Gesprächen um sich herum.

Um zehn hatten sie die Küche wieder aufgeräumt und begannen, Handtücher, Sonnenmilch und Zeitschriften einzupacken. Marius belegte einige Brötchen mit Wurst und Käse und verstaute sie mit ein paar Getränken in einer Kühltasche. Svenja ging noch einmal nach unten, um sich ihr Buch zu holen.

„Schade, ich habe meine Zeitschriften schon alle gelesen", sagte Verena bedauernd.

„Wie wäre es zur Abwechslung mal mit einem Buch?", fragte Marius grinsend. „Einen spannenden Krimi vielleicht? Eine romantische Liebesgeschichte? Oder einen Thriller? Es ist alles da."

Sie zog eine Grimasse. „Lass mal, muss nicht sein."

„Ich weiß", resignierte Marius, „du liest nur die dünnen Bücher mit den vielen Bildern drin."

„Ganz genau", bestätigte seine Freundin und drückte ihm einen Kuss auf die Wange.

„In unserem Zimmer sind noch zwei Klatschzeitungen", ließ sich Kristina vernehmen, während sie Handtücher oben auf die Strandtasche packte. „Ich habe sie auf der Fahrt hierher gelesen. Wenn du willst, kannst du sie dir holen. Sie liegen auf dem Tisch."

„Klasse!" Verena nickte. „Danke, bin gleich wieder da."

Marius sah ihr seufzend nach. „Ich wünschte manchmal, sie wäre etwas belesener. Ich meine, abgesehen von den neuesten Hollywood-Klatschgeschichten oder den Skandalen an Europas Königshäusern."

Kristina lächelte verständnisvoll. „Ich weiß genau, was du meinst. Stephan liest privat auch nicht einen Buchstaben mehr als unbedingt nötig."

„He, ich lese jeden Morgen die Zeitung", beschwerte sich ihr Mann.

„Ja ja", lachte Kristina. „Die Todesanzeigen und das Horoskop."

Verena stieg die Treppe ins Souterrain hinunter. Unten angekommen hörte sie ein merkwürdiges Geräusch aus dem Bad. Unwillkürlich wurde sie an den Abend beim Italiener erinnert. Dort hatte sie aus der Damentoilette dasselbe Geräusch gehört, und kurz darauf war Svenja aus einer Kabine herausgekommen und hatte etwas von einem Virus gefaselt.

Sie wird ja wohl kaum schon wieder Magenprobleme haben, dachte Verena verwundert. Die Spülung rauschte und in Verena stieg ein Verdacht auf. Und wenn sie damit richtig lag, dann wäre es Svenja sicher ziemlich unangenehm, sie hier zu sehen. Leise stieg Verena wieder ein paar Stufen nach oben.

Als sie hörte, dass die Badezimmertür aufging, lief sie die Treppe geräuschvoll hinunter. Svenja sah sie erschrocken an, hatte sich aber sofort wieder unter Kontrolle. „Hi! Suchst du etwas?"

„Kristina sagte, sie hätte noch Zeitschriften in ihrem Zimmer", sagte Verena kurz und ging an Svenja vorbei, die ihr unruhig nachsah.

Die Taschen waren gepackt und Nikolai war noch immer nicht zurück.

„Geht ihr ruhig schon", schlug Svenja vor. „Ich warte hier auf ihn. Wir kommen dann nach."

„Also gut", nickte Marius. „Wir legen uns da hin, wo wir gestern auch waren, dann müsst ihr uns nicht lange suchen."

Svenja sah den anderen vom Küchenfenster aus nach. Als sie außer Sichtweite waren, wandte sie sich ab und ging langsam ins Obergeschoss hinauf. Außer dem Gästezimmer gab es dort noch ein Bad, ein kleines Büro und das Kinderzimmer von Charlotte, Marius Tochter. Svenja ging darauf zu, wobei sie es vermied, in das Zimmer von Jan und Yvonne zu sehen, um zu verhindern, dass die gestrige Szene in ihrem Kopf wieder lebendig wurde.

Charlottes Zimmer war ein schöner Raum, etwa fünfzehn Quadratmeter groß und mit weißen Möbeln, fliederfarbenen Wänden und passenden Vorhängen liebevoll eingerichtet. Auf einem Regal standen und saßen etliche Kuscheltiere, darüber und darunter waren Bücher und Spiele untergebracht. Unwillkürlich stellte Svenja Vergleiche mit dem Zimmer ihrer Tochter an. Auch das war hübsch eingerichtet, in rot, pink und weiß. Über einen Mangel an Spielzeug konnte sich Jana ebenfalls nicht beschweren. Dieses Zimmer war nur sehr viel ordentlicher als das ihrer Tochter, was aber vermutlich hauptsächlich daran lag, dass Charlotte nur alle zwei Wochen hier wohnte.

Svenja betrat das Arbeitszimmer. Der Schreibtisch duftete nach frischem Holz und wirkte fast unbenutzt. Neugierig öffnete sie die Schubladen. Ein paar Computerspiele, Kontoauszüge, lose Urlaubsfotos. Sie nahm ein Bild von Marius in die Hand. Es zeigte ihn in einer Hotellobby, braungebrannt, die Sonnenbrille in die Locken geschoben, mit einem unbeschwerten Grinsen, das seine Grübchen zeigte. Lächelnd sah sie es an, dann legte sie es mit einem kleinen Bedauern zurück.

In der untersten Schublade lagen ganz hinten versteckt mehrere Briefe, etwa fünf Stück, mit einem dunkelblauen Samtband zu einem Päckchen verschnürt. Vorsichtig nahm sie es heraus. Sie öffnete die Schleife und nahm einen der Umschläge in die Hand. Als sie den Briefbogen herauszog, kamen einige Fotos zum Vorschein. Aufmerksam sah Svenja sich eines nach dem anderen an. Dann öffnete sie die anderen Briefe. Auch in den übrigen Umschlägen lagen jeweils einige Fotografien. Nachdem sie sich alle gründlich angesehen hatte, schnürte Svenja das Päckchen sorgfältig zu und verstaute es wieder hinten in der Schublade. Dann stieg sie die Treppe hinunter, durchquerte die Küche und trat auf die Terrasse. Im Strandkorb hielt sie ihr Gesicht in die Sonne und genoss die friedliche Wärme.

„Schon elf Uhr durch." Marius sah in die Richtung, aus der Svenja und Nikolai kommen musste, doch noch immer tauchten sie nicht auf. „Wo bleiben sie denn nur?"

„Bestimmt sind sie schon unterwegs", versuchte Kristina ihn zu beruhigen, während sie, mit einer Hand ihre Augen vor der Sonne abschirmend, beobachtete, wie Jan und Stephan im Meer herumtollten.

Dieser Tag war eine Wiederholung des vorherigen. Die Sonne knallte von einem derart blauen Himmel, dass man diese kräftige Farbe am liebsten zur Konservierung für schlechte Tage in Dosen abgefüllt hätte.

Stephan und Jan kamen erschöpft und tropfend zurück. Jan legte sich neben Yvonne und nahm sie fest in die Arme. Sie kreischte auf. „He, lass das, du Irrer! Du bist tierisch kalt!"

„Entschuldige, Engel." Jan fuhr mit seiner nassen Hand über ihre Wange und sah sie zärtlich an. Yvonne drehte sich auf den Bauch, damit auch ihr Rücken etwas Bräune abbekam. „Mach dich nützlich und reib mir den Rücken ein, ja?", bat sie, und fügte in einem mahnenden Ton hinzu: „Aber trockne dir vorher die Hände ab."

Kristina beobachtete, wie Jan Sonnenmilch auf dem schmalen Rücken seiner Verlobten verteilte und betrachtete seine Muskeln, die sich unter der braungebrannten Haut bewegten. Seit ihrer Phantasie vom Morgen sah sie ihn mit etwas anderen Augen. Ihr war sogar aufgefallen, dass sie anders ging, wenn er in der Nähe war. Sinnlicher, aufreizender. Und in diesem Augenblick hätte sie gern mit Yvonne getauscht. Der Gedanke von Jans Händen auf ihrer Haut sorgte für eine wohlige Gänsehaut auf ihren Armen. Sie seufzte leise, legte sich auf den Rücken und schloss die Augen. Hör auf mit dem Unsinn!, schalt sie sich. Du benimmst dich vollkommen idiotisch!

Yvonne seufzte behaglich. Jans Hände verpassten ihr eine wohltuende Massage, das Wetter war herrlich und Nikolai befand sich nicht in ihrer Nähe. Das erste Mal seit ihrer Ankunft bei Marius fühlte sie sich unbeschwert und zufrieden. Ihre Atemzüge wurden ruhiger und gleichmäßiger, und als Jans Hände von ihrem Rücken verschwanden, bemerkte sie es kaum.

Jan schüttelte gespielt betrübt den Kopf und verrieb sicherheitshalber noch eine großzügig bemessene Menge Sonnenmilch auf Yvonnes Beinen.

„Es ist deprimierend", stellte er fest, als er die Flasche wieder zuschraubte, „ich wirke einschläfernd auf meine Zukünftige."

„Das ist nicht zu begreifen", ließ sich Verena vernehmen, die mit einer Zeitschrift auf dem Schoß auf ihrer Decke saß. Sie schenkte Jan ein strahlendes Lächeln. „Absolut unverständlich. Mir wäre das bestimmt nicht passiert."

Mir auch nicht, dachte Kristina unbehaglich und hielt beharrlich die Augen geschlossen.

„He, Krissi, komm mit ins Wasser", bat Jan sie in diesem Moment. „Es ist wirklich schön, wenn man erst einmal drin ist." Nachdenklich legte er den Kopf schräg, dann fing er an zu grinsen. „Das erinnert mich an etwas anderes. Dich auch, Krissi?"

Sie spürte, wie ihr das Blut in den Kopf schoss und warf einen kurzen Blick zu Stephan, doch der unterhielt sich mit Marius und hatte gar nichts gehört.

„Was ist nun?", wollte Jan wissen. „Kommst du mit?"

„Nein, danke." Kristina schüttelte den Kopf. „Ich kann mir beim besten Willen nicht vorstellen, dass es mir gefällt, wenn mir die Gliedmaßen absterben. Aber ich wünsche dir viel Spaß."

Jan stand auf. „Probieren geht über studieren. Na komm." Zögernd ergriff sie die Hand, die er ihr entgegenstreckte. Mit einem kräftigen Ruck zog er sie hoch, so dass sie gegen ihn stolperte und sich an seinem Brustkorb abstützte. „He, nicht so stürmisch!", lachte er und schlang seine Arme um sie, damit sie nicht hinfiel. Verlegen senkte sie den Kopf und hatte Mühe, sich auf den Beinen zu halten.

Es war angenehm, von ihm gehalten zu werden. Angenehm und beängstigend. Sie hatte den Gedanken kaum zu Ende gedacht, da war der Moment auch schon wieder vorüber. Jan ließ sie los, nahm ihre Hand und zog sie zum Wasser.

Als sie außer Hörweite waren, sagte er: „Was ist heute los mit dir, hm? Du guckst so ernst, wirst rot bis unter die Haarwurzeln und kannst mir kaum in die Augen sehen. Wenn du nicht die vernünftige Krissi wärst, würde ich sagen, diese wunderschöne, schüchterne Frau flirtet mit mir."

Sie waren am Wasser angelangt. Es schwappte um ihre Füße und war erschreckend kalt, doch Kristina bemerkte es kaum. „Tue ich das?", fragte sie verlegen.

„Ganz sicher. Aber du flirtest auf eine subtilere Art als Verena."

„Oh mein Gott", entfuhr es ihr. Jan hielt noch immer ihre Hand und sein Daumen strich sanft über ihren Handrücken. Diese zarte und fast intime Berührung sowie das Thema ihrer Unterhaltung verursachten ein beunruhigendes Kribbeln in ihrer Magengegend.

„Mach dir keine Sorgen, ich habe nichts dagegen", lächelte er. „Im Gegenteil: Es gefällt mir. Sehr sogar."

Mit einem leisen Bedauern zog sie ihre Hand zurück und schlang sich die Arme um ihren frierenden Leib. „Aber ich will das doch gar nicht", sagte sie, noch immer verstört. „Ich bin wohl ein wenig durcheinander."

„Weil ich gestern sagte, ich würde dich gern küssen?"

„So ein Unsinn!", erwiderte sie barsch und starrte ins Wasser. War das eine Qualle, die da auf sie zu schwamm? Sie hasste Quallen. Um dem glibbrigen Ding zu entgehen bewegte sie sich nach links und stand nun noch näher neben Jan. Er nahm wieder ihre Hand und zog sie weiter.

Nun stand sie bis zu den Knien im Wasser und hatte das Gefühl, dass ihre Beine blau anliefen.

„Hast du deinen Mann je betrogen?", fragte Jan leise. Sie schüttelte den Kopf. „Nein, nie."

„Das habe ich mir gedacht", nickte er. „Dafür bist du nicht der Typ."

„Bei dir klingt das irgendwie negativ", beschwerte sie sich und beobachtete die Gänsehaut, die sich über ihren ganzen Körper verteilte. „Ich bin nun mal keiner von den Menschen, denen es nichts ausmacht, andere zu verletzen."

„Du denkst, ich bin so ein Mensch?"

Sie wiegte nachdenklich den Kopf hin und her. „Nein, nicht unbedingt. Du bist ein liebevoller und fürsorglicher Mann, doch ich fürchte, wenn es um Frauen geht – wie soll ich es sagen? Da werden diese Charaktereigenschaften bei dir abgeschaltet und du benimmst dich wie ein Höhlenmensch, von Instinkten geleitet."

Jans Augenbrauen hoben sich. „Wow, das hat gesessen. Ich bin also ein Neandertaler, ja?"

Kristina musste lachen. „Nimm es dir nicht so zu Herzen. Du bist ein lernfähiger Homo sapiens, du bist also in der Lage, dich zu beherrschen und aus Fehlern zu lernen. Du musst es nur wollen."

„Wie beruhigend." Amüsiert sah er sie an und zog sie weiter. „Wie war das, bist du Lehrerin oder Psychoanalytikerin?"

„Ich bin eine Mutter. Da ist man sowohl das eine als auch das andere. Und noch eine Menge mehr."

„Willst du mir damit sagen, dass du mich gerade erziehst?" Mehr amüsiert als vorwurfsvoll ließ er ihre Hand los, verschränkte die Arme vor der Brust und sah sie kopfschüttelnd an. „Das wird ja immer besser."

„Schaden würde es dir nicht", schmunzelte Kristina. Sie standen inzwischen bis zu den Hüften im Wasser und Kristina zitterte wie Götterspeise. Sie schlang erneut die Arme um ihren Leib. „Du hattest übrigens Recht, es ist ganz t-t-toll im Wasser", sagte sie bibbernd und mit einer gehörigen Portion Ironie in der Stimme. „Aber können wir jetzt b-b-bitte zurückgehen? Ich habe wirklich g-g-genug gefroren." Ihre Zähne schlugen aneinander und klapperten wie Kastagnetten.

„Wie du willst." Mit einer raschen Bewegung trat er auf sie zu, packte sie und hob sie in seine Arme, als wäre sie seine Braut, die er über die Schwelle trägt. Wasser spritzte, und Kristina schrie überrascht auf, musste dann aber feststellen, dass es schön war, von ihm getragen zu werden.

„Lass mich runter!", rief sie dennoch lachend. „Ich bin doch viel zu schwer."

„Willst du mich beleidigen?", grinste er. Dann trafen sich ihre Augen und schlagartig wurden sie ernst.

Verena erzählte von ihrem Pferd Tessa, doch Stephan hörte gar nicht zu. Er beobachtete seine Frau, die im Wasser stand und sich mit Jan unterhielt. Stephan verspürte eine Eifersucht, die er schon lange nicht mehr empfunden hatte. Dieser Jan Schroeder, so sympathisch er auch war, war ihm ein Dorn im Auge.

Da - jetzt hob er Kristina auf seine Arme und trug sie zum Strand zurück. Ihr schien es auch noch zu gefallen, sie lachte. Stephans Kiefermuskeln traten deutlich hervor. Er wusste nicht, wie er darauf reagieren sollte. Am liebsten hätte er Kristina aus Jans Armen gerissen und ihn mit einem Kinnhaken zu Boden geschickt.

„…und dann fing sie tatsächlich an zu bocken, aber ich habe sie Gott sei Dank schnell wieder beruhigen können", berichtete Verena.

„Das tut mir leid", murmelte Stephan. Er bemerkte nicht, dass Verena ihn irritiert ansah, weil er den Blick nicht von Kristina und ihrem Galan wenden konnte. Jan schien Kristina regelrecht zu hypnotisieren und bewegte sich aufreizend langsam vorwärts. Hatte der Kerl auf einmal Betonschuhe an den Füßen?

Binnen Sekunden hatte sich eine beängstigende und intime Spannung zwischen ihnen aufgebaut. Kristina, eng an Jans Brustkorb geschmiegt, betrachtete sein Gesicht, als sähe sie es zum ersten Mal. Einzelne feuchte Strähnen bedeckten seine braungebrannte Stirn und Kristina musste dem Verlangen widerstehen, sie zärtlich zur Seite zu streichen. Die hellen Augen schienen sie zu durchbohren und ließen ihren Puls beängstigend in die Höhe schnellen. Sein Mund war viel zu nah an ihrem und wirkte auf verwirrende Weise anziehend.

„Irgendwann, Krissi", sagte er heiser, während er sie langsam zurück zum Strand trug, „irgendwann wird es passieren."

Sie widersprach nicht, senkte die Lider und spürte, dass ihr Herz wie verrückt klopfte. Was passierte mit ihr?

Kriminaloberkommissar Carsten Andresen war Mitte Vierzig, fast zwei Meter groß und kräftig, mit Händen, die an Schaufelbagger erinnerten. In seiner Jugend war er ein begeisterter und talentierter Handballspieler gewesen, hatte sogar in der 2. Liga gespielt, bis eine Knieverletzung seiner noch jungen Karriere ein jähes Ende gesetzt hatte. Für eine Laufbahn bei der Polizei reichte es noch, doch Handball auf hohem Niveau war von da an nicht mehr möglich. Statt auf Torejagd ging er nun eben auf Verbrecherjagd.

An diesem sonnigen Sonntagmittag saß er mit seiner 15-jährigen Tochter Désirée, die ihn seit der Scheidung ihrer Eltern vor vier Jahren an den Wochenenden besuchte, im Garten seiner Mutter und hielt das Gesicht in die Sonne. Zufrieden fuhr er sich durch sein dunkelblondes, kurzes Haar, das sich bereits ein wenig lichtete, was er mit einem Drei-Tage-Bart ziemlich erfolglos zu kaschieren versuchte.

„Paps, du musst dich eincremen", mahnte Désirée im Tonfall einer überbesorgten Mutter. „Du hast inzwischen verdammte Ähnlichkeit mit dem Hummer, den ich neulich in einem Restaurant gesehen habe."

Andresen hob träge ein Augenlid und musterte seine Tochter. Sie war ein Ebenbild ihrer Mutter; wie diese hatte sie blond gelocktes Haar und ein etwas rundliches Gesicht.

„Erstens: Lass deine Oma nicht hören, dass du fluchst, das kann sie nicht leiden. Und zweitens: Mit wem gehst denn du in so ein Restaurant?"

Désirée wollte gerade antworten, als eine leise, männliche Stimme zu singen begann. „Wir sind die Flensburg-Handewitt, wir sind die Hölle Nord, wir schicken jeden Gegner mit zwei Minuspunkten fort..."

Désirées Vater seufzte, zog sein Handy aus der Hosentasche und meldete sich. „Andresen."

Er lauschte eine Weile in den Hörer. „Aha", brummte er. „Verstehe. Ist denn kein anderer Kollege verfügbar?"

Wieder schwieg er, verzog unwillig das Gesicht und mit einem „Gut, ich bin unterwegs", beendete er das Gespräch.

Désirée zog einen Flunsch. „Och nö, nicht heute!"

Ihr Vater hievte seine knapp hundert Kilo aus dem Gartenstuhl und fuhr sich nochmals durch das kümmerliche Haupthaar. „Tut mir Leid, mein Schatz, es geht nicht anders."

Margaret Andresen trat mit drei Tellern in den Händen auf die Terrasse. „So, die Würstchen sind bald warm. Désirée, Schätzchen, hol doch bitte den Kartoffelsalat aus der Küche." Sie warf einen Blick auf ihren Sohn, der neben dem Gartentisch stand und die obersten Knöpfe seines Hemdes wieder zuknöpfte. „Carsten, wo willst du denn jetzt hin? Wir wollen doch essen."

„Entschuldige, Mama, ich muss los."

„Wurde etwa schon wieder jemand umgebracht?" Sie schüttelte den Kopf mit den streichholzkurzen, grauen Haaren und schnalzte mit der Zunge. „Man könnte meinen, wir leben nicht in Flensburg, sondern im tiefsten Chicago."

Sie wandte sich an ihre Enkelin, die auf dem Weg in die Küche war. „Na, dann essen wir zwei eben allein, nicht wahr, Schätzchen?"

Andresen griff nach seinen Autoschlüsseln, die auf dem Tisch lagen. „Ich bin so bald wie möglich wieder da", rief er seiner Tochter nach, die gerade durch die Terrassentür ging.

„Okay!" Désirée drehte sich noch einmal halb um und lächelte ihrem Vater traurig zu, der winkend den Gartenweg entlangeilte.

In der Küche legte Margarete Andresen ihrer Enkeltochter tröstend einen Arm um die Schultern. „Dieser verdammte Job", seufzte sie.

Überrascht starrte Desirée ihre Großmutter an. „Oma! Du fluchst?"

Margarete winkte ab. „Nur im Notfall, und nur wenn dein Vater es nicht hört. Er kann es nicht leiden."

Andresen eilte zu seinem Wagen. Auf dem Weg zum Präsidium saß sein schlechtes Gewissen auf dem Beifahrersitz und machte ihm Vorwürfe.

„Ja, ja, ich weiß", brummte Andresen missgelaunt. „Ich habe sowieso zu wenig Zeit für sie, sie ist in einem schwierigen Alter, bla bla bla. Mir geht's deswegen mies genug, also lass mich gefälligst in Ruhe!"

Als er vor dem Präsidium ankam und realisierte, wen man ihm zur Unterstützung zugeteilt hatte, verkniff er sich mühsam einen tiefen Seufzer. Kriminalkommissar Lutz Weichert war ein junger Ehrgeizling, der erst vor kurzem von Kiel nach Flensburg gezogen war. Andresen kannte ihn kaum, war aber bereits voller Vorurteile. Er hielt ihn aufgrund seines gegelten Haars, der engen Jeans und seiner schlaksigen Figur für eine nervige Schwuchtel. Zudem konnte Andresen Kieler generell nicht leiden, was der Handballrivalität „seines" Vereins SG Flensburg-Handewitt mit dem THW Kiel geschuldet war.

Weichert trat auf Andresen zu und sah auf die Uhr.

„Bin schon da", knurrte Andresen. „Einsteigen, wenn's genehm ist."

Sie fuhren los, am ZOB vorbei in Richtung des östlichen Stadtteils Mürwik. Weichert müffelte ziemlich stark nach einem süßlichen Aftershave. Andresen rümpfte die Nase und kurbelte das Fenster herunter. Sein Mercedes war fast zwölf Jahre alt und besaß weder elektrische Fensterheber noch eine Klimaanlage. Dennoch mochte Andresen den Wagen. Der Fahrersitz war bequem wie ein Fernsehsessel und jeder Quadratzentimeter in seiner Reichweite war

Andresen lieb und vertraut. Der Mercedes und er waren eben perfekt aufeinander eingespielt, was man von ihm und seinem jungen Kollegen nicht unbedingt behaupten konnte.

Andresen genoss den frischen Fahrtwind, der seine linke Gesichtshälfte streifte.

„Könnten Sie wohl das Fenster wieder schließen?", bat Weichert mit leidender Miene. „Ich bekomme so schnell Bindehautentzündung."

Andresen rollte unauffällig mit den Augen, kurbelte das Fenster wieder hoch und bemühte sich, durch den Mund zu atmen.

Die Stadt war - wie so oft im Sommer - wegen mehrerer Baustellen heillos verstopft, und die vielen Dänen, die Flensburg bei jeder Gelegenheit wie ein apokalyptischer Heuschreckenschwarm heimsuchten, fuhren wie üblich gemütlich und planlos, so dass Andresens Laune weiter sank. Statt gemütlich in der Sonne zu sitzen und den leckeren Kartoffelsalat seiner Mutter zu genießen, musste er mit einem parfümierten Jungspund durch die Gegend gurken. Und das am Sonntag! Während der zwanzigminütigen Fahrt glaubte Weichert wohl auch noch, ihn unterhalten zu müssen. Er erzählte von seinem Ausbilder auf der Polizeischule, von seiner neuen Wohnung auf der Westlichen Höhe, und von seinem Nachbarn, der seiner Ansicht nach der rechten Szene angehörte. Andresen hörte nur mit halbem Ohr hin und atmete deutlich hörbar auf, als sie endlich die angegebene Adresse in Solitüde erreicht hatten. Er riss die Tür auf und stieg so eilig aus dem Auto, als würde jeden Moment eine Bombe unter der Motorhaube explodieren.

Weichert starrte ihm irritiert nach, dann folgte er Andresen kopfschüttelnd.

Auf der Auffahrt standen mehrere Wagen, die Haustür stand sperrangelweit offen. Ganz offensichtlich war die Spurensicherung schon eine Weile da. Andresen warf einen Blick auf seine altmodische Armbanduhr. Es war fast halb eins. Sein Magen knurrte vernehmlich und vor seinem inneren Auge erschien ein Teller mit köstlichem Kartoffelsalat, einem großzügigen Klecks Senf und zwei dampfenden Bockwürsten. Er verkniff sich ein Seufzen und ging mit Weichert im Schlepptau auf die Tür zu.

Hintereinander traten sie ins Haus. Einer der Beamten im weißen Schutzanzug und mit hinuntergeschobenem Mundschutz kam ihnen entgegen und grüßte freundlich. „Moin Moin!"

Andresen nickte ihm zu. „Moin. Wo geht's lang?"

Da der Schutzanzug in jeder Hand einen Metallkoffer trug, wies er mit dem weiß umhüllten Kinn zur Kellertür. „Da runter. Schicke Hütte. Von so was kann unsereins nur träumen."

Weichert folgte Andresen die Treppe hinunter und staunte, als er unten ankam. „Wow! Nicht übel."

Auch Andresen war beeindruckt, wusste es jedoch zu verbergen. Der Pool war etwa vier mal sechs Meter groß und sicher nicht gerade billig gewesen. Einige Liegen standen rechts vom Becken, es gab sogar ein Sprungbrett. Mehrere weit oben angebrachte Fenster spendeten ausreichend Licht, die Wände waren türkis und dunkelblau gefliest, ebenso wie der Boden.

Sie folgten den Stimmen, die aus dem hinteren Teil der Schwimmhalle kamen, und erreichten schließlich einen kleineren Bereich mit weiteren Liegen, einem großen, modernen Badezimmer und einer gepflegten Sauna. Andresen sah zu Boden, wo der Gerichtsmediziner neben der Leiche hockte.

„Moin, Kalle."

Der Pathologe Dr. Karl-Heinz Schwarzhaupt sah hoch und erkannte Andresen. „Carsten! Moin, Moin. Lange nicht gesehen." Er stand auf, zog einen Handschuh aus und fuhr sich durch das kurze, dunkle Haar, bevor sie sich die Hände schüttelten. „Wie geht's?"

„Danke", sagte Andresen unverbindlich. „Und selbst?"

„Wie immer." Sie gingen ein paar Schritte zur Seite und Dr. Schwarzhaupt nickte einem der Beamten zu, der ihn fragte, ob die Leiche abtransportiert werden könne. Dann wandte er sich kopfschüttelnd wieder Andresen zu.

„Ich hab ja schon viel gesehen, aber so was noch nicht. Der arme Kerl wurde wie ein Rinderbraten im Backofen etwa zwölf Stunden bei neunzig Grad gegart und sieht inzwischen aus wie eine Dörrpflaume. Hast du ja gerade gesehen."

Andresen nickte, obwohl er vorsichtshalber nur einen kurzen Blick auf die Leiche geworfen hatte.

Schwarzhaupt fuhr fort: „Ich gehe davon aus, dass Verdursten die Todesursache war, werde ich aber noch überprüfen. Äußere Anzeichen, die auf Gewalt hindeuten, gibt es jedenfalls nicht."

Andresen sah sich um. „Wer hat ihn gefunden?"

Der Arzt schnalzte mit der Zunge. „Ausgerechnet seine Frau. Sie steht unter Schock. Kein Wunder, wenn du mich fragst."

„Wer war er? Der Hausherr?"

Schwarzhaupt schüttelte den Kopf. „Nein, ein Gast. Ich habe kurz mit dem Hausherrn geredet, einem Dr. Marius Schumann, Chirurg an der Diako. Er hatte die Leiche, dessen Frau und zwei weitere Paare für dieses Wochenende eingeladen. Große Wiedersehensfeier oder so." Er machte eine vage Handbewegung.

„Und wo finde ich die Herrschaften?", fragte Andresen.

Der Arzt wies mit dem Zeigefinger an die Decke. „Oben, nehme ich an."

Andresen winkte Weichert zu sich, der beobachtete, wie die Leiche in einen Transportsarg gehoben wurde. Als er die wedelnde Hand seines Vorgesetzten bemerkte, beeilte er sich, zu ihm zu kommen.

„Ja?", fragte er eilfertig. Erneut kam eine Wolke aus Parfüm auf Andresen zu, der automatisch einen Schritt nach hinten machte.

„Gehen Sie schon mal nach oben, Personalien aufnehmen", ordnete er an. „Ich komme gleich nach."

„Jawohl." Weichert machte auf dem Absatz kehrt und eilte davon. Andresen rollte mit den Augen. „Fehlt nur noch, dass er salutiert und die Hacken zusammenknallt", murmelte er.

Schwarzhaupt grinste, wobei sich sein dunkler Schnäuzer in die Länge zog. Die tiefblauen Augen mit den sympathischen Lachfältchen funkelten vergnügt. „Neuer Kollege?"

Andresen ging nicht darauf ein, sondern wechselte das Thema. „Was kannst du mir über die Tat erzählen?"

„Er ist, wie bereits erwähnt, in der Sauna eingesperrt worden, und zwar mit Hilfe eines Holzkeils", berichtete der Arzt. „Du weißt schon, solche Dinger, die man unter Türen klemmt, damit sie nicht zugehen."

„Ich bin im Bilde, Kalle. Und wo ist der Keil?"

„Wurde zur Überprüfung durch die Spusi mitgenommen."

„Haben die sonst noch was gefunden?"

Schwarzhaupt hob die breiten Schultern. „Ich hab nichts gehört. Da musst du die Jungs schon selbst fragen."

Andresen nickte. „Ungefährer Todeszeitpunkt?"

Schwarzhaupt fuhr sich nachdenklich mit Daumen und Zeigefinger über seinen Schnurrbart: „Ist nicht ganz leicht festzustellen, wegen der ungewöhnlichen Todesumstände.

Irgendwann in der letzten Nacht, vermutlich so zwischen zwei und vier Uhr."

Andresen kratzte sich das stoppelige Kinn. „Kommt ja auch nicht auf die Minute an. Für die Ermittlungen ist es sowieso wichtiger, wann er eingeschlossen wurde. Zum Todeszeitpunkt war der Täter ja vermutlich gar nicht hier."

„Das sehe ich auch so."

Beide sahen den Beamten hinterher, die eben die Treppe ansteuerten, um den Blechsarg mit der Leiche nach draußen zu tragen.

„Wann kann ich mit deinem Bericht rechnen?", wollte Andresen wissen.

Schwarzhaupt überschlug im Kopf seinen Kalender. „Hm, ich fürchte, nicht vor Dienstagmittag."

„In Ordnung. Aber nach Möglichkeit nicht später, ja? Ich gehe dann mal nach oben." Er wandte sich zur Treppe. „Tschüs, Kalle."

Schwarzhaupt hob grüßend die Hand und grinste, wobei sich die Fältchen an seinen Augen vertieften. „Viel Spaß, Kumpel."

„Sehr witzig! Gehen wir bald mal wieder ein Bierchen zwitschern?"

„Ich bin dabei. Ruf mich die Tage mal an."

Als Andresen oben ankam, sah er, dass sieben Personen dem Sarg nach draußen in den herrlichen Sonnenschein folgten. Die unterschiedlichsten Gefühlsregungen waren auf den Gesichtern zu sehen, die wie eine Prozession an ihm vorbeiflanierten: Fassungslosigkeit, Trauer, Faszination, Angst. Gemeinsam beobachteten alle den Abtransport, während Andresen in der Tür stand und jeden Einzelnen studierte. Gleich ins Auge sprang ihm eine zierliche, ausgesprochen hübsche Blondine mit langen, geflochtenen Zöpfen, die sich schutzsuchend an einen ebenfalls recht attraktiven, sportlichen Typen schmiegte. Ein Mann mit dunkelblonden Locken hatte den Arm um eine Frau gelegt, deren große blaue Augen wie hypnotisiert auf den Sarg starrten. Eine weitere Frau mit glatten, rotblonden Haaren, die sie zu einem Pferdeschwanz gebunden hatte, stand mit verschränkten Armen daneben und warf den beiden hin und wieder einen Blick zu. Die steile Falte zwischen ihren Augen machte deutlich, dass ihr nicht gefiel, was sie sah.

Ein mittelgroßer, stämmiger Mann hatte von hinten die Arme um eine Frau mit kurzen, dunklen Haaren und nachdenklichen grauen Augen geschlungen, die sich an ihn lehnte und immer wieder ungläubig den Kopf schüttelte, als müsse es sich bei der ganzen Angelegenheit um einen schrecklichen Irrtum handeln.

Andresen schätzte die meisten Anwesenden auf Anfang bis Mitte Dreißig, nur die zierliche Blondine und die etwas zornig wirkende Dame schienen jünger zu sein. Sie waren vermutlich Ende Zwanzig.

Nachdem der Wagen fortgefahren war, gingen alle schweigend und mit gesenkten Köpfen an Andresen vorbei zurück ins Haus. Er folgte ihnen gemächlich und sah, dass sein Kollege durch das Wohnzimmer auf ihn zukam.

„Hier sind Sie! Ich habe Sie schon gesucht." Weichert wedelte mit seinem Notizblock. „Die Personalien habe ich aufgenommen."

Das ging ja flott! Andresen war direkt ein klein wenig beeindruckt, gab sich aber Mühe, dies den jungen Kollegen nicht spüren zu lassen. „Na, dann lassen Sie mal hören", brummte er nur.

Weichert nickte und sah auf seine Notizen. „Also, Dr. Marius Schumann und Frau Verena Christen leben hier in einer nichtehelichen Lebensgemeinschaft. Eingeladen waren die Ehepaare Kristina und Stephan Wilbert sowie

Svenja und Nikolai Schiller." Er hob kurz den Kopf und sah Andresen an. „Das ist übrigens der Tote."

Andresen nickte. „Gut zu wissen."

„Außerdem ist ein Paar aus Berlin angereist. Jan Schroeder und Yvonne Walter."

„Hat jemand erwähnt, ob zum Tatzeitpunkt noch eine weitere Person im Haus war?", wollte Andresen wissen.

Weichert schüttelte den Kopf. „Nein, außer den genannten Personen war niemand hier. Keiner von ihnen hat einen Fremden gesehen und Einbruchsspuren sind bisher auch nicht entdeckt worden."

„Was bedeutet, dass höchstwahrscheinlich einer dieser glorreichen Sieben der Täter ist."

„Höchstwahrscheinlich", echote Weichert und klopfte nachdenklich mit dem Stift auf den Block.

Andresen nahm ihm die Notizen ab und ging weiter Richtung Terrassentür. Weichert folgte ihm wie ein anhänglicher Hundewelpe, eifrig bemüht, seine blumige Fährte im ganzen Haus zu verteilen. Sie traten auf die Terrasse, wo alle schweigend abzuwarten schienen, was als Nächstes geschehen würde.

Andresen ließ den Blick über die Runde schweifen. Nachdem er sich und seinen Kollegen vorgestellt hatte, fragte er: „Herr, äh..." Er warf einen Blick auf den Block. „Herr Schumann?"

Der Mann mit den dunkelblonden Locken sah zu ihm hoch. „Ja?"

„Würden Sie uns bitte erzählen, was es mit diesem Treffen auf sich hat?"

Marius Schumann schlug die Beine übereinander und verschränkte die Hände im Schoß. „Gern. Svenja Schiller, Jan Schroeder, Kristina Wilbert und ich haben während unseres Studiums in Berlin zusammen gewohnt und uns lange nicht mehr gesehen." Er machte eine kurze Pause und sprach dann leise weiter. „Ich hielt es für eine gute Idee, alle wieder zusammenzubringen und habe sie darum mit ihren Partnern eingeladen."

Die hübsche Frau mit der kurzen, dunklen Ponyfrisur ergriff das Wort. „Es war auch eine gute Idee, Marius. Mach dir jetzt bloß keine Vorwürfe."

„Wer von Ihnen ist Frau Schiller?", fragte Andresen. Herr Schumann wies auf die blonde Frau, die mit leerem Blick neben ihm saß. „Svenja steht noch unter Schock. Ich habe ihr ein leichtes Beruhigungsmittel gegeben."

Andresen musterte Svenja Schiller. Sie wirkte wie benommen. „Glauben Sie, sie kann ein paar Angaben machen?", fragte er Marius.

Der hob kurz die Schultern. „Eigentlich schon, das Mittel war wirklich sehr leicht. Andererseits..."

Er beugte sich vor und nahm Svenjas Hand. „Maus, hörst du mich?"

Sie hob den Kopf und sah ihn an, während Weichert und Andresen einen verwunderten Blick tauschten.

„Die Polizei möchte sich kurz mit dir unterhalten. Ist das okay?"

Svenjas leicht verwirrter Blick fiel auf die beiden Beamten. „Ja, sicher. Wo denn? Hier?" Sie wirkte zwar noch immer leicht abwesend, versuchte aber merklich, konzentriert und aufmerksam zu erscheinen.

„Gehen wir doch ins Wohnzimmer", schlug Andresen lächelnd vor und machte eine einladende Geste. Svenja stand behutsam auf, strich ihren weißen Rock glatt und trat langsam und mit vorsichtigen Schritten vor ihm ins Haus. Andresen bat sie mit einer Handbewegung, Platz zu nehmen. Teilnahmslos sah sie ihn an und setzte sich auf den Sessel. Andresen nahm auf der Couch Platz, Weichert setzte sich dazu und hielt seinen Notizblock bereit. Als eine erneute Duftwolke Andresens Nase erreichte, rutschte er ein Stückchen zur Seite, dann wandte er sich an Svenja.

„Erst einmal möchte ich Ihnen sagen, wie leid mir das Ganze tut. Es muss ein schrecklicher Schock für Sie sein."

Sie nickte ernst. „Ja, das ist es in der Tat."

„Möchten Sie etwas trinken?", fragte Weichert.

Sie schüttelte den Kopf.

„Könnten Sie mir bitte genau schildern, was gestern Abend passiert ist?", bat Andresen.

Svenja schwieg eine Weile und sagte dann mit leiser Stimme: „Wir haben den Tag am Strand verbracht. Ich war etwas früher zurückgekommen, weil ich Kopfschmerzen hatte. Darum habe ich eine Tablette genommen und mich eine Weile hingelegt. Als ich später auf die Terrasse kam, waren die anderen wieder da und die Vorbereitungen für das geplante Grillen fast schon abgeschlossen."

Sie wandte den Kopf und sah hinaus auf die Terrasse.

„Wir haben gegessen", fuhr sie fort. „Marius kam anschließend mit unserem Lieblingsschnaps von damals."

„Sie meinen die Zeit in Berlin?", hakte Andresen nach.

Svenja nickte.

„Hatten Sie seitdem regelmäßig Kontakt?"

Sie schüttelte den Kopf. „Nein, eigentlich nicht. Der Kontakt war nur sporadisch, in der letzten Zeit gab es praktisch keinen mehr. Darum haben wir uns alle sehr gefreut, als Marius uns zu diesem Wiedersehen einlud."

„Wie lange hatten Sie sich denn nicht mehr gesehen?"

„Na ja, fast zehn Jahre. Wir haben seitdem hin und wieder telefoniert oder hielten brieflichen Kontakt, doch auch das wurde mit der Zeit immer weniger."

„Das heißt, dass Sie die Partner ihrer Freunde nicht kannten, und die anderen ebenso wenig Ihren Mann."

„Ja, das ist richtig. Trotzdem haben wir uns alle von Anfang an gut verstanden."

Andresen nahm den Faden wieder auf. „Also, Herr Schumann brachte Getränke."

„Ja. Jeder von uns hat einiges getrunken gestern Abend. Es gab Bier, Wein und besagten Schnaps. Wir waren alle in guter, fast ausgelassener Stimmung."

„Ist Ihnen irgendetwas aufgefallen? Hatte Ihr Mann Streit mit einem der Anwesenden oder ähnliches?"

Svenja schüttelte den Kopf. „Nein, wir verstehen uns alle hervorragend. Es gab keinen Streit."

„Was geschah dann?"

Svenja atmete tief durch. „Kann ich mir vielleicht doch ein Glas Wasser holen?"

Lutz Weichert stand auf. „Bleiben Sie sitzen, Frau Schiller. Ich gehe schon." Er ging zur Küche und öffnete einen Schrank nach dem anderen, bis er Trinkgläser gefunden hatte. Dann füllte er ein Glas mit Leitungswasser, kam zurück und stellte es vor Svenja ab.

„Danke." Sie trank einen großen Schluck und drehte anschließend gedankenverloren das Glas in den Händen.

„Also", fasste Andresen zusammen, „sie haben gegessen, getrunken, sich unterhalten. Und dann?"

Svenja stellte das Glas wieder auf den Tisch und wandte sich Andresen zu. „Dann sind wir alle hinunter gegangen, zum Pool. Marius hat laute Musik angemacht, wir waren vergnügt und angetrunken. Wir haben uns gegenseitig in den Pool geschubst. Es war lustig, wir haben viel gelacht." Sie machte eine Pause, ihr Kinn zitterte ein wenig. Andresen sah sie erwartungsvoll an.

„Ein paar von uns sind irgendwann in die Sauna gegangen", fuhr sie leise fort. „Ich glaube, es waren Verena und Stephan. Ach ja, und Marius. Nikolai und ich waren zwischenzeitlich einmal oben und haben nach Yvonne gesehen, die mit Kopfschmerzen im Bett lag. Es ging ihr zwar etwas besser, doch sie wollte im Bett bleiben."

„War sie schon den ganzen Abend auf ihrem Zimmer, oder hat sie einen Teil des Abends mit Ihnen und den anderen verbracht?"

„Sie hatte sich bereits hingelegt, als die anderen vom Strand kamen. Es ging ihr wirklich nicht gut."

„Wie ging es weiter?", fragte Andresen und bemerkte aus dem Augenwinkel, dass Weichert eifrig mitschrieb.

„Als Nikolai und ich wieder nach unten kamen, übte Jan Sprünge vom Ein-Meter-Brett. Kristina saß auf einer Liege und sah ihm zu. Ich setzte mich zu ihr. Nikolai ging ins Bad, weil er in die Sauna wollte. Kurz darauf kamen Verena und Stephan. Sie wollten nach ihrem Saunagang schlafen gehen."

Verwirrt runzelte Andresen die Stirn, nahm Weichert den Notizblock ab und überflog die Personalien. „Sie meinen Stephan Wilbert und Verena Christen?"

Svenja nickte.

„Die zwei sind aber kein Paar, oder?"

Svenja schüttelte den Kopf. „Nein, nein. Stephan ist der Mann von Kristina Wilbert und Verena die Freundin von Marius. Marius Schumann", fügte sie erklärend hinzu.

Er nickte langsam. „Entschuldigen Sie, ich muss erst einmal die Paarkonstellationen und Verbindungen zusammenbringen. Wie spät war es zu diesem Zeitpunkt?"

Svenja dachte nach. „Ich weiß es nicht genau. Vielleicht elf oder halb zwölf."

„Gut. Wie ging es weiter?"

Svenja überlegte, wo sie stehen geblieben war. „Ach ja, richtig. Jan, Kristina und ich haben noch zusammen ein Glas Sekt getrunken, dann sind wir ebenfalls nach oben gegangen. Wir gingen in die Küche und unterhielten uns dort, aber nicht sehr lange. Wir waren müde."

„Das bedeutet, zu der Zeit waren nur noch Herr Schumann und Ihr Mann unten im Keller?"

Svenja nickte.

„Aha. Sie gingen dann also in ihr Zimmer und die beiden anderen, Frau Wilbert und Herr Schroeder, wollten ebenfalls schlafen gehen, richtig?"

„Genau. Ich schlief recht bald ein, und als ich aufwachte, war Nikolai nicht da. Ich glaubte zuerst, er wäre schon oben, doch die anderen hatten ihn nicht gesehen. Marius sagte, er mache wahrscheinlich einen Spaziergang." Eine Träne rollte über ihre Wange und Svenja wischte sie mit einer fahrigen Handbewegung fort.

„Ist Ihnen gar nicht aufgefallen, dass sein Bett unberührt war?", wollte Andresen wissen.

Svenja schüttelte den Kopf. „Nein. Ich hatte mich ja nachmittags hingelegt, war aber unruhig und habe mich hin und her gewälzt. Das Bett war noch unordentlich, als ich abends schlafen ging."

„Wann haben Sie ihren Mann gefunden?"

Svenja schluckte, ihre Augen schimmerten feucht. „Nach dem Frühstück war er noch nicht zurück", berichtete sie mit belegter Stimme. „Ich schlug den anderen vor, sie sollten schon an den Strand gehen, ich würde mit Nikolai nachkommen, wenn er wieder da wäre. Sie packten dann auch die Taschen und gingen los. Das war so gegen halb elf, glaube ich."

„Sie waren also allein im Haus?"

„Ja. Ich habe mich auf der Terrasse in die Sonne gesetzt und auf Nikolai gewartet. Nach einer halben Stunde allerdings wurde ich unruhig, weil er noch immer weg war. Da fing ich an, durchs Haus zu gehen, um zu sehen, ob er irgendwo ist. Im Grunde völlig sinnlos, habe ich noch gedacht. Doch dann..." Sie stockte und kniff die Augen zusammen.

„Sie sind in den Keller gegangen", animierte Andresen sie zum Weitersprechen. Svenja nickte.

„Ja. Am Pool war er nicht, dort war alles ruhig. Unsere Sektgläser standen noch auf dem Tisch, Jans nasses T-Shirt lag herum. Ich bin dann weiter gegangen, bis zur Sauna. Die Tür war zu. Ich habe mich noch darüber gewundert, weil Marius mir einmal erzählt hat, dass er sie nach dem Abschalten immer offen stehen lässt."

Svenja nahm mit zitternden Händen das Glas von Tisch und trank. Hauptkommissar Andresen wartete geduldig.

„Ich dachte mir, dass es wohl besser wäre, wenn ich die Tür aufmache", fuhr Svenja leise fort, „also zog ich an dem Griff. Doch die Tür ging nicht auf. Ich glaubte zuerst, sie klemmt, also zog ich heftiger. Als ich zu Boden sah, entdeckte ich den Keil. Ich zog ihn weg, was nicht einfach war, und konnte endlich die Tür öffnen." Ihr Kinn begann zu zittern, die Augen füllten sich mit Tränen. Andresen nahm ihr behutsam das Glas aus der kraftlosen Hand und Svenja schlug die Hände vors Gesicht und begann zu weinen.

„Möchten Sie einen Pause, Frau Schiller?", erkundigte er sich besorgt.

„Er kam mir regelrecht entgegen", schluchzte sie, Andresens Frage ignorierend. „Er fiel einfach aus der Sauna, direkt vor meine Füße. Es war... schrecklich."

„Was haben Sie dann getan?"

„Geschrien, natürlich. Ich habe mich furchtbar erschreckt."

Svenja konnte nicht mehr sitzen. Sie wischte sich über die Augen, stand auf und ging zum Fenster. Im Garten schien die Sonne, die Blumen blühten und die Vögel zwitscherten, als sei nichts passiert. Es war grotesk.

„Nachdem ich den ersten Schock überwunden hatte, habe ich mich zu ihm hinunter gebeugt und ihn umgedreht", fuhr sie leise fort. „Als er mich mit diesen leeren Augen ansah, wusste ich, dass er tot war. Trotzdem rief ich noch ein paar Mal seinen Namen, aber er rührte sich nicht." Sie drehte sich um und sah Andresen an. „Ich habe dann Marius angerufen und ihn gebeten, zu kommen. Er war einige Minuten später da und rief Sie an." Sie zuckte kurz mit den Achseln. „Mehr kann ich Ihnen nicht sagen."

„Eine Frage habe ich trotzdem noch", sagte Andresen und sah Svenja freundlich an. „War Ihre Ehe glücklich?"

Sie nickte langsam. „Ich habe ihn geliebt, wir haben ein schönes Haus und zwei gesunde Kinder."

„Das ist genau genommen keine Antwort auf meine Frage", bemerkte Andresen.

Sie lächelte traurig. „Sind Sie verheiratet?"

Andresen räusperte sich. „Geschieden", murmelte er.

„Dann wissen Sie sicher, dass eine vollkommen glückliche Ehe selten ist. Wir hatten selbstverständlich unsere Probleme, doch ich würde unsere Ehe als relativ normal bezeichnen."

Als nächstes bat Andresen Marius Schumann zum Verhör. Marius setzte sich nicht, vielmehr ging er unruhig hin und her.

„Sie können sich sicher vorstellen, dass ich vollkommen schockiert bin", sagte er und fuhr sich durch die Locken. „Ich hatte mir alles so schön vorgestellt, und bis heute morgen war auch alles in Ordnung. Doch dass in meinem Haus ein Mord passiert – damit hätte ich niemals gerechnet."

„Wie ich bisher mitbekommen habe, waren drei der Personen, die Sie eingeladen haben, Ihnen völlig unbekannt."

Marius ließ sich in den Sessel fallen und nickte. „Ja, das stimmt. Ich kannte weder Stephan noch Yvonne oder Nikolai. Es war mir einfach ein Herzenswunsch, meine alten Freunde wieder zu sehen, und dass sie zu diesem Anlass ihre Partner mitnehmen würden, fand ich normal und auch völlig in Ordnung."

„Und zu Stephan Wilbert, Nikolai Schiller und Yvonne Walter hatten Sie ein gutes Verhältnis?"

„Wir haben uns erst am Freitag kennen gelernt, aber gleich gut verstanden. Ich fand sie alle sehr nett."

Andresen setzte sich aufrecht hin. „Jetzt zu gestern Abend. Wie lief das ab?"

Marius schlug die Beine übereinander. „Wir haben gemeinsam auf der Terrasse gegrillt. Nach dem Essen tranken wir alle ein bisschen und wurden, nun ja, ein wenig ausgelassen. Als jemand vorschlug, im Pool zu baden, waren wir alle einverstanden."

„Wer hat den Vorschlag gemacht?"

Marius zuckte mit den Schultern und überlegte. „Ich bin mir nicht sicher. Wahrscheinlich war es Jan. Er ist der - im liebenswerten Sinne - Verrückteste von uns und war schon immer für jeden Blödsinn zu haben."

„Welche Art von Blödsinn?", fragte Andresen interessiert.

„Harmlosen Blödsinn", lächelte Marius. „Damals ging er zum Beispiel besoffen nachts in der Spree baden."

„Verstehe. Wie war die Stimmung unter Ihnen? Ich meine gestern Abend."

„Sehr gut. Wir waren fröhlich, hatten Spaß. Ich habe Musik angemacht, die Mädels fingen an zu singen und zu tanzen, wir warfen uns gegenseitig ins Becken. Stephan, Nikolai und Jan machten Kunststückchen vom Ein-Meter-Brett. So in der Richtung."

„Wie ging es weiter?"

„Als von Stephan und Verena der Wunsch geäußert wurde, in die Sauna zu gehen, habe ich sie eingeschaltet. Die beiden sind zuerst hineingegangen, ich folgte ihnen etwas später."

„Und dann sind die beiden irgendwann gegangen?"

Marius nickte. „Zeitgleich kam Nikolai herein. Ich blieb noch ein paar Minuten, dann hatte ich genug und ging."

„Sie hatten genug? Haben Sie sich mit Herrn Schiller gestritten?"

Marius runzelte kurz die Stirn. „Sie sind kein Saunagänger, oder? Nein, ich war fünfzehn Minuten in der Sauna und wollte mich abkühlen. Außerdem war ich inzwischen ziemlich müde."

„Wie spät war es, als Sie die Sauna verließen?"

„Das weiß ich nicht genau. Vielleicht halb zwölf, möglicherweise etwas später."

„Worüber haben Sie sich mit Herrn Schiller unterhalten?"

Marius dachte nach. „Er sagte, dass er den Gedanken einer eigenen Sauna reizvoll findet und hat mich gefragt, was so etwas kostet", erinnerte er sich.

Andresen nickte. „Das war alles?"

„Wir haben noch eine Weile über Svenja gesprochen. Dann bin ich hinausgegangen."

„Worum genau ging es bei dem Gespräch über Frau Schiller?"

Marius zögerte. Dann stand er auf und ging zum Fenster. „Ich fragte ihn, ob sie etwas bedrückt."

„Und was hat er geantwortet?"

„Er sagte, er wüsste nicht, weshalb sie bedrückt sein sollte", antwortete Marius in einem leicht spöttischen Tonfall. „Es gehe ihr gut."

„Und diesen Eindruck teilten Sie nicht", stellte Andresen fest.

Marius drehte sich zu ihm um. „Nein, um ehrlich zu sein, teilte ich diesen Eindruck ganz und gar nicht. Sie wirkte traurig, war nicht so, wie ich sie in Erinnerung hatte."

„Wie hatten Sie sie denn in Erinnerung?"

Marius lächelte ein wenig. „Sie war nie so ein Hallodri-Typ wie Jan, aber ihre Grundeinstellung war immer positiv. Die Svenja, die ich von früher kannte, war ein fröhlicher Mensch. Sie hatte fast immer gute Laune."

„Und das ist jetzt nicht mehr so?"

Marius schüttelte den Kopf. „Nein. Überhaupt nicht."

„Haben Sie eine Ahnung, was sie so verändert hat? Hatte Ihrer Meinung nach ihr Mann etwas damit zu tun?"

Marius setzte sich wieder in den Sessel und lehnte sich zurück. „Ich denke schon, dass er zumindest zum Teil ein Grund für ihre Wesensveränderung war."

„Was war er Ihrer Meinung nach für ein Mensch?"

„Schwer zu sagen, ich kannte ihn ja nur wenige Tage." Marius runzelte nachdenklich die Stirn. „Er wirkte freundlich, zeitweise vielleicht etwas steif, dann wieder sehr offen. Zweifellos war er ein intelligenter Mensch, aber sein Einfühlungsvermögen Svenja gegenüber ließ meiner Meinung nach zu wünschen übrig."

„Wie äußerte sich das?"

„Wie gesagt, sie wirkte bedrückt, was ihn aber nicht weiter zu kümmern schien. Er unterhielt sich gern mit den anderen Frauen, aber mit Svenja sehr wenig. Ich hatte zeitweise das Gefühl, sie ist ihm egal, oder eher lästig, wie ein Kind, das pausenlos Aufmerksamkeit einfordert."

„Tat Frau Schiller das denn?"

„Nein, den Eindruck hatte ich wirklich nicht. Sie war sogar ziemlich ruhig."

„Wie war denn ihre Verfassung, als sie heute Vormittag bei Ihnen anrief, um Ihnen mitzuteilen, dass sie ihren Mann gefunden hat?"

Marius Hand durchpflügte seine Locken. „Sie war vollkommen außer sich. Zeitweise konnte ich sie kaum verstehen, weil sie so geweint hat. Es klang, als hätte sie Schwierigkeiten, Luft zu holen. Das Einzige, was ich heraushörte, war, dass sie Nikolai in der Sauna gefunden habe, und dass er sich nicht bewegen würde."

„Was haben Sie dann getan?"

„Ich habe versucht, sie zu beruhigen und versprach, gleich zu kommen. Dann berichtete ich den anderen, was Svenja mir gesagt hatte. Zu der Zeit glaubte ich noch, Nikolai wäre in der Sauna dehydriert und bräuchte nur etwas zu Trinken und viel Ruhe."

„Sie sind also zurück zum Haus gegangen. Waren Sie dabei allein?"

Marius nickte. „Ja. Ich wollte nachsehen, was los ist und die anderen dann informieren. Wie gesagt, ich war davon überzeugt, dass es Nikolai bald wieder gut gehen würde."

„Erzählen Sie bitte, wie Sie das Ehepaar Schiller vorgefunden haben", forderte Andresen Marius auf.

„Als ich das Haus betreten hatte, rief ich nach Svenja, doch sie gab keine Antwort. Ich stieg dann in den Keller hinunter und ging zur Sauna. Nikolai lag davor und Svenja kniete an seiner Seite, die Augen rotverweint. Ihr Blick ging anfangs an mir vorbei, sie wirkte wie in Trance. Nachdem ich ihr hochgeholfen hatte, schien sie wieder zu sich zu kommen und klammerte sich weinend an mich."

„Hat sie irgendwas gesagt?", wollte Weichert wissen und klopfte erwartungsvoll mit dem Kugelschreiber auf den Block. Ein scharfer Blick von Andresen ließ ihn innehalten.

Marius zögerte. „Sie hat einen Satz recht oft wiederholt", antwortete er schließlich.

„Und?", hakte Andresen nach. „Welcher Satz war das?"

Marius seufzte. „'Er ist tot'. Das hat sie immer wieder gesagt. ‚Er ist tot. Nikolai ist tot'."

„Das war alles?"

Marius nickte.

„Wie hat Frau Schiller diesen Satz gesagt?", wollte Andresen wissen.

„Ohne eine bestimmte Gefühlsregung, würde ich sagen. Es klang einfach wie eine Feststellung. Sie stand eindeutig unter Schock."

Andresen nickte. „Das ist verständlich. Kommen wir nun zurück zu gestern Abend. Sie waren mit Herrn Schiller in der Sauna und wollten sich abkühlen gehen."

Marius stand wieder auf und vergrub die Hände in den weiten Taschen seiner Shorts. „Ich weiß noch, dass ich ihm riet, es nicht zu übertreiben, denn er hatte einiges getrunken. Außerdem bat ich ihn, die Sauna auszuschalten, wenn er fertig sei und sagte ihm, wo sich der Schalter befindet."

„Der Schalter ist außerhalb der Sauna?"

„Ja, links neben der Tür."

„Dieser Keil, der unter der Tür steckte..." Andresens Hand fuhr nachdenklich über sein Kinn und erzeugte ein leises Schabgeräusch. „Wo kam der eigentlich her?"

„Den benutze ich immer, um die Saunatür offen zu halten, wenn ich sie ausgeschaltet habe. Wenn die Sauna benutzt wird, liegt er meist ganz in der Nähe an der Wand."

„Wer war noch im Keller, als sie gingen?"

„Außer Nikolai war niemand mehr da. Jan, Kristina und Svenja unterhielten sich noch in der Küche, doch als ich ihnen eine gute Nacht wünschte, sagten sie, sie wollten ebenfalls schlafen gehen. Wir waren alle müde."

„Haben Sie später noch irgendetwas gehört oder gesehen? Ist jemand noch einmal nach unten gegangen?"

Bedauernd schüttelte Marius den Kopf. „Nicht, dass ich wüsste. Ich bin schlafen gegangen und habe nichts mehr mitbekommen."

Gegen halb zwei fuhren Andresen und Weichert die kurze Strecke nach Glücksburg hinaus, um ein Fischbrötchen zu essen. Andresen hatte Marius und alle anderen gebeten, sich zur Verfügung zu halten. Am Nachmittag wollte er mit den Vernehmungen fortfahren.

Der Strand und die Promenade waren voll mit Menschen, die das herrliche Wetter genossen, auf den Parkbänken die Gesichter in die Sonne hielten, mit kleinen Kopfhörern im Ohr joggten oder am Strand lagen. Neidisch sah Andresen sich um, während Weichert ihre Brötchen entgegennahm und den Bistrotisch ansteuerte, an dem sein Kollege wartete. „Hier, bitte."

Andresen nahm Weichert sein Mittagessen ab, froh, seinen ungeduldig knurrenden Magen endlich besänftigen zu können. „Danke. Übrigens, ich möchte, dass Sie gleich ins Präsidium fahren, und alles über unsere Verdächtigen herausfinden, was es herauszufinden gibt." Hungrig biss er in sein Brötchen mit Bismarck-Hering und genoss den salzigen Geschmack auf der Zunge. Weichert klappte seine obere Brötchenhälfte hoch, studierte den Belag, klappte den Deckel wieder zu und biss hinein. Zwischen zwei Bissen fuhr Andresen fort. „Vielleicht ist einer von ihnen schon einmal straffällig geworden oder sonstwie aufgefallen. Ich brauche die Berufe, die Arbeitgeber, Werdegang, Kontostand und so weiter. Liefern Sie mir, soviel Sie können."

Weichert schluckte und nickte eifrig. „Jawohl!"

Wir sind nicht in der Armee! lag Andresen auf der Zunge, doch er beherrschte sich und biss in sein Brötchen.

„Hat irgendjemand Hunger?"

Marius hatte einige Bockwürste heiß gemacht, kalte Frikadellen in eine Schale gelegt und den restlichen Nudelsalat bereitgestellt. Dazu gab es aufgebackenes Baguettebrot.

Bis auf Stephan schüttelten alle die Köpfe. Betreten sah er sich um. „Tut mir leid", murmelte er reumütig. „Ich kann nichts dafür. Mein Magen knurrt."

„Es steht alles in der Küche. Bedienst du dich selbst?" Marius ließ sich kraftlos auf einen Gartenstuhl fallen.

„Klar." Stephan stand auf und ging ins Haus.

„Ich kann es noch immer nicht fassen", sagte Kristina kopfschüttelnd. „Wie, um alles in der Welt, konnte so etwas passieren?"

„Die eigentliche Frage ist doch", sagte Verena nachdenklich, „wer den größten Nutzen von Nikolais Tod hat. Denn der hat auch ein Motiv."

„Er hat eine hohe Lebensversicherung. Damit spricht ja wohl alles für mich", ließ sich Svenja leise vernehmen.

„Ach, so ein Unsinn!" Kristina legte ihrer Freundin den Arm um die Schulter.

„Und ich habe ihn als Letzter lebend gesehen", murmelte Marius. „Wir saßen allein in der Sauna. Daran werden sich die Herren Kommissare mit Sicherheit so festklammern, wie ein Jagdhund an ein erlegtes Kaninchen."

„Wieso solltest du Nikolai etwas angetan haben?", fragte Kristina. „Das ist doch idiotisch. Du hast doch nun wirklich kein Motiv."

„Was für ein Motiv könnte denn einer von uns gehabt haben?", gab Marius zurück. „Die meisten von uns kannten ihn schließlich kaum."

„Könnte es nicht doch jemand ganz anderes gewesen sein?", fragte Svenja vorsichtig. „Ein Einbrecher vielleicht?"

Marius schüttelte den Kopf. „Nein, Maus, wohl kaum. Es wurde keine Tür aufgebrochen und nichts gestohlen. Ich fürchte, außer uns kommt niemand in Frage."

„Wieso sagst du eigentlich immer ‚Maus' zu Svenja?", fragte Verena gereizt. „Sie ist nicht deine Freundin, das bin immer noch ich."

Marius sah sie erstaunt und ein bisschen schuldbewusst an. „Entschuldige. Ich habe sie früher immer so genannt, deshalb..."

„Läuft was zwischen euch?", fragte Verena direkt, das Kinn angriffslustig nach vorn gereckt. „Es ist ja nicht zu übersehen, dass ihr euch gegenseitig anhimmelt."

Sie wandte sich an die anderen, die sich unbehagliche Blicke zuwarfen. „Ihr habt es doch auch bemerkt, oder?", fragte sie.

„Was redest du denn da?", fragte Marius, bevor einer der anderen etwas sagen konnte. Er stand auf und runzelte die Stirn. „Das ist doch Unsinn."

„Tatsächlich? Ich bin mir da nicht so sicher." Verena sah Svenja direkt an und sagte in einem merkwürdigen Tonfall: „Ich finde das alles echt zum Kotzen." Dann stand sie auf und lief ins Haus. Dabei rannte sie fast Stephan über den Haufen, der gerade auf die Terrasse wollte.

„He, immer langsam mit den jungen Pferden!", rief er und hatte Mühe, sein Essen auf dem Teller zu halten. Verwundert sah er ihr nach. „Was hat sie denn auf einmal?"

Marius stürmte ohne zu antworten an ihm vorbei ins Haus. Stephan stellte seinen Teller auf den Tisch. „Hab ich irgendwas verpasst?"

Als Marius die Tür zum Schlafzimmer öffnete, sah er Verena wahllos Kleidungsstücke in eine Reisetasche werfen, die auf dem Bett stand.

Er schloss die Tür und trat auf sie zu. „Was ist denn auf einmal mit dir los?", fragte er verständnislos.

Ihre Augen funkelten. „Du bist hoffnungslos in die niedliche Svenja-Maus verliebt", sagte sie aufgebracht. „Gib es ruhig zu! Seit du die Idee mit diesem Wiedersehen hattest und wusstest, du würdest sie wieder sehen, fasst du mich kaum noch an. Und seit sie da ist, hängst du ständig an ihrer Seite. ‚Maus' hier und ‚Maus' da. Ich kann es nicht mehr hören!" Sie schrie jetzt fast.

Beruhigend hob Marius beide Hände. „Kleines, das bildest du dir ein, ich habe..."

Verena lachte kurz und hart auf, während sie einen Stapel T-Shirts in die Tasche stopfte. „Alles Einbildung, ja? Du suchst ständig ihre Nähe, tauschst immerzu so innige Blicke mit ihr. Und dann dieser bekloppte Kosename. Ich bin doch nicht bescheuert." Sie hielt in der Bewegung inne und sah Marius an, einen bitteren Zug um den Mund. „Wusstest du eigentlich, dass deine ‚Maus' eine Essstörung hat? Sie kotzt nach jeder Mahlzeit alles wieder aus."

„Das ist doch Blödsinn", sagte er wegwerfend.

„Ach, meinst du? Ich habe sie bereits zweimal dabei überrascht, dass sie sich nach dem Essen übergeben hat." Die Arme vor der Brust verschränkt sah Verena ihn an, das Kinn erhoben und ein verächtliches Lächeln auf den Lippen. „Ist dir noch gar nicht aufgefallen, dass sie entweder gar nichts isst, oder sich den Bauch vollschlägt, als gäbe es nie wieder etwas?" Sie nahm einige Hosen aus dem Schrank und feuerte sie in Richtung Tasche. „Ich denke, du bist Arzt."

„Wenn es so ist, wie du sagst", murmelte Marius, „dann braucht sie Hilfe."

„Na, dann ist sie ja bei dir an der richtigen Adresse, nicht wahr?", bemerkte Verena boshaft. „Und jetzt ist auch noch ihr Mann tot. Wie praktisch! Ein Hindernis weniger. Nur ich stehe eurem Glück noch im Weg. Also hau ich lieber ab, ich bin schließlich nicht lebensmüde!"

Marius war sprachlos. Einige Sekunden sah er ihr dabei zu, wie sie immer mehr Sachen einpackte. Dann fragte er mit heiserer Stimme: „Sag mal, ist das dein Ernst?"

Sie antwortete nicht, riss nur schwungvoll eine Schublade auf und holte ihre Unterwäsche heraus, die ebenfalls in der Tasche landete. Es rumste laut, als sie die Schublade wieder zuknallte.

„Und vielleicht denkst du sogar, ich hätte Nikolai umgebracht, damit er uns nicht im Weg steht, hm?" Abwartend sah Marius seine Freundin an, die begann, den Reißverschluss der übervollen Tasche zuzuziehen.

„Immerhin hast du ihn zuletzt gesehen", fauchte sie. Ihre Augen funkelten angriffslustig. „In der Sauna. Alle anderen waren weg. Die Gelegenheit war günstig, wie es so schön heißt." Schwungvoll riss sie die pralle Tasche vom Bett.

Marius Mundwinkel zuckten. Fassungslos starrte er Verena an. „Wenn du so etwas von mir denkst, dann kennst du mich offensichtlich nicht so gut, wie ich dachte", bemerkte er tonlos. „Und ich erkenne dich auch nicht wieder."

Den Henkel der Tasche in beiden Händen stellte sie sich vor ihn hin und sah ihn kühl an. „Ich ziehe erst einmal zu meinen Eltern. Du kannst hier bleiben, bis du etwas anderes gefunden hast." In ätzendem Ton fügte sie hinzu: „Wer weiß, womöglich hat deine nächste Behausung ja eine aufwendige Sicherheitsanlage."

Marius drehte sich auf dem Absatz um und verließ wortlos den Raum. An der Tür wandte er sich ihr noch einmal zu. „Du solltest noch eine Weile bleiben, der Kommissar hat uns gebeten, ihm zur Verfügung zu stehen", sagte er kalt.

„Dann kannst du ihm gleich mitteilen, was du herausgefunden hast, du armselige Miss Marple."

Stephan legte das Besteck zur Seite, lehnte sich zurück und strich sich zufrieden über den Bauch. „Aah, das war köstlich."

Kristina betrachtete ihn ungläubig. „Dass du überhaupt etwas essen kannst", wunderte sie sich. „Geht dir diese ganze Sache denn nicht an die Nieren?"

„Doch, natürlich", beruhigte Stephan sie. „Aber mein Magen ist noch ganz in Ordnung. Es ist doch niemandem damit gedient, wenn wir in den Hungerstreik treten."

„Ick weeß ja nich, wie's euch jeht", ließ sich Yvonne vernehmen. „und es is vielleicht ooch nich so janz passend, aber ick brauch jetzt unbedingt 'n Sambuca. Will noch jemand?" Sie sah sich fragend um. Svenja und Kristina nickten stumm.

„Und wir? Bier oder Tequila?", fragte Jan und sah Stephan an. „Tequila", sagte der. „Das ist jetzt genau das Richtige." Er klopfte sich auf den runden Bauch. „Das räumt den Magen auf."

Kristina stand auf und ging in die Küche, Jan folgte ihr mit Stephans leerem Teller.

„Sag mal", begann er, „übertreibt Verena nicht ein wenig? Oder glaubst du auch, es stimmt was sie behauptet?"

Kristina öffnete den Kühlschrank und holte die zwei angebrochenen Flaschen heraus. Beide waren nur noch zu einem Drittel gefüllt.

„Nein, eigentlich nicht. Du etwa?"

„Svenja und Marius haben schon ziemlich viel zusammen gehockt", fand Jan. Aber ansonsten..." Er zuckte mit den Schultern.

„Naja, für uns ist es nicht ungewöhnlich, wie die zwei miteinander umgehen", gab Kristina zu bedenken, schloss den Kühlschrank wieder und holte sechs kleine Gläser aus dem Schrank. „Aber Verena als Marius' Freundin mag es komisch vorgekommen sein. Ich kann schon verstehen, dass es sie verunsichert, wenn er Svenja so wie früher anspricht."

Jan sah irritiert auf das Tablett. „Wir sind doch nur noch fünf", wandte er nach einem kurzen Blick auf die Terrasse ein.

166

„Ich gehe davon aus, dass Marius gleich zurückkommt", erklärte Kristina. „Dann wird er sicher auch einen Schnaps vertragen können."

Jan legte den Kopf schräg. „Ich schätze, du hast Recht."

In diesem Moment rauschte Verena mit ihrer Reisetasche an der Küchentür vorbei Richtung Hauseingang. Marius kam in die Küche, sah das Tablett mit den Gläsern, nickte gedankenverloren und ging schweigend hinaus auf die Terrasse.

Jan und Kristina sahen sich an. „Oh oh", wisperte Jan. „Das riecht nach Ärger."

Sie hob das Tablett auf und fragte plötzlich: „Was glaubst du, wer es getan hat?"

Jan hob abwehrend beide Hände. „Keine Ahnung. Ich traue es eigentlich niemandem hier zu."

„Ich doch auch nicht." Sie stellte das Tablett wieder ab und sagte fast flüsternd: „Aber einer von uns war es, und das macht mir Angst."

Hauptkommissar Andresen bat als Nächstes Kristina ins Wohnzimmer. Sie machte auf ihn einen relativ gefassten Eindruck und sah ihn direkt und offen an.

„Wie fanden Sie den Einfall von Herrn Schumann, dass Sie alle sich hier treffen?", begann er.

„Ich hielt es für eine großartige Idee. Das tue ich noch immer, auch wenn sich jetzt alles so – abscheulich entwickelt hat."

„Wie stand Ihr Mann denn dazu?"

„Stephan? Es war ihm recht. Er wollte gern meine Freunde von früher kennen lernen, die er bisher nur vom Hörensagen kannte."

„Und? Mag er Ihre Freunde?"

Kristina lächelte. „Ja, sehr. Mit Jan zum Beispiel versteht er sich hervorragend. Und mit Marius und Svenja ist es ähnlich. Stephan ist ein umgänglicher Mensch, der mit fast jedem gut auskommt."

„Wie ist es mit Herrn Schiller. Mochte Ihr Mann ihn auch?"

Sie zuckte mit den Schultern. „Er hat mit gegenüber nie etwas Gegenteiliges geäußert." Lächelnd berichtigte sie sich. „Bis auf eine Bemerkung am ersten Tag."

Aufmerksam beugte Andresen sich vor. „Ja?"

„Nun, Nikolai erschien ihm anfangs etwas überheblich", berichtete Kristina. „Er verglich ihn mit Heiner Lauterbach, Sie wissen schon, diesem Schauspieler. Den mochte Stephan noch nie. Er sagte, der sei ihm schon immer suspekt gewesen."

„Also war Nikolai Schiller Ihrem Mann suspekt", folgerte Andresen.

Kristina schüttelte den Kopf. „Ach was, nein. Das war auf Lauterbach gemünzt. Ich denke, er hat seine Meinung über Nikolai später revidiert, die zwei haben sich hin und wieder gut unterhalten."

„Was ist mit Ihnen? Wie war Ihr Verhältnis zu Herrn Schiller?"

Kristina zögerte. „Wenn ich ganz ehrlich sein soll, mochte ich ihn nicht sonderlich."

„Was Sie nicht sagen. Gab es einen Grund dafür?"

„Ja, den gab es. Svenja machte auf mich einen unglücklichen Eindruck. Und ich weiß, dass er der Grund dafür war."

„Woher wissen Sie das?"

„Sie hat es mir gesagt."

„Was genau hat Sie Ihnen gesagt?"

Kristina zögerte einen Moment. Ihr war klar, dass es Svenja nicht gefallen würde, wenn ihre Freundin dem Polizisten von ihrem Kummer erzählte. Andererseits ging es um

Mord. Kristina beschloss, ehrlich zu sein und berichtete, was Svenja ihr anvertraut hatte.

Andresen horchte auf. Das war ja interessant! Svenja Schiller hatte zwar Probleme erwähnt, doch kein Wort über die notorische Untreue ihres Mannes verlauten lassen.

„Wann war diese Unterhaltung?", wollte er wissen.

„Ganz zu Anfang. Wir waren erst etwa eine oder zwei Stunden hier."

„Und da war es für Sie schon offensichtlich, dass Svenja Schiller Kummer hat?", fragte Andresen erstaunt.

„Aber ja." Kristina sah ihn an, als könne sie nicht verstehen, wie jemand das überhaupt in Frage stellen konnte. „Wer Svenja kennt, der weiß, dass sie eigentlich ganz anders ist."

„Ein positiver, fröhlicher Mensch?"

Erstaunt sah Kristina ihn an. „Ja. Genau so hätte ich es formuliert."

Andresen lächelte. „So hat Herr Schumann sie beschrieben."

„Sehen Sie?" Kristina fühlte sich bestätigt. „Marius kennt sie eben auch so, wie sie normalerweise ist. Oder zumindest früher einmal war."

„Können Sie sich vorstellen, dass die Affären ihres Mannes Frau Schiller dazu gebracht haben, ihren Mann umzubringen?"

„Auf gar keinen Fall." Kristina schüttelte nachdrücklich den Kopf. „Dafür ist Svenja überhaupt nicht der Typ. Nein, niemals."

„Sie haben aber selbst gesagt, dass Frau Schiller sich seit ihrem letzten Zusammentreffen sehr verändert hat", wandte Andresen ein.

Kristina verschränkte die Arme vor der Brust und sah ihn verärgert an. „Ich sagte, dass sie bedrückt wirkt. Nicht, dass sie zu einem kaltblütigen Killer mutiert ist." Leise fügte sie hinzu: „Sie hat ihren Mann geliebt, obwohl er sie wiederholt hintergangen hat. Nicht einmal eine Trennung kam für sie in Frage. Warum also hätte sie ihn umbringen sollen?"

Als sie kurz darauf in der Terrassentür stand und nach draußen gehen wollte, fiel Kristina der Blick ein, mit dem Svenja am Tag zuvor ihren Mann angesehen hatte. Prompt wurde ihr äußerst unbehaglich zumute. War es denn so abwegig, was der Kommissar angedeutet hatte?

Jan betrat das Wohnzimmer und schloss die Terrassentür hinter sich. Sein Händedruck war kräftig, stellte Andresen fest, er wirkte ernst und ein wenig nervös.

„Setzen Sie sich", bat Andresen und musterte ihn. Jan Schroeder war das, was er für sich einen ‚typischen Surfer' nannte. Blondes, etwas zu langes Haar, braun gebrannt und gut in Form. Der Typ Mann, bei dem Frauen selig seufzen und diesen verträumten Ausdruck in den Augen bekommen.

Jan nahm auf der Couch Platz, lehnte sich zurück und sah den Kommissar abwartend an. Andresen setzte sich auf den Sessel und hielt Block und Stift bereit. „Okay, fangen wir an. Was hatten Sie für einen Eindruck von Nikolai Schiller?"

Jan verzog nachdenklich den Mund. „An sich ein ganz netter Typ."

„Haben Sie sich häufig mit ihm unterhalten?"

„Eher nicht." Jan verschränkte die Arme im Nacken. „Wir sind von der Art her zu verschieden, fürchte ich."

„Wie meinen Sie das?"

„Sehen Sie, ich bin eher der Bier-und T-Shirt-Typ, er war mehr der Wein- und Schlips-Typ. Das passt meist nicht so gut zusammen."

„Verstehe. Ist Ihnen irgendetwas aufgefallen in den letzten paar Tagen? Hatte Herr Schiller mit jemandem Streit oder hat er sich merkwürdig verhalten?"

Jan schüttelte nachdenklich den Kopf. „Eigentlich nicht, nein."

„Wussten Sie, dass Herr Schiller des Öfteren die Ehe gebrochen hat?"

„Oje, wie das klingt! Ja, ich hab davon gehört, dass er ab und zu aushäusig beschäftigt war."

Andresen lachte. „Auch ein sehr schöner Ausdruck, den werde ich mir merken. Woher wussten Sie davon?"

„Krissi hat es mir erzählt, an unserem ersten Abend. In der Sauna."

Verwirrt sah Andresen ihn an. „Krissi?"

Jan lächelte. „Kristina. Kristina Wilbert. Für mich war sie immer Krissi."

„War noch jemand bei diesem Gespräch anwesend?"

„Ja. Yvonne und Marius."

Andresen schrieb eine kurze Bemerkung auf seinen Block. „Und wie hat Herr Schumann auf diese Eröffnung reagiert?"

„Er sagte, er hätte so etwas geahnt. Svenja hatte ihm gegenüber wohl Andeutungen gemacht."

„Glauben Sie, Frau Schiller war wegen der Untreue ihres Mannes so verzweifelt, dass sie ihn in der Sauna eingeschlossen hat?"

„Svenja? Niemals." Jan beugte sich vor und stützte die Unterarme auf seinen Beinen ab. „Sie ist eher der duldsame, leidende Typ, wissen Sie?"

„Sie neigt also nicht zu Wutausbrüchen und hat es still hingenommen, dass ihr Mann sie hintergeht?"

Jan lehnte sich wieder zurück und hob die Schultern. „Ich denke schon. Wir kennen uns ja schon eine ganze Weile, aber ich habe nie erlebt, dass sie die Beherrschung verlo-

171

ren hat. Selbst damals, als Marius sie verließ, hat sie nur leise vor sich hin gelitten und nicht einmal Krissi und mir gegenüber Ärger oder Wut gezeigt."

Andresen runzelte überrascht die Stirn. „Habe ich Sie richtig verstanden? Frau Schiller und Herr Schumann waren früher einmal ein Paar?"

Jan winkte ab. „Ist schon ewig her."

„Verstehe." Andresen nickte bedächtig. „Noch einmal zurück zu gestern Abend; Herr Schumann war der Letzte, der Herrn Schiller lebend gesehen hat, nicht wahr?"

„Soweit ich weiß, ja", sagte Jan.

„Also hatte Herr Schumann die Möglichkeit, Nikolai Schiller in die Sauna zu sperren, ohne dass es jemand merkt."

„Theoretisch schon", gab Jan zu. „Aber warum hätte er das tun sollen? Marius hatte doch gar keinen Grund, Nikolai etwas anzutun."

Andresen war anderer Meinung, sagte jedoch nichts dazu.

„Eine letzte Frage: Haben Sie etwas gehört oder gesehen, nachdem Sie die Schwimmhalle verlassen hatten? Oder ist Ihnen irgendetwas aufgefallen oder merkwürdig vorgekommen?"

Jan überlegte einen Moment und sah aus dem Fenster. „Nein, überhaupt nichts." Er hob in einer entschuldigenden Geste die Hände. „Es tut mir leid, dass ich Ihnen nicht weiterhelfen kann."

Yvonne Walter war sichtlich nervös, als Andresen sie bat, sich mit ihm zu unterhalten.

„Wie geht es Ihnen?", fragte er freundlich.

„Dufte", grummelte sie. „Und Ihnen?"

„Sie sind aus Berlin?"

Sie schmunzelte unmerklich und verstärkte ihren Dialekt.

„Woher wissen Sie'n det? Kann man det hör'n?"

Er lächelte ebenfalls. „Kaum."

„Det dachte ick mir."

Er mochte ihren Humor. Abgesehen davon war sie wirklich eine äußerst attraktive Frau, mit den langen blonden Locken, den dunklen Rehaugen im zarten Gesicht und der schlanken und dennoch kurvigen Figur. Sie gefiel ihm. Er räusperte sich und sah auf seinen Block.

„Wie gefällt es Ihnen hier?"

„Janz jut. Ich mag den Strand und die Luft. Nich so stickig wie in Berlin."

„Also gefiel Ihnen die Idee, die Freunde Ihres Verlobten aus seiner Studienzeit kennen zu lernen?"

Sie hob die Schultern. „Fand ick okay, ja."

„Inzwischen haben Sie die anderen ja kennen gelernt. Was für einen Eindruck haben Sie denn von Svenja Schiller?"

„Die is nett."

Kurz und knapp, registrierte Andresen. Das Verhör würde wohl schneller beendet sein als bei den anderen.

„Und Herr Schiller? Fanden Sie den auch nett?"

„Jeht so. Er war `n bissken aufdringlich." Yvonne nahm ein Zopfende in die Hand und zwirbelte das Haar zwischen den Fingern.

„War Ihnen das unangenehm?"

Leicht gereizt starrte sie ihn an. „Logo. Würde es Ihnen jefallen, wenn Ihnen jemand unjefragt an die Kehrseite jeht?"

Andresen sah auf seine Notizen, um sein Grinsen zu verbergen. Als er sich wieder unter Kontrolle hatte, hob er den Kopf und sagte: „Nein, sicher nicht. Gab es noch weitere Belästigungen dieser Art?"

Yvonne sah auf die gezwirbelte Strähne und murmelte: „Nischt von Bedeutung."

Er spürte, dass es Zeit war, das Thema zu wechseln. „Gestern Abend ging es Ihnen nicht gut, wurde mir berichtet."

„Stimmt. Ick hatte wohl zu lange in der Sonne jelejen. Davon krieg ich leicht Kopfweh."

„Dann haben Sie am Abendessen gar nicht teilje...äh, teilgenommen?"

Sie schüttelte den Kopf und musterte ihn amüsiert.

„Und als die anderen im Pool schwimmen gingen, waren Sie auch nicht dabei?"

Erneutes Kopfschütteln.

„Frau Schiller sagte aus, sie und ihr Mann hätten zwischendurch nach Ihnen gesehen. Wissen Sie noch, wann das ungefähr war?"

Yvonne schluckte, bemühte sich aber, gelassen zu bleiben, obwohl der Gedanke an Nikolais Hand, die sich unter ihre Bettdecke schob, noch immer eine Gänsehaut auf ihren Armen verursachte. Sie war Svenja nach wie vor unendlich dankbar, dass sie dazu gekommen war und ihren Mann aus dem Zimmer gelotst hatte.

„Ick bin mir nich sicher. Unjefähr um elf, gloob ick. Vielleicht auch etwas später."

„Was haben Sie gemacht, nachdem die zwei Ihr Zimmer wieder verlassen hatten?"

„Jeschlafen, wat denn sonst?"

Der Bulle musste schließlich nicht wissen, dass sie sich unruhig von einer Seite auf die andere geworfen hatte, in der ständigen Angst, Nikolai könnte wieder auftauchen. Sie hatte mit dem Gedanken gespielt, die Tür abzuschließen, doch wie hätte sie das Jan gegenüber begründen sollen? Also hatte sie im Bett gelegen und auf jedes noch so kleine Geräusch mit Herzrasen reagiert. Erst als Jan neben ihr lag, war sie endlich ruhiger geworden.

„Wussten Sie, dass Herr Schiller seine Frau betrügt?"

Sie nickte. „Kristina hat sowat erwähnt."

„Waren Sie überrascht?"

174

Sie zuckte mit den Schultern. „Zu der Zeit schon, später nich mehr."

„Sie meinen, als er Ihnen Avancen gemacht hat?"

Sie zog eine kleine Grimasse. „So kann man det ooch nennen."

„Was glauben Sie, wer hat Nikolai Schiller in der Sauna eingeschlossen?"

„Keinen Schimmer."

Andresen stand auf. „Sie waren mir eine große Hilfe, Frau Walter", sagte er lächelnd und reichte ihr die Hand. Sie nahm sie und sah ihn misstrauisch an. „Det war Ironie, hm?"

„Entschuldigen Sie."

„Schon jut, Sie haben ja Recht. Aber meinen Jan können Sie von Ihrer Liste streichen. Der macht sowat nich."

„Sie schon?"

Sie schüttelte lächelnd den Kopf. „Ick wär jar nich uff die Idee jekommen."

„Ja, eine Sauna als Tatwerkzeug ist wirklich nicht gerade alltäglich", gab Andresen zu. „Was meinen Sie, wer hatte einen Grund, Herrn Schiller zu töten?"

Yvonne sah ihn nachdenklich an. „Ick kann mir zwar vorstellen, dass Svenja nich jut auf ihn zu sprechen war, aber det sie ihn kaltstellt – nee, det gloobe ick nich. Ansonsten wüsst ick nich, wer'n Grund jehabt haben sollte."

Svenja rief bei ihrer Schwiegermutter an. Erst sprach sie mit den Kindern und überzeugte sich davon, dass es ihnen gut ging. Dann unterrichtete sie Elfriede Schiller möglichst behutsam vom Tod ihres Sohnes. Wie sie erwartet hatte, war Nikolais Mutter zuerst völlig erschüttert, dann machte sie Svenja erbost und lautstark Vorwürfe.

„Wenn du Nikolai nicht zu dieser merkwürdigen Reise überredet hättest, würde mein Junge noch leben", behauptete sie schluchzend. „So eine alberne Schnapsidee! Lauter fremde Leute. Ich habe noch zu Nikolai gesagt, dass er lieber zu Hause bleiben soll. Ich hatte gleich so ein ungutes Gefühl, als er mir von deinen Plänen erzählt hat. Mein armer Junge...“

Svenja ließ sie lamentieren und redete sich ein, dass es Nikolais Mutter vielleicht half, leichter über die Tatsache hinwegzukommen, dass man ihren Sohn ermordet hatte, wenn sie Ihrer Schwiegertochter die Schuld dafür in die Schuhe schieben konnte. Immerhin erklärte sich Elfriede Schiller bereit, sich weiterhin um die Kinder zu kümmern, da Svenja nicht wusste, wann sie nach Hause kommen konnte. Außerdem bat sie ihre Schwiegermutter, den Kindern noch nichts vom Tod ihres Vaters zu sagen. Das wollte sie selbst tun, sobald sie wieder zu Hause war.

Nach dem Telefonat legte sie sich auf das Bett und starrte an die Decke. Sie fühlte sich ausgelaugt und erschöpft. Die ganze Situation zerrte an ihren Nerven. Ihr Mann war tot, ermordet. Die Polizei war im Haus und fragte allen Anwesenden Löcher in den Bauch. Jedes Detail des bisherigen Wochenendes, jedes Gespräch wurde seziert und analysiert. Das alles war so schrecklich, dass sie am liebsten die Augen geschlossen und sie nie wieder geöffnet hätte.

Als es an ihre Zimmertür klopfte, setzte sie sich schwerfällig auf. „Ja?“

Die Tür öffnete sich einen Spalt und Kommissar Andresens großer, von der Sonne leicht geröteter Kopf kam zum Vorschein. „Darf ich Sie noch einmal kurz stören?“, bat er höflich.

Svenja hob die Beine vom Bett und setzte sich gerade hin. „Wenn es sein muss...“

„Ich fürchte, ja.“ Andresen trat ein, schloss die Tür hinter sich und setzte sich vorsichtig auf einen mit grünem Stoff bezogenen Stuhl, der neben einem kleinen Beistelltisch stand und für seine kräftige Statur eigentlich zu filigran wirkte. Erleichtert, dass er nicht sofort unter ihm zusammenbrach, ließ Andresen die Luft ab, die er angehalten hatte, und sah sich um. Der Raum war freundlich eingerichtet, Bettzeug und Läufer waren ebenfalls in einem hellen Grünton gehalten, der mit den zierlichen Möbeln aus dunklem Holz sehr gut harmonierte.

Er sah Svenja ernst an. „Es geht um etwas, das Herr Schroeder erwähnte", begann er. „Stimmt es, dass Sie während der Zeit in Berlin mit Marius Schumann eine Beziehung unterhielten?"

Sie verschränkte die Hände im Schoß. „Ja, das ist richtig. Ist das für Sie von Belang?"

„Alles, was Sie und Ihre Freunde betrifft, ist im Moment für mich von Belang", antwortete Andresen nachdrücklich. „Warum haben Sie mir nichts davon gesagt?"

Sie zuckte mit den Achseln. „Sie haben nicht gefragt. Ich wäre gar nicht auf den Gedanken gekommen, dass diese Tatsache für Sie so wichtig sein könnte."

„Wie lange waren Sie zusammen?"

„Etwa zwei Jahre."

„Und warum ging die Beziehung auseinander?"

„Das ist mehr als zehn Jahre her. Warum ist das so wichtig für Sie?"

„Sie wollen nicht darüber sprechen", kapierte Andresen.

„Ich habe gerade meinen Mann verloren", erinnerte ihn Svenja. „Ich denke, es gibt daher für Sie Dringenderes zu tun, als ihre Nase neugierig in die Vergangenheit der Witwe zu stecken. Was damals passiert ist, hatte absolut nichts mit dem zu tun, was mit Nikolai geschehen ist."

„Schön, vergessen wir das fürs Erste", lenkte er ein. „Ich muss allerdings noch einmal auf die Eheprobleme eingehen, die Sie erwähnt haben. Wie genau äußerten sich diese?"

Wissend sah sie ihn an. „Sie haben erfahren, dass mein Mann hin und wieder eine Affäre gehabt hat, stimmt's?"

„Ihre Freunde machen sich deshalb Sorgen um Sie", sagte Andresen behutsam. „Sie sagen, Sie wirken verändert, fast depressiv."

„Natürlich tat es mir weh, wenn ich merkte, dass Nikolai mich mal wieder betrog", sagte Svenja leise und betrachtete ihre Fingernägel. Dann hob sie den Kopf und sah Andresen direkt an. „Doch ich habe gelernt, damit zu leben und hätte ihn deswegen nie verlassen. Und auch ihm war unsere Familie wichtig."

„Wusste Ihr Mann, dass Sie über seine Untreue informiert waren?"

Svenja schüttelte den Kopf. „Nein. Beim ersten Mal habe ich es ihm noch auf den Kopf zugesagt. Er schwor mir, die Sache zu beenden, was er auch getan hat. Bei den nächsten Malen behielt ich mein Wissen für mich."

„Warum?"

Sie zuckte mit den Schultern. „Ich weiß es nicht. Ich sprach einfach nicht darüber, ignorierte es, so gut es ging."

„Das muss doch sehr schwer für Sie gewesen sein", vermutete Andresen.

„Ich hoffte einfach immer, dass es das letzte Mal sei", sagte Svenja leise. „Dass er irgendwann der treue Ehemann sein würde, den ich mir so sehr wünschte."

„Aber er tat es immer wieder." Andresen nickte verständnisvoll. „Warum haben Sie uns bisher nichts davon erzählt?"

Ein trauriges Lächeln umspielte Svenjas Mund. „Liegt das nicht auf der Hand? Eifersucht und Rache sind schließlich zwei ziemlich starke Motive für einen Mord. Aber ich habe Nikolai nicht umgebracht. So etwas könnte ich gar nicht. Er ist schließlich der Vater meiner Kinder."

„Wie lange liegt die letzte Affäre Ihres Mannes zurück?"

„Nicht wirklich lange. Vor unserer Abreise hierher hatte sie noch Bestand."

„Kennen Sie den Namen von dieser Frau?"

Svenja schüttelte den Kopf. „Nein. Ich vermute, es ist Frau Staatsanwältin Weller, doch genau weiß ich es nicht." Ihr fiel etwas ein. „Ich habe einem Beamten von der Spurensicherung Nikolais Handy geben müssen. Mein Mann hat häufig eindeutige Nachrichten von seiner Freundin bekommen, anhand derer Sie ihre Identität leicht herausfinden können, wenn Sie es für nötig erachten."

„Gut, danke." Andresen sah in Svenjas traurige Augen. „Sagen Sie, Frau Schiller, wann haben Sie davon erfahren, dass Ihr Mann Sie erneut betrügt?"

„Vor ein paar Wochen", antwortete sie. „Ich hoffte aber, dass dieses Wochenende unserer Ehe gut tun und er die Beziehung aufgeben würde. Darum habe ich mich bemüht, dass es zwischen uns keine Disharmonie gibt."

„Und wurden Ihre Erwartungen erfüllt?", fragte Andresen interessiert.

Svenja zögerte. „Ich will es einmal so ausdrücken: Mein Mann hat mich überrascht."

„Auf angenehme Weise, will ich hoffen."

Sie ignorierte die Bemerkung, sah an Andresen vorbei und fuhr fort, als hätte er nichts gesagt. „Er hat mir eine Seite an ihm offenbart, die ich bisher nicht kannte. Ich wusste von da an, dass nach diesem Urlaub alles anders werden würde."

Andresen warf ihr einen nachdenklichen Blick zu.

Nachdem der Kommissar ihr Zimmer verlassen hatte, ließ Svenja sich nach hinten fallen und verschränkte die Arme hinter dem Kopf. Andresens Fragen hatten Erinnerungen geweckt, schöne und weniger schöne.

Sie war so verliebt in Marius gewesen. Er hatte ihr immer wieder gesagt, wie hübsch sie sei, wie klug und warmherzig. Er hatte ihren Humor und ihre fröhliche Art geschätzt; sie mochte an ihm, dass er verständnisvoll, ehrlich und ruhig war. Die Beziehung zu ihm war unheimlich schön gewesen, voller Lachen, Vertrauen und gegenseitigem Respekt. Sie hatten sich zwar nicht gesucht, aber dennoch gefunden.

Und dann war Carmen am Horizont aufgetaucht

Nie würde sie den regnerischen Frühlingsabend vergessen, als Marius mit ernstem Gesichtsausdruck zu ihr ins Zimmer gekommen war, während sie im Licht der Schreibtischlampe und beim Klang der prasselnden Regentropfen am Fenster über ihrer Semesterarbeit zum Thema Zwangsvollstreckung gesessen hatte.

„Maus, wir müssen uns unterhalten", hatte er gesagt, die Tür geschlossen und sich auf die Kante ihres Bettes gesetzt. Es knarzte ein wenig, als protestiere der Lattenrost gegen unsachgemäße Behandlung.

Sein Tonfall ließ sie aufhorchen. Sie legte den Stift zur Seite und drehte sich zu ihm um. Schweigend und abwartend.

Eine ganze Weile schwieg er ebenfalls, dann holte er tief Luft und sagte ausatmend und so hastig, als wolle er es schnell hinter sich bringen: „Es fällt mir nicht leicht, dir das zu sagen, aber - ich habe mich verliebt."

In diesem Moment durchzuckte sie ein Schmerz, der so durchdringend war, so heftig, dass ihr schwindelig wurde. Sie klammerte sich an den Stuhllehnen fest, während sie das Gefühl hatte, dass ihr Herz langsam in dünne Scheiben geschnitten wurde.

„Sie heißt Carmen", fuhr Marius leise fort. „Wir haben uns in der Cafeteria kennen gelernt."

Carmen. Svenja erinnerte sich, dass eine der Angestellten in der Cafeteria an der Uni so hieß. Eine junge Frau mit dunklem Teint, frecher Kurzhaarfrisur und schmaler, fast zierlicher Figur. Zarte Gesichtszüge, schräge dunkle Augen und geschmeidige Bewegungen, wie eine Katze. Das absolute Gegenteil von ihr, der Blondine mit dem einfach nicht verschwinden wollenden Babyspeck, den Sommersprossen und den blauen Kulleraugen.

Fassungslos starrte sie Marius an und spürte, wie ihr die Tränen kamen. Sie sah sein dunkelblondes, lockiges Haar, durch das ihre Hände so gern gefahren waren, seine ernsten braunen Augen, die sie bittend und um Verständnis heischend ansahen, seine feingliedrigen Hände, die er nervös knetete.

„Bitte sei mir nicht böse", bat er leise und mit gesenktem Kopf. „Ich habe das wirklich nicht gewollt. Es ist einfach passiert."

Sie war noch unerfahren in der bitteren Lektion Trennung und hatte diese stereotypen Sätze bis zu diesem Zeitpunkt nie hören müssen.

„Ich..." Sie räusperte sich. „Ich bin dir nicht böse", brachte sie mühsam hervor. Ein dicker Kloß saß in ihrer Kehle, ließ sich nicht hinunterwürgen. Sie holte tief Luft, drängte die Tränen zurück.

„Habt ihr...?", hörte sie sich mit belegter Stimme fragen.

Er schüttelte den Kopf. „Nein, natürlich nicht. Ich wollte, dass zuerst zwischen uns alles geklärt ist."

Wie rücksichtsvoll von ihm. So war er, ihr Marius, der nun offenbar nicht mehr ihr Marius war. Jetzt gehörte er Carmen.

Sie wandte sich wieder ihren Unterlagen über Zwangsvollstreckung zu, doch die Zahlen und Buchstaben verschwammen vor ihren Augen. „Bitte geh jetzt", flüsterte sie. „Ich habe noch viel zu tun."

Sie spürte seine Erleichterung, als er sich ausatmend aufrichtete, hörte seine Schritte, die auf die Tür zugingen. „Es tut mir so leid", sagte er. Einen Moment schien es, als wolle er noch etwas sagen. Doch dann verließ er das Zimmer - und sie.

Im Laufe des Nachmittags waren Wolken aufgezogen. Die Temperatur war merklich gesunken und Windböen kamen auf. Vermutlich würde es ein Gewitter geben.
Marius trat in das leere, düstere Wohnzimmer, öffnete die Terrassentür und ging hinaus. Die anderen hatten sich in ihre Zimmer zurückgezogen. Zwischen ihnen herrschte eine seltsame Stimmung: Einerseits verband sie eine zum Teil sehr lange Freundschaft, andererseits hatte einer von ihnen etwas Furchtbares, etwas Unaussprechliches getan. Jeder schien jeden misstrauisch zu beäugen und alle hatten Angst.
Marius atmete tief durch und zündete sich dann mit fahrigen Bewegungen eine Zigarette an. Das war heute schon seine fünfte. So viel rauchte er normalerweise nicht, doch die Situation war schließlich auch alles andere als normal. Während er kraftvoll den Rauch ausblies, lauschte er auf das Rauschen der Blätter und beobachtete die dunkelgrauen Wolken, die drohend über ihn hinweg zogen. Der Wind spielte mit seinen Locken und jagte eine leichte Gänsehaut über seine nackten Arme.
„Du hattest wohl auch keine Lust, allein im Zimmer zu sitzen", stellte eine leise Stimme hinter ihm fest.
Er ließ die Glut aufleuchten. „Richtig geraten."
„Gibst du mir auch eine?"
Verwundert sah er sich um. „Du hast doch noch nie geraucht."
Svenja zuckte mit den Schultern. „Was soll's? Jetzt ist mir danach. Für den Fall, dass ich das nächste Opfer bin, kann

ich mir wenigstens nicht vorwerfen, etwas versäumt zu haben."

„Du glaubst doch wohl nicht, dass so etwas noch einmal passiert?", fragte er bestürzt und hielt ihr die Schachtel hin. Sie zog mit spitzen Fingern eine Zigarette heraus und hielt sie unschlüssig in der Hand.

„Wer weiß das schon? Wir haben keine Ahnung, wer es war und aus welchem Grund es geschehen ist. Das Einzige, was sicher zu sein scheint, ist, dass es einer von uns war. Solange aber nicht klar ist, wer Nikolai auf dem Gewissen hat, werde ich jedenfalls die Zimmertür abschließen."

Gedankenverloren gab Marius ihr Feuer. Sie inhalierte tief und begann zu husten. Er schmunzelte. „Das hast du jetzt davon."

Svenja winkte ab, ihre Augen tränten. Als der Hustenreiz sich gelegt hatte, räusperte sie sich und sagte: „Übrigens, das mit Verena tut mir leid."

„Ihr Auftritt war unangemessen, ich muss mich bei dir dafür entschuldigen." Er machte eine kleine Pause und nahm einen tiefen Zug. Den Blick auf die Zigarette gerichtet, die er zwischen seinen Fingern drehte, fügte er hinzu: „So ganz unrecht hatte sie allerdings nicht."

Svenja sah zu ihm auf. „Nein?"

Ein zärtliches Lächeln erschien auf seinem Gesicht und zeigte im letzten Tageslicht für einen kurzen Moment seine Grübchen. „Nein. Denn in der letzten Zeit ist mir klar geworden, dass du mir tatsächlich noch immer sehr, sehr wichtig bist. Vielleicht habe ich wirklich nie ganz aufgehört, dich zu lieben."

Svenja senkte den Blick. „Ja, ich weiß", flüsterte sie.

Verblüfft starrte er sie an. „Du... du weißt es? Woher?"

Ein klägliches Lächeln im Gesicht antwortete sie: „Sagen wir, ich habe es geahnt." An ihm vorbei in die Dämmerung blickend fuhr sie fort. „Ich habe die Briefe und die Bilder in deinem Schreibtisch gefunden. Entschuldige, dass ich in deinen Sachen gestöbert habe, das war unverzeihlich."

„Warum..." Er räusperte sich sichtlich verlegen. „Warum hast du das getan?"

Sie zuckte mit den Schultern. „Schlicht aus Langeweile. Nachdem ihr heute Morgen zum Strand gegangen ward, bin ich durchs Haus geschlendert um die Zeit totzuschlagen, bis Nikolai zurückkehrt." Sie zog noch einmal leicht an der Zigarette und sah fasziniert dem Rauch zu, der aus ihrem Mund quoll.

„Und dabei hast du..."

Ihre Mundwinkel hoben sich ein Stück. „Es war schön zu sehen, dass du meine Briefe aufgehoben hast."

„Die hätte ich niemals weggeworfen", versicherte Marius ihr.

„So geht es mir auch. Ich habe deinen letzten Brief so oft gelesen, dass er praktisch auseinandergefallen ist", gestand sie schmunzelnd. „Er war so schön."

Marius drückte seine Zigarette aus und schob ihr den Aschenbecher zu. Sie folgte seinem Beispiel und einen Wimpernschlag später stiegen zwei dünne Rauchsäulen aus dem Aschenbecher auf. Langsam drehten sie sich um sich selbst nach oben, verbreiterten sich, wanden sich umeinander wie schnell wachsende Kletterpflanzen und lösten sich schließlich in der Dämmerung auf.

„Was haben die Fotos in den Umschlägen zu bedeuten?", fragte Svenja nach einer kleinen Weile des Schweigens.

„Die Bilder von dir? Ich weiß es nicht genau. Ich denke, ich wollte sie in der Nähe haben, wenn mir danach ist, sie anzuschauen." Nach einer kurzen Pause fuhr er fort. „In der letzten Zeit hatte ich ziemlich oft das Bedürfnis danach."

„Wie kommt das?", fragte sie neugierig. „Bist du nicht glücklich mit Verena? Ich hatte den Eindruck, dass ihr euch gut versteht."

„Es liegt nicht an ihr", behauptete Marius. „Jedenfalls nicht nur. Seit ich die Idee mit unserem Wiedersehen hatte, freute ich mich Tag für Tag mehr auf dich. Spätestens nach unserem Telefonat wurde mir endgültig klar, was ich noch immer für dich empfinde."

„Wolltest du mich deshalb überreden, Nikolai zu verlassen und hierher zu ziehen?"

„Nicht nur deshalb. Ich bin nach wie vor der Ansicht, dass es dir ohne ihn besser geht."

„Tja, jetzt bin ich ohne ihn. Trotzdem geht es mir nicht gut."

„Noch nicht, das ist völlig natürlich. Lass dir Zeit, dich an die Tatsache zu gewöhnen."

Svenja nickte bedrückt. „Die werde ich sicherlich brauchen."

Er nahm ihre Hände in seine. „Ich bin immer für dich da. Jederzeit."

„Danke. Es ist gut, das zu wissen."

Er zögerte einen Moment, dann sagte er: „Auch, wenn du andere Sorgen hast, kannst du gern zu mir kommen." Aufmerksam betrachtete er sie. „Gesundheitliche, zum Beispiel."

Svenja schmunzelte. „Immer im Dienst, hm?"

Er ließ ihre Hände los und fuhr sich durch seine Locken, die der Wind zerzaust hatte. Ganz sicher war er sich nicht, ob jetzt der richtige Zeitpunkt war, Svenja auf das anzusprechen, was Verena ihm erzählt hatte. Dennoch musste er es loswerden.

„Ich meine nicht nur deine Physis, sondern in erster Linie deine Psyche. Verena hat da etwas angedeutet, das mir keine Ruhe lässt."

Svenjas Augen flackerten unruhig. „Wovon sprichst du?"

Er holte tief Luft. „Sie glaubt, dass du an einer Essstörung leidest. An Bulimie."

„Wie kommt sie denn auf so einen Blödsinn?", fragte Svenja mit einem kleinen Lachen, das etwas gequält ausfiel.

Er nahm wieder ihre Hand, die sich weich und schwach anfühlte. „Wenn es so ist, möchte ich dir helfen", sagte er sanft. „Du musst jetzt auch nicht mit mir darüber reden, wenn du nicht willst, doch wenn du dazu bereit bist, kannst du mit meiner Unterstützung rechnen."

Sie schwieg und sah zu Boden. Natürlich wusste sie bereits seit Monaten, dass sie ein Problem hatte, doch darüber zu reden – das brachte sie nicht fertig. Es war ihr längst zur zweiten Natur geworden, dieses Thema und alles, was damit zusammenhing, für sich zu behalten. Mehr als das: Es war ihr oberstes Gebot. Schon bei dem Gedanken, gegen dieses Gebot zu verstoßen, war ihre Zunge wie gelähmt.

Auf den hellen Pflastersteinen der Terrasse bildeten sich einzelne kleine, dunkle Flecken. Den ersten Regentropfen folgten bald weitere, und Marius und Svenja flüchteten ins Innere des Hauses. Nur wenige Augenblicke später prasselte der Regen wie toll gegen die Fensterscheiben. Zahllose dicke Tropfen zerplatzten aufspritzend auf dem Boden und sorgten für Millionen kleiner Fontänen. Svenja stand am Fenster, sah hinauf in den weinenden Himmel und tat es ihm gleich. Sie wusste nicht genau, warum auf einmal die Tränen so locker saßen; ob es an Nikolais gewaltsamem, grausigem Tod lag, oder an Marius Geständnis, dass er noch immer viel für sie empfand. Oder daran, dass Marius nun von ihrem Geheimnis wusste. Wahrscheinlich war es alles zusammen. Zuviel stürzte auf sie ein, in zu kurzer Zeit.

Auf einmal waren Marius' Hände auf ihren Schultern. Sie drehte sich zu ihm um, vergrub ihr Gesicht an seiner Brust und schluchzte leise. Er legte die Arme um sie. „Es wird alles wieder gut", flüsterte er tröstend und küsste sie sacht aufs Haar. „Ganz bestimmt."

Andresen hatte Désirée bei ihrer Großmutter abgeholt und zu ihrer Mutter nach Hause gebracht. Marianne, seine Exfrau, bat ihn noch herein und holte ihm ein Bier, nachdem er es sich auf der Couch im Wohnzimmer bequem gemacht hatte. Erinnerungen kamen in ihm hoch, wie immer, wenn er in dieser Wohnung war. Hier hatten sie jahrelang zusammen gelebt, hatten auf diesem Sofa gemeinsam ferngesehen, mit Freunden geplaudert und später immer wieder gestritten. Meist war es darum gegangen, dass er beruflich so eingespannt war, dass für die Familie zu wenig Zeit blieb. Marianne hatte sich allein gelassen gefühlt, und er war außerstande gewesen, an diesem Zustand etwas zu ändern. Irgendwann hatte sie die ewigen Streitereien nicht mehr ertragen und ihm eröffnet, dass sie die Scheidung einreichen werde. Seitdem lebten sie und Désirée allein in der großzügigen Mietwohnung, während er in einer kleinen Dachgeschosswohnung hauste und beide Mieten zahlte.

Marianne reichte ihm das Bier und setzte sich auf den Sessel rechts von ihrem Exmann. „Und", wollte sie wissen. „Habt ihr darüber geredet?"

Andresen öffnete den Bügelverschluss der Bierflasche und trank lieber einen großen Schluck. Dann wischte er sich kurz über den Mund und stellte die Flasche auf den gebeizten Eichentisch, den sie vor acht Jahren gemeinsam ausgesucht hatten.

„Nicht direkt", murmelte er schuldbewusst.

Mariannes Augenbrauen zogen sich unheilvoll zusammen. „Was soll das heißen?"

„Ich musste arbeiten", brummte Andresen. „Glaub mir, ich hab mich nicht darum gerissen."

Marianne verdrehte die Augen. „Natürlich! Du musstest arbeiten. Wie immer!" Wütend funkelte sie ihn an. „Deine Tochter hat Marihuana geraucht! Dir muss ich doch nicht sagen, was das bedeutet."

Andresen stand auf. „Immerhin stand sie in deiner Obhut!", feuerte er zurück. Mariannes unsachlicher Ton reizte ihn und sorgte dafür, dass er es ebenfalls an Objektivität mangeln ließ. Der ganze Tag hatte ihn genervt; die Tatsache, dass er seiner Tochter nicht die nötige Zeit hatte widmen können, der Tote in der Sauna, Lutz Weicherts geruchsintensive Gesellschaft und zu guter Letzt die Vorwürfe seiner Exfrau. Er war auf Krawall gebürstet und bereit zum verbalen Boxkampf.

Marianne barg ihr Gesicht in den Händen. „Glaubst du, ich mache mir deshalb keine Vorwürfe?" schluchzte sie. „Ich habe eine Scheißangst, dass es schlimmer ist, als wir ahnen. Kannst du das nicht verstehen?"

Sein Ärger verpuffte so schnell, als hätten Mariannes Tränen einen Schalter umgelegt.

„Doch, natürlich." Er setzte sich auf die Armlehne des Sessels und legte seiner Exfrau tröstend einen Arm um die Schultern. „Mach dir nicht zu viele Sorgen. In dem Alter probieren fast alle Jugendlichen Drogen und Alkohol aus, das weißt du."

Mit rot verweinten Augen sah sie zu ihm auf. „Wenn das ein Trost sein soll, hat es nicht geholfen, Carsten. Diesmal ist etwas mehr gefragt als Statistiken und Allgemeinplätze."

Er seufzte. „Ich werde mit ihr reden, versprochen."

Marianne seufzte. „Und wann wirst du in deinem engen Terminkalender ein Stündchen Zeit finden, um deiner Tochter etwas Verstand einzubläuen?"

„Bald." Andresen kratzte sich den Bart, stand auf und ging zur Tür. Der vorwurfsvolle Ton seiner Exfrau ließ seinen Groll, der sich gerade zurückgezogen hatte, wieder aufwallen. Mit einer umfassenden Handbewegung, die den gemütlich eingerichteten Raum ebenso einschloss wie den Rest der Vier-Zimmer-Wohnung, sagte er gereizt: „Glaub mir, ich tue was ich kann. Doch euer Leben muss schließlich auch finanziert werden. Ich bin nun mal nicht Bill Gates."

Bevor Marianne etwas erwidern und die Diskussion bis ins Unendliche weiterführen konnte, verließ Andresen das Wohnzimmer, klopfte an die Zimmertür seiner Tochter und trat ein, ohne ihre Aufforderung abzuwarten.

Désirée saß auf ihrem Bett, die lila besockten Füße auf der geblümten Bettdecke und ein rosafarbenes langhaariges Kuschelkissen im Rücken. Sie hatte ein Notebook auf dem Schoß, und sah nur kurz zu ihrem Vater, bevor sie eifrig und verblüffend flink die Tasten bediente. „Ja?"

„Ich wollte mich von dir verabschieden." Er trat näher und spähte auf den Bildschirm. Das Facebook-Logo fiel ihm ins Auge.

„Was machst du da?"

„Ich schreib mit 'ner Freundin." Désirée drückte die Enter-Taste und sah endlich hoch.

Andresen war kein Freund von langen Einleitungen. „Deine Mutter hat mir erzählt, dass du gekifft hast", sagte er, setzte sich ans Fußende und betrachtete seine Tochter. Fünfzehn war sie schon, beinahe erwachsen. Und doch war sie immer noch ein Kind, um das man sich kümmern musste.

Jetzt rollte diese Kindfrau mit den Augen. „Ich hab das nur mal ausprobiert, keine Panik. Mama flippt immer gleich aus."

„Sie macht sich einfach Sorgen um dich. Genau wie ich." Ein kurzer, elektronischer Ton erklang und Désirée wandte sich wieder ihrem Notebook zu. „Ist ja schon gut", sagte sie knapp. „Ich lass die Finger von dem Zeug, versprochen." Wieder flogen ihre Hände über die Tasten.

Ganz offensichtlich war sie im Moment nicht besonders interessiert an erzieherischen Maßnahmen. Andresen seufzte, drückte ihr einen kratzigen Kuss auf die Wange und ging zur Tür. „Bis Samstag."

Sein Töchterchen sah ihn an und schenkte ihm sogar ein liebevolles Lächeln. „Bis Samstag, Paps."

„Ich hab dich lieb, Schätzchen."

„Ich dich auch."

Als er die Tür schloss, hörte er bereits wieder das Klappern ihrer Finger auf den Tasten.

Kristina lag schlaflos da und lauschte dem Donnern und dem Klatschen der Regentropfen an der Fensterscheibe. Jeder Blitz erhellte für eine Sekunde das Zimmer und tauchte es in geisterhaftes Licht wie in einem Horrorfilm. Stephan machte das nichts aus, er schnarchte ruhig vor sich hin. Sie hatte ihn schon immer um seinen festen Schlaf beneidet.

Beim nächsten Blitz sah Kristina auf die Uhr. Es war fast zwei Uhr morgens, und sie lag noch immer wach. Aus Angst? In der vergangenen Nacht hatte jemand in diesem Haus verzweifelt um sein Leben gekämpft und diesen Kampf am Ende verloren. Womöglich wurde von jetzt an in jeder Nacht einer von ihnen grausam ermordet, wie in diesen alten Edgar-Wallace-Filmen, die in Schwarz-Weiß-Schlössern spielten, und in denen es von undurchsichtigen adligen Greisinnen, gruseligen Butlern und Leichen mit aufgerissenen Augen nur so wimmelte.

Jetzt geht aber deine Fantasie mit dir durch, schalt sie sich selbst und warf die Decke zurück.

Ihr Magen knurrte so laut und vernehmlich wie ein gereizter Dobermann. Kein Wunder, schließlich hatte sie seit dem Frühstück nichts gegessen. Die Ereignisse des Tages hatten ihr den Appetit gründlich verdorben, doch jetzt forderte ihr Körper Nahrung. Sie stand leise auf, warf sich ihren Morgenrock über und verließ das Zimmer, während es wieder donnerte.

Auf Zehenspitzen huschte sie die Treppe ins Erdgeschoss hinauf. Oben angekommen wartete sie den nächsten Blitz ab, um sich zu orientieren, durchquerte den für kurze Zeit hell erleuchteten Flur und betrat schließlich die Küche. Dort schaltete sie die Lampe ein, die über dem Esstisch hinter dem Küchentresen hing. Das warme Licht ließ den Raum einladend wirken und nahm dem Gewitter einiges von seinem Schrecken.

Kristina ging zum Kühlschrank und öffnete ihn. Nachdem sie Margarine und Schinken herausgenommen hatte, holte sie aus dem Brotkasten zwei Scheiben Toastbrot und steckte sie in den Toaster. Während sie darauf wartete, dass die Brotscheiben warm und knusprig heraussprangen, goss sie sich ein Glas Rotwein ein. Wein auf leeren Magen, dachte sie und trank genüsslich einen großen Schluck. Das hatte sie seit Berlin nicht mehr getan. Sie konnte also doch noch ein wenig unvernünftig sein.

Bis auf das Regenprasseln draußen und das Ticken der Küchenuhr herrschte völlige Stille. Kristina trank das Glas leer und füllte nach. Sie spürte schon jetzt die Wirkung des Alkohols, doch der Wein tat ihr gut, er beruhigte sie ein wenig. Trotzdem zuckte sie erschrocken zusammen, als der Toaster lautstark das Brot ausspuckte und es im nächsten Moment krachend donnerte.

Aufatmend schloss sie für einen Moment die Augen und stützte sich mit einer Hand auf der Arbeitsplatte ab. Als ihr Puls sich wieder im Normalmodus befand, begann sie, Margarine auf den Toastscheiben zu verteilen und das Brot mit dem Schinken zu belegen. Sie seufzte zufrieden auf, als sie schließlich in die duftende warme Toastscheibe biss. Welch eine Wohltat! Sie schluckte den Bissen mit etwas Wein hinunter und hob das Brot erneut an den Mund, als sie etwas hörte. Mitten in der Bewegung hielt sie inne und lauschte. Waren das Schritte? Ihr fiel siedend heiß ein, dass ein Mörder in diesem Haus war. Wieder begann ihr Herz zu rasen. Leise stellte sie das Weinglas auf den Küchentresen und erwog, sich irgendwo zu verstecken; hinter der Couch oder unter dem Esstisch, doch es war bereits zu spät. Eine große, kräftige Gestalt erschien im Türrahmen und zuckte gespenstisch im Blitzlicht.

Kristina schrie auf und hatte das Gefühl, ihre Beine würden ihr den Dienst versagen. Im nächsten Moment donnerte es und in das Krachen sagte eine dunkle Stimme: „Hallo Krissi. Was für eine schöne Überraschung."

„Du bist es!" Sie stieß keuchend die Luft aus. „Himmel, hast du mich erschreckt! Mir ist fast das Herz stehen geblieben."

„Freut mich, wenn ich es geschafft habe, deinen Puls in die Höhe zu treiben", grinste Jan frech. „Nur an der Art und Weise müssen wir noch arbeiten."

„Wieso bist du noch auf?"

„Ich habe Hunger, genau wie du."

Kristina biss von ihrem Brot ab und musterte ihn. Er trug nur blaue Boxershorts, sonst nichts. Sein blondes Haar war durcheinander, noch mehr als üblich. Er sah verboten sexy aus. Kristina fiel der verwirrende Moment am Strand ein, als Jan sie zurück ans Ufer getragen hatte. Sie hatten sich tief in die Augen gesehen und Jan hatte gesagt, dass...

Oh Gott! Schlagartig wurde ihr bewusst, dass sie ihren seidenen Morgenmantel nur nachlässig zugeknotet hatte und absolut nichts darunter trug. Als Jan den Kühlschrank öffnete und hineinsah, legte sie rasch das Brot auf den Küchentresen und wickelte den Mantel enger um ihren Körper. Mit einer energischen Bewegung zog sie den Gürtel straff.

„Außerdem konnte ich nicht schlafen", sagte Jan in den Kühlschrank. „Yvonne war sogar so durcheinander, dass sie eine Schlaftablette genommen hat. Vielleicht hätte ich Marius auch um eine bitten sollen." Er nahm sich eine Frikadelle, schloss den Kühlschrank wieder und drehte sich zu Kristina um. Seine Augen begannen zu leuchten. „Nein, vergiss es. Bei deinem Anblick bin ich direkt dankbar für meine Schlaflosigkeit."

Kristina griff nach dem Weinglas und führte es mit leicht zitternder Hand an ihre Lippen, während sie Jans Blick erwiderte. Erneut begann ihr Herz wild zu schlagen. Schluckweise leerte sie das Glas. Jan biss in die Frikadelle und kam langsam auf sie zu. Wie versteinert stand sie da, unfähig, sich zu bewegen oder irgendetwas zu sagen. Es blitzte, und sie zuckte zusammen. Das Licht über dem Esszimmertisch flackerte, und Jans Gesicht wirkte nun fast geisterhaft. Ihres wahrscheinlich auch.

Als er direkt vor ihr stand, donnerte es erneut. Ohne den Blick von ihm zu wenden stellte sie das Glas zurück auf den Tresen. Obwohl er sie nicht berührte, spürte sie ihn, seinen Blick, seinen Körper. Jedes Haar auf ihrer Haut hatte sich aufgerichtet, ihr Herz raste, als wolle es ihren Brustkorb sprengen.

Er stopfte sich lässig den Rest der Frikadelle in den Mund, kaute und schluckte, während er sie unverwandt ansah. Als ein weiterer Blitz das Zimmer erhellte, nahm er ihre Hände und zog sie zu sich heran.

Das ist bestimmt wieder ein Traum, dachte Kristina, als er die Arme um sie schlang und sie küsste, so stürmisch und wild, dass es ihr den Atem raubte. Sie hörte nicht, dass der nächste Donner krachte, nahm nichts mehr wahr außer Jans Händen, seiner Zunge, seinen kräftigen Körper, der sich so gut anfühlte. Sie wankten durch die Küche, ohne sich voneinander zu lösen, durchquerten das Esszimmer und knieten schließlich zitternd vor Lust auf dem Wohnzimmerteppich.

Ungeduldig zerrte Jan an dem Knoten ihres Morgenmantels und schob den seidigen Stoff über ihre Schultern. Der Mantel fiel zu Boden. Gänsehaut bildete sich auf ihrem ganzen Körper, sie atmete schwer. Es blitzte erneut, und für einen Moment sahen sie in den Augen des anderen das eigene Verlangen. Kristina legte ihre Arme um seinen Hals, allmählich sanken sie zu Boden. Ein wohliger Schauer durchfuhr sie, als sie seine Haut auf ihrer spürte. Er schob sich zwischen ihre Beine, küsste ihre Brust, saugte zärtlich an ihrer Brustwarze. Sie stöhnte auf, wölbte sich ihm erwartungsvoll entgegen. Er schob seine Boxershorts herunter und mit dem Krachen des nächsten Donners drang er tief in sie ein. Kristina stieß einen kurzen Schrei aus, keuchte und schlang die Beine um ihn.

„Endlich!", flüsterte Jan, zog sich ein Stück aus ihr zurück, um gleich darauf wieder tief in ihr zu versinken. „Endlich, Krissi!"

Montag

ALS CARSTEN ANDRESEN morgens um acht ins Präsidium kam, saß sein Kollege Weichert bereits mit einem Becher merkwürdig duftenden Tees am Schreibtisch und telefonierte. Er wirkte eifrig und voll mühsam unterdrücktem Tatendrang. Andresen verkniff sich ein Seufzen und zog seine nasse Jacke aus. Es goss noch immer in Strömen. Am Hafen quoll das Wasser bereits aus den Gullydeckeln.

„Moin. Ich hol mir nur mal eben einen Kaffee, dann können wir loslegen", sagte Andresen. Weichert nickte zwar, war aber augenscheinlich ganz in das Telefonat vertieft.

Kurz darauf setzte Andresen sich an seinen Schreibtisch gegenüber von Lutz Weichert, der mittlerweile das Gespräch beendet hatte, und wartete, die großen Hände um den dampfenden Becher gelegt. Er musste sich nicht lange gedulden.

„Bei den meisten unserer Verdächtigen gab es nichts von Belang", begann Weichert. „Marius Schumann ist seit drei Jahren geschieden und wohnt zur Miete in dem Haus. Recht günstig, übrigens. Es gehört seinem Chef, Prof. Dr. Christen, dem Vater von Verena Christen."

„Was ist mit den anderen?"

Weichert zuckte die Achseln und überflog seine Notizen. „Stephan Wilbert hatte einige Bußgeldbescheide wegen erhöhter Geschwindigkeit, Jan Schroeder hat vor etwa einem Jahr einen AIDS-Test gemacht - er war negativ -, ansonsten Fehlanzeige."

Andresen gab sich keine Mühe, seine Enttäuschung zu verbergen. „Das war alles?"

Weichert grinste. „Nicht ganz."

„Nun spucken Sie's schon aus", grummelte Andresen. „Lassen Sie sich nicht immer alles aus der Nase ziehen. Um wen geht's?"

„Um Yvonne Walter."

Andresen horchte auf. Die blonde Beauty mit dem niedlichen Dialekt? „Was ist mit ihr?"

Andresen lauschte interessiert den Neuigkeiten, die Weichert hatte in Erfahrung bringen können und nickte dann. „Ich denke, ich werde Frau Walter noch ein paar Fragen stellen. Doch vorher muss ich zu Verena Christen, wir haben uns für neun Uhr verabredete. Wollen Sie mich begleiten?"

Weichert stand ruckartig auf, seine Augen leuchteten. „Mit Vergnügen."

„Na, dann los!" Andresen griff nach seiner Jacke. „Ach, eine Frage noch: Was ist das für ein Tee? Der riecht so... interessant."

„Das ist Ingwertee. Sehr zu empfehlen, zum Beispiel bei Erkältungen. Und übrigens auch bei Völlegefühl und Blähungen", antwortete Weichert und klopfte auf seinen flachen Bauch, während er gut gelaunt an seinem Kollegen vorbei in den Flur ging. Andresen starrte ihm entgeistert nach, während er sich die Autofahrt mit einem von unkontrollierten Darmwinden geplagten Weichert bei geschlossenen Autofenstern vorstellte.

Kristina stand im Badezimmer und starrte in den Spiegel. Sie hatte Augenringe bis zum Kinn. Kein Wunder, nach der letzten Nacht. Sie stützte sich am Waschbecken ab und senkte beschämt den Kopf. Was hatte sie nur getan? Oh Gott, sie hatte mit Jan geschlafen! Und zu ihrer Schande musste sie gestehen, dass es fantastisch gewesen war. Mehr noch, wie ein Rausch. Ein wunderschöner Rausch. Er hatte sie in eine Ekstase versetzt, wie sie sie noch nie erlebt hatte. Nun aber würde sie am liebsten den Rest des Tages hier im Badezimmer bleiben, ausgesperrt vor der

Welt dort draußen, sicher beschützt wie im Mutterleib. Bei dem Gedanken, Jan, Stephan oder Yvonne gegenüberzutreten oder ihnen gar in die Augen sehen zu müssen, schlotterten ihr die Knie. Sie schämte sich entsetzlich.

Reiß dich zusammen, beschwor sie ihr Spiegelbild. Benimm dich ganz normal, als wäre nichts passiert.

Wenn das so einfach wäre!

Seufzend stieg sie unter die Dusche und wünschte, das heiße Wasser könnte die Schuldgefühle, die sie empfand, abspülen und die Ereignisse der letzten Nacht würden sich in dem Dampf, der den Raum erfüllte, auflösen.

Sie wusch sich gründlich, trocknete sich ab und begann, sich die Zähne zu putzen. Durch ihren Kopf schossen im Sekundentakt Bilder. Jan, der ihren Namen schrie. Jan, der sie im Blitzlicht ansah, während er wieder und wieder hart in sie hineinstieß. Jan, der sie hinterher am ganzen Körper küsste und streichelte, ihr sanft durch das Haar fuhr und sie zärtlich anlächelte. Eine merkwürdige Schwäche überfiel Kristina, als sie an diese Momente dachte. Sie musste sich setzen und sank auf den Deckel der Toilette. Bestürzt stellte sie fest, dass sie sich nach Jan sehnte; nach seinem kräftigen Körper, seinen zärtlichen Händen und seinem Duft, der sie dazu gebracht hatte, immer wieder mit dem Gesicht in seiner Halsbeuge einzutauchen und diesen Geruch tief einzuatmen, wie ein Junkie, der gierig Klebstoff schnüffelte.

Es klopfte an der Tür. „Beeil dich bitte, Liebling. Das Frühstück ist fertig."

Stephan. Ihr Stephan, der Fels in ihrer Brandung. Sie war ein rücksichtsloses, erbärmliches Miststück!

„Ich komme sofort!", rief sie mit belegter Stimme und fuhr sich mit dem Handtuch über das Gesicht.

Als sie und Stephan nach oben kamen, waren bis auf Jan alle da.

„Er pennt noch", berichtete Yvonne. Kristina atmete erleichtert auf.

Marius hatte frische Brötchen besorgt und schnitt sie auf. Svenja stellte eine Schüssel mit dampfendem Rührei auf den Tisch, Stephan begann, Kaffee einzuschenken und Yvonne verteilte Orangensaft.

Kristina überfiel schon bei dem Gedanken an Essen Ekel. Svenja saß ihr gegenüber, sie sah noch immer etwas blass aus. Als Marius den Brotkorb auf den Tisch stellte, stützte er sich kurz auf Svenjas Schulter ab. Sie sah zu ihm hoch und die beiden lächelten sich liebevoll an. Kristina hob überrascht eine Augenbraue.

Als alle saßen und sich heißhungrig über die Eier und die Brötchen hermachten, sah Stephan besorgt zu seiner Frau.

„Was ist denn mit dir? Hast du keinen Hunger?"

Kristina schüttelte den Kopf. „Nein. Mir ist eher schlecht."

„Du siehst auch wirklich nicht gut aus", stellte er nach einem prüfenden Blick in ihr Gesicht fest. „Willst du dich lieber wieder hinlegen?"

Der Gedanke gefiel ihr außerordentlich. „Ja, danke. Das ist eine gute Idee." Sie schob ihren Stuhl zurück und stand auf. „Lasst euch nicht stören. Wir sehen uns später."

„Gute Besserung!", wünschten Svenja und Yvonne. Marius lächelte ihr mit vollem Mund zu.

Erleichtert, Jan vorerst nicht unter die Augen treten zu müssen, verließ Kristina die Küche und ging hinunter ins Souterrain. Noch vor kurzem hatte sie sich gewünscht, einmal etwas Verrücktes und Unvernünftiges zu tun, fiel ihr ein. Jetzt hatte sie es getan und fühlte sich grässlich.

Als sie am Bad, das neben ihrem Zimmer lag, vorbeikam, öffnete sich die Tür ein kleines Stück.

„Psst!" Jan linste durch den Spalt und winkte sie zu sich. Kristina blieb das Herz stehen. Sie ging auf ihn zu, schloss die Badezimmertür hinter sich und zischte: „Was um alles in der Welt machst du hier?"

„Ich wollte gerade in die Küche kommen, als ich hörte, dass du dich hinlegen willst. Da hab ich die Gelegenheit genutzt und bin hierher geflitzt." Sein Lausbubengrinsen ließ ihren Ärger schmelzen wie Schnee in der Frühlingssonne. Er zog sie in seine Arme und fast augenblicklich stellte sich erneut Verlangen bei ihr ein. Wie, zum Teufel, macht er das?, fragte sie sich verstört.

„Ich habe dich jede Sekunde vermisst, seit ich dich gehen lassen musste", flüsterte er an ihrem Hals. „Die letzte Nacht war das Aufregendste, was ich seit langem erlebt habe."

Sie schloss die Augen und genoss seine zarten Küsse auf ihrer Haut, und seine Hände, die über ihren Rücken strichen.

Er sah sie an. „Sag, dass ich dir auch gefehlt habe", bat er und streichelte sanft ihre Wange.

„Du hast mir auch gefehlt", wiederholte sie gehorsam. Seit der letzten Nacht war sie süchtig nach ihm.

Seine Hand umschloss ihre Brust. „Ich will dich", flüsterte er. „Jetzt, hier, sofort." Seine andere Hand glitt unter ihren Rock, ein Finger schob sich in ihren Slip. „Willst du es auch?"

Die Augen geschlossen und mit angehaltenem Atem nickte sie, obwohl sie wusste, dass es verrückt und leichtsinnig war. Jeden Moment konnte Stephan herunterkommen, oder Svenja. Dennoch sagte sie nichts, ließ zu, dass Jan sie streichelte und küsste. Sie bestand nur noch aus Begierde, wollte ihn, unbedingt und ohne Rücksicht auf die möglichen Konsequenzen. Sie war eindeutig und hochgradig verrückt geworden.

Er löste sich von ihr, zog ihr das Top über den Kopf und küsste ihre Brust. Dabei schob er ungeduldig ihren Slip hinunter. Das Höschen rutschte ihre Beine hinab und landete an ihren Knöcheln. Kristina zitterte, als sie es mit einem Fuß zur Seite fegte. Seine Hand war wieder zwischen ihren Beinen, begann sie zu streicheln, während er sie erneut küsste. Es war herrlich, ihn zu spüren. Sie presste sich an ihn und spürte seine Erregung, als ihre Zungen sich sanft umschmeichelten. In ihren Ohren rauschte es und alles um sie herum schien in einem dicken Nebel zu versinken. Nichts war mehr wirklich. Es gab nur noch Jan und sie – und diese unbezähmbare Lust, die er in ihr auslöste. Als sein Kuss fordernder wurde, stöhnte sie leise auf. Sein Atem beschleunigte sich. „Dreh dich um", flüsterte er heiser.

Sie gehorchte und stützte sich am Waschbecken ab, hörte, wie er den Reißverschluss seiner Shorts öffnete, spürte, dass er ihren Rock noch weiter nach oben schob.

Seine Hände streichelten ihre Hüften. Ungeduldig streckte sie sich ihm entgegen. Er keuchte vor Verlangen und im nächsten Moment war er in ihr. Ihre Arme knickten ein, sie schrie leise auf und sackte nach vorn.

Auch ohne Blitz und Donner war Sex mit Jan ein unglaubliches Erlebnis, musste Kristina hinterher feststellen. Dieser Mann war voller Widersprüche: Er war zärtlich und grob, egoistisch und selbstlos, jungenhaft verspielt und auf erregende Weise abgeklärt – und er schien immer genau zu wissen, was er wann tun musste. Es war faszinierend.

Sie saßen atemlos auf dem gefliesten Boden, er hatte einen Arm um sie gelegt und drückte sie an sich.

„Ich gehe jetzt wohl besser nach oben", sagte er schließlich. Sie nickte und löste sich langsam von ihm.

An der Tür nahm Jan ihr Gesicht in beide Hände und gab ihr einen schnellen, leidenschaftlichen Kuss. Dann huschte er mit einem schelmischen Grinsen aus dem Bad. Kristina schloss die Tür und lehnte sich erschöpft dagegen. Noch immer vibrierte sie am ganzen Körper, ihre Beine waren schwach wie die eines Neugeborenen. Langsam wankte sie ins Schlafzimmer und ließ sich kraftlos auf das Bett fallen.

Was war nur in sie gefahren? Sie erkannte sich nicht wieder. Und obwohl ihr Verhalten sie anwiderte, konnte sie nicht anders handeln. Jan hatte eine fast elektrisierende Wirkung auf sie. Wenn er sie ansah, sie berührte, war ihr Verstand vollständig ausgeschaltet. Dann reagierte sie nur noch instinktiv, wie der Neandertaler, als den sie ihn vor weniger als vierundzwanzig Stunden bezeichnet hatte. Kristina seufzte ratlos. Was sollte sie nur tun?

Verena stieg aus der Dusche und sah auf die Uhr. Es waren nur noch zehn Minuten bis zu dem Termin mit Kommissar Andresen. Sie musste sich beeilen, wenn sie ihm und seinem Kollegen nicht ungeschminkt und halb angezogen begegnen wollte. Rasch trocknete sie sich ab und fuhr sich mit der Bürste durch die nassen Haare. Die Dusche hatte gut getan nach den anstrengenden Stunden, die sie hinter sich hatte. Schon um sechs war sie im Stall gewesen, da Tessa neue Hufeisen brauchte und sich der Hufschmied angekündigt hatte. Bevor er eingetroffen war, hatte sie Tessa gründlich bewegt, sie anschließend sorgfältig abgerieben, gestriegelt und den Stall ausgemistet. Der Hufschmied war ein freundlicher Mann mit viel Sachverstand und einer ruhigen Art, was die Pferde zu schätzen wussten. Alle außer Tessa. Die sonst so lammfromme Schimmelstute war während der gesamten Prozedur unruhig hin und her getänzelt, hatte die Ohren angelegt und auf Verenas beruhigende Worte kaum reagiert. So benahm sie sich jedes Mal, wenn sie neue Eisen bekam. Verena war also darauf vorbereitet gewesen, dennoch hatte es viel Kraft gekostet.

Über eine Stunde hatte es gedauert, bis alle vier Hufe neu beschlagen gewesen waren und hinterher waren sie und der Hufschmied schweißgebadet gewesen.

Eilig schlüpfte Verena in frische Klamotten und spähte aus dem Fenster. Ein älteres Mercedes-Modell fuhr langsam auf die Auffahrt. Am Steuer saß Kommissar Andresen, sein junger Kollege mit den hübschen dunklen Augen staunte das Haus an. Verena lächelte, wandte sich dem Spiegel zu und griff nach ihrem Puderpinsel.

Andresen stieg aus und warf einen Blick auf das imposante Domizil des Herrn Prof. Dr. Christen. Es lag am Ende einer Privatstraße in Glücksburg, mit Blick auf die Förde, war weiß geklinkert, mit zwei Säulen am Eingangsbereich, und wirkte, ebenso wie der Vorgarten, überaus gepflegt.

Sie stiegen ein paar Stufen hinauf und klingelten an der eleganten, strahlendweißen Haustür. Durch die schmale Glasscheibe, die in die Tür eingelassen war, sah Andresen Verena Christen in enger Jeans und legerer, roter Leinenbluse auf die Tür zukommen. Sie öffnete sie weit.

„Hallo. Bitte, kommen Sie herein", sagte sie mit einem freundlichen Lächeln. Die rotblonden Haare, die sie zu einem Pferdeschwanz gebunden hatte, glänzten feucht. Sie wies mit einer einladenden Geste zum Wohnbereich, der rechts von der großen, mit glänzendem Marmor ausgelegten Eingangshalle lag. Links wand sich eine breite, weiße Treppe in den ersten Stock. Ein gewaltiger Kronleuchter zierte die hohe Decke, auf einer langen, antiken Kommode unter einem großen, barocken Spiegel standen bauchige Vasen mit weißer Calla.

„Guten Morgen, Frau Christen." Andresen nickte und ging an ihr vorbei in Richtung Wohnzimmer, den ehrfürchtig staunenden Lutz Weichert hinter sich, der an diesem Tag glücklicherweise nicht ganz so stark duftete wie am vorherigen. Andresen hoffte inständig, dass sein Aftershave leer war und Weichert nicht ein Dutzend Reserve-Flakons gehortet hatte.

„Haben Sie schon herausgefunden, wer Nikolai das angetan hat?", fragte Verena neugierig, als sie das Wohnzimmer betraten.

Weichert schüttelte bedauernd den Kopf. „Leider noch nicht. Aber wir tun, was wir können."

„Davon bin ich überzeugt."

Das Wohnzimmer mit Blick auf den großen Garten mit Obstbäumen und Gartenteich war in drei Bereiche unterteilt: Eine Kaminecke mit mehreren tiefen Ohrensesseln und einem gewaltigen Bücherregal lud an kalten Wintertagen zum Verweilen vor knisterndem Feuer ein, eine große, beigefarbene Sitzlandschaft hatte ihren Platz vor dem modernen Flachbildfernseher, der wie ein überdimensionales Gemälde an der Wand hing, und ein Wintergarten, der in das Grundstück hinein gebaut zu sein schien, gab einem das Gefühl, mitten im Grünen zu sitzen. Verena führte ihre Gäste dorthin und bat sie, Platz zu nehmen. Andresen und Weichert setzten sich auf gemütliche Rattansessel mit moccafarbenen Sitzkissen.

„Schön haben Sie es hier", sagte Weichert und sah sich begeistert um. Andresen beobachtete ihn amüsiert. Er hätte ihm am liebsten gesagt, dass er sich etwas Derartiges von seinem Polizistengehalt niemals würde leisten können, doch das war Lutz Weichert vermutlich ebenso klar wie ihm.

Verena hatte sich ihnen gegenüber hingesetzt und wies auf ein Tablett, das auf dem Tisch stand. „Möchten sie Kaffee?", fragte sie, und als beide nickten, füllte sie zwei Tassen. Ein leises Klirren ertönte, als das Porzellan die gläserne Tischplatte berührte. Dann schob Verena ihnen ein zierliches Sahnekännchen und einen passenden Zuckertopf zu. „Bitte, bedienen Sie sich."

Andresen winkte ab, doch Weichert ließ zwei Stück Würfelzucker in seine Tasse fallen und goss etwas Sahne hinterher. Geräuschvoll klingelnd rührte er um, während Andresen sich an Verena wandte.

„Darf ich fragen, weshalb Sie so plötzlich wieder zu Ihren Eltern gezogen sind?"

Verena lehnte sich zurück und schlug die langen Beine übereinander. „Marius und ich hatten einen ziemlich ernsten Streit. Ich brauchte eine räumliche Trennung." Sie machte eine kurze Pause. „Abgesehen davon, der Gedanke, dass ein Mörder im Haus wohnt, hat mich doch etwas nervös gemacht. Womöglich wäre ich eines Morgens ebenso mausetot wie Nikolai."

Andresen schwieg und führte die Tasse zum Mund, die ebenso zierlich war wie das Sahnekännchen und in seiner großen Hand kaum zu sehen war. Er hatte Schwierigkeiten, den winzigen Henkel zu halten.

Weichert schien es ähnlich zu gehen; bei dem Versuch, seinen Zeigefinger aus dem Porzellanhenkel zu befreien, kippte die Tasse und ein Teil des Kaffees ergoss sich auf die Tischplatte. „So was aber auch", murmelte er verlegen und lächelte Verena entschuldigend zu. Sie reichte ihm zwei hellrote Papierservietten und schmunzelte, als er sie schüchtern entgegennahm.

„Hatte ihre Auseinandersetzung mit Herrn Schumann etwas mit dem Tod von Herrn Schiller zu tun?", fragte Andresen und setzte die kleine Tasse sehr vorsichtig wieder ab.

Verena sah von Weichert zu ihm, bemüht, sich auf die Frage zu konzentrieren und sagte: „Eigentlich nicht. Eher mit seiner Frau." Ihr Blick wanderte wieder zurück zu Lutz Weichert, der die kaffeegetränkten Servietten hilflos in der

Hand hielt. Sie reichte ihm einen kleinen Teller. „Hier, legen sie sie darauf", schlug sie vor.

„Danke." Erleichtert nahm Weichert den Teller und entledigte sich des nassen Papierknäuels. Ein paar feuchte Fetzen hingen noch wie Blutstropfen an seinen Fingerspitzen und Verena beobachtete amüsiert seine Versuche, sie von der Hand zu lösen und auf den Teller zu legen.

„Sie haben sich wegen Svenja Schiller gestritten?", fragte Andresen und nahm sich fest vor, Weichert zukünftig so oft wie möglich im Präsidium zu beschäftigen, damit er Sinnvolleres tun konnte, als die Zeugen abzulenken. „Haben Sie ein Problem mit ihr?"

Verenas Gesichtsausdruck wurde wieder ernst. „Ja, das kann man so sagen. Ich habe den Verdacht, dass zwischen Marius und ihr mehr als nur Freundschaft im Spiel ist."

Weichert war endlich alle Papierfetzen los und schob den Teller erleichtert aus seiner Reichweite. Als er das belustigte Funkeln in Verenas Augen bemerkte, errötete er und schnitt eine kleine Grimasse. Andresen schüttelte unauffällig den Kopf und gab sich Mühe, Verenas Aufmerksamkeit wieder auf sich zu lenken.

„Sie nehmen an, die zwei haben eine Affäre?"

Sie zuckte die Achseln. „Es würde mich jedenfalls nicht wundern."

„Wieso glauben Sie das?", fragte Andresen interessiert.

Verena kratzte sich die Nase. „Zum einen hat sich zwischen Marius und mir nicht mehr sehr viel abgespielt – sie wissen schon. Und zwar ziemlich genau seit er die Idee mit diesem Wiedersehens-Wochenende hatte." Für einen Moment wirkte Verena verlegen, doch dann sprach sie schnell weiter. „Außerdem, so wie die beiden miteinander umgingen, konnte man schon den Eindruck bekommen, dass da mehr ist als nur Freundschaft." Mit wenigen Worten beschrieb sie die Vertrautheit zwischen Marius und Svenja.

„Und was hat Herr Schumann auf Ihre Vorwürfe erwidert?", fragte Weichert.

„Er hat abgestritten, dass zwischen ihm und Svenja etwas ist. Aber ich glaube ihm nicht."

Ganz offensichtlich hatte Verena Christen keine Ahnung davon, dass ihr Freund vor Jahren eine Beziehung mit Svenja Schiller gehabt hatte. Andresen fühlte sich jedoch nicht verpflichtet, sie aufzuklären. „Hatten Sie den Eindruck, dass Ihr Freund auf Herrn Schiller eifersüchtig war?", wollte er wissen.

Verena schürzte die Lippen. „Gezeigt hat er es nicht, aber wer weiß?"

„Kamen Sie gut mit Nikolai Schiller zurecht?", erkundigte sich Weichert.

Verena zögerte. „Er war höflich und nett. Aber um ehrlich zu sein, er war mir ein wenig unheimlich. Er hatte so einen eindringlichen Blick. Wenn er einen ansah..."

„Was war dann?" Weichert lächelte ihr beruhigend zu und Verena schlug verlegen die Augen nieder. „Kennen Sie das Gefühl, das man hat, wenn ein Polizeiwagen hinter einem herfährt? Obwohl man ein reines Gewissen hat, fühlt man sich, als hätte man etwas angestellt." Sie sah die beiden Männer an und begann zu lachen. „Nein, Sie kennen dieses Gefühl wahrscheinlich nicht."

„Und diese Empfindung hat Herr Schiller bei Ihnen ausgelöst?", fragte Weichert.

Verena nickte. „Irgendwie schon, ja."

„Frau Christen, Marius Schumann war am Samstagabend mit Herrn Schiller allein in der Sauna, nachdem alle anderen gegangen waren, nicht wahr?"

Verena nickte. „Ja, das stimmt. Während unseres Streits habe ich ihm gesagt, dass das ein merkwürdiger Zufall war; die beiden ganz allein und am nächsten Morgen war Nikolai tot. Ein Hindernis weniger, hab ich gesagt."

„Mit anderen Worten, Sie haben Herrn Schumann gegenüber den Verdacht ausgesprochen, dass er Herrn Schiller in die Sauna gesperrt hat, um seinen Nebenbuhler los zu werden?"

Verena nickte. „Um ehrlich zu sein, ja. Ich war wütend auf ihn, deshalb habe ich das gesagt. Obwohl Marius eigentlich überhaupt nicht der kriminelle Typ ist. Ganz im Gegenteil. Im Nachhinein hat es mir schon Leid getan, dass ich ihn verdächtigt habe. Andererseits, ein Motiv hatte er ja wirklich." Sie sah nachdenklich aus. „Ich weiß einfach nicht, was ich denken soll", schloss sie.

„Das ist doch verständlich." Lutz Weichert schenkte Verena ein mitfühlendes Lächeln. Sie sah ihn dankbar an und Andresen stellte verwundert fest, dass die zwei sich tief in die Augen sahen. War sein Kollege womöglich doch nicht vom anderen Ufer? Dieses offensichtliche Geturtel brachte Andresens Weltbild völlig durcheinander.

Der Asphalt glänzte nass und dunkel, doch der Regen hatte aufgehört. Obwohl noch immer dicke graue Wolken bedrohlich tief am Himmel hingen und man hin und wieder ein leises Grummeln hören konnte, zogen Jan und Yvonne sich ihre Turnschuhe an und liefen los. Svenja und Marius räumten die Küche auf und Stephan telefonierte mit den Kindern, als es an der Tür läutete.

„Vielleicht haben Jan und Yvonne etwas vergessen", vermutete Marius und ging zur Tür. Hauptkommissar Andresen und sein Kollege standen davor. Marius bat sie herein und führte sie in die Küche, wo Svenja sie begrüßte. „Oh, hallo. Haben Sie Neuigkeiten für uns?", fragte sie gespannt.

„Wir haben einige neue Erkenntnisse", sagte Andresen vage. „Ist Frau Walter da? Wir hätten ein paar Fragen an sie."

Marius schüttelte den Kopf. „Tut mir leid, sie und Jan sind Laufen gegangen. Vermutlich kommen sie in ungefähr einer Stunde zurück."

Andresen nickte. „Schade. Aber dann wären Sie sicher so freundlich, uns ein paar Fragen zu beantworten."

„Ja, natürlich." Marius wies auf die Sitzgruppe. „Bitte sehr."

Andresen blieb stehen und sah zu Svenja und Stephan. Es war offensichtlich, dass er allein mit Marius sprechen wollte. Stephan nickte und verabschiedete sich von seinem Sohn. „Marco, ich muss Schluss machen. Grüß Leonie, Opa und Oma von uns, ja? Sag ihnen, wir kommen so bald wie möglich. Gut, mache ich. Bis bald, mein Junge."

Er legte auf und erhob sich von der Couch. „Ich musste meinen Eltern Bescheid sagen, dass wir die Kinder heute noch nicht abholen können", sagte er und fügte fragend hinzu: „Was meinen Sie, wann wir abreisen können?"

„Ich werde Sie informieren, sobald wir Sie und Ihre Frau hier nicht mehr benötigen", antwortete Andresen unbestimmt.

Stephan nickte, als hätte er nichts anderes erwartet, und wandte sich an Svenja. „Was hältst du von einem kleinen Spaziergang zum Strand?", fragte er.

„Ja", nickte sie zerstreut. „Ja, sicher. Eine gute Idee." Sie sah verwirrt von Marius zu den beiden Polizisten, die sich gleichzeitig auf dem Sofa niederließen, und ließ sich von Stephan zur Tür führen. Beim Hinausgehen warf sie Marius einen fragenden Blick zu. Er zuckte mit den Schultern und lächelte ihr beruhigend zu. Mach dir keine Sorgen, versuchte er ihr durch seinen Blick mitzuteilen.

„Ach, Frau Schiller", sagte Andresen. „Mit Ihnen möchten wir uns auch noch unterhalten. Bleiben Sie also bitte nicht zu lange weg."

„In Ordnung", sagte sie und verließ zögernd hinter Stephan den Raum.

Marius sah Andresen an. „Kann ich Ihnen etwas anbieten? Einen Kaffee vielleicht?"

Obwohl die Tassen im Hause Schumann vermutlich größer waren als bei Familie Christen, schüttelte Andresen den Kopf. „Für mich nicht, danke."

Marius sah fragend zu Weichert, doch auch der winkte ab. Nun setzte sich Marius ebenfalls und sah abwartend von einem zum anderen.

„Wir kommen gerade von Frau Christen", begann Andresen. „Sie hat uns von Ihrem gestrigen Streit berichtet."

Marius stand wieder auf, versenkte die Hände in den Taschen seiner Leinenhose und seufzte. „Und jetzt denken Sie, ich hätte Nikolai umgebracht, weil ich ihn aus dem Weg haben wollte, nicht wahr?"

„Ist es denn so?" Andresen legte den Kopf schräg und sah Marius neugierig an.

„Natürlich nicht!", antwortete Marius hitzig. „So etwas würde ich niemals tun. Und ich hatte eigentlich geglaubt, dass Verena mich gut genug kennen würde, um das zu wissen."

„Sie ist ganz offensichtlich eifersüchtig auf Frau Schiller. Was genau empfinden Sie denn für Ihre ehemalige Freundin?"

Marius atmete tief durch. In ruhigerem Tonfall antwortete er: „Ich mag sie noch immer sehr gern, das ist richtig. Möglicherweise habe ich das Verena gegenüber zu sehr durchblicken lassen."

Kristina kam in die Küche und sah Marius und die beiden Polizeibeamten im Wohnzimmer.

„Oh, entschuldigen Sie! Ich wollte nicht stören."

Sie wandte sich ab und wollte den Raum wieder verlassen, doch Andresen hielt sie zurück. „Bleiben Sie ruhig, Frau Wilbert." Er winkte sie zu sich. Zögernd trat Kristina ins Wohnzimmer. „Ja?"

„Haben Sie bemerkt, dass Verena Christen eifersüchtig war auf Frau Schiller?"

Überrascht kam Kristina näher „Eigentlich nicht. Bis zu ihrem Ausbruch gestern Mittag."

„Erzählen Sie mal. Was genau ist passiert?" Interessiert beugte Andresen sich vor.

Kristina warf Marius einen fragenden Blick zu. Er nickte ernst. „Ist schon in Ordnung, Krissi."

Beruhigt sah sie zu Andresen und berichtete, was sie mitbekommen hatte. Andresen sah zu Marius, der aus dem Fenster starrte. Es fing wieder an zu regnen.

„Nachdem Sie Frau Christen gefolgt waren", wandte Andresen sich an ihn, „wie lief das Gespräch zwischen ihnen ab?"

Marius seufzte. „Wir haben nicht mehr viel geredet. Sie warf mir vor, in Svenja verliebt zu sein."

„Warum haben Sie Ihrer Freundin nie gesagt, dass Sie und Svenja Schiller damals in Berlin eine Beziehung unterhielten?", erkundigte sich Lutz Weichert.

Mit einem kläglichen Lächeln antwortete Marius: „Im Grunde, um genau eine solche Eifersuchtsszene zu vermeiden. Welch Ironie des Schicksals."

„Und aus welchem Grund haben Sie ihr dann während ihres Streits nicht die Wahrheit gesagt?"

„Oh, ich habe mit dem Gedanken gespielt", beteuerte Marius, „doch dann deutete sie an, ich hätte Nikolai auf dem Gewissen."

Kristina hob eine Hand an den Mund und riss die Augen auf. „Das hat sie wirklich getan? Ich hatte keine Ahnung."

Marius schwieg und beobachtete, wie der leichte Niederschlag sich in einen Platzregen verwandelte. Wind kam auf und peitschte die Tropfen fast waagerecht gegen die Fensterscheibe. Schlagartig wurde es so dunkel, dass man eigentlich das Licht hätte einschalten müssen, doch Marius unterließ es. Er empfand das Dämmerlicht als angenehm, ohne sagen zu können, warum das so war.

„Sie waren der Letzte, der Herrn Schiller lebend gesehen hat", sagte Weichert in die Stille hinein, die nur vom prasselnden Regen unterbrochen wurde.

Marius drehte sich um. Seine Mundwinkel zuckten verärgert. „Ja, das reichte auch Verena für ihren Verdacht. Aber ich habe Nikolai nicht umgebracht!"

Aus dem Flur ertönten Stimmen. Marius konnte seine Erleichterung kaum verbergen. „Das werden Jan und Yvonne sein." Er durchquerte schnell den Raum.

Sie standen pudelnass im Hauswirtschaftsraum. Wasser tropfte aus ihren Haaren, ihre Schuhe hinterließen schmutzig-feuchte Abdrücke auf dem Fußboden. Marius trat auf sie zu, als sie ihre triefenden Jacken auszogen.

„Yvonne, die Polizei ist wieder da", sagte er. „Sie wollen dich sprechen."

„Mich?" Überrascht drehte Yvonne sich um. „Wieso denn?"

Marius zuckte mit den Achseln. „Das weiß ich auch nicht." Yvonne hängte ihre Jacke an einen Haken und sah beunruhigt zu Jan. Er legte ihr die Hände auf die zierlichen Schultern. „Hab keine Angst, Engel, du hast doch nichts zu befürchten."

Kristina war Marius gefolgt und hatte aus dem Gästebad Handtücher geholt, als sie die beiden nassen Gestalten gesehen hatte. Sie reichte sie an Jan und Yvonne weiter, nachdem diese ihre dreckverschmierten und patschnassen Schuhe ausgezogen hatten.

„Danke, Krissi!" Jan zwinkerte ihr lächelnd zu, trocknete sich das Gesicht ab und fuhr anschließend mit dem Handtuch über sein blondes Haar. Yvonne dagegen hielt das Tuch bewegungslos in der Hand, als wüsste sie nicht, was sie damit anfangen sollte. Sie starrte ins Wohnzimmer, wo Kommissar Andresen und sein Kollege warteten.

„Trockne dich ab", riet Jan ihr, „sonst erkältest du dich noch."

Als er merkte, dass Yvonne ihn gar nicht hörte, nahm er ihr das Handtuch ab und legte es über ihre Schultern. Mit einer Ecke tupfte er sanft ihre nasse Stirn ab. Dann schob er sie über den Flur.

„Geh. Es wird schon nicht so schlimm werden", flüsterte er in ihr Ohr.

Sie legte ihre linke Hand auf seine Rechte, die auf ihrer Schulter ruhte, und sah ihn mit großen Augen an. Er küsste sie sanft. „Na los."

Kristina wurde der Hals eng, als sie sah, wie liebevoll Jan mit seiner Verlobten umging. Ich bin eifersüchtig, schoss es ihr durch den Kopf. Das ist doch krank!

Jan sah Yvonne nach, zupfte an seinem nassen T-Shirt und wandte sich an Marius und Kristina. „Ich warte oben auf sie und ziehe mich um. Kommt ihr mit?"

Marius schüttelte den Kopf. „Ich bleibe lieber hier. Vielleicht haben sie noch Fragen an mich."

„Was ist mit dir?" Jan sah Kristina durchdringend an. Sein Blick ließ ihr Herz wieder schneller schlagen. Sie wandte sich an Marius. „Wo ist Stephan eigentlich?"

„Was? Oh, der ist mit Svenja spazieren gegangen. Zum Strand, glaube ich."

Kristina nickte Jan zu. „Ich komme mit", beschloss sie und folgte ihm die Treppe hinauf.

„Bei dem Wetter werden sie sicher bald zurückkommen", rief Marius ihnen nach. „Ich sage Stephan dann, wo du bist."

Kristina drehte sich auf der Treppe zu Marius um. „Danke, das ist lieb von dir", erwiderte sie, bevor sie das Gästezimmer ansteuerte, krampfhaft bemüht, sich ihre Ungeduld nicht anmerken zu lassen.

Marius wandte sich dem Wohnzimmer zu, doch Yvonne, die es eben betreten hatte, schloss die Tür hinter sich. Er hörte nur noch, dass sie die Beamten in wachsamem Ton fragte: „Sie wollten mich sprechen?"

Durch den Glaseinsatz in der Tür sah Marius, dass Andresen lächelnd auf die Couch wies. Yvonne zog das Handtuch von ihren Schultern und legte es auf die Sitzfläche. Dann nahm sie darauf Platz, ohne Andresen aus den Augen zu lassen. Der lehnte sich bequem zurück und fragte etwas. Yvonne schüttelte den Kopf.

Seinem Gesichtsausdruck nach zu urteilen wurden die Fragen nun schärfer. Yvonne reagierte nervös und verunsichert. Marius runzelte die Stirn. Was hatte das zu bedeuten?

Andresen sagte etwas, worauf Yvonne ihn erstaunt ansah, dann ergriff sie einen ihrer geflochtenen Zöpfe und begann, ihn durch ihre Finger gleiten zu lassen. Auf die nächste Frage antwortete sie wieder mit einem Kopfschütteln.

Andresen stand auf und sah auf Yvonne hinab, während er ihr die nächsten Fragen stellte. Sie sah unruhig zur Tür. Marius kam sich wie ein Schnüffler vor, als sie ihn direkt anblickte. Dann antwortete sie dem Kommissar, wie es schien in äußerst gereiztem Ton.

Andresen ging ein paar Schritte hin und her, die Arme auf dem Rücken verschränkt, blieb schließlich vor Yvonne stehen und fixierte sie mit einem prüfenden Blick, während seine Fragen auf sie herab prasselten. Sie wand sich unbehaglich und sah wieder an Andresen vorbei zum Flur, als warte sie darauf, dass Marius ihr zu Hilfe eilte. Dann wandte sie den Blick wieder von der Tür ab, antwortete kurz angebunden und sah konzentriert auf das zusammengebundene Ende ihres Zopfes.

Nun meldete sich Kommissar Weichert zu Wort. Yvonne erhob sich ungeduldig und griff nach dem Handtuch, auf dem sie gesessen hatte. Trotzig, mit versteinerter Miene, entgegnete sie etwas. Andresen nickte und Yvonne wandte sich ab und kam auf Marius zu. Er sah die Angst in ihren Augen, als sie die Tür öffnete. Wortlos ging sie an Marius vorbei und rannte nach oben.

Die Tür zum Hauswirtschaftsraum öffnete sich und Stephan kam mit Svenja im Schlepptau herein. Sie waren nicht so durchnässt, wie Jan und Yvonne es gewesen waren.

„Ihr habt euch irgendwo untergestellt", ahnte Marius.

Stephan nickte und Svenja sah ins Wohnzimmer. „Haben sie schon mit Yvonne gesprochen?", fragte sie zaghaft.

„Ja, sie ist gerade nach oben gelaufen", berichtete Marius. „Sie sah ganz schön aufgebracht aus."

„Dann bin ich jetzt wohl dran." Svenja sah ihn mit großen Augen an. Er nickte und strich über ihre von der frischen Luft gerötete Wange. „Wir gehen zu den anderen nach oben", sagte er und lächelte ihr aufmunternd zu. Svenja schluckte, dann hob sie das Kinn an und trat ins Wohnzimmer.

Als Yvonne die Tür aufriss, sah sie Jan und Kristina nebeneinander auf dem Bett sitzen. Erwartungsvoll sahen sie ihr entgegen.

„Wat kommt'n jetzt?", fragte Yvonne genervt. „Verhör Nummero zwei?"

Jan stand auf, ging auf sie zu und nahm sie in den Arm. Anfangs blieb sie unbeweglich stehen, doch dann schlang sie die Arme um ihn und bettete mit geschlossenen Augen ihren Kopf an seiner Brust.

„Sei nicht böse, Engel, wir sind nur neugierig", sagte Jan. „Was wollten die beiden denn von dir?"

Kristina spürte erneut einen Stich der Eifersucht und sah zur Seite. Noch vor wenigen Minuten hatte Jan sie so in den Armen gehalten.

Marius trat durch die Tür, hinter ihm stand Stephan. „Jetzt reden sie mit Svenja", verkündete Marius und setzte sich neben Kristina.

„Was wollen sie denn von ihr?", wunderte sich Jan.

Stephan schloss die Tür hinter sich und zuckte mit den Achseln. „Ich habe keine Ahnung."

Yvonne seufzte vernehmlich und suchte sich trockene Sachen aus dem Schrank. „Entschuldigt, wenn ich die Versammlung hier kurz verlasse", sagte sie verschnupft. „Ich werd mich im Bad umziehen."

Als die Tür mit einem lauten Krachen ins Schloss fiel, sahen die anderen sich verwundert an. „Was ist denn mit ihr?", fragte Jan.

Marius zuckte mit den Achseln. „Ich konnte nichts hören, aber es sah so aus, als hätten die Herren Kommissare sie ganz hübsch in die Zange genommen", berichtete er.

Jans Wangenknochen traten hervor. „Die sollen sich lieber vorsehen", knurrte er.

Svenja saß kerzengerade auf dem Sessel und strich sich ihr Haar hinter die Ohren.

„Ist Ihnen aufgefallen, dass Ihr Mann Interesse an Frau Walter gezeigt hat?", fragte Andresen sie, während er auf und ab ging.

„Er fand sie attraktiv, ja", bestätigte Svenja und folgte ihm mit den Augen. „Was mich nicht wundert, sie ist eine sehr schöne Frau. Doch ihr Dialekt störte ihn. Das hat er jedenfalls behauptet."

„Hat er erwähnt, dass er Frau Walter schon einmal begegnet war?"

„Ja, am ersten Abend. Doch er kam nicht darauf, woher er sie kannte. Er vermutete, dass er ihr während seines Referendariats in Berlin schon einmal begegnet ist."

„Kann es sein, dass es ihm später eingefallen ist, und er es Ihnen gegenüber nicht erwähnte?", wollte Weichert wissen und begann wieder, mit dem Kugelschreiber auf seinen Notizblock zu klopfen. Andresen blieb stehen und sah ihn mit zusammengezogenen Brauen an. Augenblicklich hörte das Klopfen auf.

Svenja hob die Schultern. „Das wäre möglich, ja."

„Eine Frage habe ich noch an sie, Frau Schiller." Andresen stellte sich hinter die Couch, auf der Weichert saß, und stützte die Hände auf die Rückenlehne. „Marius Schumann und Sie waren damals in Berlin ein Paar. Frau Christen hat davon offenbar keine Ahnung, glaubt jedoch, dass Herr Schumann Gefühle für Sie hegt. Ist da Ihrer Meinung nach etwas dran?"

Svenja zögerte. Dann sagte sie leise: „Zwischen Marius und mir – da war immer etwas Besonderes. Wir mögen uns sehr, auch jetzt noch. Aber das ist alles."

„Würden Sie sagen, dass Herr Schumann sich um Sie gesorgt hat? Dass er Sie beschützen wollte?"

Verwirrt sah sie den Kommissar an. „Beschützen? Wovor denn?"

„Na, vor weiteren seelischen Verletzungen durch Ihren Mann", erläuterte Weichert. „Herrn Schumann gefiel es bekanntlich nicht, wie Ihr Mann Sie behandelte."

Svenja hob eine Augenbraue und sah Weichert an, als habe er den Verstand verloren. „Wenn Sie damit andeuten wollen, dass Marius meinen Mann in die Sauna gesperrt hat, damit der mir nicht mehr wehtun kann, dann sind Sie mit Sicherheit auf dem Holzweg", sagte sie empört. „Marius bot mir seine Hilfe an, für den Fall, dass ich Nikolai eines Tages verlasse. Er würde ihn aber niemals einfach so aus dem Weg räumen. Dafür ist er viel zu anständig."

Nachdem die Polizisten abgefahren waren, setzten sich alle an den Esszimmertisch. Die Stimmung war gedrückt und wer glaubte, unbeobachtet zu sein, musterte die anderen argwöhnisch. Noch immer prasselten Regentropfen gegen die Fensterscheiben, graue Wolken verdunkelten den Himmel.

Obwohl es inzwischen Mittagszeit war, kam niemand – nicht einmal Stephan - auf die Idee, etwas zu essen. Stattdessen tranken sie im gedimmten Licht der Esszimmerleuchte Kaffee.

„Sie haben Verena befragt", berichtete Marius. „Und sie hat ihnen selbstverständlich von unserem Streit erzählt." Er seufzte. „Vermutlich hat sich mein Platz ganz oben auf ihrer Schwarzen Liste nun endgültig verfestigt."

„Wieso 'n det?" Yvonne sah ihn verständnislos an.

„Weil sie wissen, dass ich für Svenja noch immer etwas empfinde", antwortete er ehrlich und zeichnete mit dem Zeigefinger Kreise auf die Tischplatte. „Also hatte ich in ihren Augen ein Motiv: Eifersucht. Und Verena vermutet ja auch, dass ich Nikolai eingesperrt habe. Was sie den Polizisten gegenüber natürlich erwähnt hat." Nach einer kurzen Pause fügte er leise hinzu: „Es wird der Polizei sicher zu denken geben, dass sogar meine Freundin mich einer solchen Tat für fähig hält."

Svenja legte ihre Hand auf seine und drückte sie. „Ich weiß, dass du es nicht getan hast. Das habe ich dem Kommissar auch gesagt. Dazu bist du gar nicht fähig."

„Wer von uns ist denn deiner Meinung nach dazu fähig?", wollte Stephan wissen und lehnte sich abwartend zurück, die Arme vor der Brust verschränkt.

Unsicher sah Svenja ihn an. „Ich habe mich wohl etwas ungeschickt ausgedrückt", murmelte sie verlegen. „Niemanden von euch halte ich einer solchen Tat für fähig."

„Irgendjemand hat es trotzdem getan", beharrte Stephan. „Jemand hier am Tisch."

„Es sei denn, Verena war es", warf Marius ein. „Doch das können wir wohl ausschließen."

„Warum?", fragte Kristina.

„Sie hat doch gar kein Motiv."

„Niemand von uns hat ein Motiv", murmelte Stephan. „Ich wüsste jedenfalls nicht, wer."

Alle schwiegen und Svenja senkte den Kopf. Sie war die Einzige, die wusste, dass Yvonne sehr wohl einen guten Grund gehabt hätte, Nikolai umzubringen. Sogar zwei Gründe: Rache und panische Angst.

Als hätte er Svenjas Gedanken gelesen, hob Marius den Kopf und sah Yvonne neugierig an. „Was wollten die zwei denn eigentlich von dir?", fragte er.

Yvonne zuckte unwillig mit den Schultern. „Ick hab vor Jahren mal in 'ner Verhandlung als Zeugin ausjesagt. Da war Nikolai wohl dabei. War mir nich bewusst."

„Ach, daher kannte er dich!", ließ Stephan sich vernehmen. „Ich erinnere mich, dass er glaubte, dich schon einmal gesehen zu haben. Das sagte er doch am Freitag, als ihr angekommen seid."

„Selbst wenn, mir kam er jedenfalls nich bekannt vor", brummte Yvonne.

„Wieso war Nikolai bei einer Verhandlung, in der du ausgesagt hast?", erkundigte sich Kristina verwundert.

„Seine Kanzlei hat den Anjeklagten vertreten", antwortete Yvonne knapp.

„Anwaltsbüro Berger & Sinthofen", nickte Svenja. „Dort hat Nikolai sein Refendariat gemacht."

„Woher wissen die Bullen denn von dieser Verhandlung?", fragte Jan verwundert.

„Sie haben ihre Methoden, um an Informationen zu kommen", antwortete Marius wegwerfend. „Aber was soll das beweisen?"

„Keene Ahnung!" Yvonne hob die Schultern und verschränkte die Arme. Alle spürten, dass sie von dem Thema genug hatte.

Svenja musterte sie nachdenklich. War diese Verhandlung der Grund dafür, dass ihr Mann Yvonne so brutal vergewaltigt und sie kein einziges Wort darüber verloren hatte?

Im Laufe des Nachmittags verzogen sich die Wolken in Richtung Osten. Der Himmel zeigte endlich mehr blau als grau, sogar die Sonne ließ sich wieder blicken. Jan und Stephan hatten sich auf die Terrasse gesetzt und unterhielten sich. Kristina stand mit einem Kaffeebecher in der Hand am Küchentresen, sah hinaus und staunte nicht zum ersten Mal darüber, wie entspannt Jan in Stephans und auch in Yvonnes Gegenwart war. Sie selbst mochte weder ihrem Mann noch Jans Freundin in die Augen sehen. Während sie Jan beobachtete – sein jungenhaftes Lachen, die Art, mit den Händen zu reden und sich durch sein Wuschelhaar zu fahren - hatte sie nur einen Wunsch: Mit ihm allein zu sein und ihm die Klamotten vom Leib zu reißen. Schon bei dem Gedanken lief ihr ein wohliger Schauer über den ganzen Körper. Sie schüttelte leicht den Kopf, um die Vorstellung von sich und Jan aus dem Kopf zu verschenken und sah beklommen zu Yvonne hinüber, die vor dem Fernseher auf der Couch saß und sich eine Dokumentation über Afrika ansah.

Svenja kam herein und ging auf Yvonne zu.

„Gehst du ein Stück mit mir spazieren?", fragte sie.

Yvonne sah hoch. Etwas in Svenjas Blick sagte ihr, dass sie etwas anderes im Sinn hatte, als die Umgebung zu genießen und dabei unbeschwert zu plaudern. Dennoch schaltete sie den Fernseher aus und stand auf. „Warum nicht?"

Kristina hob ihren Kaffeebecher an die Lippen und sah ihnen leicht beunruhigt hinterher.

Sie schlenderten durch das kleine Waldstück, das zum Strand führte. Der Boden war nach den Regengüssen aufgeweicht und schlammig, darum bemühten sie sich, am Wegesrand zu gehen und den Pfützen auszuweichen. Die Blicke auf den Boden geheftet wanderten sie schweigend Richtung Strand. Erst als sie die Promenade erreichten, mussten sie nicht mehr hintereinander hergehen. Svenja musterte Yvonne, die weiterhin nach unten sah, als hätte sie noch nie einen asphaltierten Fußweg gesehen. „Du hast Nikolai wirklich nicht wieder erkannt?", fragte sie.

„Hab ick doch jesagt."

Der abwehrende, leicht gereizte Ton veranlasste Svenja, ihre nächste Frage vorerst hinunterzuschlucken. Doch nach ein paar Minuten hielt sie es nicht mehr aus. Den Blick auf das graue Wasser und den Horizont gerichtet, fragte sie: „Er wusste etwas über dich, nicht wahr? Etwas, das eigentlich niemand wissen darf."

Yvonne sah mit gerunzelter Stirn auf. „Wieso? Wovon redest du?"

Svenja blieb stehen und sah Yvonne verschämt an. „Ich weiß, was er mit dir gemacht hat", flüsterte sie und senkte den Blick.

Yvonne beugte den Kopf leicht zur Seite, nicht ganz sicher, ob sie Svenja richtig verstanden hatte. „Wie bitte?", fragte sie, halb lauernd, halb ängstlich.

Svenja hob den Kopf. Ihr Kinn zitterte, die blauen Augen glänzten feucht. „Ich weiß, was er dir angetan hat", wiederholte sie, noch immer sehr leise, doch laut genug, dass Yvonne sicher war, richtig gehört zu haben. Sie schnappte nach Luft. Erschrocken sah sie Svenja an, die erstaunlicherweise nicht wütend wirkte, sondern eher einen schuldbewussten Eindruck machte.

„Es tut mir so wahnsinnig leid, Yvonne." Svenja trat auf sie zu und nahm ihre Hand, die kraftlos herunter baumelte. Yvonnes Augen füllten sich mit Tränen. „Wieso? Wo... Woher?", stammelte sie schwach.

Svenja zögerte erst, dann gab sie zu: „Ich habe es gesehen."

„Du hast et... jesehen?" Entsetzen und Scham spiegelten sich in Yvonnes Gesicht. Ihre braunen Augen schienen groß wie Untertassen. „Aber wie...?"

„Ich war in der Küche, als ich Geräusche aus eurem Zimmer hörte", berichtete Svenja. „In dem Moment wurde mir klar, dass ihr zwei, Nikolai und du, ja auch im Haus seid. Ich habe euch durch das Schlüsselloch beobachtet. Nur ganz kurz", fügte sie rasch hinzu, als sie Yvonnes entgeisterten Blick sah, und sah beschämt zur Seite.

Yvonne entzog ihr ihre Hand und schlug sich die Hände vor das Gesicht. Sie schluchzte und krümmte sich zusammen, als litte sie an starken Schmerzen. Svenja nahm sie bei den bebenden Schultern und führte sie zu einer verwitterten Holzbank, die wenige Meter entfernt stand. Sie war nass, doch Svenja wischte mit der Hand darüber, zog kurzerhand ihre Regenjacke aus und legte sie auf die Sitzfläche. Sie setzten sich und Svenja wartete geduldig, einen Arm um Yvonne gelegt.

Die Sonne stand schon recht tief, sie spiegelte sich in der Wasseroberfläche und ließ sie verführerisch glitzern. Das Meer lag so ruhig da, als hätte es die letzten vierundzwanzig Stunden mit Regengüssen, Sturm und Gewitter gar nicht gegeben. Nun saßen sie in einer ruhigen, geradezu malerischen Idylle wie in einer riesigen, kitschigen Postkarte.

Yvonnes Schluchzer wurden leiser, ihre Schultern zuckten nicht mehr. Svenja registrierte das erleichtert und sprach weiter. „Zuerst nahm ich an, dass Nikolai dich verführt hat, dass du einverstanden warst", sagte sie mit gedämpfter Stimme. „Das wäre ja schließlich nichts Neues für mich. Doch dann sah ich dein Gesicht..." Auch ihr liefen jetzt Tränen über die Wangen. „Es tut mir so unendlich leid", wisperte sie.

Yvonne ließ endlich die Hände sinken und sah Svenja aus rotgeweinten Augen an. Ihre Mundwinkel zuckten. „Warum haste nischt dajegen unternommen?", fragte sie verständnislos. „Wieso, zum Teufel, haste mir nich jeholfen?"

„Ich weiß es nicht." Svenja schüttelte ratlos den Kopf. „Ich war so schockiert, wie vor den Kopf geschlagen. Ich bin in unser Zimmer gelaufen, habe geheult und Nikolai verflucht – und gehofft, dass es bald vorbei sein würde." Sie schluckte und schwieg. „Bitte entschuldige", flüsterte sie dann.

Stimmen erklangen. Ein paar Jugendliche tauchten auf und alberten lautstark herum. Sie warfen ihnen kurze, neugierige Blicke zu und verschwanden schließlich Richtung Ufer, wo sie Steine aufsammelten und mit ausholenden Bewegungen flach über das Wasser warfen, so dass sie auf der Oberfläche hüpften. Dabei johlten sie ausgelassen.

Yvonne fuhr sich mit einer ungeduldigen Geste über das Gesicht. „Es hat so verdammt lange jedauert", wisperte sie und starrte tränenblind vor sich hin. „Und es hat – Scheiße noch mal – verflucht wehjetan. Er war brutal und jemein." Nach einer kurzen Pause fragte sie vorsichtig: „Is er mit dir etwa ooch so umjesprungen?"

„Manchmal schon", nickte Svenja. „Aber ich hatte ja nichts dagegen, fand es aufregend. Es ist sicher ein riesiger Unterschied, ob man freiwillig mitmacht – oder eben nicht."

Yvonne nickte. „Oh ja, ein gewaltiger Unterschied."

„Du hattest sicher Angst, dass es wieder passiert, nicht wahr?"

„Logo. Wat denkst du denn?"

„Und als er am Samstagabend in dein Zimmer kam..."

„Da bin ick vor Angst fast jestorben, ja." Yvonne lächelte kläglich. „Danke, dass du mir wenigstens da jeholfen hast."

„Das musste ich einfach tun. Ich schämte mich so, für Nikolai, und auch für mich, weil ich dir nicht zu Hilfe gekommen bin."

Sie machte eine Pause, dann sah sie Yvonne ernst an. „Ich muss dich etwas fragen, und glaub mir, ich nehme es dir nicht übel, wenn..." Sie brach ab, zögerte und knetete nervös ihre Hände.

„Was?"

Svenja hob den Kopf. „Ich könnte es verstehen, wenn du Nikolai in die Sauna gesperrt hast. Und glaub mir, ich würde es niemandem sagen."

Sprachlos starrte Yvonne sie an.

„Und?", fragte Svenja leise. „Hast du es getan?"

„Sie glauben Frau Walter nicht, oder?"

Es war kurz vor Feierabend. Vom Fenster ihres Büros in Hafennähe sah Andresen, wie die untergehende Sonne die

Dächer und Kirchtürme an der Hafenspitze goldorange schimmern ließ. Weichert und er saßen an ihren Schreibtischen und gingen noch einmal sämtliche Unterlagen durch. Das Ergebnis der Spurensicherung war nicht der Rede wert. Auf dem Keil fanden sich mehrere abgewischte Fingerabdrücke, außerdem frische Abdrücke von Svenja Schiller, die ja den Toten gefunden und bei der Gelegenheit den Keil weggezogen hatte.

Auch an der Saunatür waren verschiedene Abdrücke gefunden worden, doch da ja kein Zweifel darüber bestand, dass jeder der Verdächtigen die Tür in den vergangenen Tagen irgendwann berührt hatte, war das ebenfalls nicht hilfreich.

„Nein, ich glaube Frau Walter nicht", antwortete Andresen auf Weicherts Frage. „Ich bin davon überzeugt, dass Nikolai Schiller, der ja ganz offensichtlich ein Auge auf sie geworfen hatte, etwas für sein Schweigen haben wollte. Doch wie, zum Teufel, sollen wir das beweisen?"

„Wir könnten sie noch einmal vernehmen, hier im Präsidium. Vielleicht redet sie, wenn..."

„Nein, damit sollten wir noch eine Weile warten", unterbrach ihn Andresen. „Schließlich ist Frau Walter nicht die einzige Verdächtige. Frau Schiller, zum Beispiel, hätte ebenfalls ein Motiv gehabt."

Weichert hatte sich auf seinem Stuhl zurückgelehnt und die jeansumhüllten Beine von sich gestreckt. Die Ellenbogen auf die Armlehnen gestützt und seine Finger locker verschränkt, sagte er: „Klar. Schillers Untreue. Möglicherweise war sein Interesse an Frau Walter der Tropfen, der das Fass zum Überlaufen brachte."

„Und dann Marius Schumann", fuhr Andresen fort. „Er hat seine früheren Gefühle für Svenja Schiller wieder entdeckt, die sie vielleicht sogar erwidert. Und ihr Mann stand einer gemeinsamen Zukunft im Weg. Außerdem war es Schumann ein Dorn im Auge, wie Herr Schiller mit seiner Frau umging. Möglicherweise haben Herr Schumann und Frau Schiller die Tat sogar zusammen ausgeführt."

Weichert nickte und kratzte sich am Kopf. „Wäre möglich."

Andresen seufzte. „Und schließlich Yvonne Walter. Ich spekuliere jetzt mal: Schiller hat ihr gesteckt, dass er von ihrer Vergangenheit weiß. Er weiß außerdem, dass ihr Verlobter nichts davon erfahren soll. Schiller ist scharf auf sie. Also verlangt er von ihr, mit ihm ins Bett zu gehen. Im Gegenzug würde er den Mund halten. Yvonne Walter will das nicht und sieht keinen anderen Ausweg, als ihn mundtot zu machen."

Weichert schüttelte zweifelnd den Kopf. „Sie lag an dem Abend krank im Bett und war nicht dabei, als die anderen in der Schwimmhalle waren."

„Herr Schiller war zum Schluss allein unten", überlegte Andresen. „Alle anderen sind schlafen gegangen. Sie hätte sich hinunter schleichen, den Keil unter die Saunatür stecken und sich wieder hinlegen können."

„Ich weiß nicht", widersprach Weichert vorsichtig. „Woher sollte sie wissen, dass Schiller allein unten war? Und abgesehen davon..." Er stand auf, ging zum Fenster und sah hinaus. Ein paar tief hängende Wolken färbten sich in der untergehenden Sonne rosa und hellgrau. Schön sieht das aus, dachte Weichert, wie auf einem düsteren Gemälde.

Verwirrt von dieser lyrisch-romantischen Anwandlung drehte er sich rasch wieder zu seinem Kollegen um und rief sich seine letzten Worte ins Gedächtnis. „Abgesehen davon hätte Frau Walter nur während einer kurzen Zeitspanne die Gelegenheit gehabt, Nikolai Schiller einzusperren."

Weichert verschränkte die Arme auf der Rückenlehne seines Schreibtischstuhls und hielt Andresens Blick stand, der ihn abwartend musterte. „Ich meine damit, Herr Schiller war schon eine Weile in der Sauna, als die anderen nach oben gingen", fuhr er fort. „Frau Walter teilt sich das Zimmer mit Herrn Schroeder, er hätte es doch mitbekommen, wenn sie noch einmal nach unten gegangen wäre. Und wenn sie damit gewartet hätte, bis er eingeschlafen ist, wäre Herr Schiller längst nicht mehr in der Sauna gewesen."

Andresen sah nachdenklich vor sich hin. Dann fiel ihm etwas ein. Er blätterte eine Weile in den Unterlagen und tippte mit dem Finger auf einen Absatz. „Frau Schiller hat ausgesagt, dass sie, Frau Wilbert und Herr Schroeder sich noch eine Weile in der Küche unterhalten haben, nachdem Herr Schumann die Sauna verlassen hatte. In der Zeit hätte Yvonne Walter nach unten gehen können, ohne, dass es jemand merkt. Und wenn sie ein wenig aufgepasst hat, konnte sie sich ausrechnen, dass von den anderen niemand mehr unten war."

„Also haben wir drei Verdächtige, die ein Motiv hatten, und die die Möglichkeit gehabt hätten, die Tat auszuführen", fasste Weichert zusammen.

Andresen lehnte sich zurück, seufzte noch einmal und nickte. „Genau so sieht es aus. Doch niemand hält einen der anderen dieser Tat für fähig. Alle sind viel zu anständig." Er rollte entnervt mit den Augen.

„Außerdem gibt es noch vier weitere Verdächtige, denen wir bisher kein Motiv nachweisen konnten."

Andresen runzelte die Stirn. „Jan Schroeder könnte aus Eifersucht gehandelt haben, falls er mitbekommen hat, dass Herr Schiller sich an seine Verlobte herangemacht hat."

„Bisher hat er auf mich keinen besonders eifersüchtigen Eindruck gemacht", sagte Weichert. „Ich denke, bei einer Frau wie Yvonne Walter muss man sich als ihr Partner was das angeht ein dickes Fell zulegen. Aber wer weiß." Er hob ratlos die Schultern. „Doch was das Ehepaar Wilbert und Verena Christen angeht, fehlt uns auch nur der Ansatz für ein Motiv. Ich denke, die können wir ausschließen."

Andresen nickte und registrierte amüsiert das Leuchten in den Augen seines Kollegen, als der den Namen von Verena Christen aussprach. „Zumindest nach dem bisherigen Ermittlungsstand", stimmte er zu. „Warten wir es ab." Seine Augen ruhten prüfend auf Weichert. „Frau Christen gefällt Ihnen, nicht wahr?"

Lutz Weicherts Gesichtsfarbe erinnerte Andresen plötzlich an einen reifen, rotglänzenden Apfel.

Weichert wand sich unbehaglich. „Ich finde, sie ist eine sehr sympathische Person."

„Das trifft wohl eher auf den Dalai Lama zu", brummte Andresen. „Verena Christen ist eine hübsche junge Frau. Unterschied begriffen?"

„Ich denke schon", nuschelte Weichert verlegen.

Andresen begann, die Unterlagen auf seinem Schreibtisch zu einem Haufen zu stapeln. „Wie dem auch sei – solange wir nicht wissen, wer Nikolai Schiller umgebracht hat, sollten Sie sich mit Ihren Annäherungsversuchen zurückhalten."

Weichert machte große Augen. „Selbstverständlich. Ich kenne die Regeln, Herr Kollege." Er senkte die Stimme. „Abgesehen davon ist Verena Christen wohl nicht ganz meine Liga."

„Also, ich glaube, sie mag Sie", versicherte ihm Andresen. Warum auch immer, fügte er in Gedanken hinzu und sah zur Uhr. „Doch nun ist Schluss mit dem Gerede über Ihr ausschweifendes Liebesleben. Für heute ist Feierabend." Er schaltete seinen Computer aus und stand auf. „Bis morgen, Casanova!"

Weichert starrte ihm sprachlos nach, als Andresen fröhlich pfeifend den Raum verließ.

Marius' Handflächen knallten auf die Tischplatte, so dass die anderen, die mit am Tisch saßen, erschrocken zusammenfuhren. „Wir kriegen hier noch einen Lagerkoller", rief er. „Wollen wir nicht irgendetwas unternehmen?"

„Was denn?", fragte Kristina unwillig. „Hast du eine Idee, was wir machen könnten?"

Stephan betrachtete seine Frau mit gerunzelter Stirn. Sie benahm sich schon den ganzen Tag merkwürdig, wich ihm aus und sah ihn kaum noch an. Und nun noch dieser gereizte Ton Marius gegenüber – das sah ihr überhaupt nicht ähnlich. Stephan nahm an, dass ihr sonderbares Verhalten mit dem gewaltsamen Tod von Nikolai zusammenhing, war sich dessen aber nicht sicher. Vielleicht lag es auch an Jan. Stephan hatte durchaus bemerkt, dass Kristina und Jan des Öfteren verschwörerische Blicke tauschten. Stephan mochte Jan gern, doch er traute ihm nicht weiter, als er ihn hätte werfen können.

„Also, zunächst einmal sollten wir etwas essen gehen", schlug Jan vor. „Ich habe nämlich einen ziemlichen Kohldampf."

Es ging auf acht Uhr zu. Auch die anderen verspürten mittlerweile Hunger. Appetit hatte keiner, doch allen war klar, dass sie etwas essen mussten.

Marius stimmte Jan zu. „Er hat Recht. In Flensburg hat ein neues Bowlingcenter eröffnet, dort kann man auch essen. Was haltet ihr davon, hinterher ein paar Pins umzuwerfen? Wir könnten ein bisschen Ablenkung wirklich gut gebrauchen."

Nach und nach stimmten alle zu. Sie gingen in ihre Zimmer, um sich frisch zu machen, und stiegen kurz darauf in ein Großraumtaxi, das Marius bestellt hatte. Unterwegs sahen sie sich die Stadt an, von der sie ja noch nicht sehr viel gesehen hatten. Als sie am Hafen vorbeifuhren, bewunderten sie das herrliche Panorama, das die Altstadt auf der anderen Seite der Förde im rötlichen Licht der untergehenden Sonne bot. Auf dem Wasser dümpelten mehrere Segelboote und am Kai lag die ‚Alexandra', ein Passagierdampfschiff aus dem Jahre 1908 mit schwarzem Rumpf und imposantem Schornstein, aus dem es, wie Marius berichtete, kräftig qualmte, wenn die ‚Alex' in Betrieb war. Er machte die anderen auch auf die größeren Gebäude aufmerksam, das Alte Gymnasium, das hoch über der Stadt thronte, sowie die Marienkirche und den Museumsberg.

„Sieht wirklich sehr malerisch aus", bemerkte Kristina anerkennend. Die anderen nickten zustimmend und Stephan drehte während einer Ampelpause die Scheibe herunter und machte ein paar Fotos.

Um kurz vor neun kamen sie in der BOA an, wie die Bowlingarena hieß. Das neue Bowlingcenter am Friedenshügel, ein dunkelgrau und weiß gestrichener Neubau mit großer, runder Glasfront und lila leuchtendem Logo, bestach durch moderne Ausstattung und ein ansprechendes Ambiente. Rechts hinter dem Eingang waren die Bowlingbahnen. Stephan nahm an, dass es mindestens zwanzig waren, doch höchstens die Hälfte davon war besetzt. Am Wochenanfang war trotz der begonnenen Sommerferien nicht allzu viel los, sie bekamen ohne Schwierigkeiten einen Tisch und reservierten sich zwei Bahnen.

Während sie auf das Essen warteten, unterhielten sie sich. Das Thema Nikolai klammerten sie absichtlich aus. Jan erinnerte an ein paar amüsante Anekdoten aus ihrer gemeinsamen Berliner Zeit, Marius gab einige witzige Episoden aus dem Krankenhausalltag zum Besten und Kristina brachte mit haarsträubenden Bonmots aus Kinderaufsätzen alle zum Lachen. Die Stimmung hob sich merklich.

Zum Essen tranken sie Wein oder Bier, was sie zusätzlich etwas auflockerte. Sogar Svenja wirkte einigermaßen gelöst.

Nach dem Essen besorgten sie sich Bowlingschuhe und suchten ihre Bahnen auf. Wer seine Schuhe angezogen hatte, begann mit ein paar Würfen zum Warmwerden. Stephan und Marius fingen an, Yvonne suchte sich eine Kugel aus, die zu ihrer zierlichen Hand passte, und Svenja ging zu den Toiletten. Am Ende saßen nur noch Jan und Kristina auf der Bank. Beide hatten sich nach vorn gebeugt, um die Schuhe zuzubinden. Jan rutschte näher an sie heran.

„Glaubst du, dein Mann ahnt etwas?", fragte er mit gedämpfter Stimme, aber laut genug, dass Kristina ihn trotz der Geräuschkulisse aus Stimmen, Gelächter, Musik, rollender Kugeln und umfallender Pins hören konnte.

„Wie kommst du darauf?", fragte sie wachsam und machte eine Schleife in den linken Schuh.

„Er sieht mich ständig so merkwürdig an. Dich übrigens auch. Ist dir das noch nicht aufgefallen?"

Kristina schüttelte den Kopf und stand auf. Hatte Jan Recht? Schweren Herzens fasste sie einen Entschluss. „Es ist besser, wenn wir die Sache beenden, Jan. Ich will meine Ehe nicht gefährden. Lass es uns einfach vergessen."

Ungläubig starrte er sie an. „Das ist nicht dein Ernst."

„Mein voller Ernst. So, ich hole mir jetzt eine Kugel."

„Und ich gebe mir die Kugel", brummte Jan und zog die Schleife an seinem rechten Schuh mit einer heftigen Bewegung stramm.

Kristina wog eine der Bowlingkugeln in den Händen, stellte sich in Positur, holte aus und ließ sie die Bahn entlang rollen. Ein Pin nach dem anderen fiel um, allerdings nicht alle.

„Nur sechs!", rief sie enttäuscht.

„Ja, dafür bin ich auch", flüsterte Jan, der plötzlich hinter ihr stand. Kristina hielt die Luft an. Stephan stand nur wenige Schritte von ihr entfernt! Sie warf Jan einen vernichtenden Blick zu, doch der prallte an seinem frechen Grinsen ab wie ein Gummiball an einer Mauer.

Yvonne trat hinter ihn und schlang die Arme um seine Hüfte. „Du bist dran, Schnucki."

„Okay!" Er machte einen Schritt nach vorn Richtung Bahn und Yvonne verpasste ihm einen aufmunternden Klaps. Dann sah sie Kristina an und lächelte ihr zu. Die ging an den Tisch, griff nach ihrem halbvollen Weinglas und leerte es hastig.

„Strike!" Jan hob zufrieden beide Arme hoch. „Leute, ihr könnte einpacken. Dies ist mein Abend!"

Er hatte Recht. Die meisten Strikes gingen ebenso auf sein Konto wie die höchste Punktzahl. Marius wurde Zweiter, Yvonne Dritte. Kristina wurde Letzte. Sie warf einen Pudel nach dem anderen und hatte bald keine Lust mehr. Doch sie spielte trotzdem weiter und tröstete sich mit einem weiteren Glas Wein.

Nachdem ihre Zeit abgelaufen war, setzten sie sich noch an einen Tisch und bestellten sich ein letztes Getränk.

„Das tat wirklich gut", musste Svenja zugeben und sah zu Marius. „Du hattest völlig Recht, wir brauchten etwas Abwechslung."

Jan hob sein Glas. „Auf Marius gute Idee, und auf den Bowling-Meister des heutigen Abends!" Alle lachten und stießen mit ihm an. Nur Kristina war nicht zum Lachen zumute.

Im Taxi nach Solitüde wurden sie schläfrig. Einer nach dem anderen gähnte herzhaft. Yvonne hatte sich in Jans Arm gekuschelt und die Augen geschlossen. Kristina betrachtete sie einen Moment lang neidisch. Den Rest der Fahrt sah sie nachdenklich aus dem Fenster.

Als sie aus dem Bad kam, lag Stephan bereits im Bett und sah ihr entgegen. Sie verschloss sorgfältig die Tür und hängte ihren Morgenmantel an einen Haken an der Wand. Seit der Sache mit Nikolai fühlten sie sich beide sicherer, wenn die Tür abgeschlossen war.

Sie schlüpfte unter die Decke. Stephan drehte sich zu ihr und schob eine Hand unter ihre Decke. Zärtlich begann er, ihren Oberschenkel zu streicheln. Kristina erstarrte innerlich.

„Du hast heute Abend wirklich heiß ausgesehen", sagte er und rutschte näher an sie heran. Seine Hand glitt zwischen ihre Beine. Sie musste sich zwingen, ihre Schenkel nicht fest zusammen zu pressen. Stephan küsste ihre Schulter, dann ihren Hals. „In der Hose hast du einen echt sexy Hintern."

„Findest du?", presste sie hervor.

„Hmm. Jan fand das auch, glaube ich. Den ganzen Abend hat er dich angestarrt."

„Blödsinn", murmelte sie. Jan hatte offenbar Recht gehabt. Verdammt!

„Doch, wirklich", war Stephan überzeugt. „Ist dir nicht aufgefallen, wie oft er deine Nähe gesucht hat?" Weiterhin streichelte er sie und verstärkte langsam den Druck seiner Hand.

„Nein", behauptete Kristina mit brüchiger Stimme. „Ich habe nichts bemerkt."

Stephan zog die Hand zurück und sah ihr ins Gesicht. „Oh doch, meine Liebe, du hast es bemerkt. Und nicht nur das: Es hat dir gefallen."

Kristina richtete sich trotzig auf. „Ja, okay. Ich habe es bemerkt und es hat mir gefallen. Bist du nun zufrieden?"

„Natürlich nicht. Sag mir nur eins: Wenn wir jetzt miteinander schlafen würden, würdest du dabei an ihn denken?"

Kristina brachte kein Wort über die Lippen. Die Antwort war Ja. Doch sie brachte es nicht über sich, es auszusprechen. Das war auch nicht nötig, ihr Schweigen war beredt genug. Stephan sah sie an, traurig, enttäuscht, verletzt. Dann drehte er sich wortlos um und löschte das Licht.

Auch Kristina legte sich hin. Es herrschte völlige Stille im Raum, nur ein vielstimmiges, romantisches Grillenzirpen drang vom Garten durch das leicht geöffnete Fenster. Sie überlegte, ob sie noch etwas sagen oder sich entschuldigen sollte, doch sie fand nicht die richtigen Worte. Also drehte sie sich auf die Seite und schloss die Augen.

Rücken an Rücken lagen sie da, nur wenige Zentimeter voneinander entfernt, doch auf einmal war zwischen ihnen eine Kluft, so tief wie der Grand Canyon.

Eine halbe Stunde später lag Kristina noch immer wach. An Stephans gleichmäßigen Atemzügen merkte sie, dass er inzwischen eingeschlafen war, was sie ein wenig erstaunte. Sie waren es beide nicht gewohnt, schlafen zu gehen, solange es zwischen ihnen Unstimmigkeiten gab. Keiner von ihnen nahm Streit auf die leichte Schulter und sie waren immer bemüht gewesen, sich zu versöhnen, bevor sie ins Bett gingen. Heute jedoch war das anders. So vieles hatte sich in den letzten paar Tagen verändert. Nicht zuletzt sie selbst.

Sie sah auf das Leuchtzifferblatt des Weckers, der auf ihrem Nachttisch stand. Es war viertel nach eins. Sie wusste, sie würde nicht schlafen können, ehe sie nicht nachgesehen hatte, ob Jan auf sie wartete. Sie hatte ihm zwar gesagt, dass es vorbei war, und in dem Moment war es ihr auch völlig ernst gewesen. Doch nun sehnte sie sich so sehr nach ihm, dass sie glaubte, verrückt zu werden, wenn sie sich nicht davon überzeugen konnte, ob Jan wach war oder nicht. Vorsichtig schlug sie die Decke zurück und stand leise auf. Stephan regte sich nicht. Sie warf sich ihren Morgenmantel über und drückte ergebnislos die Türklinke nach unten. Ihr fiel ein, dass sie ja die Tür abgeschlossen hatte. Und auch, warum sie das getan hatte. Sollte sie wirklich gehen? Das sichere Zimmer verlassen? Kristinas Herz schlug schneller, als ihre Hand den Schlüssel möglichst geräuschlos herumdrehte, doch ein leichtes Knirschen ließ sich nicht vermeiden. Stephan brummte leise und drehte sich auf den Rücken. Kristina ließ den Schlüssel los, als hätte sie sich verbrannt und starrte mit aufgerissenen Augen auf ihren Mann. Der schmatzte leise und lag wieder still. Erleichtert schloss sie die Augen.

Barfuß schlich sie die Treppe hinauf. Nur das leise klatschende Geräusch ihrer nackten Füße auf den Fliesenstufen war zu hören. Ihr Puls raste bei der Vorstellung, gleich in Jans Armen zu liegen und noch einmal diese unglaubliche Leidenschaft zu erleben, die er in ihr zu entfachen vermochte.

Wahrscheinlich schläft er längst, sagte sie sich. Die Vorstellung, dass er womöglich gerade mit Yvonne schlief, verdrängte sie lieber. Genauso wie die Tatsache, dass unter diesem Dach ein Mörder war, und sie wegen dieser idiotischen Aktion vielleicht in Lebensgefahr schwebte. Sie sollte so schnell sie konnte wieder zurück in ihr Zimmer huschen und sich unter der Decke verkriechen. Doch sie ging weiter, als wäre sie ein falsch programmierter Roboter.

In der Küche war es dunkel, doch im Wohnzimmer sorgte eine kleine Tischlampe für einen romantischen Schimmer. Jan saß, in einer Zeitschrift blätternd, im Sessel und sah ihr entgegen. Er trug grüne Boxershorts und ein weißes T-Shirt, das bei diesem sanften Licht seine Bräune und den Kontrast zu seinen blonden Haaren noch stärker hervorhob. Kristina atmete tief durch. Ihre ganze Haut kribbelte vor Verlangen nach ihm.

„Na endlich", flüsterte er und warf die Zeitschrift auf den Tisch. „Ich hatte schon beinahe die Hoffnung aufgegeben."

Er stand auf, ging ihr entgegen und sie stürzte sich in seine Arme. Sein Kuss war wild und fordernd. Sie rissen sich die wenigen Kleidungsstücke vom Leib und lagen Sekunden später nackt und eng umschlungen auf dem weichen Teppich. Seine Hände wanderten über ihren Körper, liebkosten jeden Zentimeter. Zärtlich schob er ihre Beine auseinander, während seine Lippen sich um ihre harte Brustwarze schlossen.

Kristina keuchte glücklich, als er in sie eindrang und presste sich an ihn.

„Ich wusste, du hast es nicht ernst gemeint", sagte er heiser. „Du hast dich nach mir gesehnt, wie ich mich nach dir. Habe ich Recht?" Diesmal bewegte er sich langsam und gefühlvoll in ihr und verschaffte ihr damit Glücksgefühle, die sie zu sprengen drohten. „Ja. Ja, du hast Recht. Ich habe mich nach dir gesehnt", keuchte sie atemlos und strich mit bebenden Händen über seinen glatten Rücken. Jetzt begann er doch, härter und tiefer zuzustoßen. Sie hörte ihn stöhnen, schloss die Augen und biss sich auf die Unterlippe, um nicht vor Wonne laut aufzuschreien.

In diesem Moment ging über ihnen ein gleißendes Licht an. Sie hielten mitten in der Bewegung inne, als wären sie zu Eis erstarrt. Die plötzliche Helligkeit ließ sie blinzeln. Kristinas Herz schien vor Schreck stehengeblieben zu sein, im Gegensatz zu Jans, das hart und schnell wie ein kleiner Presslufthammer gegen ihren Brustkorb schlug. Langsam wandten sie die Köpfe.

Nur wenige Meter entfernt stand Stephan in seinem blauen Morgenmantel im Türrahmen, die Hand am Lichtschalter.

Sein Gesicht drückte grenzenlose Enttäuschung und quälenden Schmerz aus. Kristina hätte sich am liebsten in Luft aufgelöst. Sie schämte sich unendlich.

Stephan räusperte sich. „Ich werde sobald wie möglich die Scheidung einreichen", sagte er knapp und mit einer Stimme, so eisig wie das Polarmeer. „Lasst euch nicht stören." Dann schaltete er das Licht wieder aus und drehte sich um. Schemenhaft sah Kristina, dass seine Schultern herabgefallen waren. Er ging wie ein gebrochener, urplötzlich um Jahre gealterter Mann. Und sie hatte das ausgelöst. Einzig und allein sie war schuld daran.

Bis Stephans schleppende Schritte verklungen waren, verharrten sie in totaler Bewegungslosigkeit. Dann fiel Kristinas Kopf zurück auf den Teppich. Sie schloss die Augen und spürte einen Kloß im Hals, so dick und schwer wie eine Billardkugel. Tränen rannen aus ihren Augenwinkeln. „Scheiße, scheiße, scheiße!", flüsterte sie erstickt.

Jan zog sich langsam aus ihr zurück, legte sich neben sie und stützte sich auf seinem Ellenbogen ab. Zärtlich wischte er die Tränen von ihren Wangen und küsste ihre geschlossenen Lider.

„Es tut mir so leid", murmelte er. „Ich hätte nie gewollt, dass das passiert."

Langsam öffnete sie die Augen und sah ihn traurig an.

Als sie wenig später zurück in ihr Zimmer kam, lag Stephan wach im Bett und sah sie an. Sie konnte sehen, wie sehr sie ihn verletzt hatte und fühlte sich so scheußlich wie nie zuvor in ihrem Leben.

Ein Bein untergeschlagen hockte sie sich auf die Bettdecke. „Es tut mir so leid", sagte sie bedrückt. „Das meine ich ehrlich."

„Das glaube ich dir sogar. Aber verzeihen kann ich dir nicht."

Sie nickte und senkte den Kopf.

„Warum?", fragte er leise. „Warum hast du das getan? Ich dachte, wir wären glücklich. Wir waren immer ein gutes Team."

„Das stimmt auch", versicherte sie.

„Hab ich dir nicht mehr gereicht?"

Sie sah die Angst in seinen Augen, obwohl er sich bemühte, Souveränität auszustrahlen.

„Das ist es wirklich nicht", versicherte sie ihm. „Zuerst hat es mir nur geschmeichelt, dass ein Mann wie Jan Interesse an mir zeigte. Ich habe ihm natürlich immer wieder gesagt, dass er keine Chance hat, dass ich dir niemals wehtun würde. Aber er ließ nicht locker, war so charmant und – ach, ich weiß auch nicht."

Ratlos senkte sie den Kopf. Bevor Stephan etwas sagen konnte, sprach sie weiter. „Zwischen uns baute sich eine gewisse - sexuelle Spannung auf. Ich hatte wieder Herzklopfen und Schmetterlinge im Bauch, so wie früher. Ich fühlte mich jung und sexy. Es war so aufregend, das pure Kribbeln. Und ein Teil von mir sehnte sich danach, mal etwas Verrücktes, Unvernünftiges zu tun." Sie brach ab. Es klang in ihren Ohren alles armselig und erbärmlich, was sie sagte.

„Ich werde morgen abfahren", sagte Stephan entschlossen. „Ich werde den Kommissar fragen, ob er mich hier oben noch braucht, doch wenn nicht, fahre ich nach Hause zu den Kindern. Du kannst gern noch hier bleiben und die Schmetterlinge und das Kribbeln genießen. Und jetzt wäre ich dir dankbar, wenn du dir einen anderen Schlafplatz suchst. Ich kann deine Nähe im Augenblick wirklich nicht ertragen."

Das war es dann also, dachte sie ernüchtert. Eine fast zehnjährige, gut funktionierende, meistens sogar glückliche Ehe; vorbei. Und wofür? Für ein paar prickelnde Momente der Leidenschaft und Sinnlichkeit.

Sie nahm mit hängendem Kopf Decke und Kissen und verließ leise den Raum.

Als sie im Hausflur stand, überlegte sie, wo sie hingehen sollte. Ins Wohnzimmer? Nein, lieber nicht, dort lag sie wie auf dem Präsentierteller. Nach unten in den Keller? Dort könnte sie auf einer der Plastikliegen in der Schwimmhalle schlafen. Sie musste an Nikolai denken und wie er dagelegen hatte. Ausgetrocknet, mit verkrampften, blutenden Händen und leeren, toten Augen. Sie schüttelte den Kopf. Nein, dort zu schlafen erschien ihr völlig unmöglich.

Sollte sie Svenja bitten, bei ihr schlafen zu dürfen? Kristina verwarf den Gedanken fast sofort; ihr war nicht danach, Erklärungen abzugeben. Dann fiel ihr das Zimmer von Charlotte ein, Marius' Tochter.

Leise ging Kristina die Treppe hinauf und öffnete die Tür zum Kinderzimmer, das direkt neben dem Raum lag, in dem Jan und seine Freundin schliefen. Wie gern würde sie jetzt Yvonnes Platz einnehmen. Sie sehnte sich fast schmerzlich danach, in Jans Armen zu liegen und von ihm getröstet zu werden.

Die Vorhänge waren offen, der Vollmond erhellte den Raum ein wenig, so dass sie kein Licht machen musste. Sie schloss die Tür, steuerte auf das Bett zu und warf Kissen und Decke darauf. Als sie sich ausstreckte und zudeckte, hoffte sie von ganzem Herzen, bald einschlafen zu können und beim Aufwachen festzustellen, dass sie die letzte Stunde nur geträumt hatte.

Dienstag

ALS KRISTINA ERWACHTE, stand die Sonne schon ziemlich hoch und tauchte den Raum in anheimelndes Licht. Ihr Blick fiel auf die fliederfarbenen Wände, auf das Regal mit den Büchern und Stofftieren, und im ersten Moment fragte sie sich verwundert, wo sie war, doch dann kam die Erinnerung an die vergangene Nacht wie ein plötzlicher Stromstoß und augenblicklich fühlte sie den Schmerz des Verlustes. Sie stand auf und sah aus dem Fenster hinunter auf die Auffahrt. Stephans Wagen war fort.

Augenblicklich begannen ihre Lippen zu beben, ungehemmt strömten die Tränen über ihre Wangen. Sie setzte sich kraftlos auf das Bett, legte ihr Gesicht in die Hände und schluchzte laut auf. Was war nur aus diesem Wochenende geworden, auf das sie sich so sehr gefreut und das so harmonisch begonnen hatte? Der Mann ihrer Freundin war von jemandem aus diesem Haus ermordet worden, die Beziehung von Marius stand vor dem Aus und ihre eigene Ehe ebenfalls. Durch ihre Schuld. Nur zwischen Jan und Yvonne war noch alles in Ordnung und Kristina hoffte innig, dass Yvonne nie erfuhr, was geschehen war, damit wenigstens ihre Beziehung dieses Horror-Wochenende unbeschadet überstand.

„Krissi, du alte Schlafmütze!" Marius stand vom Tisch auf und holte frischen Kaffee für sie. „Sag mal, wieso ist dein Mann so Hals über Kopf abgereist?"

„Wann ist er gefahren?", fragte Kristina tonlos.

„Um halb acht ungefähr. Ich war gerade aufgestanden und sah, dass er seine Tasche einlud und abfuhr."

Marius setzte sich und sah sie genauer an. Kristinas Augen waren rot unterlaufen, ihr Gesicht war blass und fleckig, die Mundwinkel hingen herunter.

„Hattet ihr Streit?", fragte er vorsichtig.

Sie nickte kurz und räusperte sich. „Wo sind die anderen?" Marius goss heißen Kaffee in die Tasse, die vor Kristina stand und stellte die Kanne auf den Tisch. „Yvonne ist laufen gegangen. Jan schläft, glaube ich, noch und Svenja wollte einkaufen fahren. Wir haben nicht mehr viel im Haus, obwohl wir wie bei den zehn kleinen Negerlein immer weniger werden."

Er schob ihr den Brötchenkorb zu. „Für ein leckeres Frühstück ist aber noch genug da. Greif zu – du siehst aus, als könntest du eine handfeste Mahlzeit vertragen."

„Nein, danke. Ich habe keinen Hunger." Sie fühlte sich wie ausgehöhlt, auch ein Frühstück würde daran nichts ändern können.

Er beugte sich vor. „Was ist denn bloß passiert?"

Sie lehnte sich aufseufzend zurück, verschränkte die Arme vor der Brust und sah ihn an. „Schön, wenn du es unbedingt wissen willst: Stephan hat mich vergangene Nacht in flagranti mit Jan erwischt. Auf deinem Wohnzimmerteppich."

„Waaas?" Marius Kinnlade fiel nach unten. Mit weit aufgerissenen Augen starrte er sie an. „Du und Jan, ihr habt... Nein!"

Sie nickte. „Doch, haben wir."

Fassungslos schüttelte Marius den Kopf. „Das darf nicht wahr sein." Er sah hinüber zum Wohnzimmer und starrte den Teppich an, als sähe er ihn das erste Mal. „Ich kann es einfach nicht glauben."

Sie seufzte schwer. „Glaub es ruhig. Aber frag mich bitte nicht, wieso ich das getan habe. Ich weiß es nämlich selbst nicht. Und noch eine Bitte: Kein Wort zu Yvonne."

„Sie weiß es nicht?"

„Nein, soviel ich weiß, nicht. Und dabei sollte es auch bleiben. Eine kaputte Beziehung wegen dieser dummen Geschichte ist wirklich mehr als genug."

In diesem Moment trat Jan in die Küche, munter, ausgeruht und gut gelaunt. Allein für seine gute Laune hätte Kristina ihn erwürgen können.

„Guten Morgen, alle miteinander! Mann, hab ich einen Hunger."

Er setzte sich neben Kristina und angelte nach dem Korb mit den Brötchen. Dabei fiel sein Blick auf Marius.

„Was ist los? Warum starrst du mich so an?", fragte er neugierig.

Marius runzelte die Stirn. „Ich kann einfach nicht fassen, was für ein kaltschnäuziger Hund du bist."

Verwundert sah Jan ihn an. „Hab ich dir was getan?"

Marius wies mit der Hand auf Kristina. „Mir nicht."

Jan drehte den Kopf und sah Kristina an, bemerkte erst jetzt ihre rot geweinten Augen und ihre hängenden Schultern. Er warf ihr einen fragenden Blick zu.

„Marius weiß Bescheid", sagte sie leise. „Ich habe es ihm gerade gesagt. Und Stephan ist abgereist."

„Wie konntest du Krissi in eine solche Situation bringen?"

Marius stand abrupt auf und begann, aufgebracht hin und her zu gehen und Jan mit seinen Blicken zu erdolchen.

„Hast du dich denn gar nicht unter Kontrolle, du hormongesteuerter Zuchtbulle?"

„He, sie wollte es auch!", protestierte Jan.

Marius schnaubte. „Ich kann mir schon denken, wie du sie dazu überredet hast."

„Ich habe sie nicht überredet!"

„Natürlich nicht! Wahrscheinlich willst du mir jetzt noch erzählen, dass sie dich verführt hat!"

„Schluss jetzt!!" Kristina donnerte mit der Faust auf den Tisch, so dass das Geschirr einen kleinen Tanz aufführte und etwas Kaffee aus ihrer Tasse schwappte.

„Wir haben beide einen Fehler gemacht. Ich muss mit den Konsequenzen leben, aber es macht die Sache nicht besser, wenn ihr zwei jetzt aufeinander losgeht wie zwei wild gewordene Stiere!"

„Was is`n hier los?"

Unbemerkt war Yvonne eingetreten und sah verwundert auf die Szene, die sich ihr bot. Jan sprang sofort auf. „Gar nichts", sagte er eilig. „Es ist alles bestens. Warst du laufen?"

Kristina sah Marius an, spürte, dass er kurz davor war, Yvonne aufzuklären, doch sie warf ihm einen flehenden Blick zu. Tu es nicht! Bitte!

Er schloss kurz die Augen und schüttelte verständnislos den Kopf. „Ich sehe mal, wo Svenja bleibt", murmelte er und verließ rasch den Raum.

„Worüber habt ihr jestritten?" Yvonne sah fragend von einem zum anderen, während sie sich mit dem Schweißband um ihr Handgelenk über die Stirn fuhr.

Jan warf Kristina einen hilfesuchenden Blick zu.

„Stephan ist heute Morgen abgereist", sagte sie schnell, als würde diese Tatsache irgendetwas erklären. „Wir hatten einen furchtbaren Streit."

„Ach du liebes Lieschen!" Yvonne war merklich erschüttert.

Die Ablenkung hat funktioniert, dachte Kristina erleichtert.

„Det tut mir aber leid. Wie jeht's dir denn?", fragte Yvonne mitfühlend.

„Ging schon mal besser." Kristina lächelte gequält. Yvonne trat näher und legte ihr die Hand auf den Arm. „Det renkt sich bestimmt wieder ein, du wirst sehen."

Sie sah zu Jan und schenkte ihm ein kleines Lächeln. „Ick verschwinde mal unter die Dusche. Bis später."

Ihre Schritte verklangen auf der Treppe. Sie waren allein.

Jan sah Kristina zerknirscht an. „Danke."

Sie zuckte mit den Achseln. „Keine Ursache. Es reicht ja, dass Stephan Bescheid weiß."

Jan trat auf sie zu, nahm sie in die Arme und drückte sie fest an sich. Das erste Mal, seit sie etwas miteinander angefangen hatten, ohne Hintergedanken. Einfach nur, um ihr etwas Trost zu spenden. Kristina schmiegte sich an ihn. Genau das hätte sie letzte Nacht gebraucht.

„Was für eine verfahrene Situation", murmelte sie an seiner Brust. Er nickte und küsste ihr Haar. „Dann war es das jetzt mit uns?", fragte er traurig.

Sie nickte und atmete noch ein letztes Mal tief seinen männlich-markanten Duft ein. „Es ist besser so. Sonst merkt Yvonne es doch noch früher oder später. Ich habe ihretwegen ein furchtbar schlechtes Gewissen. Außerdem muss dieser Alptraum doch bald zu Ende sein. Ich will nach Hause."

„Zu deinem Mann?"

Sie hob den Kopf. „Zu meiner Familie. Und um zu retten, was noch zu retten ist."

Er küsste ihre Nasenspitze. „Ich liebe dich, Krissi. Du bist eine ganz besondere Frau."

Sie schüttelte den Kopf. „Nein, Jan, du liebst mich nicht. Denn leider weißt du nicht, was Liebe ist. Du verwechselst das mit Zuneigung oder Leidenschaft. Liebe ist mehr als das, weißt du?"

„Woran erkenne ich denn, ob ich jemanden wirklich liebe?", fragte er neugierig und erstaunlicherweise kein bisschen beleidigt.

Mit einem traurigen Lächeln sah sie zu ihm hoch. „Wenn du wirklich liebst, Jan, dann fällt es dir nicht schwer, treu zu sein. Wenn du wirklich liebst, fällt es dir schwer, es nicht zu sein."

Nachdenklich sah er sie an.

"Wir kommen einfach nicht weiter!" Andresen hatte zum wiederholten Mal die Aussagen durchgelesen, ebenso wie die Berichte von der Spurensicherung und der Obduktion, außerdem hatte er sämtliche Fotos vom Tatort nochmals genauestens unter die Lupe genommen, doch all seine Bemühungen brachten nichts Neues.

Die Überprüfung von Nikolais Handy hatte ergeben, dass Svenja mit ihrer Vermutung, bei der Affäre ihres Mannes handele es sich um die Staatsanwältin Ariane Weller, Recht gehabt hatte. Andresen hatte Schillers Geliebte angerufen und sie von dem, was vorgefallen war, unterrichtet. Sie war verständlicherweise erschüttert gewesen, hatte aber keinerlei Hinweise geben können, die Andresen und Weichert bei den Ermittlungen weitergebracht hätten.

„Die Aussagen widersprechen sich nicht, die Alibis können nicht widerlegt werden. Die Motive sind da, doch uns fehlen die Beweise." Ärgerlich warf er die Aussage von Marius, mit der er herum gewedelt hatte, vor sich auf den Schreibtisch.

„Ich war gestern Abend im ‚Alten Meierhof'", ließ sich Weichert vernehmen. Der ‚Alte Meierhof' war ein beliebtes, wunderschön gelegenes Nobelhotel in Glücksburg mit Sterne-Küche, Wellness-Center und einem grandiosen Blick über die Flensburger Förde.

„Haben Sie sich eine Massage verpassen lassen?", fragte Andresen, nur mäßig interessiert und leicht verärgert wegen des unpassenden Themenwechsels.

Lutz Weichert schüttelte den Kopf. „Nein, das nicht. Ich bin dort in die Sauna gegangen und habe versucht, mich in die Lage von Nikolai Schiller zu versetzen. Nicht mal eine halbe Stunde habe ich die Hitze ausgehalten." Weichert stützte die Ellenbogen auf den Tisch und verschränkte die Hände ineinander. „Schiller sitzt in diesem kleinen, heißen Raum, ist verschwitzt und durstig, und möchte die Sauna verlassen. Aber es geht nicht, er bekommt die Tür nicht auf. Was macht man in einer solchen Situation, habe ich mich gefragt."

Andresen zuckte mit den Schultern. „Vermutlich hat er gerufen und an die Tür getrommelt."

Weichert nickte. „Anfangs bestimmt. Doch spinnen wir den Faden weiter. Er merkt, dass er allein ist, dass niemand ihn hört und somit niemand befreien wird. Er versucht, die Tür aufzubekommen, wirft sich dagegen."

„Das hat er sicher getan", nickte Andresen. „Im Obduktionsbericht ist von Hämatomen am rechten Oberarm und im Schulterbereich die Rede, die vor Eintritt des Todes entstanden sind."

Weichert stand auf, eine Hand nachdenklich ans Kinn gelegt. „Gut. Er merkt, dass auch diese Bemühungen nicht fruchten. Was macht er als nächstes?"

Andresen kratzte sich am Bart und erzeugte damit ein leises, schabendes Geräusch. Abwartend sah er seinen Kollegen an. Der fuhr fort. „Er wird sich auf den Boden gesetzt haben, wo die Hitze am erträglichsten war", überlegte Weichert, „und hat verzweifelt etwas gesucht, um seinen Durst zu stillen."

„Das Aufgusswasser." Andresen sah noch einmal die Unterlagen durch. „Der Eimer war leer. Und in seinem Magen wurden Spuren von Eukalyptusöl gefunden. Geschmeckt hat es ihm vermutlich nicht."

„In seiner Lage hätte er wahrscheinlich sogar Salzwasser getrunken", vermutete Weichert.

Andresen schüttelte entnervt den Kopf. „Das bringt uns aber nicht weiter."

„In der Tür ist ein schmales Sichtfenster, nicht wahr?"

Andresen studiert noch einmal die Bilder. „Ja. Es waren Kratzer auf dem Plexiglas. Er hat versucht, es einzuwerfen oder kaputt zu schlagen."

„Aber womit?"

„Anfangs deutete alles darauf hin, dass er es mit einem der Steine aus dem Ofen versucht hat", sagte Andresen und tippte mit dem Zeigefinger auf den Bericht der Spurensicherung. „Sie haben einen davon auf dem Boden gefunden. Allerdings hat er ihn dafür wohl nicht benutzt, sonst wären Abnutzungen sichtbar gewesen. Stattdessen fanden sie darauf kaum sichtbare Blutspuren von Schiller." Andresen überflog nochmals den Obduktionsbericht. „Laut der Untersuchung stammen die von Schillers Fuß. Dort hat Dr. Schwarzhaupt eine entsprechende Verletzung und leichte Verbrennungen festgestellt. Der Stein muss ihm darauf gefallen sein."

„Das verstehe ich nicht", sagte Weichert ratlos. „Wozu hat er den Stein aus dem Ofen geholt, wenn er damit nicht die Scheibe einschlagen wollte?"

„Möglicherweise war der Stein dafür zu heiß."

„Anfangs bestimmt", nickte Weichert. „Aber irgendwann wäre er doch abgekühlt."

„Vielleicht war Schiller bis dahin schon zu schwach." Andresen stand auf und ging zum Fenster. Mutlos zuckte er mit den Schultern. „Wie auch immer, das bringt uns keinen Schritt weiter."

Weichert hob eine Hand. „Moment. Mit der Bemerkung über das Sichtfenster wollte ich eigentlich auf etwas ganz anderes hinaus."

Andresen kapierte, was sein Kollege meinte, und drehte sich zu ihm um. „Glauben Sie, Nikolai Schiller hat seinen Mörder gesehen?"

„Das kann durchaus sein", nickte Weichert. „Wenn ich mich in den Täter hineinversetze, könnte ich mir vorstellen, dass er den Keil unter die Tür schiebt und dann einen Blick auf sein Opfer wirft."

„Um den Schrecken in dessen Augen zu genießen, zum Beispiel."

„Genau. Um zu sehen, wie Schiller reagiert."

„Klingt logisch für mich." Andresen nickte seinem jungen Kollegen anerkennend zu. So langsam entwickelte er di-

246

rekt so etwas wie Sympathie für Lutz Weichert. Auf den Kopf gefallen war der Bengel jedenfalls nicht.

Mit seiner nächsten Überlegung, die er aufgeregt vorbrachte, bestätigte Weichert die Einschätzung seines Kollegen.

Als er geendet hatte, nickte Andresen bedächtig. „Ich denke, wir sollten uns in der Sauna noch einmal gründlich umsehen." Er griff nach dem Telefon. „Ich glaube zwar nicht, dass das was bringt, aber wie man hier oben so schön sagt: Versuch macht kluch."

Weichert grinste zufrieden.

Die Tür der Sauna war geschlossen, da der Keil, der sie aufhalten würde, ja als Beweismittel beschlagnahmt worden war. Andresen schaltete das Licht ein. „Nicht sehr ergiebig", brummte er, als er den kleinen Raum betrat.

Er hatte Recht, das Licht war schummerig und absolut nicht ausreichend, um nach Spuren zu suchen. Weichert zog eine kleine Taschenlampe aus seiner Jackentasche. „Ich habe vorgesorgt", sagte er und schaltete die Lampe ein. Der Lichtkegel fiel auf den Holzfußboden und Andresen begann, sorgsam jeden Zentimeter in dem kleinen Raum zu überprüfen. „Wenn wir davon ausgehen, dass Herr Schiller zuletzt auf dem Boden saß, müssten eventuelle Spuren auch dort zu finden sein", murmelte er und hielt seinem Kollegen abwartend die offene Hand hin.

Weichert legte die Taschenlampe hinein und folgte dem Lichtschein mit den Augen. Andresen leuchtete jetzt langsam und systematisch um den Ofen herum. Weichert kniete sich hin, streifte dünne Gummihandschuhe über und fuhr mit der Hand die Spalte entlang, die den Ofen vom Holzboden trennte.

„Da ist etwas!", rief er erfreut. Seine Finger berührten einen harten Gegenstand, der sich unter dem Druck seiner Hand leicht bewegte. Er fummelte einen Moment mit angespanntem Gesichtsausdruck und murmelte: „Nun komm schon her, du widerspenstiges... Ha! Na endlich!"

Er zog einen Stein aus dem Spalt, etwa so groß wie eine Kinderfaust. Zufrieden hielt er ihn hoch. „Den hat die Spurensicherung wohl übersehen",

„Ich hoffe, sie hat noch mehr übersehen", brummte Andresen, während er weiterhin den Fußboden überprüfte.

Weichert stand auf und verließ mit dem Stein die Sauna. Dann ging er auf eines der Fenster zu, die zwar ziemlich weit oben angebracht und nicht besonders groß waren, doch für ausreichende Helligkeit sorgten.

„Kratzspuren, ganz eindeutig!", rief er triumphierend. „Diesen Stein hat Schiller benutzt. Wahrscheinlich ist er dann irgendwann versehentlich in die Spalte gerutscht."

Andresen antwortete nicht. Weichert ließ den Stein in eine kleine Plastiktüte gleiten und steckte diese in die Innentasche seines Sakkos, das daraufhin so ausgebeult aussah, als hätte er einen Hamster darin versteckt. Er ging zurück und lugte in die Sauna. Andresen hockte auf dem Boden, den Strahl der Taschenlampe auf eine Stelle am Boden, dicht an der Tür, gerichtet.

„Ich glaube, ich habe gefunden, was wir gesucht haben."

Svenja hatte Zutaten eingekauft, um Steak mit Rosmarinkartoffeln und Brokkoli zuzubereiten. Während sie und Kristina das Abendessen vorbereiteten, saßen die drei anderen auf der Terrasse und genossen die letzten nachmittäglichen Sonnenstrahlen. Das Verhältnis zwischen Jan und Marius hatte sich nach einem Gespräch unter vier Augen wieder etwas entspannt. Marius hatte seinem Kumpel noch am Vormittag einen kleinen Spaziergang vorgeschlagen und ihn sich dabei gründlich vorgeknöpft.

„Warum musstest du Krissi in solche Schwierigkeiten bringen?", hatte er gefragt. „Ich denke, sie ist deine Freundin."

Sie waren gemächlich auf dem Rasenstück entlang geschlendert, das den eigentlichen Strand von der Promenade trennte. Eine zahlreiche, türkische Familie hatte einen kleinen Grill aufgebaut, die Männer standen drum herum und fachsimpelten, die Frauen, das Haar unter Kopftüchern versteckt, saßen unter einer großen Eiche auf bunten Wolldecken und unterhielten sich lebhaft, während kleine Kinder um sie herum wuselten. Fröhliches Lachen erfüllte die sommerliche Luft. Auf dem nahen Spielplatz weinte ein Kind, weiter entfernt bellte ein Hund.

„Ich war schon damals in Berlin verrückt nach ihr", antwortete Jan schließlich. „Habe ich dir je erzählt, dass wir an einem Abend herumgeknutscht haben? Es war nach der Party bei Hermann, weißt du noch?"

„An die Party kann ich mich erinnern, doch von eurer Knutscherei höre ich heute zum ersten Mal." Marius grinste diabolisch. „Lass mich raten: Sie hat dich damals nicht rangelassen und das konntest du bis heute nicht verdauen."

„So ungefähr", murmelte Jan verlegen.

„Deshalb hast du mir wahrscheinlich auch nie davon erzählt." Marius Faust landete auf Jans Oberarm. „Was bist du nur für ein erbärmlicher Egoist. Konntest du nicht damit leben, dass eine Frau auf Gottes weiter Erde kein Interesse an dir hat? Stattdessen ruinierst du ihre Ehe. Nur damit dein Ego gestreichelt wird."

Jan rieb sich den schmerzenden Arm und schwieg, verletzt und ein wenig nachdenklich.

„Ich hoffe von Herzen, Yvonne weiß was sie tut." Marius pflückte im Vorbeigehen ein paar Blätter von einem Busch und ließ sie auf den Boden rieseln. „Du wirst sie mit Sicherheit unglücklich machen, wenn du dich nicht endlich änderst. Sie hat wirklich etwas Besseres verdient."

„He, ich habe ihr versprochen, dass ich ihr treu sein werde", verteidigte sich Jan, „und das habe ich auch so gemeint."

„Und dennoch betrügst du sie mit Krissi, bevor jemand das Wort ‚Chauvinismus' aussprechen kann", erwiderte Marius aufgebracht. „Yvonne liebt dich, du Idiot, und sie ist so naiv und gutgläubig, dass sie dir immer noch vertraut."

Jan senkte beschämt den Kopf. „Ich werde mich ändern, ich schwöre es."

„Warum solltest du dich ändern?", fragte Marius zynisch. „Es läuft doch alles prima für dich. Nur den anderen geht es mies."

„Nun hör schon auf!" Jan blieb stehen. „Als ich das letzte Mal Mist gebaut habe, war Yvonne so weit, dass sie mich zum Teufel jagen wollte. Da habe ich gemerkt, wie viel sie mir bedeutet. Ich will sie nicht verlieren, und darum werde ich von jetzt an anständig sein. Und es ist mir egal, ob du mir glaubst oder nicht."

„Und was ist mir Krissi?" Auch Marius war stehen geblieben. Sie standen sich gegenüber wie zwei Boxer im Ring.

„Wir sind uns einig, dass zwischen uns nichts mehr passieren wird. Es war schön mit ihr, keine Frage. Doch ich will nicht riskieren, dass Yvonne mir endgültig in den Arsch tritt, darum darf sie nichts erfahren. Und das wird sie auch nicht. Wenn du die Klappe hältst."

Jan sah Marius halb bittend und halb trotzig an. „Was ist? Hältst du die Klappe?"

„Ja, du verdammter Hurensohn, ich halte die Klappe. Aber nur, wenn du jetzt wirklich die Finger still hältst."

Jan hob feierlich seine rechte Hand und sah seinem Freund ernst in die Augen. „Ich verspreche es."

Marius wusste nicht so recht, was er von Jans Schwur halten sollte. Während Yvonne und Jan die Sonne genossen und Bier tranken, waren die Kommissare unten im Keller, um – wie Weichert es ausgedrückt hatte – „den Tatort noch einmal einer gründlichen Überprüfung zu unterziehen".

Ob sie etwas finden würden? Und was sollte das überhaupt sein?

Er sah durch die Terrassentür in die Küche, wo Svenja und Kristina Kartoffeln viertelten und in einer Auflaufform verteilten.

„Sag mal", begann Kristina und sah hinaus auf die Terrasse, um sicherzugehen, dass Marius sie nicht hören konnte, „ich würde dich gern etwas fragen. Es geht mich zwar nichts an und vielleicht bilde ich es mir nur ein, aber... zwischen dir und Marius, läuft da wieder was?"

Svenja schüttelte den Kopf. „Wo denkst du hin? Natürlich nicht. Er hat mir nur gesagt, dass er immer für mich da sein wird. Und dass er noch viel für mich empfindet."

„Ja, das ist offensichtlich." Kristina schmunzelte, als sie sah, dass Svenjas Wangen einen rosigen Ton annahmen. „Und was empfindest du für ihn?"

Schulterzuckend halbierte Svenja eine Kartoffel. „Er hat in meinem Leben immer eine besondere Rolle gespielt, das weißt du. Doch bevor ich mir über eine eventuelle Zukunft mit Marius auch nur Gedanken machen kann, muss ich mich erst einmal innerlich von Nikolai lösen. Immerhin waren wir sehr lange zusammen." Sie ließ die Hände sinken und sah ihre Freundin an. „Ich denke allerdings schon über das Angebot von Marius nach, hierher zu ziehen."

Kristinas Augen weiteten sich. „Zu ihm?"

„Ach wo!" Svenja schüttelte amüsiert den Kopf. „Nach Flensburg. Er hat mir angeboten, mir bei der Suche nach einer Wohnung und einer Arbeit zu helfen. Es kann durchaus sein, dass ich darauf zurückkomme."

„Nachtigall, ick hör dir trapsen", grinste Kristina im Yvonne-Tonfall.

Svenja sah ein klein wenig schuldbewusst aus. „Ich komme mir irgendwie - herzlos vor. Ich meine, Nikolai ist erst

251

drei Tage tot und ich..." Der Satz verkümmerte ihr auf den Lippen. Hilfesuchend sah sie zu Kristina.

„...und du fühlst dich freier und zufriedener als vorher?", vollendete ihre Freundin. „Ich würde sagen, das liegt nicht an dir. Wenn du in deinen Augen nicht ausreichend um Nikolai trauerst, dann liegt das wahrscheinlich daran, dass du mit ihm nicht glücklich warst. Man kann sich nicht zwingen, etwas anderes zu fühlen, als das, was man fühlt."

Nachdenklich sah Svenja zu Boden. „Vielleicht hast du Recht. Trotzdem komme ich mir schäbig vor."

Kristina warf die Kartoffelviertel in ihrer Hand zu den anderen und legte das Messer zur Seite.

„Ich habe mal gehört, dass es ganz hilfreich sein kann, der Person, um die man trauert oder von der man sich verabschieden will, einen Brief zu schreiben, in dem man seine ganzen Gefühle offenlegt", sagte sie. „So, als würde man mit diesem Menschen ein letztes Mal reden und dann einen Schlussstrich ziehen. Anschließend kann man wieder frei durchatmen und sich anderen Menschen öffnen."

Svenja warf ihr einen skeptischen Blick zu. „Und du glaubst, das funktioniert?"

Kristina hob die Schultern. „Keine Ahnung. Versuch es doch, vielleicht tut es dir gut. Schaden kann es jedenfalls nicht. Und eins weiß ich bestimmt: Sollte aus dir und Marius je wieder ein Paar werden, wirst du mit ihm sehr viel glücklicher sein, als du es mit Nikolai je warst."

Kristina schob gerade die Kartoffeln, die sie mit reichlich Olivenöl, Meersalz und Rosmarin gewürzt hatte, in den vorgeheizten Ofen, als Weichert und Andresen die Küche betraten. „Und? Hat die Überprüfung etwas erbracht?", fragte sie und ließ die Ofentür zufallen.

„Das wird sich noch zeigen", antwortete Andresen unbestimmt. „Wo finden wir Herrn Schroeder?"

„Jan?" Svenja, die den Brokkoli wusch, runzelte die Stirn und trocknete sich die Hände an einem Geschirrtuch ab. „Er ist draußen auf der Terrasse. Was wollen Sie von ihm?" Andresen antwortete nicht, sondern ging mit Weichert im Schlepptau auf die Terrasse hinaus. Neugierig folgten Svenja und Kristina ihnen.

„Da sind Sie ja wieder." Marius richtete sich auf. „Darf ich Ihnen ein Feierabend-Bier anbieten?"

„Nein, danke." Andresen wandte sich Jan zu. „Herr Schroeder, ich muss Sie bitten, mit uns in Präsidium zu kommen."

Jan langte nach seiner Bierflasche, trank einen großen Schluck und schwieg.

„Wieso denn Jan?" Yvonne sah verständnislos zwischen ihrem Verlobten und den beiden Polizisten hin und her. „Was soll'n der Quatsch?"

Andresen ignorierte sie und sah weiterhin zu Jan, der stumm das Bier zurückstellte und sich durch die Haare fuhr.

„Kommen Sie." Andresen wies auf die Terrassentür. Jan stand auf. „Wartet nicht mit dem Essen auf mich", sagte er mit einem kleinen Lächeln in Marius' Richtung. Dann beugte er sich über Yvonne und gab ihr einen innigen Kuss. „Ich liebe dich, Engel", flüsterte er und legte eine Hand an ihre Wange. „Ich liebe dich wirklich. Vergiss das nicht."

Yvonne starrte ihn sprachlos und mit offenem Mund an. Tränen schossen ihr in die Augen und rollten Sekunden später über ihre Wangen. „Ick versteh echt überhaupt nischt mehr. Wat hat det zu bedeuten? Jan?"

Doch er hatte, flankiert von Andresen und Weichert, die Terrasse bereits verlassen.

Svenja war eine grandiose Köchin, und es machte ihr immer großen Spaß, für andere eine tolle Mahlzeit zuzubereiten. Doch nachdem Jan mit den Polizisten das Haus verlassen hatte, stand sie völlig neben sich. Die Steaks waren trocken, die Sauce wässrig, der Brokkoli verkocht und die Kartoffeln verbrannt, doch das war allen egal, sie hatten sowieso keinen Appetit. Lustlos stocherten sie im Essen herum.

Yvonne legte schließlich mit einem lauten Klirren die Gabel auf den Teller. „Ick gloob det einfach nich. Nich mein Jan. Der is doch zu so wat jar nich fähig."

„Das habe ich auch immer geglaubt", stimmte Marius zu und wich ihrem Blick aus. „Aber es machte den Anschein, als ob – na ja, er wirkte fast... erleichtert."

Kristina schwieg und piekste die Gabel in ein Stück Brokkoli, das augenblicklich auseinanderbrach. War es tatsächlich möglich, dass Jan derjenige war, der Nikolai umgebracht hatte? Wenn es so war, hatte sie mit einem Mörder geschlafen. Nicht nur das, sie war verrückt nach ihm gewesen. Das Wort ‚Mörder' passte aber so gar nicht zu dem Jan, den sie kannte. Er war schon immer jemand gewesen, der andere davon abgehalten hat, Spinnen mit dem Staubsauer oder mit Schuhsohlen zu Leibe zu rücken. Laut protestierend hatte er sie lebend aus der Wohnung gerettet, weil der Gedanke, ein Lebewesen zu töten, für ihn unvorstellbar war. Der bloße Gedanke, dass Jan Schroeder wissentlich und mit voller Absicht jemanden umbrachte, war ebenso undenkbar wie die Vorstellung, er würde freiwillig ins Kloster gehen und lebenslange Enthaltsamkeit geloben.

„Warum sollte Jan das getan haben?" Svenja schob ihren Teller von sich. „Er hatte doch gar keinen Grund."

„Den hatte doch niemand von uns", wandte Marius ein.

„Und dennoch hat es jemand getan."

„Ich hätte schon einen gehabt", widersprach Svenja leise und sah die anderen kleinlaut an.

„Weil Nikolai so oft fremdging, meinst du?", fragte Kristina. „Aber deswegen hättest du ihn doch nicht umgebracht."

„Nein, deshalb nicht, das stimmt", nickte Svenja. „Aber an dem Tag, bevor er starb, habe ich eine Entdeckung gemacht, die mich wirklich schockiert hat."

Yvonne sah Svenja überrascht an. Sie tauschten einen Blick und Yvonne presste die Lippen zusammen und nickte leicht mit dem Kopf. Dann sagte sie bedrückt: „Ick weeß, was sie meint." Die Köpfe von Marius und Kristina drehten sich überrascht von Svenja zu ihr und Yvonne fuhr fort. „Sie hat Nikolai und mich zusammen jesehen", berichtete sie mit zitternder Stimme und feuchten Augen.

Marius und Kristina starrten Yvonne fassungslos an. „Was... was meinst du damit?", fragte Kristina tonlos.

Yvonne lehnte sich zurück, atmete tief durch und stieß mit einem lauten ‚Pffft' die Luft aus. „Jetzt ist es echt egal. Ick hatte ooch ‘nen juten Grund, Nikolai in die Hölle zu jagen, wo er vermutlich jrade schmort. Er hat mich verjewaltigt, versteht ihr? Es war einfach grauenvoll. Und er hat durchblicken lassen, det er es wieder tun würde. Ick hatte derbe Angst vor ihm."

Marius stützte den Kopf in die Hände. „Ich fasse es nicht", murmelte er. Dann hob er den Blick und sah Svenja an. „Es tut mir leid, dass ich das sagen muss, doch dein Mann war wirklich ein widerliches Schwein."

Sie nickte bedrückt. „Ich weiß. Bevor Nikolai am Samstagabend in die Sauna ging, habe ich ihn wieder in Yvonnes Zimmer vorgefunden. Ihre Angst war also absolut begründet."

Marius legte Yvonne eine Hand auf den Unterarm. „Jetzt weiß ich endlich, was an dem Abend mit dir los war. Es war offensichtlich, dass es dir richtig schlecht ging und du nicht einfach nur Kopfschmerzen hattest. Bitte entschuldige, wenn ich etwas unsensibel war."

Yvonne schüttelte den Kopf. „Mach dir keene Jedanken, du warst superlieb. Mir war nur nich danach, dass mich noch'n Typ anfasst, verstehste?"

„Hattest du keine Möglichkeit, dich gegen ihn zu wehren?", fragte Kristina. „Ich meine, du machst auf mich nicht den Eindruck, als wüsstest du dir in einer solchen Situation nicht zu helfen."

„Gloob mir, normalerweise hätte der Typ von mir so'nen Tritt in die Kronjuwelen bekommen, dass er als Sopransänger Karriere jemacht hätte", stimmte Yvonne ihr zu. „Doch hier lag der Fall etwas anders. Nikolai hatte mich in der Hand. Deswegen hab ick ooch keen Wort über die janze Sache verloren."

Kristina sah sie stirnrunzelnd an. „Wie meinst du das?"

Yvonne verschränkte locker die Arme vor der Brust. „Was ick euch jetzt sage, fällt mir echt nich leicht. Ick hab det allet so lange Zeit verdrängt, dass es mir beinahe vorkommt wie'n böser Alptraum. Leider isses keener. Also, diese Jerichtsverhandlung, bei der Nikolai und ich uns schon mal bejegnet sind..."

„In der du als Zeugin ausgesagt hast?", fragte Kristina.

Yvonne nickte. „Jenau die. Nikolais Mandant war ein echt widerlicher Mistkerl, der 'ne Freundin von mir so zusammen jeschlagen hat, dass sie fast krepiert wär. Und ick wusste det so jenau, weil..." Sie holte tief Luft. „Wenn ihr wollt, erzähl ick euch allet von Anfang an."

Die anderen nickten zustimmend. Kristina machte eine auffordernde Handbewegung.

„Also jut", sagte Yvonne. „Aber ick muss euch warnen, es is ne lange und ziemlich scheußliche Jeschichte."

Mit stockender Stimme begann sie zu erzählen. Ihren Vater hatte sie nie kennen gelernt – schon bevor sie laufen konnte, hatte er sie und ihre Mutter verlassen. Die wurde damit nicht fertig und begann zu trinken. Mit siebzehn war sie schließlich nach einem heftigen Streit mit ihrer betrunkenen Mutter von zu Hause abgehauen, ohne zu wissen, wohin sie gehen sollte. In einer Kneipe lernte sie Jochen Bellendorf kennen und er bot ihr spontan an, ein paar Tage bei ihm zu wohnen. Noch in der gleichen Nacht wurden sie ein Paar und aus ein paar Tagen wurden fast vier Jahre. Jochen machte sie bald mit ein paar Mädchen bekannt, die anschaffen gingen. Es dauerte nicht lange, und sie wurde ebenfalls eines dieser Mädchen. Von irgendwas musste sie schließlich leben. Sie verdiente nicht schlecht, aber sie hasste jede Sekunde. Einzig der Gedanke daran, dass genügend Erspartes ihr die Möglichkeit geben würde, dieses Elend hinter sich zu lassen und ein normales Leben zu führen, ließ sie durchhalten. Sie wollte genug Geld zusammenzukratzen, um sich ein Fitness-Studio kaufen zu können. Das war ihr größter Traum. Wann immer es ihr möglich war, trieb sie Sport. Bei jedem Wetter lief sie durch die Stadt oder machte in Jochens kleiner, billiger Wohnung Gymnastikübungen. Hinterher fühlte sie sich immer zufrieden und auf angenehme Art ausgelaugt. Sport half ihr, mit dem Leben, das sie führte, eine Art Waffenstillstand zu schließen. Zu dieser Zeit kam es zu dem brutalen Übergriff auf ihre Freundin. Yvonne wollte diese besuchen, als laute Schreie und wütendes Gebrüll durch die Wohnungstür drangen. Die Wohnungstür war nicht verschlossen. Yvonne zögerte nicht, stürzte in die Wohnung und sprang den Freier beherzt von hinten an. Der war so irritiert, dass er von seinem eigentlichen Opfer abließ. Nachbarn hatten den Lärm gehört und die Polizei gerufen. Bevor Yvonne allzu viel abbekam, rissen die Beamten den Mann zurück und überwältigten ihn. Bei der Verhandlung hatte Yvonne alles berichtet, und so hatte Nikolai, der den Mann mit mehreren erfahrenen Kollegen verteidigte, erfahren, mit was sie zu der Zeit ihren Lebensunterhalt bestritten hatte.

Es dauerte länger als sie erwartet hatte, das nötige Geld für einen Neuanfang zusammen zu sparen, da sie des Öfteren Jochen, der ständig in Schwierigkeiten steckte, aus der Klemme helfen musste. Doch als sie endlich genug zusammen hatte, fiel es ihr nicht schwer, ihn vor vollendete Tatsachen zu stellen und der schäbigen Wohnung und seinem kaputten Leben den Rücken zu kehren. Sie mietete sich kurzerhand ein kleines, möbliertes Zimmer und besuchte Fitness-Kurse und Seminare. Schon nach kurzer Zeit bekam sie einen Job als Trainerin und verbrachte fast jeden Tag im Studio. Dieser Ort wurde ihr eigentliches Zuhause. An einigen Abenden in der Woche arbeitete sie nebenbei als Kellnerin, um sich etwas hinzuzuverdienen. Viel brauchte sie nicht, in der Zeit mit Jochen hatte sie gelernt, bescheiden und sparsam zu sein. Nach zwei Jahren kaufte sie sich in das Studio ein, ein weiteres Jahr später musste ihr Partner aus gesundheitlichen Gründen aufhören und verkaufte ihr auch seinen Anteil. Sie hatte es geschafft, ihren Traum Wirklichkeit werden zu lassen. „Und als ick vor knapp drei Jahren Jan kennen lernte, war mein Leben perfekt", schloss sie und blickte in die betroffenen Gesichter um sich herum.

„Und Jan hat keine Ahnung von all dem?", fragte Marius.

Yvonne schüttelte den Kopf. „Nee. Nikolai drohte, es ihm zu erzählen, wenn ick nich mit ihm..." Sie brach ab.

Eine Weile schwiegen alle, erschüttert über das, was sie erfahren hatten. Dann fragte Kristina in die Stille hinein: „Könnte Jan irgendwie davon erfahren haben? Das wäre ein Motiv, das einiges erklären würde."

Yvonne schüttelte den Kopf. „Wie hätte er det rauskriejen sollen? Nikolai wird es ihm kaum jesteckt haben, und ick erst recht nich."

Alle sahen Svenja an. Die legte sich in einer Geste der Unschuldsbeteuerung die Hand auf die Brust. „Ich schwöre, ich habe niemandem etwas gesagt. Weder Jan noch sonst irgendwem."

„Dann muss er es auf andere Weise erfahren haben." Yvonne überlegte. „Ist er am Samstagnachmittag so zwischen drei und vier vom Strand abjehauen? Vielleicht hat er es jenauso erfahren wie du." Sie sah Svenja an, doch Marius schüttelte den Kopf. „Nein, er war die ganze Zeit bei uns."

Kristina richtete sich auf. „Womöglich spekulieren wir völlig umsonst. Es ist schließlich noch gar nicht erwiesen, dass Jan es wirklich getan hat und ich kann es mir auch nach wie vor nicht vorstellen. Wir wissen doch überhaupt nicht, was die Polizei wirklich von ihm will."

„Du hast völlig Recht." Marius stand auf und begann, die fast vollen Teller abzuräumen. „Warten wir erst einmal ab."

Yvonne stand auf, stützte die Hände auf den Tisch und sah alle der Reihe nach an. „Ick hab 'ne Bitte an euch. Was auch immer passiert, sagt Jan nischt von dem, wat ick euch erzählt hab, ja?"

Kristina stand ebenfalls auf, stellte sich neben sie und legte ihr einen Arm um die Schulter. „Mach dir keine Sorgen. Jan würde dir deshalb niemals Vorwürfe machen oder dich gar verlassen. Im Gegenteil: Er wäre stolz auf dich, weil du es geschafft hast, für deinen Traum zu kämpfen und dich nicht aufzugeben. Das weiß ich genau."

Zweifelnd sah Yvonne sie an. „Trotzdem", sagte sie. „Versprecht es mir. Bitte."

Désirée stand schon an der Straße, als der Mercedes ihres Vaters langsam die Fahrbahn entlang rollte. Andresen hielt in der zweiten Reihe und winkte seine Tochter zu sich. Sie zwängte sich zwischen den parkenden Wagen hindurch und ließ sich auf das weiche Polster des Beifahrersitzes sinken. „Hi!" Ihre weichen Lippen berührten kaum seine kratzige Wange. „Wie komme ich zu der Einladung?"

Andresen gab langsam Gas und schaltete in den zweiten Gang.

„Kleine Wiedergutmachung, weil ich dich am Sonntag mit Oma allein lassen musste."

Seiner Tochter lächelte. „War gar nicht so schlimm. Sie hat mir Canasta beigebracht."

„Hast du wenigstens gewonnen?" Andresen setzte den Blinker und bog von der Fuchskuhle nach rechts in die Schleswiger Straße.

„Vier Euro fünfzig", grinste sein Töchterchen.

Andresen lachte. „Gratuliere."

Er führte Désirée in das nahe gelegene ‚Café del Sol' beim Einkaufszentrum Fördepark. Sie suchten sich einen Platz am Fenster und bestellten.

„Ich habe übrigens etwas für dich", sagte Andresen, nachdem die Getränke gebracht worden waren.

Überrascht lösten sich Désirées Lippen von dem Strohhalm, der in ihrer Maracuja-Schorle steckte. „Echt? Was denn?"

„Das hier." Er öffnete seine Aktentasche, zog ein schon recht abgegriffenes Buch heraus und reichte es seiner Tochter.

Sie nahm es, betrachtete es skeptisch und las den Titel. „Wir Kinder vom Bahnhof Zoo. Kenne ich nicht. Worum geht es?" Sie blätterte ein wenig darin. Im Mittelteil waren ein paar Fotografien von ziemlich fertig aussehenden Jugendlichen in altmodischen Klamotten und mit ebensolchen Frisuren abgebildet.

„Es geht um ein Mädchen in deinem Alter, dass ein paar Mal Hasch raucht, schließlich von Pillen auf Heroin umsteigt und zu guter Letzt auf dem Strich landet."

Ernüchtert legte seine Tochter das Buch auf den Tisch. „Sag bloß, du hast Angst, dass mir das auch passieren könnte."

„Ja", antwortete er ernst. „Selbstverständlich habe ich Angst davor. Sogar große Angst, genau wie deine Mutter.

Das ist das Merkwürdige an Eltern: sie machen sich Sorgen, wenn die Kinder anfangen, Blödsinn zu machen. Und das Mädchen im Buch hatte mit Sicherheit auch nicht vor, abhängig zu werden."

Désirée lehnte sich zurück und verschränkte trotzig die Arme. „Mensch, macht doch nicht so'n Trouble! Ich hab doch schon gesagt, ich hab's nur mal ausprobiert."

„Ja, natürlich. So fängt es immer an." Andresen lächelte seiner Tochter zu. „Ich will dir jetzt keinen Vortrag halten. Aber tu mir einen Gefallen: Lies das Buch. Deine Tante Anette hat es mir für dich gegeben, als ich mir bei ihr einen Rat holte. Wie du siehst, hat sie es schon oft gelesen. Geh bitte vorsichtig damit um, sie hängt wirklich daran."

Désirée nahm das Buch vorsichtig hoch und betrachtete es genauer. Sie mochte die Schwester ihres Vaters sehr, und wenn Anette sagte, das Buch sei gut, dann war es vermutlich auch so.

„Ich soll dir ausrichten, dass es dazu auch einen Film gibt", fuhr Andresen im Plauderton fort und nippte an seinem Feierabendbier. „Wenn du das Buch gelesen hast und es dir gefallen hat, besorgt Anette die DVD und lädt uns zwei zu sich ein, um ihn anzusehen."

„Mit Popcorn, Chips und Cola?"

„Mit Popcorn, Chips und Cola", nickte Andresen. „Ich werde persönlich dafür sorgen. Also, was ist?"

Désirée seufzte und reichte ihrem Vater die Hand. „Na gut. Einverstanden."

Er schlug erleichtert ein. Ihre kleine, schmale Hand verschwand fast in seiner Pranke. „Es wird dir gefallen, da bin ich sicher."

Zweifelnd nahm seine Tochter das Buch noch einmal zur Hand und sah sich skeptisch die Fotos an. „Na, hoffentlich!", murmelte sie.

ALS JAN IN Begleitung eines kahlköpfigen und ernst dreinblickenden Vollzugsbeamten ins Besucherzimmer geführt wurde, reckte er neugierig den Hals, damit er an der Schulter des Glatzkopfs vorbei einen Blick in den Raum werfen konnte. Ihm war nur gesagt worden, dass er Besuch hatte, jedoch nicht, von wem. Seine Augen leuchteten auf, als er Marius' dunkelblonde Locken entdeckte. Sein Freund saß an einem kleinen Tisch auf einem von zwei Stühlen, und sah ihm entgegen. Jan trat näher und setzte sich auf den anderen Stuhl.

„Hallo, Kumpel, schön, dich zu sehen."

Marius lächelte vage. „Die Umstände könnten besser sein."

Jan machte eine umfassende Handbewegung, die die kahlen, gefliesten Wände, die spärliche Möblierung und den breitschultrigen Glatzkopf, der an der Tür stand, einschloss. „Ich weiß gar nicht was du hast, ist doch sehr gemütlich hier."

Marius schmunzelte. „Wie geht es dir?"

„Ging schon mal besser", gab Jan zu und zog eine Grimasse. „Aber ich fürchte, ich muss mich dran gewöhnen."

„Könnte sein. Wir werden dir bei der Verhandlung aber helfen, so gut wir können."

„Ihr seid alle als Zeugen geladen, nicht wahr?"

Marius nickte. „Dass du verknackt wirst, ist sehr wahrscheinlich, sagt Svenja. Aber das Strafmaß können wir hoffentlich ein wenig beeinflussen."

„Wie geht es ihr? Und dir? Und was ist mit Yvonne? Hast du was von ihr gehört?"

„Wir haben telefoniert, es geht ihr soweit ganz gut. Sie hat gesagt, ihr schreibt euch."

Jan nickte. „Das stimmt. Ihre Briefe sind das einzige, was das Leben hier drin etwas aufhellt."

„Das glaube ich gern."

„Wie geht es Svenja?"

„So lala. Nikolais Beerdigung war hart für sie. Jetzt steckt sie mitten in den Vorbereitungen für ihren Umzug. Ich habe eine hübsche Wohnung für sie gefunden, ganz in meiner Nähe."

„Dicht am Strand? Das wird ihr gefallen."

Marius schüttelte den Kopf. „Fehlanzeige. Ich bin letzte Woche ausgezogen und hab jetzt eine möblierte Dachgeschosswohnung in Mürwik. Nur zum Übergang, bis ich etwas Besseres gefunden habe."

„Mit Verena ist also Schluss?"

„Ja. Wir haben uns noch ein paar Mal unterhalten, und sie hat sich dafür entschuldigt, dass sie mich verdächtigt hat. Aber ich komme nicht darüber hinweg, dass sie mir so etwas zugetraut hat."

Marius machte eine kurze Pause, dann fügte er hinzu: „Und was Svenja angeht, hatte sie ja nicht unrecht."

Jan nickte. „Kommt ihr wieder zusammen?"

„Ich weiß es nicht, vielleicht. Sie braucht sicher noch Zeit, um über Nikolai und die Ehe mit ihm hinwegzukommen." Marius zeigte ein kleines, optimistisches Lächeln. „Wir werden einfach sehen, was die Zukunft bringt."

„Ich wünsche euch beiden auf jeden Fall alles Gute."

„Danke. Übrigens hat sich Verena auch neu orientiert. Du wirst nie erraten, mit wem sie in der letzten Woche essen gegangen ist."

„Ich kenne hier niemanden außer dir, also spuck's schon aus."

„Mit Lutz Weichert."

Jan musste kurz überlegen, dann riss er erstaunt die Augen auf. „Kommissar Andresens schmaler Kollege mit der aufdringlichen Duftnote? Das ist ja ein Ding!"

Marius nickte. „Nicht wahr? Sie redet ziemlich oft von ihm."

Jan schüttelte grinsend den Kopf. „Ich gehe davon aus, dass ich zur Hochzeit eingeladen werde. Schließlich hätten sie sich ohne mich nie kennen gelernt."

„Ich werde es ihr bei Gelegenheit ausrichten", versprach Marius.

„Vergiss es." Jan wechselte das Thema. „Was ist mit Krissi? Hast du was von ihr gehört?"

Marius nickte. „Wir haben letzte Woche telefoniert. Stephan hat die Scheidung bisher nicht eingereicht. Sie erzählte, dass sie sich langsam wieder annähern. Er ist zwar immer noch verletzt und enttäuscht, doch Krissi kämpft um ihn. Sie weiß, dass sie unheimlich Mist gebaut hat."

„Danke für die Blumen."

„Komm schon, du weißt, dass die ganze Aktion echt mies war. Insbesondere von dir."

„Ja ja, ich weiß. Aber Yvonne gegenüber habt ihr davon nichts erwähnt, oder?"

„Natürlich nicht, ich hab's dir doch versprochen."

„Danke, Mann."

Sie unterhielten sich noch eine Weile über den bevorstehenden Gerichtstermin und Jan erzählte ein wenig vom Gefängnisalltag.

Schließlich räusperte sich der Vollzugsbeamte vernehmlich und wies mit dem Kinn zu der großen Wanduhr, die über der Tür hing. Jan nickte ihm zu und sagte bedauernd zu Marius: „Tja, tut mir leid, Kumpel, aber ich habe noch ein paar dringende geschäftliche Termine."

Marius grinste und stand auf. „Ich bin froh, dass du deinen Humor noch nicht verloren hast."

Auch Jan erhob sich. „Positives Denken, mein Lieber. Es kommen auch wieder bessere Zeiten. Ich hoffe nur, bis dahin dauert es nicht allzu lange."

Nachdem er wieder seine Zelle betreten hatte, ließ Jan sich auf die Pritsche fallen, verschränkte einen Arm hinter dem Kopf und starrte an die schmucklose, graue Decke. Der Raum, in dem er seit zwei Wochen leben musste, war etwa acht Quadratmeter groß und beherbergte außer dem schmalen Bett, das an der linken Längsseite schräg unter einem kleinen Fenster stand, einen schlichten Tisch mit Stuhl, einen schmalen Spind, ein Regal, und in der Ecke links hinter der Tür eine Toilette und ein kleines Waschbecken. Er haderte nicht mit seiner Lage. Ihm war klar, dass er sich alles selbst eingebrockt hatte. In den letzten vierzehn Tagen hatte er viel Zeit zum Nachdenken gehabt, und bei dem Gedanken, wie viele Menschen wegen seiner Dummheit und seinem Egoismus leiden mussten, wurde ihm elend zumute. Da war zunächst einmal Svenja, die ihren Ehemann verloren hatte und nun allein die zwei Kinder großziehen musste.

Yvonne hatte ohne ihn nach Berlin zurückfahren müssen und machte sich vermutlich große Sorgen darüber, wie die Verhandlung ausgehen und anschließend ihr Leben weitergehen würde.

Und nicht zuletzt hatte er der Ehe von Stephan und Krissi großen Schaden zugefügt. Jan mochte Stephan gern, er war ein unkomplizierter, netter Typ. Dennoch hatte er Krissi verführt. Und warum?

Zu dem Zeitpunkt hatte er das Gefühl gehabt, als sei ihm alles entglitten, als hätte er nichts mehr zu verlieren. Seine kleine, heile Welt war innerhalb weniger Minuten zusammengebrochen.

Mit Krissi zu flirten, war eine willkommene Ablenkung gewesen. Als ihre Unnachgiebigkeit zu bröckeln begonnen hatte, hatte er nur noch eins gewollt: Wenigstens in diesem Punkt erfolgreich sein.

Und dann, als es so weit war, als sie ihn ebenso wollte wie er sie, war jegliches Denken, jedes schlechte Gewissen ausgeschaltet. Obwohl er wusste, dass Krissi ihre Ehe aufs Spiel setzte, und dass sie genau das eigentlich gar nicht wollte, hatte er nicht gezögert, sich endlich das zu nehmen, was sie ihm vor zehn Jahren noch verweigert hatte. Und es war unglaublich gewesen. Es schien, als hätte in ihr jahrelang ein Vulkan geschlummert, der plötzlich ausbrach, mit einer Kraft und einer Leidenschaft, die ihn überwältigt hatte. Noch während er mit ihr schlief wusste er, dass es nicht bei dem einen Mal bleiben würde, bleiben durfte. Dafür war es einfach zu gut. Sie vibrierte praktisch vor unterdrückter Lust, und schien erleichtert, dass diese Seite an ihr endlich zum Ausbruch kam. Er selbst genoss es, war froh, in ihren Armen Nikolais Tod und alles, was damit zusammenhing – Svenjas Trauer, die polizeilichen Vernehmungen, die Verwirrung und das Misstrauen der anderen – ausblenden zu können.

Bis zu dem Moment, als Stephan sie erwischt hatte. Von der Sekunde an war alles vorbei gewesen. Kristinas Tränen und Stephans verletzter Gesichtsausdruck, all das war seine Schuld. Und als die Polizei schließlich auf ihn als Täter gekommen war, hatte er einfach nur große Erleichterung darüber verspürt, dass die Zeit der Lügen und des Sich-Verstellen-Müssens vorüber war. Sie sperrten ihn ein und sorgten so dafür, dass er niemandem mehr schaden konnte.

Jan drehte sich auf die Seite, schloss die Augen und sah fast sofort Yvonnes Gesicht vor sich. Oh Gott, wie sehr er sie vermisste. Ob er ihr auch fehlte? Wahrscheinlich schon. Aber was würde sie wohl tun, wenn er mehrere Jahre hier bleiben musste? Eine schöne Frau wie sie würde sicher nicht lange allein bleiben. Sein Magen zog sich schmerzhaft zusammen bei der Vorstellung, womöglich nie wieder die zarte Haut ihrer Wange zu streicheln, mit den Händen durch ihr herrliches Haar zu fahren und in ihre wunderschönen Rehaugen zu sehen. Er würde alles dafür geben, sie in diesem Moment sagen zu hören: „Mensch, Schnucki, du bist ja so'n kompletter Vollpfosten! Was musste auch so 'ne jequirlte Scheiße bauen!" Recht hätte sie!

Jan war kein gläubiger Mensch. Gottesdienste hatten ihn immer unbeschreiblich gelangweilt und die Idee, dass ein weißbärtiger Typ im Nachthemd auf einer Wolke saß und die Schicksale der armen Würstchen auf der Erde lenkte, hielt er für totalen Schwachsinn. Dennoch drehte er sich jetzt wieder auf den Rücken, sah mit feuchten Augen an die Zellendecke und flüsterte: „Falls du echt da oben bist, schlage ich dir einen Deal vor: Du sorgst dafür, dass ich hier bald wieder rauskomme, und ich verspreche hoch und heilig, dass ich für den Rest meines Lebens nur noch ein Ziel habe: Ich will meinen Engel glücklich machen. Denn das ist es, was sie verdient. Wenn du mir die Chance gibst, werde ich sie nie, nie wieder enttäuschen. Ich schwöre es."

Zwei Monate später

ES WAREN FÜNF Verhandlungstage angesetzt worden. Der Prozess fand im Flensburger Schwurgerichtssaal statt, einem großen, historisch anmutenden Raum, hoch, dunkel getäfelt und Respekt einflößend. In der Mitte des erhöhten Richtertischs saß der Vorsitzende Richter; ein untersetzter Mann um die Sechzig mit einem grauen Vollbart und schalkhaften blauen Augen. Flankiert wurde er von zwei weiteren Richtern. Links und rechts außen saßen zwei Schöffen. Am ersten Tag fanden die Verlesung der Anklageschrift und Jans Vernehmung statt. Er saß nervös neben seinem Verteidiger, Dr. Kirschner, als er in den Zeugenstand gebeten wurde. Jan stand auf und setzte sich auf den Stuhl vor dem Richtertisch, auf den der Vorsitzende zeigte. Nachdem die Personalien geklärt und Jan seine Rechte erläutert worden waren, stand Dr. Kirschner auf. „Herr Schroeder, bitte berichten Sie uns genau, was sich an dem besagten Tag zugetragen hat."

Jan nickte und befeuchtete seine Lippen. „Okay. Also, vormittags waren wir alle am Strand. Am Nachmittag ist Nikolai früher zurück zum Haus gegangen, angeblich, weil ihm die Sonne zu viel wurde. Meine Verlobte ging bald darauf ebenfalls zurück, um sich, wie sie sagte, ein Buch aus unserem Zimmer zu holen. Sie kam aber nicht zurück, bis wir anderen unsere Sachen einpackten und den Strand verließen."

Jan ergriff das Glas, das vor ihm auf einem kleinen Tisch stand, und trank einen Schluck. Dann fuhr er fort. „Als wir im Haus angekommen waren, fand ich sie in unserem Zimmer im Bett. Sie sah blass und elend aus und sagte, sie hätte starke Kopfschmerzen. Ich brachte ihr eine Tablette und sie sagte, sie würde gern ein wenig schlafen. Wir anderen wollten grillen, und kurz bevor wir anfingen, ging

268

ich noch einmal nach oben, um nach ihr sehen. Yvonne lag im Bett und schlief. Ich wollte schon wieder hinausgehen, als ich bemerkte, dass sie so gequält aussah, irgendwie ängstlich. Sie begann, den Kopf hin und her zu werfen. Und plötzlich fing sie an, im Schlaf zu reden. Eigentlich war es mehr ein Schreien."

Im Zuschauerraum nahm Kristina Yvonnes Hand und drückte sie.

„Redet Ihre Verlobte häufig im Schlaf?", erkundigte sich Dr. Kirschner.

Jan schüttelte den Kopf. „Sehr selten. Höchstens dann, wenn sie etwas sehr stark beschäftigt."

„Handelt es sich bei dem, was Ihre Verlobte üblicherweise im Schlaf sagt, um tatsächliche Vorkommnisse, oder sind es eher Alpträume?"

„Ersteres. Einmal hatten wir zum Beispiel einen Autounfall, bei dem ich ein bisschen was abgekriegt habe, und kurz darauf hat sie im Schlaf vor Angst geschrien, hat meinen Namen gerufen und immer wieder gefragt, ob es mir gut geht oder ob ich verletzt sei. Genau wie an dem Tag, als der Unfall geschah."

„Gibt es mehrere solcher Beispiele?"

„Zwei oder drei vielleicht."

„Konnten Sie verstehen, was Ihre Verlobte an dem besagten Tag sagte?"

„Allerdings."

„Und was genau war das?"

„Zuerst schrie sie nur ‚Nein! Bitte nicht! Hör auf!'. Dabei wälzte sie sich unruhig hin und her. Sie hat das ein paar Mal wiederholt. Ich wollte sie schon aufwecken und sie beruhigen, aber dann sagte sie einen Namen."

„Welchen Namen?"

„Nikolais Namen."

„Sie meinen Nikolai Schiller?"

„Genau den. Sie rief: ‚Nikolai, nicht! Du tust mir weh! Hör auf, bitte!‘ Dann schrie sie laut auf, als hätte sie furchtbare Schmerzen.“

„Was ging in Ihnen vor, als Sie das hörten?“

„Anfangs machte ich mir nur Sorgen um Yvonne. Es war offensichtlich, dass sie litt. Doch dann, als mir klar wurde, was ihre Schreie bedeuteten, kochte ich natürlich vor Wut.“

„Hat Ihre Verlobt noch mehr gesagt?“

„Sie rief immer wieder ‚Nein! Nein!‘ Und ‚Nikolai, hör auf, bitte. Du tust mir weh!‘ Zwischendurch schrie sie wieder vor Schmerzen.“

Kristina warf einen mitfühlenden Blick auf Yvonnes Gesicht. Es war tränennass, ihre Augen waren geschlossen, der Kopf gesenkt.

„Was geschah weiter?“, fragte Dr. Kirschner mit sonorer Stimme.

„Nach ein paar Minuten wurde sie ruhiger“, antwortete Jan. „Doch sogar im Schlaf sah sie aus, als hätte sie Angst und würde Schmerzen leiden. Es brach mir das Herz, sie so zu sehen.“

„Was taten Sie dann?“

„Als ich einigermaßen sicher war, dass sie sich beruhigt hatte, ging ich wie in Trance nach unten. Ich sagte den anderen, dass Yvonne schlief und wir begannen zu essen. Mir war allerdings der Appetit gründlich vergangen.“

„Sie haben den anderen gegenüber nicht erwähnt, was passiert war?“

„Nein. Ich habe nur Nikolai beobachtet.“

„Wie hat Herr Schiller sich verhalten?“

„Er war so locker und überheblich wie immer. Womöglich sah er sogar noch entspannter aus als gewöhnlich. Ich kochte zwar vor Wut, ließ mir aber nichts anmerken.“

„Warum? Wieso haben Sie ihn mit dem, was sie erfahren haben, nicht konfrontiert?", fragte Dr. Kirschner neugierig.

Jan zuckte mit den Schultern. „Ich wollte das mit ihm allein klären, nicht vor all den anderen."

Sein Anwalt nickte. „Gut. Was geschah weiter?"

„Nach dem Essen servierte Marius Tequila. Den hatten wir in unserer Studienzeit hin und wieder getrunken. Ich trank mindestens drei oder vier, und mit jedem Glas wuchs mein Zorn auf Nikolai." Er machte eine Pause. Sein angespannter Gesichtsausdruck zeigte deutlich, dass er Nikolai vor sich sah, der gelassen und gut gelaunt mit den anderen plauderte, als könne ihn kein Wässerchen trüben.

„Also, Sie hatten ein paar Schnäpse zu sich genommen. Wie viel haben Sie an diesem Abend insgesamt getrunken?"

„Abgesehen von dem Tequila hatte ich noch drei oder vier Bier."

„Mit anderen Worten, Sie waren angetrunken?"

Jan nickte zögernd. „Ich denke schon. Ja, ich hatte einen kleinen Glimmer."

„Was geschah weiter?"

„Ich schlug vor, schwimmen zu gehen. Die anderen waren sofort dabei, also gingen wir hinunter in den Keller."

„Alle?"

„Ja. Bis auf Yvonne natürlich."

Dr. Kirschner nickte. „Bezweckten Sie etwas mit ihrem Vorschlag?"

Jan schüttelte den Kopf. „Eigentlich nicht. Ich hatte nur das Gefühl, ich müsste mich abkühlen und körperlich abreagieren. Wir warfen uns dann gegenseitig ins Becken. Die anderen lachten und alberten herum, und ich machte mit, versuchte, mir nicht anmerken zu lassen, was in mir vorging."

„Das war sicher nicht einfach", vermutete der Anwalt.

Jan kratzte sich am Kopf. „Es war sauschwer. Ich sprang dann ein paar Mal vom Brett ins Wasser und stellte mir dabei vor, wie ich Nikolai die Scheiße aus dem Leib prügle. Das half mir ein bisschen, wieder freier zu atmen."

„Wie lange waren Sie alle im Pool?"

Jan zuckte mit den Schultern. „Keinen Ahnung, eine halbe Stunde vielleicht? Möglicherweise auch länger. Verena und Stephan wollten dann in die Sauna. Marius stellte sie deshalb an. Ich sprang weiterhin vom Brett, es tat mir irgendwie gut. Es powerte mich aus, verstehen Sie?"

„Sehr gut. Erzählen Sie weiter."

„Irgendwann kamen Verena und Stephan aus der Sauna. Sie wollten schlafen gehen und erwähnten, dass Marius und Nikolai noch in der Sauna wären. Kurz darauf gingen Svenja, Krissi und ich nach oben. Wir standen noch für kurze Zeit in der Küche und redeten. Marius kam vorbei und sagte, er ginge ins Bett. Dann war finito. Wir beschlossen, auch schlafen zu gehen. Die beiden Frauen gingen nach unten ins Souterrain, und in dem Moment wurde mir klar, dass Nikolai ganz allein unten war. Das war die Chance, auf die ich gewartet hatte. Ich ging also wieder zurück in den Keller. Alles war ruhig. Aus dem Pool kam ein leises Plätschern, ansonsten war es totenstill."

Genauso ruhig war es im Gerichtssaal. Die Zuschauer schienen völlig gebannt von Jans Schilderung und warteten atemlos darauf, dass er weitersprach. Jan griff nach dem Wasserglas und trank.

Dr. Kirschner wartete, bis Jan das Glas abstellte, dann bat er ihn, fortzufahren.

„Ich ging weiter zur Sauna und sah, dass Nikolai noch immer darin saß", berichtete er. „Mein Blick fiel auf den Keil, der neben der Tür lag. Ich hob ihn auf und klemmte ihn unter die Saunatür."

„Warum haben Sie das getan?"

„Ich wollte, dass er mir die Wahrheit sagt. Und ich dachte mir, dass er das am ehesten dann tun würde, wenn er in der Klemme steckt."

„Hat Herr Schiller Sie bemerkt?"

„Ja, kurz darauf. Ich sah durch das Sichtfenster. Er saß auf der mittleren Bank und rieb sich über das Gesicht. Er schwitzte schon ziemlich stark, mir war klar, dass er die Sauna bald würde verlassen wollen. Dann fiel sein Blick auf mich. Er sah ziemlich erschrocken aus."

Ein kleines Lächeln umspielte Jans Lippen. „Ich nehme an, mein Gesichtsausdruck hat ihm gezeigt, dass ich eine Scheißwut auf ihn hatte."

„Hat er etwas zu Ihnen gesagt?"

Jan schüttelte den Kopf. „Dazu kam er gar nicht. Ich fragte ihn, was zum Teufel er mit Yvonne gemacht hat."

„Wie fragten Sie ihn?"

„Ich schrie ihn an. Er tat ahnungslos, wollte tatsächlich wissen, wovon ich überhaupt rede. Also wurde ich deutlicher und fragte: ‚Hast du meine Verlobte gefickt, du perverse Sau?!'"

Yvonne kniff die Augen noch fester zusammen und Kristina sah, dass eine Träne auf ihre Jeanshose fiel und den Stoff dunkel färbte.

„Ich nehme an, das haben Sie auch geschrien", mutmaßte Dr. Kirschner.

„Allerdings. Ich war so verdammt wütend auf ihn. Er sagte nichts, starrte mich nur an. Also hab ich ihn das noch ein paar Mal gefragt und dabei mit der Faust gegen die Tür geschlagen."

„Was hat Herr Schiller daraufhin getan?"

„Er ist aufgestanden und wollte herauskommen. Natürlich ging das nicht, er bekam die Tür ja nicht auf. Da sah ich dann die Angst in seinen Augen. Und in dem Moment fühlte ich mich das erste Mal, seit ich Yvonne im Schlaf reden gehört hatte, wieder gut. Ich wollte, dass er leidet, so wie Yvonne unter ihm gelitten hat."

„Was geschah dann?"

„Er schrie mich an, sagte, ich solle gefälligst die Tür aufmachen. Ich brüllte zurück, erst solle er mit der Sprache herausrücken. Ich wollte die Wahrheit wissen, wollte aus seinem Mund hören, was er mit Yvonne gemacht hat."

„Tat er Ihnen den Gefallen?"

„Zuerst nicht. Doch dann schien er schwächer zu werden. Er setzte sich wieder hin, auf die untere Bank. Ich schrie noch mal: ‚Hast du dreckiges Arschloch meine Verlobte gefickt?' Da nickte er und fragte, ob ich ihn nun endlich raus lassen würde."

„Warum haben Sie es nicht getan?"

„Weil ich einfach zu wütend war. Der Kerl hatte meine Freundin brutal missbraucht, und er machte auf mich nicht den Eindruck, als täte es ihm leid. Ich glaube, dass hat mich am meisten angekotzt. Dass er keinerlei Reue zeigte, sich nicht dafür entschuldigte."

„Wie reagierten Sie auf sein Verhalten?"

„Ich sagte ihm, er könne von mir aus da drin verrotten", bekannte Jan. „Da hat dieser... ähm, da hat Nikolai behauptet, dass Yvonne freiwillig mit ihm ins Bett gegangen sei. Ich schrie ihn an, er wäre ein verdammter Lügner. Er behauptete, es wäre die Wahrheit. Sie sei früher eine Prostituierte gewesen und hätte zugestimmt, mit ihm zu schlafen, wenn er mir nichts davon erzählen würde. Dann erzählte er mir, woher er das wusste."

„Nämlich?"

„Von einer Verhandlung vor ungefähr acht Jahren. Dort hatte sie als Zeugin ausgesagt, gegen einen Mann, den Nikolais Kanzlei verteidigte. Dieser Freier soll eine Freundin von Yvonne, die ebenfalls auf den Strich ging, misshandelt haben."

„Und Sie glaubten ihm?"

„Ich war zumindest verunsichert. Doch im Grunde war und ist es mir egal, was Yvonne früher gemacht hat. Was es auch war, es hat sie zu der Frau gemacht, in die ich mich verliebt habe."

Als Kristina zur Seite sah, stellte sie fest, dass Yvonne mit feuchten Augen und bebendem Kinn auf Jans Rücken starrte. Auch Kristina selbst kämpfte mit den Tränen. Sie fing Svenjas Blick auf, deren Lippen verräterisch zitterten. Ihr Lächeln sagte Kristina, dass sie beide dasselbe empfanden: Dass Jan nie etwas Schöneres gesagt hatte.

„Dann bin ich stocksauer nach oben gegangen", drang Jans Stimme in Kristinas Gedanken und sie wandte den Kopf wieder nach vorn.

„Ich wollte ihm aber nur einen gewaltigen Schrecken einjagen. Ihn ein bisschen schmoren lassen, im wahrsten Sinne des Wortes. Ich nahm mir vor, ihn eine halbe Stunde da drin zu lassen und ihm anschließend noch kräftig eine zu verpassen. Dann ging ich hinauf in unser Zimmer."

„Warum haben Sie Herrn Schiller dann doch nicht mehr frei gelassen?", fragte Dr. Kirschner neugierig „Sie hatten Ihre Rache, Sie hatten sein Geständnis. Wieso haben Sie ihn sterben lassen?"

Jan hob die Schultern. „Ich bin schlicht und einfach eingepennt. Der Alkohol, die Springerei am Pool, die Aufregung wegen Yvonne – ich war aufgewühlt und von dem langen Tag total erschöpft. Eigentlich wollte ich nur kurz die Augen zumachen, doch als ich sie wieder öffnete, war es bereits heller Tag. Fast sofort fiel mir ein, dass Nikolai noch immer in der Sauna war. Yvonne schlief glücklicherweise noch, genau wie die anderen. Ich schlich mich leise nach unten und hoffte, dass er noch am Leben war oder die Tür doch irgendwie aufbekommen hatte. Im Keller angekommen rannte ich zur Sauna. Die Tür war nach wie vor geschlossen, der Keil steckte noch dort, wo ich ihn gelassen hatte. Als ich durch das Fenster sah, konnte ich Nikolai am Boden liegen sehen. Er bewegte sich nicht mehr, und so, wie er da lag, war mir sofort klar, dass ich zu spät gekommen war."

Staatsanwalt Dürrmann, ein humorlos wirkender Mann Anfang Vierzig mit randloser Brille und hoher Stirn, gab sich nicht so verständnisvoll wie Dr. Kirschner.

„Sie haben sich also schlafen gelegt, während Ihr Opfer verzweifelt um sein Leben kämpfte", sagte er und fixierte Jan mit strengem Blick.

„Ich war erschöpft", versuchte Jan zu erklären. „Wie ich bereits sagte, hatte ich nicht vorgehabt, einzuschlafen."

„Mussten Sie aufgrund der von Ihnen bereits erwähnten Fakten nicht damit rechnen, dass Sie einschlafen würden? Wäre es nicht vernünftiger gewesen, mit allen Mitteln zu versuchen, wach zu bleiben?"

Jan nickte. „Selbstverständlich. Doch darüber habe ich gar nicht nachgedacht. Vermutlich war ich davon überzeugt, dass meine Wut auf Nikolai mich auf jeden Fall wachhalten würde."

Staatsanwalt Dürrmann hob skeptisch eine Augenbraue und schoss dann eine andere Frage auf Jan ab.

„Gibt es Zeugen für die Tatsache, dass Ihre Verlobte im Schlaf spricht – insbesondere was diesen Fall betrifft? Hat außer Ihnen noch jemand gehört, was sie angeblich gesagt hat?"

Jan schüttelte den Kopf. „Nein, natürlich nicht. Wir waren ja allein."

„Was haben Sie getan, nachdem Sie Herrn Schiller leblos vorgefunden hatten?"

Dürrmanns Art, von einem Thema zum nächsten zu springen, verwirrte Jan sichtlich. Mit gerunzelter Stirn und konzentrierter Miene holte er tief Luft und fuhr sich durchs Haar. „Zuerst wollte ich Marius holen, ihm alles erklären. Doch die Angst vor den Konsequenzen hielt mich zurück."
Dürrmann wirkte zufrieden. „Sie schwiegen also."
Jan nickte kleinlaut.
„Und sie haben den Keil abgewischt, um keine Fingerabdrücke zu hinterlassen. Ist das richtig?"
„Ja, das stimmt", gab Jan zu. „Mein nasses T-Shirt vom Vorabend lag in der Nähe. Als ich es sah, kam ich auf den Gedanken, die Abdrücke lieber zu entfernen."
„Sie wollten die Tat also mit allen Mitteln vertuschen", konstatierte der Staatsanwalt befriedigt.

Am Abend bevor Carsten Andresen, sein Freund, der Pathologe Dr. Karl-Heinz Schwarzhaupt, und Lutz Weichert aussagen mussten, brachte Andresen seine Tochter nach dem üblichen Besuchswochenende zurück zu ihrer Mutter. Désirée schloss die Tür auf. „Hi, Mama. Ich bin wieder da!", rief sie in Richtung Wohnzimmer. Marianne kam ihnen entgegen. „Hallo, Schätzchen! Alles klar?"
Désirée gab ihrer Mutter ein Mini-Küsschen auf die Wange. „Logo. Ich bin in meinem Zimmer." Sie wandte sich noch einmal zu ihrem Vater um. „Sagst du mir noch ‚Tschüs', bevor du gehst?"
„Logo!", grinste Andresen. Seine Tochter schenkte ihm ein Lächeln und verschwand mit ihrer Tasche hinter ihrer Zimmertür.
Marianne ging voraus ins Wohnzimmer. Sie hatte in weiser Voraussicht bereits ein kühles Bier und einen Teller mit Schinkenbroten auf den Couchtisch gestellt, was Andresen erfreut zur Kenntnis nahm. Er setzte sich auf das Sofa, sei-

ne Exfrau schenkte sich Wein nach und nahm auf den Sessel Platz.

„Und?", fragte sie neugierig, während sie das Glas mit dem dunklen Rotwein an die Lippen hob.

„Alles bestens." Andresen ließ den Bügelverschluss der Bierflasche ploppen, trank einen großen Schluck und wischte sich anschließend zufrieden über den Mund. „Sie fand das Buch super, und den Film auch. Hinterher hat sie sich noch ausführlich mit Anette unterhalten. Außerdem hat sie Parallelen zwischen sich und Christiane aus dem Buch entdeckt, zum Beispiel, dass beide Scheidungskinder sind. Sie hat mir hoch und heilig geschworen, keinerlei Drogen mehr anzurühren, und sie hat dabei sehr überzeugend geklungen. Ich bin sicher, sie meint es ernst."

Marianne stellte erleichtert das Glas zurück auf den Tisch. „Oh, Gott sei Dank!" Sie lächelte ihren Exmann an. „Ich muss zugeben, das war eine tolle Idee von dir."

Er deutete eine Verbeugung an. „Vielen Dank."

„Ich bin wirklich beeindruckt", fuhr Marianne fort. „Du bist schon ein ziemlich guter Vater."

So viel Lob war Andresen unheimlich. Misstrauisch sah er seine Exfrau an, während er sich ein Stück Brot nahm. „Diese Süßholzraspelei bin ich nicht von dir gewohnt. Willst du irgendwas von mir?"

Sie lachte auf. „Nein, nein, mein Lieber. Keine Angst."

Beruhigt biss Andresen in das Brot. „Dann ist es ja gut."

Marianne wurde ernst. „Ich habe mir nur schreckliche Sorgen um Désirée gemacht und bin jetzt einfach erleichtert. Darum wollte ich mich bei dir bedanken."

Andresen spülte den Bissen mit Bier hinunter. „Gern geschehen, aber das war eigentlich selbstverständlich. Schließlich ist sie auch meine Tochter. Ich habe mir ebenso große Sorgen gemacht wie du." Er stopfte sich den Rest des Brotes in den Mund und trank das Bier leer. Mit einem kleinen Seufzer sah er auf die Uhr und stand auf. „So, ich gehe jetzt. Ich möchte pünktlich zum Tatort zu Hause sein."

„Ja, den möchte ich auch sehen", nickte Marianne. Sie zögerte einen Moment, dann sagte sie: „Ist doch eigentlich idiotisch, wenn jeder von uns allein vor der Glotze sitzt und den Kommissaren Thiel und Boerne beim verbalen Schlagabtausch zusieht. Warum bleibst du nicht hier und wir sehen uns den Film zusammen an?"

Andresen legte den Kopf schräg und schmunzelte. Heute hatte er offenbar wirklich alles richtig gemacht. Er setzte sich wieder hin und lehnte sich gemütlich zurück. „Also gut, überredet. Hast du noch ein Bier für mich?"

Nachdem Kriminalkommissar Weichert seine Aussage gemacht hatte, wurde Dr. Schwarzhaupt gebeten, die Obduktionsergebnissen vorzutragen.

„Nikolai Schiller hatte bei Eintritt des Todes einen Promillewert von 1,6", informierte er das Gericht. „Er wies alle klassischen Symptome des Verdurstens auf; Augen und Haut wiesen gelbliche Verfärbungen auf, die Zunge war geschwollen. Sein Körper hatte sich die benötigte Flüssigkeit aus allen Organen geholt, daher war seine Haut vertrocknet und die Organe wie Leber, Niere usw. waren geschrumpft."

„Wie äußerten sich diese körperlichen Veränderungen bei Herrn Schiller?", wollte Staatsanwalt Dürrmann wissen. „Wie wirkten sie sich auf ihn aus, solange er noch bei Bewusstsein war?"

Schwarzhaupt fuhr mit Daumen und Zeigefinger seiner rechten Hand nachdenklich über seinen Schnauzer.

„Er litt unter Dehydration – also heftigen Kopfschmerzen und starkem Schwindel - und natürlich unter dem Durst. Möglicherweise hat er halluziniert. Auch schmerzhafte

Krämpfe sind wahrscheinlich. Dann hat er das Bewusstsein verloren und schließlich - Exitus."

Das Wort hallte gespenstisch in dem hohen Saal wider und sorgte mehrere Sekunden lang für unheimliches Schweigen. Dann waren die Schritte des Staatsanwalts zu hören. Er lächelte zufrieden. „Vielen Dank, Dr. Schwarzhaupt. Ich habe keine weiteren Fragen."

Andresen wurde zu Jans Vernehmung auf dem Präsidium befragt.

„Was genau hat Sie darauf gebracht, dass Jan Schroeder für Nikolai Schillers Tod verantwortlich war?", fragte der Staatsanwalt.

„Mein Kollege, Kriminalkommissar Weichert, gab den Hinweis", berichtete Andresen wahrheitsgemäß. „Er war der Meinung, dass der Täter vermutlich durch das Fenster in der Saunatür einen Blick auf sein Opfer geworfen und dieses ihn bei der Gelegenheit natürlich erkannt hat. Wir fragten uns also, was man in der Lage, in der Herr Schiller steckte, tun würde, wenn man wüsste, wer einem das angetan hat."

„So wie in den alten Wild-West-Filmen, in denen ein angeschossener Cowboy mit letzter Kraft den Namen seines Mörders in den Staub schreibt?"

Andresen nickte. „Ganz genau. Daher nahmen wir uns vor, die Sauna nochmals gründlich nach Hinweisen dieser Art zu überprüfen."

„Mit Erfolg, nicht wahr?" Staatsanwalt Dürrmann nickte Andresen aufmunternd zu.

„Glücklicherweise ja. Herr Schiller hat mit einem Stein Buchstaben in das Holz des Fußbodens geritzt. Es waren dünne, kaum sichtbare Striche, was vermutlich Schillers schwindender Kraft geschuldet war und auch erklärt, weshalb sie von der Spurensicherung übersehen wurden."

„Was genau hat Herr Schiller in das Holz geritzt?"

„Es handelte sich um den Schriftzug J A I und er befand sich dicht an der Tür – dort, wo Herr Schiller letztlich auch zusammenbrach. Beim letzten Buchstaben verließ ihn offenbar die Kraft, oder der Stein glitt ihm aus der Hand. Wir fanden ihn in einem Spalt zwischen Ofen und Fußboden."

„Wie hat Herr Schroeder reagiert, als Sie ihn mit Ihrer Entdeckung konfrontierten?"

‚So ein Scheißer‘, hatte Jan gemurmelt, erinnerte sich Andresen und bemühte sich, ein Schmunzeln zu unterdrücken.

„Er war überrascht", antwortete er schließlich dem Staatsanwalt.

„Was hatten Sie generell für einen Eindruck von dem Angeklagten?", fragte Staatsanwalt Dürrmann.

„Er war mir eigentlich von Anfang an sympathisch. Und zum Kreis der engeren Verdächtigen hatten wir ihn bis dahin nicht gezählt, weil das Motiv fehlte."

„Haben Sie ihm bei der Vernehmung im Präsidium die Behauptung abgekauft, er hätte Herrn Schiller wieder befreien wollen?"

Andresen nickte. „Ja. Als er aussagte, dass er Nikolai Schiller nur einen gehörigen Schrecken habe einjagen wollen, und vorgehabt habe, ihn auf jeden Fall wieder zu befreien, habe ich ihm das geglaubt."

„Es wäre doch möglich, dass es sich dabei um eine reine Schutzbehauptung gehandelt hat."

Andresen schmunzelte. „Als er erwähnte, dass er Herrn Schiller aus der Sauna hinaus lassen und anschließend kräftig verprügeln wollte, klang er sehr überzeugend." Er sah den Staatsanwalt gelassen an. „Wissen Sie, ich habe schon viele Vernehmungen durchgeführt, mir sehr viele Lügen und Schutzbehauptungen anhören müssen. Ich bilde mir daher ein, dass ich es erkenne, wenn jemand mir ausnahmsweise die Wahrheit sagt."

Andresen sah zu Jan Schroeder hinüber. Er trug ein dunkelblaues Polohemd und sah blasser aus als vor zwei Monaten. Die meiste Zeit schaute er sich im Saal um, beobachtete den Staatsanwalt und die Richter, doch jetzt sah er zu ihm und lächelte zaghaft. Andresen konnte nicht anders und lächelte zurück.

„Bei der ersten Vernehmung durch Sie hat der Angeklagte allerdings gelogen", fuhr Dürrmann fort. „Und Sie haben ihm geglaubt."

Andresen sah den Staatsanwalt mit einem kleinen Lächeln an. „Wären Sie so freundlich, mir den Teil der Aussage zu sagen oder zu zeigen, in dem der Angeklagte Ihrer Meinung nach gelogen hat?", bat er.

Dürrmann runzelte die Stirn, beugte sich über die Akte und überflog das Protokoll von Jans erster Vernehmung. Dann hob er den Kopf. „Sie haben ihn gar nicht gefragt, ob er Herrn Schiller in die Sauna gesperrt hat?", fragte Dürrmann erstaunt. „Wieso nicht?"

„Zu der Zeit haben wir uns in erster Linie mit dem Ablauf des fraglichen Abends beschäftigt. Wir haben nach den Alibis gefragt und die jeweiligen Beziehungen zum Opfer und der Verdächtigen untereinander eruiert", erklärte Andresen ruhig. „Wir wollten uns einen groben Überblick verschaffen. Nach Überprüfung der Verdächtigen sowie der gemachten Aussagen haben sich dann weitere Fragen ergeben, die allerdings nicht den Angeklagten betrafen. Darum hat es vor der Festnahme keine weiteren Vernehmungen gegeben. Nachdem wir das Indiz, dass der Angeklagte der gesuchte Täter war, gefunden und ihn damit konfrontiert hatten, hat er die Tat unverzüglich zugegeben." Andresen schlug entspannt die Beine übereinander. „Ich war davon ausgegangen, dass Sie die Akte gelesen haben und all das bereits wüssten, Herr Staatsanwalt."

Gedämpftes Gelächter und leises Gemurmel erklang. Die eisblauen Augen des Vorsitzenden fixierten drohend die Zuschauer und fast augenblicklich kehrte Ruhe ein.

„Danke, Herr Hauptkommissar", knurrte der Staatsanwalt und gab mit einem Kopfnicken zu verstehen, dass seine Befragung beendet sei. Rechtsanwalt Dr. Kirschner verzichtete dankend auf einen Befragung des Zeugen.

An den darauf folgenden Verhandlungstagen wurden ab neun Uhr morgens die Zeugen vernommen. Svenja, Marius und Kristina sagten übereinstimmend aus, dass sie Jan glaubten, er habe Nikolai nur für kurze Zeit einsperren und später wieder befreien wollen. Alle drei betonten, dass Jan ein anständiger Kerl sei, der keiner Fliege etwas zuleide tun konnte.

Yvonnes Aussage fand auf ihren Antrag hin unter Ausschluss der Öffentlichkeit statt, denn sie wurde natürlich zu der Erpressung und der Vergewaltigung durch Nikolai befragt. Es war schrecklich für sie, diese Zeit voller Schmerz, Demütigung und Qualen noch einmal durchleben zu müssen. Sie weinte viel, während der Staatsanwalt sie befragte.

Jan hatte das Gefühl, diese moderne Art der Folter nicht ertragen zu können. Er hielt die meiste Zeit den Kopf gesenkt und die Augen geschlossen. Hin und wieder sah er zu Yvonne und versuchte, ihr mit einem kleinen Lächeln Mut und Kraft zu spenden, doch das Leid in ihren Augen schnürte ihm die Kehle zu.

Als ihre Vernehmung beendet war, wirkte Yvonne noch kleiner und zerbrechlicher, als sie es ohnehin war. Jan sah das Mitgefühl in den Augen des Richters, als er verkündete, dass die Verhandlung am nächsten Tag mit den Plädoyers und der Urteilsverkündung fortgesetzt werde.

Kristinas Handy klingelte genau im richtigen Moment.
„Entschuldige mich", sagte sie frostig zu Stephan, nahm das Telefon und ging ins Badezimmer. Gewissenhaft schloss sie die Tür hinter sich, setzte sich auf den Toilettendeckel und hob das Handy ans Ohr.
„Hallo."
„Hi, Krissi. Pass auf, Marius passt auf die Kinder auf und wir zwei veranstalten einen ganz spontanen Frauenabend. Ich hole dich in einer Viertelstunde ab. Einverstanden?"
„Sehr einverstanden", antwortete Kristina erleichtert. „Kommt Yvonne auch mit?"
„Nein, sie will nicht", bedauerte Svenja. „Ich habe sie natürlich gefragt, doch sie ist vollkommen erledigt von der Vernehmung heute. Sie sagt, sie möchte nur ins Bett und sich die Decke über den Kopf ziehen."
„Ich kann sie verstehen", seufzte Kristina. „Bis gleich."
Sie ließ das Telefon sinken und sah sich um.
Es war ein typisches Hotelbad, modern, sauber und die Waschbecken unter dem großen, beleuchteten Spiegel waren mit diversen Proben bestückt.
Sie legte einen Hauch Puder auf, fuhr sich mit der Bürste durchs Haar und trat zurück ins Hotelzimmer. Stephan lag auf dem Bett und sah fern. An seinen mahlenden Wangenknochen sah sie, dass er noch immer wütend war. Wütend darüber, dass seine Frau zugunsten des Mannes ausgesagt hatte, mit dem sie eine Affäre gehabt hatte.
„Svenja holt mich gleich ab", berichtete sie. Er wandte den Kopf. „Wohin?"
Kristina zuckte mit den Schultern. „Weiß nicht. Wir gehen irgendwo ein Glas Wein trinken, denke ich."

„Willst du dich bei deiner Freundin über deinen unsensiblen Ehemann ausweinen?", fragte Stephan bissig.

Kristina verdrehte die Augen. „Mit Sicherheit nicht. Sie hat keine Ahnung von der ganzen Geschichte, und wenn es nach mir geht, soll es auch so bleiben. Doch du kannst getrost davon ausgehen, dass ich nicht pausenlos von dir schwärmen werde." Sie griff nach ihrer Jacke und ihrer Handtasche. „Ich gehe schon mal nach unten."

„Viel Spaß!", rief Stephan ihr in galligem Ton hinterher.

„Besten Dank!" Sie knallte die Tür hinter sich zu und eilte aufgebracht ins Foyer. Dort ließ sie sich in einen Sessel fallen und kämpfte mit den Tränen. Seit sie die Ladungen bekommen hatten, war die Stimmung zwischen Stephan und ihr nur als katastrophal zu bezeichnen. Er bekam seine Eifersucht auf Jan einfach nicht in den Griff. Schon der Name war für ihn ein rotes Tuch. Glücklicherweise hatte er vor Gericht nichts vorbringen können, das Jan hätte schaden können. Hilfreich war er allerdings auch nicht gerade gewesen.

Kristina zupfte an ihrem Pony herum. Nur noch morgen, dann würden sie wieder nach Hause fahren. Und dort konnten sie – wie Kristina befürchtete – wieder bei Null anfangen. Sie atmete tief durch. Wollte sie das eigentlich? Hatten sie überhaupt noch eine Chance? Sie sah Svenja durch die Eingangstür treten und schob die negativen Gedanken zur Seite.

Zwanzig Minuten später stießen sie mit einem Glas Rotwein an.

„Und? Wie geht es dir? Hast du Nikolais Tod inzwischen ein wenig überwunden?", fragte Kristina vorsichtig.

„Ja, ich denke schon", nickte Svenja und stellte das Glas ab. „Ich kann irgendwie freier atmen. Weißt du, in den letzten Jahren hatte ich ständig das Gefühl, einen dicken Kloß im Hals zu haben, meist dann, wenn ich merkte, dass

Nikolai mal wieder fremdging. Ich habe immer geglaubt, ich könnte ihn wieder für mich gewinnen, wenn ich hübsch und schlank bin. Ich bildete mir ein, dann bräuchte er keine anderen Frauen." Sie lachte kurz auf. „Mein Gott, war ich eine naive Nuss. Ich habe alles getan, um die perfekte Ehefrau zu sein. Und das Ende vom Lied? Ich bin seit drei Wochen in psychologischer Behandlung. Unter anderem wegen meiner Bulimie."

„Du leidest an Bulimie?", fragte Kristina bestürzt.

Svenja nickte. „Ja, leider. Und ich muss sagen, es ist verdammt schwer, dieses verkehrte Selbstbild, das ich von mir entwickelt habe, als falsch zu erkennen. Es geht aber schon immer besser. Inzwischen weiß ich, dass ich mich nicht auf mein Äußeres reduzieren darf. Und Marius mag mich so, wie ich bin, auch, wenn ich ein paar Pfunde mehr drauf habe."

„Dann seid ihr jetzt offiziell wieder zusammen?"

Svenja nickte. „Dass es so schnell ging, habe ich dir zu verdanken."

Verdutzt sah Kristina sie an. „Das verstehe ich nicht."

„Du gabst mir den Tipp mit dem Brief, erinnerst du dich?"

„Welchen Brief?"

„Du hast mir den Rat gegeben, Nikolai zu schreiben und so einen Schlussstrich unter unsere Beziehung zu ziehen", erinnerte Svenja sie.

Kristina nickte. „Ja, richtig. Und du hast es getan?"

„Oh ja. Und das war eine grandiose Idee. Ich habe ihm alles gesagt, auch die Dinge, die ich in den zehn Jahren zuvor ihm gegenüber nie erwähnt, sondern immer hinuntergeschluckt habe. Es war unglaublich befreiend. Danke, Krissi."

Kristina lächelte der Freundin zu. Vielleicht sollte sie Stephan auch einen Brief schreiben.

In den vergangen Tagen hatte der Spätsommer noch eine letzte Vorstellung gegeben, mit angenehmen Temperaturen und kräftigen Farben als Statisten, sowie einer Sonne in der Hauptrolle, die noch einmal alles gab, bevor für dieses Jahr der Vorhang für die warme Jahreszeit fiel und die Natur sich auf das herbstliche Programm vorbereitete.

Am Morgen der Urteilsverkündung war es soweit. Es war kühl, dicke graue Wolken verdeckten den Himmel und ein schneidender Wind, der die ersten Blätter von den Bäumen fegte, zwang die Menschen dazu, die dickeren Jacken und die wärmeren Schuhe aus dem Schrank zu holen.

Auch der Schwurgerichtssaal wirkte an diesem Tag düsterer als an den Tagen zuvor, an denen die Sonnenstrahlen als unbeteiligte Zuschauer dem Prozess beigewohnt hatten. Offensichtlich hatten sie das Interesse am Ausgang des Verfahrens verloren.

Damit waren sie aber die Einzigen. Der Zuschauerraum war zum Bersten gefüllt.

Der Vorsitzende erteilte zuerst der Staatsanwaltschaft das Wort.

Staatsanwalt Dürrmann stand auf. „Es steht die Frage im Raum", begann er sein Plädoyer, „ob der Angeklagte wegen Mordes verurteilt wird, wegen Totschlags oder wegen Körperverletzung mit Todesfolge. Nach dem Dafürhalten der Staatsanwaltschaft kann er nur wegen Mordes verurteilt werden. Der Angeklagte hatte ein Motiv, er handelte überlegt und war sich bewusst, dass das Opfer grausam verdursten würde. Anstatt Herrn Schiller, einen zweifachen Familienvater, aus seiner prekären Lage zu befreien, legte er sich schlafen! Auch der Tatvorwurf des Vorsatzes ist erfüllt. Der Angeklagte wartete ab, bis er sicher sein konnte, mit dem Opfer allein zu sein und zögerte nicht, seine grausame Tat auszuführen. Im Gegenteil: Er weidete sich an den Qualen seines Opfers. Nach seiner eigenen

Aussage wollte er, dass Herr Schiller in seinem Gefängnis „verrottet". Auch die Tatsache, dass er versucht hat, Spuren, die auf ihn als Täter hindeuten, zu verwischen, weist darauf hin, dass er nicht impulsiv, sondern berechnend gehandelt hat. Er hat zugegeben, den Holzkeil, den er unter die Tür gesteckt hatte, am nächsten Morgen erst gründlich abgewischt und dann zurückgelegt zu haben."

Staatsanwalt Dürrmann machte eine kurze Pause, um seine letzten Worte wirken zu lassen, und trank einen Schluck Wasser, bevor er fort fuhr.

„Der Angeklagte hatte ein Motiv, er hatte die Gelegenheit und er legte eine unvorstellbare Grausamkeit an den Tag. In Anbetracht dieser nicht zu widerlegenden Fakten kann das Urteil nur lauten: Mord aus niedrigen Beweggründen. Ich beantrage daher lebenslängliche Haft."

Der Richter nickte dem Staatsanwalt zu, der sich wieder auf seinen Platz setzte, während ein leises Raunen durch den Zuschauerraum ging. Yvonne sah Svenja und Kristina, die neben ihr saßen, mit großen, ängstlichen Augen an. Kristina nahm ihre Hand und drückte sie, während sie ihr ermutigend zulächelte.

Jans Anwalt Dr. Kirschner betonte in seinem Plädoyer, dass sämtliche Zeugen zugunsten seines Mandanten ausgesagt hätten - eine Tatsache, die der Staatsanwalt völlig außer Acht gelassen hatte -, und wies darauf hin, dass sogar die Witwe des Opfers Jans Aussage nicht in Zweifel zog, da sie darauf verzichtet hatte, als Nebenklägerin aufzutreten.

„Der Angeklagte erfuhr durch seine von Alpträumen geplagte Verlobte, dass Herr Schiller sie auf brutalste Art vergewaltigt hat. Was in diesem Moment in ihm vorging, können wir nur erahnen, doch ich bin sicher, jeder in seiner Lage wäre unvorstellbar zornig und verzweifelt gewesen. Was geschieht mit uns, in uns, wenn wir erfahren, dass ein anderer den Menschen, den wir lieben, misshandelt und brutal missbraucht hat? Selbstverständlich war der Angeklagte aufgewühlt. Wer wäre das nicht gewesen? Und natürlich wollte er nicht, dass Nikolai Schiller ungeschoren davonkommt. Auch das ist, denke ich, absolut nachvollziehbar. In dieser Stimmung; wütend, verstört und aufgelöst, sah er den Mann, der seiner Verlobten so grausam mitgespielt hat. Er saß da, aß, trank, lachte, und ließ mit keiner Geste und mit keinem Anzeichen eines schlechten Gewissens erkennen, was er wenige Stunden zuvor Furchtbares getan hatte. Als der Angeklagte dann später die Gelegenheit bekam, Herrn Schiller unter vier Augen auf das, was er erfahren hatte, anzusprechen, hat er sie genutzt. Bis zu diesem Zeitpunkt wollte der Angeklagte nur die Wahrheit wissen. Als Herr Schiller dann aber behauptete, Frau Walter sei mit dem Beischlaf einverstanden gewesen, brannte bei dem Angeklagten eine Sicherung durch. Er beschloss, Herrn Schiller eine Lektion zu erteilen, indem er ihn allein ließ und damit suggerierte, dass er ihn nicht befreien würde. Wir wissen jedoch, dass er genau das auf jeden Fall vorhatte." Dr. Kirschner legte eine kurze Pause ein. Dann fasste er zusammen.

„Der Angeklagte ist nicht vorbestraft, er ist geständig. Ihm tut seine Tat unendlich leid. Und das Wichtigste: Es gab keine Tötungsabsicht. Der Vorwurf des Mordes kommt daher definitiv nicht zum Tragen. Der Angeklagte kann daher nur wegen Körperverletzung mit Todesfolge verurteilt werden. Diese liegt vor, wenn der Täter zwar eine Verletzung beabsichtigt hat, aber das Opfer nicht töten wollte. Gemäß § 227 Abs. 1 StGB wird ein solches Vergehen mit Freiheitsentzug nicht unter drei Jahren geahndet."

Yvonne führte eine Faust zum Mund und biss leise weinend auf ihre Fingerknöchel. Jan senkte den Kopf und schloss die Augen. Sein Anwalt sprach weiter.

„Unter dem Gesichtspunkt seiner seelischen Verfassung zum Zeitpunkt der Tat beantrage ich, den Angeklagten gemäß § 277 Abs. 2 StGB zu verurteilen. Vielen Dank."

Dr. Kirschner setzte sich und sah zum Vorsitzenden, der sich an Jan wandte. „Angeklagter, Sie haben jetzt letztmalig vor Verkündung des Urteils die Gelegenheit, sich zu äußern."

Jan hob langsam den Kopf und blickte den Vorsitzenden verwirrt an.

„Wollen Sie von Ihrem Recht Gebrauch machen?" Der Tonfall des Richters zeigte eine leichte Ungeduld, die buschigen Brauen waren sich unheilverkündend näher gekommen. Als Dr. Kirschner seinem Mandanten sanft mit dem Ellenbogen in die Rippen stieß, stand Jan langsam auf. Den Blick fest auf den Richter geheftet, sagte er: „Ich wollte Nikolai nicht töten. Das war niemals meine Absicht, ich schwöre es." Er drehte sich um und sah Svenja an, die bleich zwischen Yvonne und Marius saß und ein Taschentuch in ihrem Schoß knetete.

„Es tut mir so unendlich leid, Svenja." Jans Gesicht drückte ehrliches Bedauern aus. Von seinem unbekümmerten, jungenhaften Charme war heute nichts zu spüren. Leise fügte er hinzu: „Und ich möchte dir danken, dass du nach wie vor meine Freundin bist."

Svenja nickte schniefend. Jan setzte sich wieder hin und fuhr sich mit gesenktem Kopf durchs Haar.

Der Richter gab bekannt, dass die Verhandlung nachmittags um drei mit der Urteilsverkündung fortgesetzt werden würde.

Es war fast eins. Marius schlug vor, die Mittagspause zu nutzen, um in die Innenstadt zu gehen und dort einen Kaffee zu trinken und vielleicht etwas zu essen. Sie machten sich zu Fuß auf den Weg, da das Landgericht nur wenige Minuten von der Fußgängerzone entfernt war.

Marius führte sie in das ‚Buona sera‘, ein beliebtes italienisches Restaurant mit gemütlichem Ambiente und umfangreicher Mittagskarte.

Das historische Gebäude, welches das Restaurant beherbergte, lag in einem kleinen Innenhof, der mit ein paar Tischen und Sonnenschirmen zum draußen Sitzen einlud. Da es dafür an diesem Tag jedoch zu kühl war, betraten sie über eine kleine Treppe das eigentliche Restaurant. Durch die niedrigen, dunklen Deckenbalken und die kleinen Fenster, die nicht viel Helligkeit hereinließen, wirkte der Raum ein wenig düster, wurde durch verschiedene kleine Lampen und flackernde Kerzen jedoch in ein schummeriges und gemütliches Licht getaucht. Die Holzstühle an den rustikalen Tischen machten auf Stephan zwar einen etwas instabilen Eindruck, doch die Atmosphäre gefiel allen. Sie gingen eine dunkle Treppe hinauf in den ersten Stock, wo sie mehr Ruhe hatten und sich ungestört unterhalten konnten.

„Beim Plädoyer des Staatsanwalts is mir janz schlecht jeworden", bekannte Yvonne leise, nachdem alle sich gesetzt und etwas zu Trinken bestellt hatten. „Der tat so, als wär Jan 'n jewissenloses Monster."

„Ist wahrscheinlich eine Berufskrankheit", sagte Marius abfällig.

„Jan sah so hoffnungslos und elend aus", bemerkte Kristina bedrückt. „So kennt man ihn gar nicht."

„Was sagt eigentlich dieser Paragraph, den der Anwalt zuletzt erwähnte?", fragte Marius, und sah dabei Svenja an.

„Er besagt, dass für Körperverletzung mit Todesfolge im minderschweren Fall eine Freiheitsstrafe zwischen einem und zehn Jahren verhängt werden", antwortete sie.

„Zehn Jahre", hauchte Yvonne erschüttert. „Oh, bitte nich. Das wär doch viel zu viel." Sie sah Svenja entschuldigend an. „Oder? Was sagst du? Ich meine..."

„Ich stimme dir zu. Und ich bin sicher, dass auch Dr. Kirschner davon ausgeht, dass die Strafe deutlich geringer ausfällt."

„Hoffentlich", seufzte Yvonne.

„Es war schon interessant, die Taktiken der beiden Seiten zu analysieren", sagte Stephan nachdenklich. „Ich meine, der Staatsanwalt hat ja wirklich die Zeugenaussagen, die zu Jans Gunsten ausfielen, völlig außer acht gelassen, während Jans Anwalt hauptsächlich bemüht war, Nikolai als jemanden hinzustellen, der Jan in Bezug auf Grausamkeit und Gewissenlosigkeit noch übertrifft."

Yvonne sah ihn verwundert an und Kristina runzelte die Stirn. „Jan ist weder grausam noch gewissenlos", stellte sie klar. „Er war wütend und durcheinander, und er hat einen großen Fehler gemacht, aber im Grunde ist er ein anständiger Kerl."

„So anständig nun aber auch nicht", widersprach Stephan. Gereizt funkelte er seine Frau an. „Sonst hätte er Yvonne wohl kaum mit dir betrogen."

Entsetzte Stille lag plötzlich über dem Tisch und sorgte dafür, dass der letzte Satz wie ein Echo in allen Köpfen widerhallte.

Kristina biss sich auf die Lippe, bis sie glaubte, Blut zu schmecken und Yvonne starrte Stephan fassungslos an. „Was hast du da gesagt?", fragte sie tonlos.

„Großartig!" Marius stöhnte auf und warf Stephan einen vernichtenden Blick zu.

„Jan und Krissi?", fragte Svenja verwirrt. „Das ist unmöglich." Sie schüttelte energisch den Kopf. „Nein, nein, das kann nicht sein."

Stephan dämmerte, dass er Mist gebaut hatte. „Entschuldige", sagte er zerknirscht zu Yvonne. „Ich dachte, du wüsstest es längst."

Yvonne sah Kristina und Marius an, die ihr nicht in die Augen sehen konnten. „Offensichtlich waren Svenja und ich die Einzigen, die keine Ahnung hatten", murmelte sie, dann sah sie Kristina an. „Jan und du, ihr habt wirklich...?" Ihre Stimme zitterte.

Kristina fühlte sich hundeelend. Sie war den Tränen nahe, als sie wisperte: „Es tut mir so furchtbar leid. Bitte entschuldige."

„Krissi, ist das wirklich wahr?" Svenja sah sie ungläubig an.

Yvonne stand auf und atmete tief durch. Jede Farbe war aus ihrem Gesicht gewichen. „Ich muss für'n Moment alleene sein", sagte sie ruhig, dann ging sie auf die Treppe zu und stieg hinunter ins Erdgeschoss, langsam und vorsichtig, als würde sie ihren Beinen nicht trauen.

„Warum hast du das gesagt?", zischte Kristina in Stephans Richtung. „Das war doch nun wirklich nicht nötig. Und ausgerechnet heute!"

Die Kellnerin brachte ihre Getränke und fragte, ob jemand etwas essen wolle, doch alle schüttelten den Kopf. Nachdem sie wieder verschwunden war, sagte Stephan schuldbewusst: „Entschuldige, aber ich war fest davon überzeugt, sie wusste es bereits."

„Wie kamst du nur darauf?", fragte Marius verständnislos. Stephan zuckte mit den Schultern. „Niemand hat mir gesagt, dass sie keine Ahnung hat."

„Es hat aber auch niemand gesagt, dass sie es weiß." Kristina funkelte ihn wütend an. „Denk doch erst nach, bevor du dein Maul aufreißt!"

„Du hast es nötig!", konterte Stephan säuerlich. „Ich hab schließlich nur was gesagt, du dagegen hast dich..."

Seine Frau hob eine Hand. „Das reicht jetzt!", fauchte sie mit einem gefährlichen Unterton. Stephan verschränkte zwar trotzig die Arme, schwieg jedoch.

Kristina stand auf. „Ich muss mit ihr reden", teilte sie den anderen mit, steuerte auf die Treppe zu und eilte hinunter.

Sie fand Yvonne in dem kleinen Innenhof vor der Eingangstür. Sie saß auf einem Gartenstuhl unter einem rot-weiß gestreiften Sonnenschirm mit Werbeaufdruck und weinte lautlos vor sich hin. Kristina setzte sich neben sie.

„Es tut mir so unendlich leid, Yvonne", begann sie vorsichtig. „Es war dumm, gemein und gedankenlos, von uns beiden."

„Er hat mir versprochen, nie wieder Scheiße zu bauen", schluchzte Yvonne. „Und ick blöde Dumpfbacke hab ihm jeglaubt."

„Ich bin davon überzeugt, dass er dir von nun an treu sein wird", versicherte ihr Kristina. „Er hat endlich verstanden, was es bedeutet, jemanden zu lieben. Und dich liebt er, Yvonne. Das tut er wirklich."

Mit großen feuchten Augen sah Yvonne sie an. „Woher willste das wissen, hm?", fragte sie angriffslustig.

Kristina ignorierte den provokativen Tonfall. „Man merkt es ihm an. Überleg doch mal, wie er reagierte, als er erfuhr, was Nikolai dir angetan hat. Er konnte den Gedanken nicht ertragen, dass jemand dir wehgetan hat. Und als er von deiner Vergangenheit erfuhr, war sie ihm nicht wichtig. Du hast doch gehört, was er dazu gesagt hat."

Yvonne schwieg. Dann schüttelte sie traurig den Kopf. „Und doch betrügt er mich immer wieder. Ich kann das nich mehr ertragen. Et jeht einfach nich." Sie verschränkte entschlossen die Arme vor der Brust, dann sah sie Kristina an, als sähe sie sie zum ersten Mal. „Und ausjerechnet mit dir..."

Kristina sah beschämt zur Seite. „Wie gesagt, es tut mir furchtbar leid. Ich kann gut verstehen, dass du wütend auf uns bist, und dass du nicht daran glaubst, dass er sich je ändern wird. Auch ich kann nicht hundertprozentig dafür garantieren, dass Jan von nun an treu sein wird."

„Wie beruhigend", bemerkte Yvonne sarkastisch.

„Aber ich war für ihn so etwas wie eine Akte, die noch nicht abgeschlossen war", fuhr sie fort, als hätte Yvonne nichts gesagt. „Schon damals in Berlin hat er versucht, mich zu verführen, doch ich wollte nicht mit ihm ins Bett. Schließlich wusste ich, wie er mit Frauen umgeht. Dafür war ich mir zu schade."

„Und was hat deine Meinung jeändert?"

„Na ja..." Kristina sah verlegen zu Boden. „Du kennst ihn. Er war charmant, hat mit mir geflirtet und mir das Gefühl gegeben, etwas ganz Besonderes zu sein. Sein Interesse hat mir geschmeichelt." Sie seufzte. „Ach, weißt du, ich bin schon so lange mit Stephan zusammen und dieses Bauchkribbeln hatte ich schon seit einer Ewigkeit nicht mehr. Ich fühlte mich wieder wie ein Teenager. Und so habe ich mich leider auch benommen. Ich war schwach und dumm und nicht zurechnungsfähig." Sie holte tief Luft. „Wie gesagt, mein Name war der letzte auf seiner Liste, der nicht abgehakt war. Das hat er nachgeholt und ich bin sicher, dass das der einzige Grund war, warum er das Versprechen, das er dir gab, gebrochen hat. Er wird es bestimmt nicht mehr tun, Yvonne, dafür liebt er dich zu sehr."

Yvonne sah traurig zu Boden und wischte sich nachdenklich die Tränen von den Wangen.

„Wenn du ihn auch liebst und glaubst, die Kraft zu haben, dann gib ihm noch eine letzte Chance", bat Kristina mit leiser Stimme. „Er hat sie zwar nicht unbedingt verdient, aber wir wissen doch beide, dass er eigentlich ein feiner

Kerl ist. Und wenn ihr es schafft, wird er dich für den Rest deines Lebens glücklich machen. Denn nichts ist ihm so wichtig wie die Tatsache, dass es dir gut geht."

Yvonne seufzte laut. „Ick denk drüber nach. Und wie lange ick darüber nachdenke, hängt wohl davon ab, wie det Urteil ausfällt."

Pünktlich um drei Uhr nachmittags traten die Richter und die beiden Schöffen zurück an den Richtertisch. Alle Anwesenden standen auf und warteten auf den Urteilsspruch. Eine angespannte Stille herrschte in dem großen Saal, nur hin und wieder war ein leises Schniefen, das Scharren von Füßen oder ein gedämpftes Räuspern aus dem Zuschauerraum zu hören. Yvonne sah mit undurchdringlicher Miene zu Jan, der ihr den Rücken zuwandte. Kristina hielt die Luft an und zupfte an ihrem Pony. Sie warf einen kurzen Blick auf ihren Mann, doch Stephan sah stur und abweisend nach vorn. Marius hielt Svenjas Hand und drückte sie fest, als der Vorsitzende sich räusperte.

„Im Namen des Volkes ergeht folgendes Urteil: In der Strafsache gegen den Fitness-Trainer Jan Philipp Schroeder, geboren am 09. November 1976, wohnhaft Johannisstraße 41 in Berlin, hat das Landgericht Flensburg in der Hauptverhandlung vom 15. September 2011 für Recht erkannt:

Der Angeklagte wird wegen Körperverletzung mit Todesfolge im minderschweren Fall im Sinne des § 227 Absatz 2 des Strafgesetzbuches zu einer Freiheitsstrafe von zwei Jahren verurteilt. Die Strafe wird zur Bewährung ausgesetzt. Der Angeklagte hat die Kosten des Verfahrens zu tragen. Sie können sich setzen."

Kristina brauchte einen Moment, um den Sinn der gehörten Worte zu erfassen, doch dann strahlte sie Marius und Svenja an. Yvonne konnte es kaum fassen und schluchzte erleichtert auf, beide Hände vor den Mund gepresst. Jan drehte sich zu ihnen um und sah aus, als wäre ihm eine Zentnerlast von der Seele gefallen. Als er Yvonne ansah, wirkte er so glücklich, dass sie fast vergaß, dass sie eigentlich schrecklich wütend und unsagbar enttäuscht war.

Kristina bemerkte, dass Dr. Kirschner zufrieden seine Akte schloss, und dass der Staatsanwalt aussah wie ein Bullterrier, dem man den Knochen geklaut hatte.

„Zu den Gründen", fuhr der Vorsitzende fort, nachdem alle sich gesetzt hatten und wieder Ruhe eingekehrt war, „ist folgendes zu sagen. Das Gericht folgt den Angaben der Verteidigung dahingehend, dass eine Tötungsabsicht nicht hinreichend nachgewiesen werden konnte. Der Angeklagte hat glaubhaft ausgesagt, dass er das spätere Opfer auf jeden Fall wieder befreien wollte. Aufgrund dessen und aufgrund der übereinstimmenden Zeugenaussagen bezüglich des Charakters des Angeklagten und der besonderen Umstände hinsichtlich seines seelischen Zustands, als er von der Vergewaltigung seiner Verlobten durch das spätere Opfer erfuhr, war der Angeklagte nicht wegen Mordes zu verurteilen. Die vorgenannten Gründe und die günstige Prognose für den Angeklagten haben das Gericht veranlasst, ihn zu einer Bewährungsstrafe zu verurteilen. Gegen den Angeklagten spricht sein Versuch, die Ermittlungen der Kriminalpolizei durch die Vernichtung seiner Fingerabdrücke zu behindern, doch das Gericht ist der Ansicht, dass dieses Vergehen mit der Untersuchungshaft ausreichend geahndet wurde. Gegen das Urteil ist das Rechtsmittel der Revision zulässig, einzulegen beim Bundesgerichtshof innerhalb eines Monats. Die Sitzung ist geschlossen."

Yvonne stand auf und drängelte sich an den Knien der neben ihr Sitzenden vorbei. Jan erhob sich ebenfalls und sprang kurzerhand über die niedrige Balustrade, die ihn vom Zuschauerraum trennte. Als sie sich gegenüber standen, nahm er langsam ihr Gesicht in seine Hände und sah sie an. Seine blauen Augen schimmerten feucht. Überall um sie herum drängelten Zuschauer dem Ausgang entgegen, diskutierend, lachend oder ungeduldig. Viele warfen ihnen verständnisvolle Blicke zu, lächelten und nickten. Yvonne liefen die Tränen über die Wangen, sie schluchzte und lachte gleichzeitig. „Du verrückter Hund", sagte sie zärtlich. „Mehr Glück als Verstand, wie immer." Jan schloss sie in seine Arme. „Ich liebe dich, Engel. Vor dem Knast hatte ich keine Angst, nur davor, dass du mich fallen lässt. Ich brauche dich, das weiß ich jetzt. Du bist mein Leben." Er küsste ihre Stirn, ihre Augen und ihre feuchten Wangen, während sie sich an ihn klammerte und einfach nur froh war, ihn endlich wieder zu spüren. Jan hob den Blick zur hohen Decke des Schwurgerichtssaals und hielt ein kurzes Zwiegespräch mit dem weißbärtigen Typ im Nachthemd. Seine Lippen formten ein „Danke!", dann drückte er Yvonne fest an sich.

Marius, Kristina, Svenja und Stephan standen in einiger Entfernung und beobachteten das Paar schweigend.

Die Zwei gehören einfach zusammen, dachte Kristina. Sie hoffte sehr, dass Jan das ebenfalls verstanden hatte, und die Chance, die Yvonne ihm offensichtlich gab, auch nutzte.

Epilog

MIT VON DER Kälte klammen Fingern wühlte Kristina in ihrer Handtasche nach dem Hausschlüssel und schloss die Tür auf, während sie mit den Füßen aufstampfte, um den festgepappten Schnee von den Sohlen ihrer Stiefel zu lösen. Seufzend trat sie in den Flur und stellte ihre Handtasche und die Einkäufe ab. Sie hatte die Nase bis obenhin voll vom Winter und sehnte sich wie alle anderen auch nach dem Frühling. Nach zarten grünen Blättern an den Bäumen, Narzissen und Stiefmütterchen, die der Natur wieder Farben einhauchten, und nach dem Zwitschern der Vögel, die nach einer langen und gefährlichen Reise wieder in den Norden kamen, statt im warmen Süden zu bleiben.

Doch noch war es leider nicht so weit. Obwohl es bereits Ende März war, wollten Kälte und Schnee partout nicht weichen. Wie in eine dicke weiße Decke gehüllt lagen Häuser und Straßen da, unnatürlich ruhig, da die winterliche Pracht alle Geräusche zu schlucken oder zumindest zu reduzieren schien.

Noch einmal trat Kristina vor die Tür und öffnete den Briefkasten, nachdem sie sich in die steif gefrorenen Hände gehaucht hatte. Wo hatte sie bloß ihre Handschuhe hingelegt? Bei minus 10 Grad waren sie einfach unentbehrlich. Mit fast gefühllosen Fingern ergriff sie die Post und schloss den Kasten wieder, dann flüchtete sie bibbernd ins Warme.

Die vier Briefe legte sie auf die Kommode und zog sich ihren fliederfarbenen Schal, die passende Mütze und den schwarzen Steppmantel aus. Nachdem sie ihre hohen, warmen Stiefel gegen kuschelige Hausschuhe getauscht hatte, trug sie die Tüte und die Briefe in die Küche und machte sich daran, Brot, Milch, Obst und alles andere wegzuräumen. Dann sah sie die Post durch. Die Telefonrechnung, ein Schreiben der Krankenversicherung sowie eines von ihrer Bank. Und ein Brief, der aus dem Rahmen fiel, denn er war mit der Hand adressiert worden.

Kristinas graue Augen blickten prüfend auf die Schrift. Sie kam ihr bekannt vor. Neugierig drehte sie den elegant und teuer wirkenden Umschlag um. Ein erfreutes Lächeln erschien auf ihrem Gesicht, als sie den Absender las. Vorsichtig öffnete sie den Brief und zog eine Einladungskarte und einen losen Papierbogen heraus.

Die Karte legte sie vorerst zur Seite und faltete gespannt den Briefbogen auseinander. An die Arbeitsplatte gelehnt begann sie zu lesen.

Liebe Krissie,

ich habe mich längere Zeit nicht gemeldet, weil ich verhindern wollte, Öl ins Feuer zu gießen. Stephan ist sicher nicht gut auf mich zu sprechen – was ich ihm wirklich nicht übel nehme! – und ich wollte Euch Gelegenheit geben, Euch in aller Ruhe zu versöhnen. Das habt Ihr doch hoffentlich getan, oder?

Kristina ließ das Schreiben sinken und sah ins Leere. Ja. Ja, sie hatten sich versöhnt. Stephan und sie hatten endlose Gespräche geführt, geweint, gestritten und wieder geredet. Es war eine verdammt harte Zeit gewesen. Das gemeinsame Weihnachtsfest vor drei Monaten hatte in seiner aufgesetzt wirkenden Harmonie wie ein schlechtes Theaterstück gewirkt.

Sie hatte längst begriffen, wie sehr sie ihren Mann verletzt hatte und ihn immer und immer wieder um Verzeihung gebeten. Er hatte es ihr wahrlich schwer gemacht, doch inzwischen, nach einer Phase, in der sie eigentlich nicht

mehr an eine endgültige Versöhnung geglaubt hatte, näherten sie sich nun langsam wieder einander an. Es war, als stünde zwischen ihnen eine Mauer, die immer mehr Risse bekam. Sie stand mittlerweile kurz vor dem Einsturz, war als Barriere jedoch noch immer spürbar.
Kristina hob seufzend den Brief und las weiter.

Die Hochzeitsvorbereitungen laufen jedenfalls auf Hochtouren und wir würden uns unheimlich freuen, wenn Ihr zwei dabei seid. Also: Enttäuscht uns nicht!
Es gefällt Dir vielleicht, zu hören, dass ich mich geändert habe. Doch, wirklich! Ansonsten würde die oben erwähnte Hochzeit ja sicher auch nicht stattfinden. Die Zeit im Gefängnis und nicht zuletzt die Gespräche mit Dir haben offenbar etwas bewirkt. Ich möchte Dir danken, dass Du mir mit Deiner direkten, schonungslosen und unnachahmlichen Art klar gemacht hast, was wirklich wichtig ist.
Wenn Ihr im Mai nach Berlin kommt, wird Yvonne Dir bestätigen können, dass ich erwachsener geworden bin.
Und das ist auch notwendig, denn vor wenigen Tagen haben wir erfahren, dass wir bald (im Frühherbst) zu dritt sein werden. Du kannst Dir sicher vorstellen, dass mir der Arsch auf Grundeis geht, doch ich werde die Herausforderung mit Freude annehmen und mich bemühen, ein guter Vater zu sein. Wie einer dieser Spießer, die ich früher so verabscheut habe, werde ich Windeln wechseln, Fläschchen geben und Schlaflieder singen. Und das Verrückteste ist: Ich freue mich total darauf!

Wieder ließ Kristina den Brief sinken. Sie war unglaublich erleichtert darüber, dass ihre Gebete erhört worden waren. Jan schien wirklich und wahrhaftig vernünftig geworden zu sein. Offenbar waren derart einschneidende Erfahrungen wie der Gefängnisaufenthalt und die drohende Verurteilung notwendig gewesen, um ihm aufzuzeigen, dass er sein Verhalten ändern musste. Und nun wurde er auch noch Vater. Amüsiert schüttelte sie den Kopf und las weiter.

Übrigens haben wir natürlich auch Marius und Svenja eingeladen, und Marius hat umgehend angerufen und versprochen, dass sie kommen werden. Dann sind wir alle wieder zusammen, und ich hoffe sehr, dass es diesmal keine Schwierigkeiten gibt.
Jedenfalls, was Svenja und Marius angeht, die Beiden sind natürlich ein Herz und eine Seele. Sie haben Weihnachten zusammen verbracht und seit Anfang Januar wohnen sie zusammen. Svenjas Kinder haben sich nach anfänglichen Schwierigkeiten mit Marius arrangiert, und mit seiner Tochter Charlotte verstehen sie sich prima.
Sieht ganz nach Happy End aus. Und genau das wünsche ich mir auch für Euch. Ich habe mich nie bei Stephan entschuldigt und möchte Dich bitten, ihm auszurichten, dass ich das gern nachholen würde, wenn ihr herkommt.
Sobald das erledigt ist, wünsche ich mir nur noch, dass Gras über die Sache wächst und wir alle wieder Freunde sind. Glaubst Du, da besteht eine Chance?

Das Telefon klingelte. Kristina brauchte einen Moment, um sich zu orientieren, dann ging sie mit Jans Brief ins Wohnzimmer und hob den Hörer ab.

„Wilbert.“

„Ich bin es. Kannst du mal nachsehen, ob meine Brieftasche irgendwo liegt? Ich kann sie nicht finden.“

„Da brauche ich nicht nachzusehen, sie liegt im Schlafzimmer auf der Kommode“, beruhigte Kristina ihren Mann.

Stephan stieß erleichtert Luft aus. „Gott sei Dank, ich hatte schon befürchtet, ich hätte sie verloren."

„Wir haben eine Einladung bekommen", berichtete Kristina und konnte nicht verhindern, dass sie ein bisschen nervös wurde.

„Eine Einladung? Zu was?", wollte er wissen. „Und von wem? Und das Wichtigste: Wollen wir da hin?"

„Erstens: Zu einer Hochzeit", antwortete Kristina vorsichtig. „Zweitens: Von Yvonne und Jan. Und drittens: Eigentlich schon."

Schweigen. Kristina wartete ein paar Sekunden, dann sagte sie: „Er möchte sich bei dir entschuldigen und hofft wirklich sehr, dass wir kommen. Und dass wir alle wieder Freunde sind."

Ihr Mann schwieg noch immer. Vielleicht hätte sie ihn nicht am Telefon damit überrumpeln sollen. Ein bisschen Diplomatie und Fingerspitzengefühl wären sicher besser gewesen. Doch dafür war es nun zu spät.

„Stephan? Bist du noch dran?"

Er räusperte sich. „Du möchtest hinfahren?", fragte er. Seine Stimme klang unterkühlt.

„Marius und Svenja kommen auch", antwortete sie ausweichend. „Es wäre bestimmt schön, alle wiederzusehen."

„Ich glaube nicht..."

Im Hintergrund erklang die Schulglocke. Stephan musste wieder zum Unterricht, also schlug sie ihm vor, später weiterzureden. „Denk zumindest mal darüber nach", bat sie abschließend und wartete vergeblich darauf, dass er zustimmte. Nachdem sie aufgelegt hatte, wandte sie sich bedrückt wieder Jans Brief zu.

Also, um es noch einmal ganz deutlich zu sagen: Ohne Euch wäre es nicht dasselbe, daher bitte ich Euch wirklich sehr, bei unserer Hochzeit dabei zu sein. Ich schwöre, ich

habe noch nie in meinem Leben einen so langen Brief geschrieben, und ich werde es hoffentlich auch nie mehr tun müssen, doch daran kannst du sehen, wie wichtig es für mich ist, dass ihr kommt und wir unser freundschaftliches Verhältnis von früher wieder aufbauen.
Ich habe einen Krampf in der Hand, darum höre ich jetzt auf. Viele liebe Grüße von Yvonne und mir an Dich und Stephan

Dein alter Kumpel Jan

Ja, mein alter Kumpel, dachte Kristina und faltete den Brief langsam wieder zusammen. Mein verrückter, liebenswerter, chaotischer Kumpel. Ich freue mich schon.

E*N*D*E